ワーズワスと紀行文学
妹ドロシーと共に

山田 豊 著

Wordsworth and Travel Literature:
Walking with Dorothy

音羽書房鶴見書店

① ラフリッグ・フェル中腹から観たグラスミアの全景（135〜7頁参照）

② ライダル湖南岸の散策路（119頁参照）

③ ウィンダーミア湖東岸（ボウネスの近く）から観たベル島（111〜3頁参照）

④ ウィンダーミア湖西岸から観たスズラン姉妹島（28〜33頁および114〜5頁参照）

⑤ イーズデイル（グラスミア）の「エマの谷」（143〜6頁参照）

⑥ ラフリッグ・ターンとグレイト・ラングデイル
（奥に聳える双子の岩山はラングデイル・パイクス、224〜6頁および271頁参照）

⑦ ブリー・ターンとラングデイル・パイクス（272〜5頁参照）

⑧ エナーデイルとグレイト・ゲイブル（標高899m）（120頁および227〜8頁参照）

ワーズワスと紀行文学
妹ドロシーと共に

目　次

序　論 ･･･ 1

第 1 章　『夕べの散策』
　　　　　――妹に贈る叙景詩 ･･････････････････････ 17

第 2 章　『序曲』第 6 巻と『叙景小品』
　　　　　――大陸徒歩旅行の詩的遺産 ････････････････ 41

第 3 章　『ティンタン僧院』
　　　　　――妹ドロシーと共に ････････････････････ 69

第 4 章　『序曲』第 1・2 巻のエピソード 2 篇
　　　　　――ツーリズム批判 ･･････････････････････ 101

第 5 章　『兄弟』『グラスミアの我が家』『エマの谷』『マイケル』
　　　　　他 2 篇――理想郷グラスミア ････････････････ 122

第 6 章　『水夫の母』『アリス・フェル』『乞食』『蛭を集める老人』他
　　　　　――故郷なき旅人 ･･･････････････････････ 157

第 7 章　『西に向かって歩く』と『ロブ・ロイの墓』
　　　　　――カトリン湖周辺再訪の旅 ･････････････ 190

第 8 章　『イチイの木』と『サクラソウの群』
　　　　　――『湖水地方案内』(1810 年) 執筆に至る過程 ･････218

第 9 章　『逍遥篇』と『ダドン川』ソネット・シリーズ ･･････ 259

第 10 章　スイス追憶の旅――ドロシーの『大陸旅行記』より ････ 294

後書き ･･ 313
参考文献・略語表 ･･････････････････････････････････ 321
注 ･･ 323
地図 ･･ 331
索引 ･･ 339

序論

　ワーズワス (William Wordsworth, 1770–1850) は晩年、『逍遥篇』(*The Excursion*) に付けた「注」の中で、「放浪の旅こそ、正直に言って私が最も熱望するものだった」(*Wanderings*, I can with truth affirm, was my *passion*.) と断言している。そしてさらに続けて「私は大学教育を受けられない身分に生まれていたならば、この詩の主人公である「行商人」(Pedlar) のような旅をして一生を過ごしただろう」と述べている。[1] 言い換えると、この行商人こそワーズワスの分身であると同時に、彼が詩人として望む理想の姿でもあった。実際、それは彼の行動と詩作にはっきり表われている。つまり、彼は書斎に閉じこもって思索する詩人ではなく、大自然の中を放浪しながら、或いは旅しながら詩作に没頭するのが常であった。ドロシーの日記を読んでいると、「兄は今近くの森で詩作している」という意味の記述を何度も見かける。また彼は学生時代から公道を歩きながら詩作に我を忘れることもしばしばであった。そのような時、彼は犬を連れていたので、人が近づいてくると吠えて合図をしてくれたので「頭のおかしな人」と誤解されずに済んだ、という『序曲』第4巻の一節（109～20行）はあまりにも有名である。何はともあれ、旅と放浪はワーズワスの詩作に不可欠な条件であった。彼が28歳の夏（1798年7月）に書いた『ティンタン僧院』はまさしくその代表作であった。彼は晩年この詩に付けた「注」の中で、「私の記憶する限りこれほど楽しい情況の下で詩作したことはない。妹と一緒にワイ川沿いを数日旅した後、ティンタンを離れたときに詩作を始め、夜ブリストルに入る直前に完成した。そしてブリストルに着くまで一行たりとも変更しなかった」と述べている。[2] これらの「注」は何れもイザベラ・フェニックに口述したものであるが、十分信頼に足る記述と解釈したい。

　ワーズワスは1770年4月、英国湖水地方北端の町コッカマス (Cockermouth) で生まれた。その年は湖水地方観光がようやく始まった時期とほぼ重なっている。それまではヨークシャー北部 (North Yorkshire) の巨大

な鍾乳洞や深い谷で有名な「恐怖の世界」を意味する "Craven Region" と呼ばれる現代の国立公園が、観光客の足が向う北限であった。しかし18世紀後半から「有料道路」(turnpike road) がさらに北へ延びて湖水地方まで馬車で行けるようになり、画家や文人、貴族や裕福な趣味人が湖水地方を訪れるようになった。その代表例として、トマス・グレイ (Thomas Gray, 1716–71) が1769年の秋、1770年にアーサー・ヤング (Arthur Young, 1741–1820)、1771年にトマス・ペナント (Thomas Pennant, 1726–98)、続く1772年にウィリアム・ギルピン (William Gilpin, 1724–1804) はこの地を訪れ、それぞれ貴重な旅行記を書き残している。そしてこれらの著書、即ち紀行文学は呼び水となって多くの観光客を湖水地方へ向わせることになった。それから数年後の1778年に湖水地方出身のトマス・ウェスト (Thomas West) が『湖水地方案内』(*A Guide to the Lakes*) を出版し、さらに2年後彼の弟子がこれの増補改定版を出した。[3] そして1786年にギルピンが十数年前に書いて原稿のまま保存していた『湖水地方観察』(*Observations on Cumberland and Westmoreland*) の大著を出版した。これらの著書はようやく芽を吹き始めた湖水地方観光、つまりツーリズムの勢いを一層大きく膨らませた。それはワーズワスのホークスヘッド・スクール在学期間と見事に重なった。冒頭で述べたように何よりも自由な冒険と放浪の旅を愛したこの少年はこれらの出版物を読み漁り、単に夢を膨らませるだけでなく実際にそれを行動に移した。『序曲』(*The Prelude*, 1805) 第1巻の数々のエピソード、中でも、学校の裏山での夜のヤマシギ狩やアルズウォーターでの夜中のボート漕ぎなどはそれを象徴する行動であった。これら低学年の頃の体験がワーズワスの詩的成長の原点となり、さらに成長して高学年になった頃から始まった朝夕の散策は詩的瞑想の舞台へ発展していった。彼の未完の長篇詩『エスウェイトの谷』(*The Vale of Esthwaite*) はこのような散策の中から生まれた。そして大学に進学する直前の夏休みに書き始めて2年後の夏休みに書き終えた叙景詩『夕べの散策』(*The Evening Walk*) は、放浪の旅を何よりも愛する詩人ワーズワスの門出であると同時に、彼の紀行文学の先駆けとなった（第1章参照）。

　『夕べの散策』を書き終えた翌年（1790年）の大学最後の夏休みに、友人と二人でスイス・アルプス越えを最終目標とする大陸の徒歩旅行に出発し

た。この「無謀」としか言いようのない3ヶ月に及ぶ冒険の旅こそ、冒頭で述べた放浪の旅を好む彼本来の詩的本能を最高度に満足させると同時に、詩人として歩むべき方向を決定付ける重要な第一歩となった。彼はケンブリッジ大学卒業後フェローになることを親族の多くから期待されていたので、最後の夏休みを半年後の卒業試験の準備に当てるのが本筋であった。大学の仲間でさえ「気の狂った実行不可能」(mad and impracticable) とあざ笑った冒険にも近いこの無謀な計画を、流石のワーズワスも親族はもちろん妹のドロシーにさえ打ち明けることが出来なかった。彼が妹に初めて知らせたのはフランスに着いてからであった。そして最後にスイスから送った手紙の末尾に、彼女が世話になっている叔父のウィリアム・クックソン (Rev. William Cookson) に対する詫びの言葉を書き添えている（第2章、42〜3頁参照）。これら一連の行為から、ワーズワスは叔父が望むようなフェローや牧師になる考えを完全に捨てていたことが読み取れる。果たして、翌年春の卒業と同時に、『序曲』の第7巻で述べているように放浪の旅に出てしまう。その間、自分の放浪癖を満たしてくれる職業は大陸旅行（グランド・ツアー）に出かける若者の通訳が最適という結論に達し、語学の勉強のためフランス留学を決意する。こうして1791年11月下旬にフランスに渡り、やがて間もなくフランス語の家庭教師アネット・ヴァロン (Annette Vallon) を熱愛するようになり、数週間後に早くも彼女は妊娠していた。その後、彼女の後を追ってオルレアンからブロアへ住まいを移すことになるが、そこに駐屯していた連隊の将校の一人ミシェル・ボピュイ (Michel Beaupuy) と親しくなり、彼の影響を強く受けて完全な共和主義者 (republican) となって1年後（1792年11月末）に帰国する。そのとき彼はアネットと正式に結婚するつもりでいたが、それから3ヶ月後（1793年3月10日）に英仏戦争が始まったため、ヴァロン母子を英国に迎えて妹と4人一緒に暮らす楽しい夢が完全に絶たれてしまった。こうして彼は唯一の支援者である妹と会うことさえ許されず、再び先の見えない放浪の生活が始まった。[4]

　しかしそれから1年後（1794年2月）、遂に3年越しの悲願が実って感激の再会を果たした。こうして最愛の妹と二人の放浪の旅が始まった。彼らの向かう所は郷里の湖水地方であった。妹ドロシーは幼児のころ母と死

別して以来、郷里のコッカマスを含めて湖水地方を一度も訪ねたことがなかった。それだけに今回の兄と二人だけの旅は彼女にとって生涯忘れることのできない最も幸せな4ヶ月となった。その後ウィリアムは妹と別れてケジックに戻って重病のカルヴァート (Raisley Calvert) の世話を最期までした後 (1795年1月)、その年の2月半ばに約1年8ヶ月ぶりにロンドンに戻った (詳しくは第3章73～79頁参照)。フランスから帰国後ゴドウィンの新書『政治的正義に関する考察』(*Enquiry concerning Political Justice*) を読んで彼の思想に傾倒していた彼は、所謂ゴドウィン・サークルの仲間に加わって政治論議に情熱を燃やした。しかし彼と議論を重ねていくうち彼の思想理論に疑問を持ち始め、僅か2～3ヶ月後には情熱が完全に冷めて失望に変わっていた。しかしワーズワスの詩人としての思想形成の過程の中で彼の影響は決して小さくはなかった。それは『序曲』第10巻の中で100行 (805～904) に渡って論じているのを見ても分かるであろう。

　ゴドウィン・サークルの仲間に同じカレッジ (St. John's College) 出身の気の合う友人バジル・モンタギュー (Basil Montague, 1770–1851) がいたが、ワーズワスは彼と親しく付き合って思わぬ幸運に恵まれた。彼の紹介で家庭教師をしていたブリストルの裕福な商人の息子ピニー兄弟 (John Frederick and Azariah Pinney) から、彼らの別荘 (Racedown Lodge) に留守番を兼ねて自由に住んでも良いという申し出を受けた。さらに幸運なことに、モンタギューから年50ポンドで一人息子の養育を依頼された。この二つの申し出は、妹と一緒に平和な家庭生活を送りたいという長年の悲願を実現する絶好の機会となった。彼は直ちに妹にこれを報せ、ブリストルのピニーの家で妹と7ヶ月半ぶりに会った (9月22日)。こうして4日後二人は夢に見た「我が家」とも言うべきレースダウン・ロッジに移り住んだ。ワーズワスの幸運はこれだけではなかった。彼はブリストルで妹を待つ間に、彼の人生を変えた偉大な人物コールリッジ (Samuel Taylor Coleridge, 1772–1834) と初めて知り合った。彼も半年以上前にゴドウィン・サークルの仲間であったので、彼の評判をしばしば耳にしていた。それだけに彼との出会いはワーズワスにとってまさしく感動的であった。それ故、レースダウンに移った後も彼との文通は続き、二人の仲は一層深まっていった。そして更なる幸運はレースダウン周辺の豊かな自然に恵まれ

たことである。ワーズワスは後に『序曲』の第10巻で、この三つの幸運に恵まれたお陰で、失いかけていた「少年時代の感情を蘇らせ」、「この堕落に満ちた時代の中にあっても心乱されずに」詩人本来の道を歩むことができたことを力説している（904～30行）。その中でもとりわけ、妹と共に歩き、共に平和な家庭を持てた幸運は何よりも大きかったことを14行に渡って力説している。

        And then it was
    That the beloved woman in whose sight
    Those days were passed—now speaking a voice
    Of sudden admonition like a brook
    That does but cross a lonely road; and now
    Seen, heard and felt, and caught at every turn,
    Companion never lost through many a league—
    Maintained for me a saving intercourse
    With my true self; . . .
    She, in the midst of all, preserved me still
    A poet, made me seek beneath that name
    My office upon earth, and nowhere else. (*The Prelude* x, 907–20)

    愛する女性と一緒に過ごしたのは
    ちょうどその頃だった。
    彼女はある時は、寂しい小路を
    僅かに横切る小川のように突然
    警告の声を投げかけ、またある時は、
    道の角毎に顔を見せ、声をかけ、手をとり、
    数十リーグの道程を絶えず側にいて、
    真の私自身と心から通じ合う
    救い主になってくれた。……
    彼女こそ、如何なるときも常に、
    私が詩人の道から決して逸れることなく、
    その名の使命を探究させてくれた。

要するに、ドロシーこそワーズワスが詩人として成長できた最大の恩人であり、この長い苦しい道の案内者であったことを力説しているのである。

これを書いたのは 1804 年の秋であったが、これより 6 年前（1798 年 7 月）に書いた『ティンタン僧院』はその意味における先駆的作品であった。この詩全体の 3 分の 1 を占める最終連（111〜59 行）は妹ドロシーに贈る感謝と賛美の言葉で満たされているが、彼女が側にいる限り「彼自身の創造力」(my genial spirits) は決して「褪せる」ことがないことを強調した冒頭の 8 行、とりわけその理由を説明した次の 4 行に注目したい（詳しくは第 3 章、98〜9 頁参照）。

> My dear, dear Friend; and in thy voice I catch
> The language of my former heart, and read
> My former pleasures in the shooting lights
> Of thy wild eyes. (*Tintern Abbey*, 116–9)

> 私の愛しい、愛しい友よ。君の声の中に
> 私の往時の心の言語を見つけ、
> 君の野生的な目の光の中に、私の往時の
> 歓喜を読み取るからだ。

ここで述べる「往時」は彼の少年時代、とりわけホークスヘッドの学校に在学していた当時を意味している。彼はこの詩を書いてから 2 ヶ月後にドイツへ渡り、古都ゲスラーで妹と二人一緒に間借り生活をしている間に少年時代の自分を想い起こし、彼の詩的創造力の源泉はまさしくそこにあったことを再認識した。『序曲』第 1・2 巻の数多くのエピソードはその貴重な体験を具体的に語ったものであるが、これを書いているときドロシーは常に彼の側に居た。そして彼女との対話がその執筆を促したに違いない。上記の詩の言葉を借りると、彼女の「声」と「目の光」の中に、少年時代の「心の言語」と「歓喜」を捉えたからに他ならない。従って、もしあの時ドロシーが側に居なかったならば、これらのエピソードが恐らく生まれていなかったであろう。

　さらに『ティンタン僧院』の最終連に入る直前で、「自然」(Nature) こそ「私の最も純な思想の錨、乳母、保護者、私の心の守り神」(the anchor of my purest thoughts, the nurse, the guide, the guardian of my heart) と述べた後、最終連の冒頭で、「たとえ自分が自然からこのような教えを受けな

かったとしても」妹が側に居てくれさえすれば、上述のように詩的創造力が「褪せる」ことがなかったであろうと断言した。と言うことは取りも直さず、ドロシーは兄ウィリアムにとって詩の創造に不可欠な「心の守り神」であった。ワーズワス兄妹のこのような関係は生涯殆ど変ることがなかったが、詩作の面において頂点に達したのは彼らがグラスミアに移り住んだ最初の1年であった。その最初の大作『グラスミアの我が家』(*Home at Grasmere*) の中で二人の関係を、長い放浪の旅の末に遂に見つけた理想の楽園に住む神から選ばれたアダムとイヴのような姿に描いている。そしてここに至るまでの二人の長い放浪の旅を、安住の住処を探し求めて飛び続ける2羽の渡り鳥に喩えて次のように述べている。

  Long is it since we met to part no more,
  Since I and Emma heard each other's call
  And were companions once again, like birds
  Which by the intruding fowler had been scared,
  Two of a scattered brood that could not bear
  To live in loneliness; 'tis long since we,
  Remembering much and hoping more, found means
  To walk abreast, though in a narrow path,
  With undivided steps. Our home was sweet—
  Could it be less? If we were forced to change,
  Our home again was sweet; . . . (*Home at Grasmere*, 171–81)

私とエマは再び会って最早別れることがなくなって以来、
野鳥捕獲者の侵入に怯え続けた鳥のように、
また1羽ではとても生きられない引き裂かれた
ひな鳥のように、互いの名を呼ぶ声を聞き、
そして再び寄り添う友となって以来、
長い歳月が過ぎた。数多くの思い出と、
それ以上の希望を胸に、たとえ道が狭くても
肩を並べ、歩調を合わせて歩く方法を見つけて以来、
長い歳月が過ぎた。私たちの家庭は楽しかった。
楽しからぬはずがない。私たちは移転を余儀なくされたが、
私たちの家庭は同様に楽しかった。

これに若干の解説を付け加えると、最初の1行は、1794年の春ハリファックスのローソン夫人の家で3年1ヶ月ぶりに妹と再会を果たして以来「最早別れることがなかった」ことを意味している。そして2行目以下の4行半は、ワーズワスがフランスから帰国した後、叔父の怒りを買って妹と会うことさえ許されなかった放浪の日々を指している。従って、「野鳥捕獲者」は暗に叔父のウィリアム・クックソンを指している。最後の3行は、レースダウンに続くオールフォックスデンでの生活は最高に楽しかったが、僅か1年足らずで「移転を余儀なく」された後ドイツで数ヶ月を過ごし、帰国してからダラム州境のハッチンソン姉妹の農家で過ごした7ヶ月半もまたこれらに劣らず楽しかった、という意味であろう（詳しくは第3・4章参照）。

　このようにドロシーはワーズワにとって無くてはならない存在であったが、とりわけ詩作において彼女の存在価値は類を見ないものがあった。それは単に側に居て精神的支えになるだけでなく、実質的に極めて貴重な支援を果たしていた。先ず第一に、彼が書いた詩の殆ど全てを彼女は清書して、散逸しないように糸で閉じて保存した。しかしこれは忠実な秘書なら誰でもできることであるが、他に類を見ない彼女の真価は繊細な感受性と豊な表現力に裏打ちされた日々怠りない日記にあった。ワーズワスは元来筆不精で、日記はもちろん旅行中にメモを取ることが殆どなかった。それだけに極めて筆まめな妹の日記は兄ウィリアムにとって何よりも貴重な資料であった。極論すれば、彼女の日記はワーズワス自身の「創作備忘録」(Writer's Notes) に等しかったのである。例えば、第6章で論じる主要な作品、『乞食』と『蛭を集める老人』はドロシーが兄のために丹念に記録しておいた2年前の日記を参考資料にして創り上げたものである。さらに彼の紀行文学の部類に属する詩の多くはドロシーの覚書や日記そして回想録の助けがなければ日の目を見ることがなかったであろう。その代表例として、『1803年のスコットランド旅行の想い出』(*Memorials of a Tour in Scotland,* 1803) と題する全17篇の大部分は、ドロシーの『スコットラン回想記』から直接ヒントを得て創造したものである（第7章参照）。

　一方、当時流行の紀行文学に対してワーズワスは無関心と思えるほど、直接影響を受けた表現や厳しい批判的言葉は全く見られない。あえてそれ

を探すならば、『序曲』の第10巻で、ゴドウィンの理論を厳しく批判する過程の中でギルピンの画法をなじった言葉が2～3行見られるだけである（第3章、94頁参照）。要するに、ワーズワスは詩人として流行に左右されることなく自分の道を貫き通したのである。しかしこれらの著書やガイドブックに強い影響を受けた一般の観光客や旅行の態度、言い換えると当時のツーリストやツーリズムに対して、直接言葉に表さないが一貫して厳しい姿勢をとり続けた。そしてこれが数年後、環境破壊を何よりも恐れる強力な自然保護主義者へ発展してゆく。彼の代表作『湖水地方案内』(Guide to the Lakes)はその必然的産物であったことを忘れてはなるまい。その最初の具体的表現は『序曲』の第2巻で、ウィンダミア湖最大のベル島に新築された3階建の館に対する皮肉をこめた抗議に見られる（第4章参照）。

　これを書いた時期は1799年の前半であったが、それより数ヶ月後（10月下旬）ワーズワスは当時滞在していたダラム州境(Sockburn-on-Tees)のハッチンソンの家までコールリッジを誘い出し、湖水地方3週間の徒歩旅行に出発した。これは9年前ジョーンズと二人で決行した大陸徒歩旅行の言わば小型版であった。端的に言って、それは一般のツーリストと全く異なった旅であった。ワーズワスにとって、「旅」(travel)の真の意味と価値は自然との自由で深い交わりを通して、人々の目に触れない隠れた真理を見つけることにあった。彼は車や一般の人が通る「常道」(beaten track)を可能な限り避け、「人の通らぬ道」(untrodden way)を好んで歩いたのはそのためであった。詩人ワーズワスの旅の目的はまさしくここにあった。彼は親友コールリッジとこの感動を共に分かち合いたかったのである。もちろん今回の湖水地方の旅は、『序曲』第1・2部のエピソードの舞台をコールリッジに実際に体感してもらうのが第一の目的であり、次にワーズワスが永住の地と心に決めていたグラスミアで適当な家を見つけることが妹と約束した主要な目的であった。彼らがグラスミアに5泊もしたのはそのためでもあった。果たしてその間にワーズワスは湖の近くのタウンエンドに1軒の空き家を見つけた。それはかの有名なダヴ・コテージであったことは言うまでもあるまい。彼らはその後ケジック(Keswick)で2泊し、そこから観光客の足の及ばない湖水地方最深部の山岳地帯を一周して再びケジックを通り、アルズウォーター北端のクラークソンの家で3週間の旅を

終えた (詳しくは第 4 章参照)。そこでコールリッジと別れた後、ワーズワスは一人でグラスミアへ引き返し、タウンエンドの家を借りる契約を済ませ、11 月 26 日に妹の待つハッチンソンの家に戻った。それから僅か 3 週間後、ワーズワス兄妹は 4 日間の厳しい旅を経て 12 月 20 日の夜、憧れの我が家に着いた。以上のように、この 3 週間の旅は彼の人生の中で最も重要な転機の一つとなった。それは紀行文学的見地からも極めて重要な意味を持っていた。

　ワーズワスの今回の湖水地方の旅は、1794 年に数ヶ月間妹と一緒に過ごして以来 5 年ぶりの訪問であった。その間彼はロンドンを皮切りに、ドーセット州境のレースダウン・ロッジからサマーセット州のオールフォックスデン・ハウス、さらに 7 ヶ月半のドイツでの生活、そして最後にダーラム州境のハッチンソン家、と場所を変えて暮らしてしてきた。一方、湖水地方はその間に観光ブームの更なる高まりと共に大きな変貌を遂げていた。中でもとりわけケジックはツーリストのメッカとなり、数年前とは様変わりの賑わいを見せ、ダーウェント湖の主要な島々は富豪の空想 (fancy) の赴くままに姿を変えられていた。それはウィンダーミアのボウネスやベル島の比ではなかった。ワーズワスは湖水地方一周の旅の間にグラスミアに 5 泊した後ケジックに 2 泊して、その変化の大きさに衝撃を受けたに違いない。グラスミアは昔と変らぬ静寂と素朴さをなお依然として保っていたからである。それから 1 ヶ月後に妹と一緒に憧れの我が家に移り、新しい年をグラスミアで迎えて改めてそれを実感した。年が明けて早々に書き始めた『グラスミアの我が家』の冒頭の 170 行は、まるで地上の楽園を独り占めしたかのような至福の言葉で満たされている。しかしこれらの言葉の裏で、増大するツーリストによって湖水地方本来の自然の姿が壊されることを何よりも恐れていた。ワーズワスはこの押し寄せるツーリズムの波を、平和と静寂を破壊する巨大な嵐や外敵の襲来に喩え、一方この平和な谷を取り囲む周囲の高い山を強固な城壁に見立て、これらの山に向かって祈る次の言葉は外敵に対する強い恐怖を暗示している。

　　Embrace me then, ye hills, and close me in;
　　Now in the clear and open day I feel

Your guardianship, I take it to my heart— (*Home at Grasmere*, 129–31)

汝ら山よ、私を抱き、包み給え。
今や私は真昼の晴れた日に
汝の保護を感じ、それを心に受け止めている。

　さらにこの詩と同時に並行して書いた『兄弟』(*The Brothers*) の冒頭の台詞は、所謂物見遊山を楽しむ「ツーリスト」(tourist) に対する辛らつな苦言で始まっている（127頁参照）。ワーズワスが "traveller" と "tourist" の区別を言葉で表明したのはこれが最初であった。その言葉の上での具体的相違については第5章の第1節で詳しく説明しているので割愛するが（124頁参照）、ワーズワスにとってその基本的相違は、前者があくまでも「徒歩」(pedestrian) であるのに対して後者は馬車その他の乗り物を利用している点にある。さらに重要な点として、前者は生きるための手段としての「旅」であるのに対して、後者は端的に言って「観光」や「趣味」の満足を目的にしている。従って、前者は貧しい下層階級であるのに対して、後者は裕福な有閑階級である。『リリカル・バラッズ』第2版の序文で明らかにしているように、詩の題材を前者に求めたことは言うまでない。中でもそれを代表する職業は「行商人」(pedlar) であったが、「乞食」(beggar) こそ究極の「旅人」と称すべき詩の対象であった。第6章で論じる詩の全てはこれらの人物を対象にしている。ワーズワスの紀行文学の本質はまさしくここにあった。同様の観点から、湖水地方の観光のメッカとも言うべきケジックに集まる裕福な観光客は、ワーズワスにとって心情的にも詩作の対象にはならなかった。彼がグラスミアに住んだ最初の1年間（1800年）に書いた詩は全てグラスミアと、そこに住む村人を対象にしている。しかもその世界は一般の人々の目の届かぬ密かな場所が主要舞台になっている。言い換えると、これら全ては観光客で賑わうケジックと対照的な世界であり、彼自身もそれを強く意識しながら詩作したに違いない。彼がケジックを詩の世界から排除したのはそのためであり、しかもそれは1800年だけに留まらず、生涯信念を貫き通した（詳しくは第5章参照）。
　ワーズワスのこれらの詩とは対照的に、当時の紀行文学の主要舞台はケジックであった。その道を開いた先駆的作品はジョン・ブラウン (Dr. John

Brown) が 1753 年に書いた紀行文「ケジックの谷と湖素描」(Brown's Letter describing the Vale and Lake of Keswick) であった。この僅か 4 頁の手紙は湖水地方観光の門を開いたと言っても過言ではあるまい。その中で特に注目を惹いた記述は次の 4 行であろう。

> . . . the full perfection of Keswick, consists of three circumstances, beauty, horror, and immensity united; . . . the contrast of light and shade, produced by the morning and evening sun; the one gilding the western and the other the eastern side of this immense amphitheatre; . . . [5]

> ケジックの（景色の）完全さは三つの条件、即ち、美・恐怖・巨大の合体から成り立っている。……朝日と夕陽によって産み出される光と影のコントラスト、この巨大な円形劇場の西側に朝日、東側に夕陽が差すときの色のコントラスト、……

「美・恐怖・巨大の合体」「光と影のコントラスト」はとりわけ画家や詩人そして批評家の目を惹き、彼らを湖水地方のとりわけケジックへ向かわせた。また「円形劇場」という表現は、周囲が山で囲まれた谷や湖の景色を描写する決まり文句となった。また、美術評論家のギルピンが風景画の良し悪しを決めるルールとして用いた「ピクチャレスク」(picturesque) という用語はあらゆる紀行文学の風景描写に採り入れられた。そして最後に、ケジックを観光の中心に仕上げた最大の貢献者はウェストであった。彼は『湖水地方案内』でこれらの表現を適宜採り入れながら湖水地方の見所 (station) を紹介したが、中でもとりわけケジック周辺の「見所」8 箇所の説明に 30 頁 (85～115) も費やすほどの熱の入れようであった。こうして 1790 年代に入ると有閑階級の多くはこの種の案内書を携えてケジックに集まってきた。そしてこれらの常連客は「レイカーズ」(Lakers) と呼ばれ、1790 年代の後半に入った頃から風刺やパロディの格好の題材になった。それを代表する最も興味深い作品は 1798 年にジェームズ・プランプター (James Plumptre) が発表した風刺喜劇『ザ・レイカーズ』(*The Lakers: A Comic Opera*) を措いて他にないであろう。

彼はワーズワスより 1 年後輩のケンブリッジ出身で、『夕べの散策』を初めとして彼の詩の多くを読んでいた。そして何よりも学生時代に大陸徒歩

旅行を断行したことで一躍有名になったことも知っており、「徒歩旅行」(pedestrian tour) の真の価値をワーズワスに劣らず知り尽くしていた。彼が1797・9年に書いた旅行記の何れのタイトルも、"A Journal of a Pedestrian Tour..." そして "A Narrative of a Pedestrian Journey..." と、[6]「徒歩」であることを明記している。つまり、紀行文学はあくまでも「徒歩」の旅でなければならないことを暗に強調しているのである。『レイカーズ』は時期的にこれら二つの旅行記の間に書かれたことを見落としてはなるまい。そこでこの作品に注目すると、舞台はケジックの中心にあるクイーンズ・ヘッド (Queen's Head)、そこに登場する主役のヴェロニカ嬢は当時流行のピクチャレスク趣味に全身染まった結婚願望の中年女性である。彼女の褒め言葉には必ず "picturesque" という形容詞が付いてくる。そして持ち物はその趣味を完全に満たすものばかりである。作者はこれらの全てを随所に取り上げてバーレスク風に語っている。このように湖水地方を訪れる観光客の「虚栄と愚かしさ」(vanity and folly) を風刺しているが、その中で作者の本心を極めて真面目に表現した一幕がある。それは二人の徒歩旅行者 (Pedestrians) を登場させ、歩いて旅することの利点と真の価値を説明する場面である。その相手がホテルの客の中で一番低俗な男のボブであるからなお一層面白い。彼らの対話の一部を紹介すると、ボブは「金が有るのに何故歩いて旅をするのか」と尋ねたのに対して、旅人は「費用が掛からない上に、馬の世話や御者に気を遣うなど色々と面倒なことがなくて済む」という意味のことを説明した後、最後に次のように述べる。「運動は食欲と快眠を保証してくれる。自然と人間が行う仕事を直に観察することは楽しくもあり、精神の鍛錬にもなり、その結果身体が健康になる。」これに対してボブは「健康のために旅するなんて、さっぱり分からん」とぼやく。[7]

以上のようにプランプターの『レイカーズ』は、ツーリズムの大波に侵食されてかつての静寂を失った18世紀末のケジックの現実の姿をパロディ風に描いている。これをワーズワスの『グラスミアの我が家』と比較して見ると、同じ湖水地方でありながらその違いの大きさに驚嘆させられる。その上、グラスミアは湖水地方観光の主要ルートであるウィンダミアとケジックの中間点にあり、観光客は殆ど全て必ずそこを通ることにな

る。それ故、近い将来グラスミアもケジックやウィンダミアと同様にツーリズムの嵐に晒されるかもしれないという不安が、ワーズワスの意識の奥に潜んでいたに違いない。その不安が 1800 年の最後に書いた『マイケル』の結末にはっきり表れている。

　ワーズワスはこの大作を書き上げた後ほぼ 1 年間、本腰を入れた詩作から遠ざかっていた。しかし 1802 年に入って暫くして彼本来の創造力が突然蘇った。しかし詩それ自体の性格は全く異なっていた。しかもその勢いは驚くほどで、ほぼ毎日のように新しい詩が産み出された。詩の種類は様々であるが共通して言えることは、1800 年のようなグラスミアの特定の場所を舞台にした詩はもはや見られなくなっている。十分に書き尽くしたという思いがあったからであろう。そして 1 年間の充電を終えて視点が新しい方向に向かったのである。その最大の原因は、メアリー・ハッチンソンとの結婚を前にして新たな心境に入っていたからである。前年の 11 月にメアリーと正式に結婚を約束した後、彼が先ず頭に浮かんだことはフランスに残してきたアネット・ヴァロンと娘のキャロラインのことであった。ちょうどその頃からフランスとの和睦の機運が高まり手紙の交換が可能になったので、ワーズワスはアネットに手紙を出して彼女との関係を清算する必要に迫られた。そこで彼は早速それを実行に移した。こうして年を越して 3 月半ばに、ワーズワス兄妹はフランスでアネットと直接会って全てを解決することを決断するに至った。この間の彼の心境は恐らく言葉に尽くせぬ複雑なものであったに違いない。彼の詩の世界もそれに応じて変化して当然であった。このような心境の中から生まれた代表作は『不滅のオード』(*Immortality Ode*) であった。一方、彼本来の「旅」(travel) を主題にした詩も大きな変化を見せていた。本書では紀行文学の観点から、第 6 章では『水夫の母』(*The Sailor's Mother*) を始めとしたこれら一連の詩を 5 篇取り扱うことにした。

　1802 年 8 月ワーズワスは妹と共にフランスのカレーでヴァロン母子と約 1 ヶ月過ごした後、10 月 4 日にガロー・ヒル近くの教会でメアリー・ハッチンソンと結婚式を挙げた。それから 10 ヶ月後の 1803 年 8 月半ばに、妹とコールリッジと 3 人一緒にスコットランドの旅に出発した。しかし今回の旅は以前と違って一頭立ての小さな馬車 (jaunting car) を利用し

た。従って、旅のコースは車の通れる公道に限られていた。50 日の長い旅程の上に、行き先が最初から決まっていなかったので、馬車の旅が最適であったが、「徒歩の旅」を信条とする彼にとって必ずしも満足すべきものでなかったかも知れない。ところが旅の途中で全く予想もしない生涯忘れえぬ旅の喜びを体験した。しかもそれを往きと帰りに 2 度体験したのだった。ドロシーはその幸せな想い出を『スコットランド旅行回想記』の中で詳しく述べており、紀行文学としての価値を最高のレベルに高めている。そしてワーズワス自身も同じ喜びを詩に表現し、それを彼女の回想記の中に組み入れることによってその価値を不滅のものにした。これについて第 7 章で詳しく述べているので説明はこの程度に留めておきたい。

　ワーズワスはスコットランド旅行から帰って暫くして、コールリッジの紹介でボーモント卿 (Sir George Beaumont) と知り合い、互いに最も信頼する間柄になった。彼は巨大な富に加えて詩や芸術に極めて造詣が深く、数多くの貧しい画家を経済的に支援しただけでなく、ロンドンのナショナル・ギャラリーに数多くの名画を寄贈した。その上、自らも優れた画家であり、その道の有名な人物（ギルピン、プライス、コンスタブル等）と幅広く付き合っていた。従って、ワーズワスも大切なパトロンであるボーモント卿から強い影響を受けるようになった。それまでさほど強い関心を示さなかった絵画にも必然的に目を向けるようになり、ギルピンやプライスの著書に無関心でいられなくなった。そしてそれまで頑固に避けてきた"picturesque" という用語を、少なくとも彼の前で口にすることもあった（第 8 章、242～3 頁参照）。そしてさらに造園や植樹にも強い興味を持ち始め、遂に庭園の設計を依頼されるまでに至った。彼の代表作『湖水地方案内』はその一つの産物と解釈してよかろう。一方、ボーモント卿は詩人としてのワーズワスを高く評価し、『隠士』(The Recluse) 三部作の完成を何よりも強く期待していた。ワーズワスが彼をパトロンと仰ぐようになってからの十数年は、『隠士』完成の約束の歴史と言って過言ではあるまい。1814 年に出版した『逍遥篇』はその約束に半ば答えたものであり、そして 1820 年に発表したソネット・シリーズ『ダドン川』(The River Duddon) は川の流れを人の一生に喩えた大作であった。ワーズワスはこれによって神から賜った詩的使命を十分果たしたという一種の安堵感を初めて味わう

ことができた。
　こうして彼は『ダドン川』を含む『詩集』4巻の出版と同時に4ヶ月に及ぶ長い大陸旅行に出発した。それは、放浪の旅を人生の主題としてきたワーズワスの最終章に相応しいものだったが、ドロシーにとっても兄と同様の深い意味を持っていた。その歴史は30年前（1790年夏）兄ウィリアムがスイスから彼女に送った長い手紙から始まる。それは言葉では尽くせないスイスの素晴らしい景色を「妹と一緒に見ることが出来たらどれ程幸せか」と繰り返し述べた手紙であった。そして帰国後も折に触れてスイスの雄大な景色について話していた。妹はそれを実現不可能な夢と心得ながらも30年間想い続けてきた。そのために彼女は『序曲』の第6巻を初めとして、スイスについて書いた兄の詩を悉く諳んじるまで読み込んでいた。従って、今回の大陸旅行は彼女にとって文字通り追体験の旅となった。それだけに彼女の書いた330頁に及ぶ旅行記は文学的観点からも極めて貴重な遺産と評して間違いでなかろう。彼らはこの大陸旅行の最後にパリに4週間滞在し、アネットと娘のキャロラインと18年ぶりに再会して互いの長い歴史に終止符を打った。ワーズワスはその後さらに30年この世の人生を楽しんだが、詩人ワーズワスの放浪の旅はこの最終章でほぼ完了したと見てよかろう。

第1章

『夕べの散策』
——妹に贈る叙景詩

(1)

　ウィリアム・ワーズワスは1770年4月、英国湖水地方の北端の町コッカマスで生まれた。その年は序論で述べたように湖水地方旅行開拓の時期とほぼ重なっている。ワーズワスはそれから8年後（1779年）湖水地方南部の山間の村ホークスヘッドの学校 (Hawks-head Grammar School) に入学し、1787の秋ケンブリッジに進学するまでの8年間をそこで過ごした。その間に湖水地方を訪れる旅人の数は年を追うごとに増大し、英国を代表する観光地になっていた。それを裏書きするように、その間に数多くのガイドブックや旅行記が出版され、それがさらに人々の目をこの地に向けさせることになった。中でも最も大きい影響力を持った著書はウェストの『湖水地方案内』（初版1778年、第2版1800年）と、それに数年遅れて出版されたギルピンの『湖水地方観察』（1786年）であった。言い換えると、これらの出版はいずれもワーズワスがホークスヘッド在学中であった。従って、これらの著書は全て学校の図書館に揃っていた。湖水地方で生まれ育った彼は何よりも強い興味を持って読みふけり、そこから新たな世界を知ると同時に、自らの足でそれを確かめたいという衝動に駆られて当然であった。その上、彼は誰よりも自然を愛し、自然が単に心の安らぎの場だけでなく、知識の啓発と教育の場でもあった。言い換えると、自然の中の散策こそ詩作に不可欠な静かな思索と想像力を呼び覚ます絶好の時間となったのである。学校生活8年間の後半に入ってようやく詩作に興味を持ち始め、さらに将来詩人になることを志した頃から散策の度合いがいよいよ深まったのもけだし当然と言えよう。500行を優に越す未完の『エスウェイトの谷』(*The Vale of Esthwaite*) は、このような心境の中で書いた彼の「少

年時代の作」(juvenilia) をまさしく代表する大作であった。この詩は彼の精神形成の原点となったエスウェイトの谷の風景描写と散策の中で想い巡らした様々な人生観やヴィジョンを断片的に書き綴った一種の地誌詩 (topographical, or loco-descriptive poem) である。その観点から、これに続いて書き始めた『夕べの散策』(*An Evening Walk*, 1793 年出版) の先駆的価値を持っている。

　1787 年 6 月下旬 8 年間の学校生活を終えたワーズワスは、ケンブリッジへ進学するまでの 3 ヶ月余りの休暇を郷里の湖水地方で存分に楽しんだ。『夕べの散策』のモチーフはこの間に思い浮かんだものと思われる。先ず、最初の 1 ヶ月余りを亡き母のペンリスの実家 (Mr. Cookson's) で過ごすことになったが、このとき 9 年ぶりに妹ドロシー (Dorothy, 1771–1855) と会った。そしてこれが彼の詩的人生の方向を決定付ける重要な出来事となった。何故なら、彼女の存在は彼のその後の詩作に極めて重要な位置を占めることになったからである。その経緯を簡単に説明すると、1778 年 3 月に母アンが 30 歳の若さで他界したとき、ドロシーは僅か 6 歳になったばかりであった。それから 3 ヶ月後彼女は母の遺言で、ハリファックスに住む従姉エリザベス (Elizabeth Threlkeld) に預けられ、それ以来兄弟と一度も会う機会がなかった（1783 年の暮に父が亡くなったときも彼女だけ不在であった）。したがって、兄ウィリアムがドロシーと会ったとき、彼女は 15 歳を半ば過ぎた思春期の入り口に立っていた。一方、ウィリアムはケンブリッジ進学直前の希望に満ちた青春の真っ盛りであった。両親を失って頼る人の殆ど居ない彼女にとって初めて知る兄の存在はどれ程深い意味を持つに至ったか、またウィリアムにとっても妹の優しさはどれ程強い心の支えになったか、容易に想像できるであろう。[1]

　上述のようにウィリアムは夏休みの最初の 1 ヶ月余りをペンリスで妹と弟クリストファと一緒に過ごした後、住みなれたコルトハウスの下宿（タイソン夫人の家）に戻り、ケンブリッジへ向うまでの数週間をそこで過ごした。その間に『夕べの散策』の執筆は始まった。従ってこの執筆の心理的背景には絶えず妹の存在、つまり何時の日にか彼女と必ず一緒に暮らすという強い決意と願望が働いていたことを忘れてはなるまい。その証拠に、彼はこの詩を完成したときそのタイトル "An Evening Walk" の後に、

「湖水地方より妹に贈る書簡体詩」を意味する言葉 "An Epistle; Addressed to a Young Lady, from the Lakes of England" を書き加えている。そしてこの詩の結びの一節は、彼女と一緒に暮らせる希望の「我が家」を持つ日まで、多くの苦難を乗り越えて互いに頑張ろうという意味の約束の言葉で終わっている（引用文は 37 頁参照）。

さて、ワーズワスは 10 月に入って間もなく叔父のウィリアム・クックソンに連れられて憧れのケンブリッジに向かった。叔父はセント・ジョーンズ・カレッジのフェローであったのでワーズワスも同じカレッジに入った。彼自身の大学生活については『序曲』の第 3 巻で比較的詳しく論じているが、それによると入学前に夢見た理想の姿からおよそかけ離れたものであった。彼の言葉を借りると、「郷里の山で少年の夢を広げ、未来の地盤の上に巨大な城を築いてきたが、今やそれは私の目の前で急速に消えていった」（『序曲』第 3 巻 435〜7 行）。こうして大学最初の 1 年が終わった。そして 6 月に入って夏休みになると同時にケンブリッジを離れ、郷里の湖水地方に向かった。しかし真っ直ぐそこに向かうのではなく、ダヴデイル (Dovedale) からピーク・ディストリクト (Peak District) の景勝地を歩き回った後、タイソン夫人の下宿に着いた。[2]

1 年ぶりに「郷里」に戻った彼はしみじみとその喜びを噛みしめた。そして何よりの喜びは、ケンブリッジで味わえなかった大自然の中の自由な散策であった。何故なら、「散策」(walk) は彼の詩想の湧き出る源泉であるばかりか、詩そのものであったからだ。中でも、1 年前に書いた『エスウェイトの谷間』の主要舞台となった湖一周の散策は、半ば眠っていた彼の創造力をたちまち蘇らせた。『序曲』第 4 巻で次のように述べている。[3]

> Those walks did now like a returning spring
> Come back on me again. When first I made
> Once more the circuit of our little lake
> If ever happiness hath lodged with man
> That day consummate happiness was mine—
> Wide spreading, steady, calm, contemplative.
>   . . . Gently did my soul
> Put off her veil, and, self-transmuted, stood

Naked as in the presence of her God. (*The Prelude* iv, 126–42)

このような散策は今や泉が蘇るように再び
私の許に戻ってきた。私たちの小さな湖を
最初にもう一度一周したあの日こそ、
人間がこの世で味わい得るであろう
最高の幸せ、広々とした揺るぎない
静かな黙想の幸せを、私は手にしたのだ。
　　　　……私の魂は徐々に
そのヴェールを脱ぎ捨て、変身を遂げて
神の前に佇むように真っ裸になって立った。

こうして彼は1年前に書き始めた『夕べの散策』の執筆に本格的に取り掛かった。そして4ヶ月に及ぶ長い夏休みを湖水地方で過ごす間に、自分の選ぶべき道は詩人以外にないという使命感に似た確信を持つに至った。

　以上のように、大学最初の夏休みの最大の意義は詩人の道を歩む決意を固めたことにあったが、これと同時に見落としてならないのは、前年の夏に続いてペンリスで再びドロシーと一緒に過ごす時間を1ヶ月近く持つことができたことであった。しかし今回は前年以上に深い意味を持っていた。何故なら、前回は大学に進学する前の夢多き少年に過ぎなかったが、今回は8ヶ月の大学における様々な体験を通して青年ワーズワスに成長していたからである。一方、ドロシーもウィリアムと8ヶ月余り別れて過ごす間に一層兄への想いを募らせてきたことに加えて、近くペンリスの窮屈な母の実家を出て、結婚したばかりの叔父ウイリアム・クックソン夫妻と一緒にフォーンセット（Forncett, ノリッチの南10マイル）の牧師館で暮らす許しを得た。叔父はワーズワスの才能を大いに認め、将来ケンブリッジ大学のフェローになることを心から期待していた。従って、彼女はフォーンセットで暮らすようになると、気兼ねなしに兄と一緒に暮らせる機会が増えることを心待ちにしていた。それだけに、この2度目のペンリスにおける兄との再会は非常に楽しい希望に満ちたものとなった。この間ワーズワスは妹を通して幼友達のメアリー・ハッチンソン（Mary Hutchinson, 14年後ワーズワスと結婚）と親しくなり、3人一緒に周辺の散策をしばしば楽しんだ。彼は『序曲』第11巻でこのときの幸せを次のように想い起こしている。

> When, in blessed season,
> With those two dear ones—to my heart so dear—
> When, in the blessed time of early love,
> Long afterwards I roamed about . . . (*The Prelude* xi, 315–8)

あの至福の季節、
私が心から愛する二人の友と一緒に
その後ずっと散策を楽しんだ
あの青春の幸せな愛の季節……

(2)

　ワーズワスはこのような至福の1ヶ月を過ごした後、湖水地方西端の港町ホワイトヘイヴン (Whitehaven) に場所を移し、そこで船員の弟ジョンを見送った。その後再びタイソン夫人の下宿に戻ることになるが、このとき彼はまさに冒険と言ってよいほどの回り道をした。即ち、ホワイトヘイヴンから生まれ故郷コッカマスに向かい、そこから南に折れてコッカー川沿いにロートン渓谷 (Lorton Vale) を遡り、クラモック湖 (Crummock Water) の東岸を通ってバターミア (Buttermere) に着いた。そこで恐らく1泊した後、難所ホニスター峠 (Honister Pass) を越えてボロウデイル (Borrowdale) を通り抜け、ロドーの滝の音を聞きながらダーウェント湖の東岸を通ってケジックに着いた。そこから真っ直ぐ南に向かい、グラスミア、ライダル、そしてウィンダーミア湖の西岸を通り、湖の中間地点の「小島の群がる所」からクレイフ・ハイツ (Claife Heights) を越えてエスウェイトの谷に下り、コルトハウスの下宿に戻った。そのコースは『夕べの散策』の冒頭の一節に要約されている。[4]

> Far from my dearest friend, 'tis mine to rove
> Thro' bare grey dell, high wood, and pastoral cove;
> His wizard course where hoary Derwent takes
> Thro' craggs, and forest glooms, and opening lakes,
> Staying his silent waves, to hear the roar

That stuns the tremulous cliffs of high Lodore:
Where silver rocks the savage prospect chear
Of giant yews that frown on Rydale's mere;
Where peace to Grasmere's lonely island leads,
To willowy hedge'ows, and to emerald meads;
Leads to her bridge, rude church, and cottag'd grounds,
Her rocky sheepwalks, and her woodland bounds;
Where, bosom'd deep, the shy Winander peeps
'Mid clustering isles, and holly-sprinkled steeps;
Where twilight glens endear my Esthwaite's shore,
And memory of departed pleasures, more. (*An Evening Walk*, 1–16)

最愛の友から遠く離れて、荒涼たる灰色の谷、
高い森、そして牧歌的な低地を、ただ一人で歩いた。
太古の川ダーウェントが岩山を、鬱蒼とした森を
魔法使いのように通り抜け、そして高いロドーの
断崖を揺るがせ、耳を劈く轟音を聞くため、
流れを静かに休める広い湖の側を歩いた。
また銀白の岩が、ライダルの湖を睥睨する
巨大なイチイの陰鬱な眺めを明るくする場所を通り、
そして平和に満ちたグラスミアの小島や、
柳の生垣やエメラルドの牧場、
グラスミアの橋、素朴な教会、民家の土地、
ごつごつした羊の道や、森の縁を歩いた。
深く抱かれたウィンダーミア湖が群がる小島とヒイラギの茂る
断崖の間から恥ずかしそうに顔を覗かせているところを通り、
夕暮れの谷がエスウェイトの岸辺をより愛しくさせ、
過ぎし喜びの想い出をさらに愛しくさせる所を通った。

　これに若干の解説を付け加えると、まず最初の2行は多分ロートンの谷辺りを指しているのであろう。続く3・4行目はダーウェント川の上流のボローデイル (Borrowdale) を指しているのだが、最後の「広い湖」は地理的に見てダーウェント湖を意味しているにもかかわらず複数形にしているのは3行目の "takes" と脚韻を合わせるためのやむを得ぬ工夫の結果と考えられる。6行目の有名なロドーの滝はダーウェント湖入り口（南端）の

東岸のすぐ側に見える。ワーズワスはこの滝の流れ落ちる音を聞きながらケジックに向かって歩き、そこで進路を南にとってグラスミア、ライダルを経てウィンダーミア湖に向かった。ところが、7～8行を見ても分かるように、ライダルがグラスミアより先にきている。つまり地理的に見て順序が逆になっている。恐らく詩のリズムの観点からそのようになったのであろう。つまり、5・6行の語尾が"roar" "Lodore"と脚韻を踏んでいるので、これに続いて"chear" "mere"と並べるとリズム感がさらに良くなるからである。次に、9～12行はグラスミアについて述べているが、これに特に4行を費やした理由は、本文を読んでみると明らかである。即ち、この詩の「散策」の出発点はグラスミアで始まり、次のライダルとアンブルサイドを飛び越えていきなり、ウィンダーミア湖西岸のほぼ中間地点の「小島の群がる所」に視点を移している。それは上記の13・14行を読むと明らかであり、ワーズワス自身もこれについて特に、「この2行はウィンダーミア湖の中間地点にのみ適用できる」(These lines are only applicable to the middle part of that lake) という短い脚注を付けている。そして最後の2行は陽が沈む頃ようやくエスウェイトの谷に戻ってきたことを意味している。こうして見ると、この詩のプロローグとも言うべき冒頭の一節は、本文を書き終えた後で全体を振り返り、熟考の末に書き下ろしたものと考えられる。本文については本章の後半で詳しく論じることにして、改めてこの詩の執筆過程の説明に戻ることにする。

　さて、ワーズワスは弟ジョンをホワイトヘイヴンで見送った後タイソン夫人の下宿に戻り、そこで1ヶ月近く過ごした。その間前年の夏に書き始めた『夕べの散策』の執筆に本格的に取り掛かり、その大半を書き終えて（9月末？）ケンブリッジに向かった。こうして1年が過ぎて2度目の夏休みがやってきた。しかし今度は何よりも先ずドロシーに会うため、ケンブリッジから北東約50マイルのところにあるフォーンセットの牧師館に向った。彼女は前年の秋結婚したばかりのクックソン叔父夫妻と一緒にペンリスを離れて、その牧師館で暮らしていたからである（20頁参照）。彼はそこで恐らく数週間過ごしたに違いない。その間、二人は殆ど毎日ように周囲の広々とした田園地帯の散策を楽しみ、互いに現在の生活や将来の夢について語り明かしたのであろう。中でもドロシーの境遇は、親友のポ

ラッド嬢 (Jane Pollard) に繰り返し語っているように 1 年前のペンリスの生活とは一変していた。彼女の言葉を借りると、「私は現在の境遇に全て満足しています。……読書や勉強をする暇が十分あります。散歩その他、好きなことは何でもできます。要するに、私は幸せに思うだけの理由を全て持っている」のであった。[5] このようにドロシーは牧師館における叔父夫妻との生活に満足していたが、それだけに自分もこのような家庭生活を築きたいという願望を一層強く持つようになった。しかし彼女は普通一般の女性が求めるような結婚ではなく、兄ウィリアムとの生活にそれを求めた。

　一方、ワーズワスはこの頃すでに聖職に就く意志を完全に捨てていたが、同じ孤児の悲哀を味わってきた彼にとって「家庭」と「我が家」への憧れは妹に劣らず強いものがあった。それ故、二人は互いの人生について真剣に語りあっているうちに、自分たちも近い将来このような平和な「我が家」を持とう、と固く誓い合ったに違いない。こうして彼はドロシーとの 1 ヶ月余の牧師館での生活を終えて新たな旅路に就いたとき、彼女と交わした誓いを胸に深く刻み込んでいた。そして今度も前年と同様に直接湖水地方に向かわず、スウェイル・デイル (Swale Dale, North Yorkshire) のロマンチックで野生的なコースをとった。こうして湖水地方に入った彼はアン・タイソンの家に直ぐには戻らずホワイトヘイヴンの伯父の家に向った。そして数週間そこに滞在した後、湖水地方南端のダドン河口の町ブロートン (Broughton-in-Furness) に住む従姉のメアリー・スミス（Mary Smith, 伯父リチャード・ワーズワスの次女）を訪ねた。そこで数日過ごす間に彼女と一緒にダドン渓谷はもちろんブロートンから数マイル西にあるストーン・サークルなどを見て回った。彼は後にこの時の楽しい想い出をソネット・シリーズ『ダドン川』(*The River Duddon*) 第 21 篇の中で「忘れていた喜びが新たな生命となって蘇った」(smothered joys into new being start) と懐かしんでいる（詳しくは第 9 章、286 頁参照）。そして 9 月半ばに最後の目的地であるアン・タイソンの下宿に戻り、『夕べの散策』の最後の仕上げに取り掛かった。

　こうして完成した作品のタイトルは、"An Evening Walk. An Epistle; In Verse. Addressed To A Young Lady, From The Lakes Of The North Of England."「夕べの散策。イングランド北部の湖水地方から若い女性に宛てた韻文の書簡」であった。そしてタイトルの下に次のような「要旨」(Argument) が書き添えられている。

  General Sketch of the Lakes—Author's Regret of his Youth passed among them—Short description of Noon—Cascade Scene—Noontide Retreat—Precipice and Sloping Lights—Face of Nature as the Sun declines—Mountain Farm and the Cock—Slate Quarry—Sunset—Superstition of the Country, connected with that Moment—Swans—Female Beggar—Twilight Objects—Twilight Sounds—Western Lights—Spirits—Night—Moonlight—Hope—Night Sounds—Conclusion.

  湖水地方の概要——そこで少年時代を過ごした著者の名残惜しい気分——真昼叙景——滝の眺め——昼下がり——断崖と傾く陽光——太陽が傾いたときの自然の景色——山の畑と雄鶏——スレートの石切り場——日没——その瞬間に関わるその地の迷信——白鳥の家族——女の乞食——黄昏の対象——黄昏の音——西空の光（夕陽）——精霊——夜——月光——希望——夜の音——結び。

さて、この「要旨」を念頭において本文を読んでみよう。先ず「湖水地方の概要」は既に引用した序詩（21～2頁参照）を指しているので、次の「少年時代を過ごした著者の名残惜しい気分」に該当する詩行に注目すると、少年時代と今見る景色とは大いに異なることを寂しく感じながら、そのころの自分を次のように想い起す。

  Return Delights! with whom my road begun,
  When Life rear'd laughing up her morning sun;
  When Transport kiss'd away my april tear,
  "Rocking as in a dream the tedious year;"
  When link'd with thoughtless Mirth I cours'd the plain,
  And hope itself was all I knew of pain. (27–32)

  人生の道が始まったときの喜びよ、私の許へ帰れ。
  人生が笑いながら朝の太陽を高く擡げた時、
  有頂天のため「まるで夢の中に居るように

退屈な年を揺すりながら」春の涙を吹き飛ばした時、
何も考えずに陽気に平原を駆け巡り、苦しくとも
希望そのものが私の知る全てであったあの時よ、帰れ。

こう思いながら歩いていると、「ごく些細なものを見ても懐かしさのあまり思わず涙が溢れてくる。」そして「小川の裾で釣りをした場所や、……トネリコの茂る側を滑るように過ぎ去る小舟を見ても……」と、想い出が尽きない。そこで最後に、「いつまでこのような想い出 (memory) に酔っているのか。わが友（妹ドロシー）は詩人の夕暮れの歴史 (the history of a poet's evening) を聞くために優しい耳を傾けているのに」と、感傷的な想い出を振り捨てて本題に入る。

その最初の一節（53〜88行）は詩人が「正午」に歩き始めて、太陽がやや西に傾くまでの散策の間に見た、周囲の移り変わる景色について克明に描いている。しかしその場所は何処であるか明確に示していない。ワーズワス自身も後にイザベラ・フェニックに語っているように、場所を特定しないのがこの詩の特徴である。しかし湖水地方の地理に明るい人がじっくり読むと大よその見当がつく。それは真昼の陽射しを浴びた谷間の風景描写で始まる。

> When, in the south, the wan noon brooding still,
> Breath'd a pale steam around the glaring hill,
> And shades of deep embattl'd clouds were seen
> Spotting the northern cliffs with lights between; (53–6)

> 南方のぎらぎら光る丘の周囲はなおも
> 真昼の青白い蒸気でぼんやり霞み、
> そして北方の断崖は厚くたなびく雲の影を受け、
> その影の間に陽光がまだら模様を作るとき、

このような光景はエスウェイトの谷間でも見られるが、それよりもグラスミアの谷間こそこの描写にぴったりである。詩人はグラスミアを旅の出発点にしたに違いない。このようなのんびりした風景を眺めながら村を通り過ぎると、次に深い谷間を流れる小川に差し掛かる。そしてこの薄暗い谷

川（グラスミアとライダル湖を繋ぐ「ロッシー川」を指したものであろう）に沿ってなおも歩いて行くと突然光が差して、そこに小さな滝が見えた。これを次の2行に表現している。

> Sole light admitted here, a small cascade,
> Illumes with sparkling foam the twilight shade. (79–80)

> ここだけ唯一光が差しており、小さな滝が
> きらめく泡で薄暗い木陰を照らしていた。

ワーズワスがこの2行に特に次のような脚注を付け加えている。

> The reader, who has made the tour of this country, will recognize in this description the features which characterize the lower waterfall in the gardens of Rydale.

> この地方を旅行したことのある読者は、この滝の描写がライダル公園の下の滝の特徴をよく表していると思うであろう。

このように述べた後、太陽も少し西に傾いたので明るいところに出よう、と谷川に別れを告げる。

> —Sweet rill, farewell! To-morrow's noon again,
> Shall hide me wooing long thy wildwood strain;
> But now the sun has gain'd his western road,
> And eve's mild hour invites my steps abroad. (85–8)

> 愛しい小川よ、さらば。明日の正午に再びここに
> 身を隠して、君の森の音楽をゆっくり聞かせてもらおう。
> だが、今は太陽が西の道に足を運んだので、
> 夕暮れの穏やかな時間を楽しむため外に出よう。

　こうして彼はライダルの深い谷を出て、険しいラフリッグ・フェルの裾を上述のロッシー川に沿ってウィンダーミア湖に向って歩いて行ったのであろう。何故なら、上記に続いて、「割れた雲間から雨に濡れた陽光が断

崖の裾を斜めに照らしていた」と述べているからである。そしてやがて視野がさらに開けて、空もすっかり晴れ上がり、黄色い西日を浴びながら豊かな自然の風景の中をうきうきした気分で歩いてゆく。

  How pleasant, as the yellowing sun declines,
 And with long rays and shades the landscape shines;
 To mark the birches' stems all golden light,
 That lit the dark slant woods with silvery white! (97–100)

 黄色い太陽が傾き、景色が長い光と影で
 照り輝くとき、ブナの幹全体が
 黄金の光に染まり、暗い森の斜面を銀白色に
 照らすのを見ることは何と楽しいことか。

と述べた後、微風の吹く湖岸に沿って「雨に濡れた柳の枝が白い光を放って上下に揺れ、青い湖面に垂れ下がる」のを眺め、さらに「木陰の間から帆を下ろした小舟が停泊している」のが見える。この情景描写からウィンダーミア湖の西岸を歩いていることがはっきり分かる。ここで忘れてならないことは、一般の観光客即ちツーリストは全て例外なくウィンダーミア湖の東岸を通ってボウネスの港と湖北のアンブルサイドの間を馬車で行き来している点である。東岸は当時既に立派なターンパイク道路が完成していたので馬車に乗って西岸の美しい景色を観賞することができた。しかし西岸は今日でも天然の芝生の生えた自然の路が続いているだけであり、そこを通る人は真に静かな散策を楽しむ通人か、地元の人だけである。湖の北端から中間地点のスズラン島に代表される「群がる小島」の側まで歩くと 10 キロ程あり、2 時間半はたっぷりかかる。ワーズワスはこの道を周囲の景色を心行くまで楽しみながら歩いた。その間目に映る様々な光景を凡そ 90 行（97～190 行）にわたって、観想を織り交ぜながら書き綴っている。そしてこの後に、ワーズワスがこの詩の中で最も力を入れたと思われるこの「スズラン島」(Lilies of the Valley) に住む白鳥一家の緻密な描写が続く（以下、地図③参照）。

 ところがこの描写に入る前に、この詩の舞台から南西に数十キロも離れたブロートンの側を流れるダドン川とその近くにある古代遺跡のストー

ン・サークルに話が移る。もちろんその地名と場所について具体的に何も語らず、夕日を受けた神秘の世界を6行の詩にまとめているだけである。

> Where oaks o'erhang the road the radiance shoots
> On tawny earth, wild weeds, and twisted roots;
> The Druid stones their lighted fane unfold
> And all the babbling brooks are liquid gold;
> Sunk to a curve the day-star lessens still,
> Gives one bright glance, and sinks behind the hill. (169–74)

> 樫の木が道路に覆い被さる場所で、赤茶けた土地や
> 野生の草や捩じれた根に光が差し、
> ドルイドの石が光を受けた神殿を開示し、
> 泡を立てて流れる小川は一面濡れた黄金となる。
> 沈み行く太陽は半円に縮まってもなお、
> 明るい顔を覗かせ、そして丘の向こうに沈む。

そしてやがて辺りがすっかり暗くなった後、この地に伝わる迷信が幻の姿を帯びて現れる光景を 16 行（175〜90 行）にわたって描いている。ワーズワスはこの突然の場所の移動に対して自ら違和感を覚えたのであろうか、上記の一節に次のような長い脚注を加えることによって場所の異なる点を明確にすると同時に、この一節を特に挿入した真の目的を説明している。

> Not far from Broughton is a Druid monument, of which I do not recollect that any tour descriptive of this country makes mention. Perhaps this poem may fall into the hands of some curious traveller, who may thank me for informing him, that up the Duddon, the river which forms the estuary at Broughton, may be found some of the most romantic scenery of these mountains.[6]

> ブロートンからさほど遠くないところに、ドルイドの遺跡がある。湖水地方のいかなる案内書もこの遺跡について一言も触れていない。従って、好奇心の強い旅人がもしこの詩を手にとって読めば、ブロートンで河口を形成するダドン川の上流は湖水地方の山々の中で最もロマンチックな景色であることを知って、きっと私に感謝するであろう。

前述のようにワーズワスは 1789 年 9 月にブロートンに住む従姉のメアリー・スミスを訪ね、彼女と一緒にダドン渓谷を旅したときの感動を心に鮮明に残したまま『夕べの散策』の最後の仕上げに取り掛かったので（24 頁参照）、上記の詩の一節と同時にその脚注を書き加えずにはおれなかったのであろう。湖水地方全体の中でダドン渓谷ほど野生的でロマンチックな景色が他には絶対見られないのに、ギルピンやウェストを初めとするどの旅行記もこの地について一切触れていない。ワーズワスはここでダドン川近くの「ドルイドの遺跡」（ストーン・サークル）をあえて取り上げた意味は、当時の旅行記やガイドブックは悉くケジック近郊のストーン・サークルを、恰も湖水地方唯一の「ドルイドの遺跡」であるかのように宣伝しているのに対して我慢がならなかったのであろう。

　ワーズワスの脚注は決して無駄ではなかった。この詩を読んでからダドン川を訪ねた「好奇心の強い旅人」が実際にいたからである。他ならぬその人は、序論で紹介した『ザ・レイカーズ』の作者ジェームズ・プランプターであった（12 頁参照）。その証拠に、彼は 1799 年 7 月の日記に「ワーズワスはダドン川の景色を推賞している。自然の景色に関する詩人の言葉は実に素晴らしい」(Mr. Wordsworth recommends the scenery on the Duddon: a Poet's word in scenes of nature is great.) と言う覚え書きを残している。[7]

　さて、ダドン川の一節に続く白鳥の家族に関する描写は、ワーズワスが最も力を入れた一節であり、他の詩人や作家には見られない彼の紀行文学の最大の見所でもある。時刻は太陽がかなり西に傾き、山の影が湖面を覆うようになっていた。場所はウィンダーミア湖のほぼ中ほどのベル島を初めとする多くの島が集まっている地点、とりわけ「スズラン」と呼ばれる姉妹島の直ぐ側の岸辺である。それは次の描写で始まる。

> 　　Now while the solemn evening Shadows sail,
> On red slow-waving pinions down the vale,
> And, fronting the bright west in stronger lines,
> The oak its dark'ning boughs and foliage twines,
> I love beside the flowing lake to stray,
> Where winds the road along the secret bay;

> By rills that tumble down the woody steeps,
> And run in transport to the dimpling deeps;
> Along the "wild meand'ring" shore to view,
> Obsequious Grace the winding swan pursue. (191–200)

> 今や厳粛な夕暮れの影が、赤く緩やかに
> 波打つ翼に乗って静かに谷を下り、そして
> 樫の木が明るい西日をまともに受けてより強い線となり、
> 暗くなる枝とその葉を絡ませている。そのような時
> 私は流れる湖の岸辺を、ひそかな入り江に沿って
> 湾曲する道を、さすらうのが好きだ。
> 木の茂った急斜面を音を立てて流れ下り、
> 嬉々として渦巻く深みの中に飛び込む小川の側、
> また奔放に蛇行する岸に沿って自在に泳ぐ白鳥に
> 付いて回る優美な姿を眺めるのが好きだ。

そしてさらに続けて、この雄の白鳥が泳ぐ堂々たる姿を次のように表す。

> Stately, and burning in his pride, divides
> And glorying looks around, the silent tides:
> On as he floats, the silver'd waters glow,
> Proud of the varying arch and moveless form of snow. (203–6)

> 堂々と、誇りに燃え、周囲に威厳のある目を
> 配りながら、静かな水面を割って進む。
> 様々に変化する弓形の胸と微動もしない雪白の姿を
> 誇るが如く漂うとき、銀色の水面は光を放つ。

このように堂々とした男らしい白鳥も雌の白鳥に対して、「優しい気遣いと穏やかな夫らしい愛情」(tender cares and mild domestic Loves) で彼女の動く様を「そっと見つめている。」
　次に、ひな鳥をたくさん引き連れた妻の行動を深い共感をもって観察している。

> The female with a meeker charm succeeds,
> And her brown little ones around her leads,

> Nibbling the water lilies as they pass,
> Or playing wanton with the floating grass:
> She in a mother's care, her beauty's pride
> Forgets, unweary'd watching every side,
> She calls them near, and with affection sweet
> Alternately relieves their weary feet;
> Alternately they mount her back, and rest
> Close by her mantling wings' embraces prest. (209–18)

雌の白鳥はより優しい魅力的姿で後に続く。
そして彼女の周りに、泳ぎながら
スイレンの花を啄んだり、流れる浮き草と
戯れる茶色のひな鳥を引き連れている。
彼女は母の気配りから、自らの美貌の
誇りを忘れて周囲に果てしない注意を払いながら、
ひな鳥を近くに呼び寄せ、優しい愛情で
ひな鳥の疲れを交互に癒してやり、
交互に自分の背中に乗せ、自分の広い翼の
マントでしっかり抱擁しながら休ませている。

そしてこれに続いて、白鳥家族の憩いの場所は人の踏み入れないスミレとスズランの咲き乱れる小島であることに、心から暖かい祝福を贈る。

> Long may ye roam these hermit waves that sleep,
> In birch besprinkl'd cliffs embosom'd deep;
> These fairy holms untrodden, still, and green,
> Whose shades protect the hidden wave serene;
> Whence fragrance scents the water's desart gale,
> The violet, and the lily of the vale;
> Where, tho' her far-off twilight ditty steal,
> They not the trip of harmless milkmaid feel. (219–26)

おお君たち白鳥よ、隠者のように眠るこの波間、
ブナの茂る断崖に抱かれた深み、この優美な
誰も来ぬ静かな緑の小島、木陰に守られた
穏やかなこの波間で、長く漂うことを祈る。

その住処からスミレとスズランの香りが
湖面を渡る突風に乗って流れてくる。
そこでは、ミルクを運ぶ無垢な乙女の夕暮れの歌声が
遠くに聞こえても、彼女の足音を感じることはない。

　白鳥の楽園の描写はこれで終わらず、さらに一節この後に続く（227～40行）。「君たちは花園を幅広い黒い足で踏みつけて散歩するとき、朝風に乗って猟犬や馬の蹄や角笛の音が聞こえることがあっても、君の野生の住処を侵す乱暴な物音は絶対に聞こえることがない」等々と。そして最後に、「君たちは自分の幼い子供を、不幸な人間の浮浪者のように冬の風が吹く雪の上に置き去りに決してしない」(Ye ne'er, like hapless human wanderers, throw / Your young on winter's winding sheet of snow.) と、人間に対する厳しい警鐘で結んでいる。

　従ってこれに続く長いエピソードは、夫を戦場で亡くした子連れの浮浪者の悲惨な旅の末路を描いている。それは余りにも悲痛な描写であるため、1793年に『叙景小品』(*Descriptive Sketches*) と一緒に出版したとき、その大半を削除して印象の薄い文になっている。その最後の一節、即ち寒さと飢えのために息が絶えた二人の幼児を背負ったまま死んでゆく若い女の惨めな姿を描いた一節から、その最初と最後の数行だけ引用しておこう。

　　　　Oh! When the bitter showers her path assail,
　　　　And roars between the hills the torrent gale,
　　　　—No more her breath can thaw their fingers cold,
　　　　Their frozen arms her neck no more can fold;
　　　　　　............
　　　　No tears can chill them, and no bosom warms,
　　　　Thy breast their death-bed, coffin'd in thine arms. (279–300)

おお、身を切る冷たい雨が彼女の道を襲い、
山と山の間を流れ落ちる激流が轟音を立てるとき、
彼女の息が凍った子供の指をもはや溶かすことができず、
また子供の凍った腕が母の首をもはや抱くこともできず、
　　　............

涙が子供をもはや冷やすことも、胸が暖めることもなく、
君の胸が子供の死の床となり、君の腕が棺となる。

　幼くして両親と死に別れ、兄弟妹は互いに別れて生活することを余儀なくされたワーズワスにとって、白鳥の家族はまさしく彼が望む理想の姿であり、スズランの咲き乱れる島はこの世の理想郷そのものであった。だがその一方で、上記の女浮浪者のような想像しうる最も不幸な人生を送ることも現実的に有りうるかもしれない。ワーズワスはこれら二つの全く対照的な生き様を単なる想像ではなく、現実に目の前で見ているかのように描くことに最大の力を注いだ。女浮浪者の不幸は想像上の出来事であることは容易に理解できるが、白鳥の家族も実在と想像の合成であった。
　ところでワーズワスは上述の白鳥一家の描写とその意味について、後年フェニック女史 (Isabella Fenwick) に詳しく説明している（以下これを「フェニック・ノート」と呼ぶことにする）。先ず、彼が14歳の頃エスウェイト湖の下流の同じ場所で絶えず見かけた白鳥のつがいと、ベル島の所有者 (Mr. Curwen) が飼っていた数羽の可愛い白鳥が他人の漁場を荒らしたという理由で殺された、という話を組み合わせて創造したものであった。"Long may ye roam . . ." 以下の数行（32頁参照）は、「他人の漁場を荒らしたという理由で殺された」という実話を念頭においていたことは明らかだ。次に、このように二つの異なった湖に住む白鳥を1箇所で見かけたように仕組んだ理由について、さらに興味深い説明を付け加えている。「そのようにした意図は、ある特定の散歩道や個人的な場所に限定されない、という考えに基づいている。詩的精神が事実や本当の事情の鎖に縛られたくない、という私の本心から出たものだった。従って、如何なる地方の姿も有りのままに記述する (describe) のではなく、むしろ理想化して (idealized) 描かれている」と。確かに、『夕べの散策』は全篇を通じて場所の特定をしていない。だがこれより凡そ10年後の1799年末にグラスミアに移ってから書き始めた作品は全て、「特定の散歩道や個人的な場所」に特に強いこだわりを見せている。10年の間に自らの詩に対する考えが根本的変わった最良の証しである。言い換えると、伝統的な叙景詩から彼独自の紀行文学創造への最大の進化と言えよう（詳しくは第5章参照）。

さらに同じ「フェニック・ノート」の中で、ワーズワスが白鳥の家族に出会う直前の夕方の湖畔の風景、とりわけ樫の木が夕日をまともに受けてその線が一層鮮やかに浮かび出た描写（193～4行、30頁参照）は同じく14歳のときに実際に見た景色であり、彼が詩人になることを決意させた一瞬だった、と次のように説明している。「それは私の詩的人生の中で重要な瞬間であった。なぜなら私はその時から、自然の姿が無限に変化することを強く意識するようになったからであり、しかも私の知る限り、それまで如何なる時代、如何なる国の詩人もこの事実に気づいてこなかったからである。そこで私はその欠点を多少なりとも正そうと決心した。」[8]

以上、フェニック女史に語ったワーズワス自身の言葉から、白鳥の家族の一節とこれに対比させる目的で書いた女浮浪者のエピソードは、本詩の中で詩人が最も力を注いだ重要な部分であると評価してよかろう。これによって彼独自の詩的才能を知らしめようと試みたに違いない。その観点からも『夕べの散策』は詩人ワーズワスの力量をまさに世に問う作品であった。

さて、本詩の最終部分（女浮浪者のエピソードの後）に注目すると、太陽もようやく沈み、湖で水鳥が音を立てる夕暮れの情景描写で始まる。

  Sweet are the sounds that mingle from afar,
 Heard by calm lakes, as peeps the folding star,
 Where the duck dabbles 'mid the rustling sedge,
 And feeding pike starts from the water's edge,
 Or the swan stirs the reeds, his neck and bill
 Wetting, that drip upon the water still;
 And heron, as resounds the trodden shore,
 Shoots upward, darting his long neck before. (301–8)

二日月が顔を覗かせるころ、静かな湖で
遠くから混ざり合って聞こえる音のなんと快いことか。
アヒルがさらさら音をたてるスゲの中で戯れ、
食事中のマスは水際から不意に飛び上がる。
また、白鳥はアシを揺らし、首とくちばしを
静かな水面に突っ込んで濡らしている。

そしてサギは踏みつけた岸辺を響かせながら、
長い首を前に伸ばして空に飛んでゆく。

こうして次第に薄暮から夜に変わってゆく情景を 80 行 (309〜88) に渡って精密に描いてゆく。それは時には余りにもくどいという印象さえ与えるほどである。ワーズワスはそれを自覚したためか、1793 年に出版したとき、余分な行を削除して半分以下の 36 行 (287〜322) に整理している。従って、筆者もこの部分だけ特にこの最終版を採用することにする。しかしここに改めて引用するほど深い意味のある表現が見当たらないので、黄昏のメランコリック ("Pensive, sadly-pleasing") な気分をそのまま自らの心に映した最後の数行だけ引用しておく。

—Now o'er the soothed accordant heart we feel
A sympathetic twilight slowly steal,
And ever, as we fondly muse, we find
The soft gloom deepening on the tranquil mind.
Stay! Pensive, sadly-pleasing visions, stay!
Ah no! as fades the vale, they fade away:
Yet still the tender, vacant gloom remains;
Still the cold cheek its shuddering tear retains. (315–22)

夕暮れの空気に癒された私の心に、同じ気分の
黄昏がそっと忍び寄ってくるのを感じる。
そしてこの気分に酔っていると、静かな心の上に
優しい憂鬱がさらに深く浸み込むのを感じる。
物悲しい、悲しくも心地よい幻影よ、留まれ。
ああ駄目だ、谷間が薄暗くなるにつれて幻影も遠ざかってゆく。
それでもなお、優しい虚ろな憂鬱が残っている。
そしてなおも冷たい頬に震える涙が留まっている。

そして遂に夜が訪れ、月は東の丘から静かに昇り、暗い谷間に光を投げかけ、西の斜面に建つ家々を白く照らし、そして夏の緑の穀物畑を秋の色に染めている（399〜406 行）。ワーズワスは現に立っている場所について何も語っていないが、ウィンダーミア湖からクレイフ・ハイツ (Claife Heights)

の丘を越えて、エスウェイトの谷全体が見える高台に辿り着いたのであろう。そこから彼の唯一の故郷（タイソン夫人の下宿）、即ち長い旅の終着点が見える。そこで彼は月の光を「希望」の光に喩えて、今はまだ膨らみかけた新月に過ぎないが、やがてそれが満月となって、私たちの「唯一の願望、唯一の目的」である真の「我が家」を持つ日が必ず来るであろうと、妹に約束する。

  Thus Hope, first pouring from her blessed horn
Her dawn, far lovelier than the Moon's own morn;
'Till higher mounted, strives in vain to chear
The weary hills, impervious, black'ning near;
—Yet does she still, undaunted, throw the while
On darling spots remote her tempting smile.
—Ev'n now she decks for me a distant scene,
(For dark and broad the gulph of time between)
Gilding that cottage with her fondest ray,
(Sole bourn, sole wish, sole object of my way;
How fair it's lawn and silvery woods appear!
How sweet it's streamlet murmurs in mine ear!)
Where we, my friend, to golden days shall rise, . . . (407–19)

このように希望は最初その幸せな新月から、
朝の月そのものより遥かに美しい夜明けの光を注ぐが、
一層高くに昇るまで、光を通さぬ黒い近くの
疲れた丘を照らそうと空しく足掻く。
だが希望はその間もなお怯むことなく、
遠く離れた愛しい場所に誘いの微笑みを投げかける。
今まさに希望は（その間の時の溝が深くて
広いが故に）私のためにその最愛の光で
あの小屋を金色に染めて、遠くの景色を飾っている。
（わが道の唯一の終着点、唯一の願望、唯一の目標、
その芝生とこんもりとした森のなんと美しいことか。
その小川の囁きは私の耳になんと心地よく響くことか）
その小屋で、わが友よ、幸せな日々に向って立ち上がろう。

ワーズワスはここで述べている「あの小屋」はコルトハウスのタイソン夫人の家を念頭においていることは明らかだ。中でも「その小川の囁き」はその家の芝生の庭を見え隠れしながら流れる小川を指している。彼はケンブリッジの最初の夏休みに1年ぶりに帰ったとき何よりも先ずこの小川を見たときの感動を『序曲』第4巻の冒頭で述べている。これを見ても分かるように、彼は妹と二人で「希望のわが家」を持つとすれば、このタイソン夫人の家の庭を心に描いて当然であった。

さて最終節は、空を見上げると月は天頂に昇り、地上を満遍なく静かに照らしている。ただ炭焼きの白い煙はそれを乱すかのように丘の斜面を這っている。彼は丘を下り、家路を急いだ。その途上で遠くから聞こえてくる様々な音を見事に聞き分けて克明に描いている。

> The song of mountain streams unheard by day
> Now hardly heard, beguiles my homeward way.
> All air is, as the sleeping water, still,
> List'ning th' aerial music of the hill,
> Broke only the slow clock tolling deep,
> Or shout that wakes the ferry man from sleep,
> Soon follow'd by his hollow-parting oar,
> And echo'd hoof approaching the far shore;
> Sound of clos'd gate, across the water born,
> Hurrying the feeding hare thro' rustling corn;
> The tremulous sob of the complaining owl;
> And at long intervals the mill-dog's howl;
> The distant forge's swinging thump profound;
> Or yell in the deep woods of lonely hound. (433–46)

> 日中は聞こえない山を下る小川の音は
> 今かすかに聞こえ、私の家路を欺く。
> 辺りはすべて眠った湖面のごとく静かだ。
> 丘を流れる風の音楽に耳を傾けていると、
> ゆっくり打つ時計の深い音だけが聞こえた。
> 或いは、船頭を眠りから呼び起こす叫び声、
> やがて続いて聞こえる艪の水を掻く微かな音、
> そして向こう岸に近づく馬の蹄の響き、

湖面をよぎって聞こえてくる門の閉める音、
草を食む野兎が穀物畑を駆け抜ける音、
不満げなフクロウの震える泣き声、
長い間隔を置いて聞こえる水車場の犬の吼え声、
遠くの鍛冶場で重いずしんと叩く音、また
深い森の中で孤独の猟犬の鳴き声が聞こえた。

『夕べの散策』はこの言葉で終わっているが、詩のタイトルが示すように、夕方から日没そして夜にかけて多彩に変化する自然の驚異を敏感に捉え、それを精緻に描くことに最大の力を注いだ。中でもとりわけ、夕陽を受けて突然姿を変える樫の木の描写――「今や厳粛な夕暮の影が、赤く穏やかに波打つ翼に乗って静かに谷を下り、そして樫の木が明るい西日をまともに受けて一層強い線となり、暗くなる枝とその葉を絡ませている」(191~4行、原文は30頁参照)――は「フェニック・ノート」の中で強調しているように、当時の伝統的な叙景詩には絶対に見られないワーズワス独自の詩的表現であった。だがこの詩の中で最も注目すべき彼独自の詩的世界は、地上の楽園とも言うべきスズラン島を舞台にした白鳥一家の平和な生活である。しかも最後にこれを、ワーズワス兄妹が探し求める希望の光である「我が家」と重ね合わせている点により一層注目したい。何故なら、この願望が10年後の1799年暮に、憧れの地グラスミアに実現したからである。第5章で論じる『グラスミアの我が家』はその代表作であるが、上記の白鳥一家の住む理想郷こそこの大作の世界を予想させる先駆的価値を有していると言って過言ではない。そして最後に、同じ「フェニック・ノート」の中で、「如何なる地方の姿も有りのままに記述するのではなく、むしろ理想化して描いた」(34頁参照)と述べている点に改めて注目したい。これが『夕べの散策』の叙景詩たる所以であるが、ワーズワスはこれに飽きたらずに紀行文学的色合いを加えたいという欲望が働いた。本詩の脚注で数箇所、地誌的説明を付け加えているのはそのためであった。中でも特に興味を惹くのは、「ドルイドの石」云々の2行に付けた脚注である (29頁参照)。彼がここで特に言いたかったことは、「湖水地方のいかなる案内書もこの遺跡について一言も触れていない」点であった。言い換えると、ワーズワスが目指す紀行文学は単に観光客 (tourist) を満

足させるガイドブックではなく、一般の人目には付かない「隠れた」自然の姿を見せることにあった。彼がこの希望を真に実現したのは 1800 年にグラスミアに住んでからであった。

第2章

『序曲』第6巻と『叙景小品』
――大陸徒歩旅行の詩的遺産

(1)

　ワーズワスはケンブリッジに入学して2度目の夏休み最後の1ヶ月をタイソン夫人の下宿で過ごし、そこで『夕べの散策』の最後の仕上げを行ったことは前章で説明したとおりであるが、そのとき夫人から高齢のためその年限りで下宿を閉じると告げられた。それは彼にとって郷里を失うことに等しかったので、極めてショッキングな通告であった。このような理由から、次の夏休みは湖水地方へ帰る意味がなくなってしまった。大学卒業後フェローになる気のない彼は、試験準備のためケンブリッジに留まって勉強することなど到底考えられない。こうして1790年に入り、3度目の夏休みが近づいたとき、彼の計画は既に固まっていた。それはフランスを縦断して、夢に見たスイス・アルプスを徒歩で越えることであった。幸い、旅の相棒としてこれ以上望むべくもない最高の友を見出した。それはウェールズ出身の同じカレッジに在籍するロバート・ジョーンズ (Robert Jones, 1769–1835) であった。二人の間で綿密な計画が立てられ、7月に入って間もなく、3ヶ月に及ぶ大陸の徒歩旅行に出かけた。これを聞いたケンブリッジの友達の多くは「気違いじみた実行不可能な」(mad and impracticable) 計画だとあざ笑った。[1] それ故、ワーズワスは家族の誰にも告げずに出発した。話せば同様の理由から断固反対されるのが分かっていたからである。彼はそれから14年後『序曲』の第6巻で、このような冒険の旅に出た動機と目的について次のように述べている。

　　When the third summer brought its liberty
　　A fellow student and myself, he too

> A mountaineer, together sallied forth,
> And, staff in hand on foot pursued our way
> Towards the distant Alps. An open slight
> Of college cares and study was the scheme,
> Nor entertained without concern for those
> To whom my worldly interests were dear,
> But Nature then was sovereign in my heart,
> And mighty forms seizing a youthful fancy
> Had given a charter to irregular hopes. (*The Prelude* vi, 338–48)

> 3度目の夏休みが来たとき、
> 私と同じ登山家の学友と
> 二人一緒に、杖を手にして
> 徒歩で遥かアルプスに向って
> 旅に出た。その計画は大学の雑事や
> 勉強を公然と無視することになるが、
> 私の出世を一番気にかけてくれる
> 親族に対する気遣いも当然あった。
> しかし自然が私の心の支配者であり、
> 強大な自然の姿が若い想像力を捉え、
> 無謀な希望に認可を与えたのである。

上記の7～8行目の "those to whom my worldly interests were dear" は、ワーズワスが大学卒業後フェローになることを誰よりも強く望んでいるフォーンセットの叔父夫妻を暗に指したものである。実際、彼が最も世話になっている叔父は、甥が大学最後の貴重な夏休みを大陸旅行で無駄に費やしてしまったことを知ったときどのような態度に出るか、ワーズワスは旅の間も絶えず気にかけていた。彼がドロシーにスイスから最後に送った手紙（9月16日）の末尾に次のように述べているのを見ても明らかであろう。

> You will remember me affectionately to my Uncle and Aunt—as he was acquainted with my having given up all thoughts of a fellowship, he may perhaps not be so much displeased at this journey. I should be sorry if I have offended him by it.[2]

どうか叔父と叔母様にはよろしくご丁寧にお伝えください。僕がフェローになる考えを完全に放棄したことを叔父はよく知っているので、僕がこのような旅に出たことをさほど怒っていないと思う。だがもしそのことで叔父が機嫌を損ねているとすれば、とても残念に思う。

　ワーズワスは以上のような理由から、今回の大陸縦断の旅について兄弟妹はもちろん親族の誰にも知らせることなく7月上旬にケンブリッジを旅立った。そして7月13日にフランスの港町カレーに上陸したときに初めてドロシーにこの事実を伝えた。もちろんそのとき、他の誰にも口外することを固く禁じた。従って、彼は旅の間彼女以外の誰にも手紙を書かなかったことは言うまでもない。彼はこの旅の途中に妹に3通の長い手紙を送った。最初の手紙はフランス上陸直後に書いた手紙、2番目は8月4日にグランド・シャルトルーズ (Grande Chartreuse) に着いて、そこに2泊する間に書いた旅行記。そして最後の3通目の手紙は、その前半を9月5日の夜ボーデン湖畔の「小さな村」(Kesswil) で書き、14日に残りの後半を「グリンデンワルドからラウタブルーネンに向う途中の小さな村 (Wengen)」で書き終えた長い手紙である。しかし残念ながら、最初の2通は現存していないので、彼の旅の記録や貴重な体験はこの最後の手紙から読み取るしかない。しかし幸いにして『序曲』の第6巻で、カレーに上陸してからグランド・シャルトルーズに着くまでの旅の間に体験した貴重な想い出を書き残している。以下、これに基づいてフランス縦断の旅の跡を追うことにする。

(2)

　さて、ワーズワスとジョーンズがカレーに上陸した日はちょうど、バスティーユ崩落一周年を祝う「連邦記念日」(Federation Day) の前日（7月13日）であり、フランス全土がその祝賀の喜びに沸き立っていた。そのときの体験を『序曲』の第6巻で次のように表現している。

But 'twas a time when Europe was rejoiced,
France standing on the top of golden hours,
And human nature seeming born again.
Bound, as I said, to the Alps, it was our lot
To land a Calais on the very eve
Of that great federal day; and there we saw,
In a mean city and among a few,
How bright a face is worn when joy of one
Is joy of tens of millions. (*The Prelude* vi, 352–60)

折しも、ヨーロッパが喜びに満ち溢れ、
フランスは黄金の時期の頂点に立ち、そして
人間性が生まれ変わったように見える時代であった。
前述のように私たちはアルプスに向かっていたのだが、
あの偉大な連邦記念日の前夜にたまたま
運よくカレーに上陸した。そしてそこに見たのは、
その貧相な町と僅かな人々の顔に、
一人の喜びが幾千万人の喜びであるときに
見せるあの明るい輝きであった。

このような中で彼らはカレーで1泊した後、リヨンに向って一日平均20マイルの速さで歩き続けた。従って、2週間後の7月27日には早くも、ソーヌ河畔のシャロン (Chalons-sur-Saone) に着いた。途中、どの村や町にも祭典を祝う花の飾りが門や窓に見られ、また夜空の星の下で何時間も「自由の踊り」(Dances of liberty) に酔う光景を目にした。そしてシャロンからソーヌ河を船で下ったが、その船には各地の主要都市で催された連邦記念祭に参加した代表者 (delegates) も乗っていた。彼らは皆「巣箱に群がる蜜蜂のように華やぎ陽気」(Like bees they swarmed, gaudy and gay.) であった。そして夕食をとるために彼らと一緒に船から下りて、同じ席につくと、「天使たちが昔アブラハムに迎えられたときのように」(welcome almost as the angels were to Abraham of old) 歓迎された。そして食事が終わった後の彼らの行動をさらに次のように述べている。

The supper done,

With flowing cups elate and happy thoughts
We rose at signal given, and formed a ring,
And hand in hand danced round and round the board;
All hearts were open, every tongue was loud
With amity and glee. We bore a name
Honoured in France, the name of Englishmen,
And hospitably did they give us hail
As their forerunners in a glorious course;
And round and round the board they danced again. (*The Prelude* vi, 404–13)

夕食が終わった後、私たちは溢れる酒で
気分が高まり、幸せな気分になり、
合図の声で立ち上がって一つの輪になり、
手を繋いで食卓の周りを踊りまくった。
全員が心を開き、銘銘が友愛と喜びの
声を張り上げた。私たちは英国人という
フランスで尊敬される名を持っていたので、
彼らは私たちを名誉ある革命の先駆者として
暖かく心から歓迎の挨拶を贈り、
そして再び食卓の周りを踊り続けた。

　こうして夜明け前に再び同じ船に乗り、ソーヌ河をさらに速度を上げて流れ下った。そしてリヨンで下船して騒がしい連中と別れた後、旅の最初の目的地であるグランド・シャルトルーズに向かった。そして2日後ようやく目的地に着いた。以上、カレーを出てからここに着くまでの約20日間の旅の様子について70行（355〜423行）を費やしている。ところが、シャルトルーズの体験については2泊したにも拘わらず、ただ一言「そこで私たちは恐れ多い孤独の中で休息し、そこからスイスに向かった」(there *We rested in an awful solitude— / Thence onward to the country of the Swiss,*) と、僅かに1行（イタリックの部分）で済ましている。[3] しかし彼はここに滞在する間にドロシーに、英国を離れてから2度目の手紙を書いている。残念ながらその手紙は現存しないが、この20日間の旅について詳しい報告をしていたに違いない。恐らく、上記の『序曲』の長い一節と内容が一部同じであったに違いない。

(3)

　さて、ワーズワスがスイスから出した3通目の手紙によると、グランド・シャルトルーズで「2日間瞑想の日を送った後、日増しに素晴らしくなってゆく周囲の景色を楽しみながら、サヴォイを通ってジュネーヴに着いた。そしてレマン湖の北岸沿いに湖の奥 (head) にある小さな町ヴィルヌーヴ (Villeneuve) に着いた。」 そこからさらにローヌ河沿いに南下してマルティニ (Martigny) で重い荷物を預け、今回の旅の最大の目的地であるモンブランと巨大氷河が見えるシャモニーへ向った。マルティニからシャモニーへ行くためには標高2,000メートル前後の峠 (Col) を幾つか越えねばならない。その中でも最も高いバルム峠 (Col de Balme, 2,204m) に辿り着いたとき、眼下に「原始の谷」を見るような「緑の奥地」に民家が点在するのを見たときの感動の言葉で始まっている。

> My heart leaped up when first I did look down
> On that which was first seen of those deep haunts,
> A green recess, an aboriginal vale,
> Quiet, and lorded over and possessed
> By naked huts, wood-built, and sown like tents
> Or Indian cabins over the fresh lawns,
> And by the river-side. (*The Prelude* vi, 446–52)

> 私は初めて見るこの深い谷間の集落、
> 木で作られ、テントのように
> 点在する裸の小屋、或いは
> 新鮮な芝生や川辺に建てられた
> インド風の小屋で占められた
> この緑の奥地、この原始の谷を
> 初めて見たとき、私の心は躍った。

ここに至る詳しい行程について、ドロシーが1820年の夏兄と一緒にスイスを旅行したときの旅日記 (*Journal of a Tour on the Continent*) の中で詳しく述べている。それによると上記の「原始の谷」はトリエンツ (Trientz) の村であることが分かった。それと同時に、彼が「初めて見下ろした」そ

の高い場所はバルム峠であることも地図によって明らかになった。従って、彼らはその後さらに幾つかの峠を越えて、ようやくシャモニーに下りてきたのだった。ところが詩では、その過程を省略していきなりシャモニーから遥か遠くに見たモンブランの山頂と、間近で見た巨大な氷河について次のように述べている。

> That day we first
> Behold the summit of Mount Blanc, and grieved
> To have a soulless image on the eye
> Which had usurped upon a living thought
> That never more could be. The wondrous Vale
> Of Chamouny did, on the following dawn,
> With its dumb cataracts and streams of ice—
> A motionless array of mighty waves,
> Five rivers broad and vast—make rich amends,
> And reconciled us to realities. (*The Prelude* vi, 452–61)

その日私たちは初めて
モンブランの頂上を見た。そして
それまで色々と精一杯心に想い描いてきた
私の目に、実際に映った精気のない
その姿を見て悲しくなった。だがその翌日
夜明け前に見たシャモニーの驚異の谷、
その沈黙した滝、氷の河、
微動もしない巨大な波の列、
これら五つの広大な河はそれを十分補い、
その現実の姿に私たちは改めて納得した。

ワーズワスはこれまでグレイ (Thomas Gray) を初めとして多くの旅行記や文学作品を読んで、モンブランの雄大な姿を想像して胸を躍らせてきたが、現実にシャモニーの村から遠くに仰ぎ見たその山頂の姿は余りにも期待はずれであった。しかし道路の側まで流れ下っている五つの巨大な氷河を目の当たりしたとき、モンブラン山頂の姿から受けた失望感を十分補って余りあったと言うのである。

　ワーズワスは妹に宛てた手紙の中で、この雄大な景色について「手紙で

はとても語りつくせない」の一言で済まし、「シャモニーの周辺で2日間過ごした後マルティニへ引き返した」とだけ述べているが、それから30年後（1820年）妹と妻と一緒に再び訪れたときもマルティニから同じ峠を越えて丸2日間ここで過ごした。それは妹にとって文字通り追体験の旅であり、そのときの体験を『大陸旅行記』の中で13頁にわたって詳しく記している。言い換えると、兄ウィリアムが30年前に手紙で省略したことを妹ドロシーが全て語り尽くしたと言って過言ではない（詳しくは最終章の307～8頁参照）。

さて、ワーズワスとジョーンズはマルティニに引き返した後、「ローヌ河の渓谷を通ってブリッグ (Brig) へ行き、そこでローヌ渓谷を離れ、イタリアの一部を訪ねるためにシンプロンを通ってアルプスを越えた」と簡単に説明した後、「アルプスの真ん中を3時間歩いたときの印象は一生消えないだろう」(The impressions of three hours of our walk among the Alps will never be effaced.) と、付け加えている。[5]

ワーズワスはこの「一生消えない印象」について、『序曲』の第6巻で70行（488–524; 549–80）近くに渡って具体的かつ感動的に語っている。先ず、自分がこれまで体験した「失意」(dejection) とは全く異なった「深い純粋の悲しみをあの時感じた」(A deep and genuine sadness then I felt) と切り出し、それを体験した経緯を詳しく語る。それを要約すると、別の旅人の集団に付いて行ったために、あれほど楽しみにしていたアルプス越えのルートではない道を通ることになった。そして間違いに気づいて地元の百姓に尋ねてみると、すでにアルプスを越えてしまっていると教えられた。それを聞いたときの信じられないほどのがっかりした「失意」の感情を次の5行で表現している。

> Hard of belief, we questioned him again,
> And all the answers which the man returned
> To our inquiries, in their sense and substance
> Translated by the feelings which we had,
> Ended in this—that we had crossed the Alps. (*The Prelude*, vi, 520–4)

私たちはそれが信じ難くて、再び彼に聞いてみた。

だが、私たちの質問に対して帰ってくる
返事はすべて、その意味と内容を
私たちの気分で翻訳すると、「私たちはすでに
アルプスを越えた」と言う結論であった。

　百姓からこの事実を知らされた後は流石に足取りも重かったが、間もなく元気を取り戻して急流沿いの険しい道を一歩一歩数時間歩いていった。そしてついにかの有名なゴンドー峡谷 (the Gorge of the Gondo) に入った。『序曲』ではこの地名を挙げていないが、そのときの強烈な印象を次のように述べている。まさしくモンブランの氷河の旅に続く最大のクライマックスである。

> 　　　　　　　The immeasurable height
> Of woods decaying, never to be decayed,
> The stationary blasts of waterfalls,
> And everywhere along the hollow rent
> Winds thwarting winds, bewildered and forlorn,
> The torrents shooting from the clear blue sky,
> The rocks that muttered close upon our ears—
> Black drizzling crags that spake by the wayside
> As if a voice were in them—the sick sight
> And giddy prospect of the raving stream,
> The unfettered clouds and region of the heavens,
> Tumult and peace, the darkness and the light,
> Were all like workings of one mind, the features
> Of the same face, blossoms upon one tree,
> Characters of the great apocalypse,
> The types and symbols of eternity,
> Of first, and last, and midst, and without end. (*The Prelude* vi, 556–72)

枯れそうに見えて絶対枯れることのない
木々の計り知れない高さ、
滝から絶え間なく吹く強風、
深い裂け目に沿って至る所で
当惑し、侘しく交錯する風、

綺麗に晴れた空から噴出する激流、
我々の耳元でつぶやく岩、
まるで声を出しているかのように
道端で聞こえる水の滴る黒い岩山、
眩暈を起こすような逆巻く激流の眺め、
奔放に流れる雲と天の領域、
騒ぎと平和、暗黒と光、
これら全ては一つの心（神）の仕業、同じ顔の
様々な表情、一つの木に咲く花々、
偉大な啓示の様々な化身、
最初にして最後、中間、そして終わり無き
永遠の典型かつ象徴のようだ。

彼らはその夜ゴンドー峡谷に1軒だけ建つ「病院」(hospital) と呼ばれる「不必要なまでに大きく詫びしい館」に泊まった。上記に続いて次のように述べている。

    That night our lodging was an alpine house,
An inn, or hospital (as they are named),
Standing in that same valley by itself,
And close upon the confluence of two streams—
A dreary mansion, large beyond all need,
With high and spacious rooms, deafened and stunned
By noise of waters, making innocent sleep
Lie melancholy among weary bones. (*The Prelude* vi, 573–80)

あの夜、我々の宿はアルプスの家、
「病院」と呼ばれる宿屋だった。
それはあの同じ場所に、二つの川が
合流する地点の直ぐ側に1軒だけ立っていた。
不必要なまでに大きい、高くて広い部屋が
幾つもある侘しい館であった。つんざく激流の音で
何も聞こえない中、疲れた骨に痛みを
感じつつ罪のない眠りに就いた。

以上で厳しいアルプス越えの一日が終わった。ワーズワスはドロシー宛の手紙では前述のように、「アルプスの真ん中を3時間歩いたときの印象は一生消えないだろう」と簡単に済ませているが、帰国後も折に触れてこのときの体験を彼女に語った。従って、彼女が『序曲』のこの数節を初めて目にしたとき（1804年）何よりも興味深く読んだに違いない。それから16年後、彼女はワーズワス夫婦と一緒にスイス旅行の途中この同じ場所を通ったとき（1820年9月9日）、『序曲』のこれらの記述を鮮明に想い起した。中でも、「病院」（ドロシーはこれを "Spittal" と綴っている）と呼ばれる宿を目にしたときの記述は1頁以上に及んでいる（詳しくは第10章303頁参照）。[6]

(4)

　以上のようにして無事アルプス越えをしたワーズワスとジョーンズは、今回の旅の折り返し点としての最大の目標であるコモ湖に向った。彼らはヴェドゥロ (Vedro) 渓谷を下ってイタリアに入り、ドモドソラ (Domodossola) で進路を東に取り、マジョレ湖北端の町ロカルノ (Locarno) を経てコモ湖に着いた。前述のスイスからドロシーに宛てた手紙の中で最大の紙面を費やしたのはコモ湖についてであるが、それは次の言葉で始まる。

> A more charming path was scarce ever travelled than we had along the lake of Como. The banks of many of the Italian and Swiss lakes are so steep and rocky as not to admit of roads; that of Como is partly of this character. A small footpath is all the communication by land between one village and another on the side along which we passed for upwards of thirty miles.[7]

> コモ湖に沿って小路を歩いたときほど魅力的な旅を今までしたことはない。イタリアやスイスの多くの湖岸は非常に急斜面で岩ばかりなので、道路を作る余地がない。コモ湖の岸も一部はこの種類である。小さな散策路だけが村と村を陸地で繋ぐ唯一の交通手段なのだ。この岸辺の小路を僕たちは30マイル以上歩いた。

彼はこれより2年後に書いた『叙景小品』(*Descriptive Sketches*) の中でコモ湖の魅力について 68 行（80～147 行）に渡って詳しく述べているが、その中で特に「急斜面の周りを乱暴に小さな散策路が取り巻いている」(Wild round the steeps the little pathway twines) という 1 行について、次のような長い解説（脚注）を付けている。上記と比較して読むと一層理解が深まるであろう。

> If any of my readers should ever visit the Lake of Come, I recommend it to him to take a stroll along this charming little pathway; he must chuse the evening, as it is on the western side of the Lake. We pursued it from the foot of the water to its head; . . . [8]
>
> 私の読者の誰かがコモ湖を訪ねることがあれば、この魅力的な小さな散策路を是非散歩するようにお薦めする。湖の西岸を歩く場合、特に夕方を選ぶとよい。私たちは湖の出口（南端）から奥（北端）までその小路を辿った。

コモ湖は南端から北端まで 30 マイル以上ある。ワーズワスは妹宛の手紙で「僕たちは 30 マイル以上歩いた」と述べているが、上記の脚注はそれを裏付けている。さらにこれより 12 年後に書いた『序曲』第 6 巻のコモ湖に贈る最高の賛辞は、この小道の散策が如何に「魅力的」であったかを如実に物語っている。

> And Como thou—a treasure by the earth
> Kept to itself, a darling bosomed up
> In Abyssinian privacy—I spake
> Of thee, thy chestnut woods, and garden plots
> Of Indian corn tended by dark-eyed maids,
> Thy lofty steeps, and pathways roofed with vines
> Winding from house to house, from town to town
> (Sole link that binds them to each other), walks
> League after league, . . . (*The Prelude* vi, 590–8)
>
> そしてコモよ、大地によって大切に
> 守られた宝物、アビシニアの森にひそかに
> 抱かれた寵児、私は君について語った。

君の栗の林や庭園のあるところ、
黒い瞳の乙女に育てられたトウモロコシ、
君の険しい坂道、家から家へ町から町へ
葡萄に覆われた曲がりくねった小路
（村と村を互いに結ぶ唯一の連絡路）、
数十キロも続く散歩道について、語った。

ここで言う「語った」とは、上述の『叙景小品』を指しているのである。そしてこの一節を次のように結んでいる。

      Like a breeze
  Or sunbeam over your domain I passed
  In motion without pause; but ye have left
  Your beauty with me, an impassioned sight
  Of colours and of forms, whose power is sweet
  And gracious, almost, might I dare to say,
  As virtue is, or goodness—sweet as love,
  Or the remembrance of a noble deed,
  Or gentlest visitations of pure thought
  When God, the giver of all joy, is thanked
  Religiously in silent blessedness— (*The Prelude* vi, 605–15)

私は、君の領土の上を流れる微風か
日光のように、足を止めることなく
通り過ぎて行った。だが私の心に
君の美を、様々な色と形をした情熱的な
光景を、残してくれた。その美の力は、
快く優美であり、大胆な表現をすれば、
殆ど美徳と善意のようであり、愛のように甘く、
高貴な行為の思い出のようであり、
また全ての喜びの施し主である神に
至福の中で静かに感謝の祈りを捧げるときの
純な思考の穏やかな訪れのようでもある。

ドロシー宛の手紙はこのように詩的な表現ではないが、場所や光が移り変わるにつれて様々に変化する景色の美しさを数十行に渡って詳細に伝えて

いる。そして最後に、アルプスを越えた時とコモ湖の岸辺を歩いている時の気分とを比較して、その違いを次のように述べている。

> It was impossible not to contrast that repose that complacency of Spirit, produced by these lovely scenes, with the sensations I had experienced two or three days before, in passing the Alps. At the lake of Como my mind ran thro a thousand dreams of happiness which might be enjoyed upon its banks, if heightened by conversation and the exercise of the social affections. Among the more awful scenes of the Alps, I had not a thought of man, or a single created being; my whole soul was turned to him who produced the terrible majesty before me.[9]

> コモ湖の美しい景色によって産み出されたあの精神の安らぎと充足感を、2〜3日前アルプスを越えたときに体験した感動と対比しないではおれない。コモ湖では、その岸辺で人々との対話や友情の喜びが加わればより一層楽しめたであろう幾千の幸せを夢見ることができた。一方、より畏れ多いアルプスの山中では、人や生き物について何一つ考えが及ばず、僕の魂は全て私の眼前に恐ろしい威厳を産み出した神に向けられていた。

ワーズワスはこのように述べた後、「手紙ではこれ以上細かいことは話せない」と突然打ち切り、「僕たちはコモ湖の北端からチアヴェナ (Chiavenna) に向い、そこからアルプスの山脈を通り過ぎ」ライン河の源流に沿ってルツェルンに向かったと述べるに留めている。

　さてここで再び『序曲』に戻って、上記の続きの一節に注目すると、彼らはコモ湖に来てから2度目の夜、月明かりの下で昼間とは違った「最も深い安らぎの状態にある景色」(the scene in its most deep repose) を是非とも見たくなり、翌朝4時に宿を出て湖岸を散歩する計画を立てた。ところがここで大失敗をしてしまった。それはイタリアの時計の、時刻の打ち方を知らなかったために1時45分を4時と取り違えて、真夜中に宿を飛び出したことであった。結局、夜の数時間を湖岸で過ごすことになり、月も間もなく正面の山の向こうに沈み、岩の上で眠気に襲われて「うつらうつらしながら」一夜を過ごしてしまった。このときの様子を40行に渡って次のように回想している。

　　　　　　　　The second night,
In eagerness, and by report misled
Of those Italian clocks that speak the time
In fashion different from ours, we rose
By moonshine, doubting not that day was near,
And that, meanwhile, coasting the water's edge
As hitherto, and with as plain a track
To be our guide, we might behold the scene
In its most deep repose. We left the town
Of Gravedona with this hope, but soon
Were lost, bewildered among woods immense,
Where, having wandered for a while, we stopped
And on a rock sate down to wait for day.
An open place it was and overlooked
From high the sullen water underneath,
On which a dull red image of the moon
Lay bedded, changing oftentimes its form
Like an uneasy snake. Long time we sate,
For scarcely more than one hour of the night—
Such was our error—had been gone when we
Renewed our journey. On the rock we lay
And wished to sleep, but could not for the stings
Of insects, which with noise like that of noon
Filled all the woods. The cry of unknown birds,
The mountains—more by darkness visible
And their own size, than any outward light—
The breathless wilderness of clouds, the clock
That told with unintelligible voice
The widely parted hours, the noise of streams,
And sometimes rustling motions nigh at hand
Which did not leave us free from personal fear,
And lastly, the withdrawing moon that set
Before us while she still was high in heaven—
These were our food, and such a summer night
Did to that pair of golden days succeed,
With now and then a doze and snatch of sleep,

On Como's banks, the same delicious lake. (*The Prelude* vi, 621–57)

2日目の夜、
わが国の時計とは異なったイタリア式の
時間の打ち方に騙されて、
はやる心で夜明けが近いと確信して
月明かりの中で起き上がった。
そしてこれまでのように湖の縁に沿って
はっきりした道を頼りに、
湖の最も深い安らぎの姿が見られると
信じて疑わなかった。このような希望を抱いて
グラヴェドーナの町を出た。だが間もなく
道に迷い、広大な森の中に迷い込んだ。
そこで暫くさ迷い歩いた後、立ち止まって
岩の上に腰を下ろし、夜明けを待った。
そこは開けた場所だった。空が見え、
足下で湖面が鈍く光り、
水に映った月の鈍い赤い影が
不安な蛇のようにしばしば
形を変えていた。長い間座っていた。
そして再び歩き始めたとき
夜の1時間近くが過ぎていた。
それほどひどい勘違いをしていたのだ。
岩の上に横たわって眠ろうと思ったが、
虫に刺されて眠れなかった。森全体を満たす
真昼の虫のようにうるさかった。得体の知れない
鳥の叫び声、外から光を受けるときよりも
暗闇のために一層はっきりと実物大に見える山々、
無風の荒々しい雲、意味の分からぬ
声で告げる時計の音、
長い間隔の数時間、川の流れる音、
また身の危険を感じさせずにはおかない
すぐ側で時々かさかさと動く物音、
そして最後に、月はなおも空に
高くいながら、目の前で退き始めた。
以上が私たちの食べ物であり、黄金の

2日間の後に続く夏の夜であった。
　　あの心地よいコモ湖の岸辺で時々まどろみ、
　　うとうとしながら過ごした夜であった。

ワーズワスはここまで述べたところで、「このような放浪の記録」(the record of these wanderings) は私の大好きなテーマであるので、「理性で抑えなくては際限なく話してしまう」と言って、旅の続きを打ち切ってしまう。しかし最後に「これだけは是非とも言わせてほしい」と前置きして、このような冒険と放浪の旅は彼の心に貴重な詩的遺産を残してくれたことを20行に渡って力説している (732～81行)。

　以上で、『序曲』第6巻は終了するが、そこは今回の旅の折り返し点に過ぎず、その後、進路を北に取って再び別のルートのアルプスを越えた後、ルツェルンに向かった。それから30年後、ドロシーはワーズワス夫妻と一緒にコモ湖を旅したとき、特に上記の放浪の出発点となったグラヴェドーナ周辺の旅に執念を燃やし、ミラノからの帰り途で再びコモ湖の同じ場所を訪ね、彼女の『大陸旅行記』の中で最大の紙面を費やしている（詳しくは第10章302頁参照）。

　『序曲』第6巻のスイス旅行の記述は上記の一節で打ち切られ、次の第7巻で舞台を大学卒業後のロンドンでの生活に移る。従って、コモ湖以降の旅の記録はドロシー宛の手紙に頼るしかない。それによると、彼らはルツェルンに着いた後、そこからさらに北に向って旅を続け、チューリッヒから湖の北岸沿いにラッパースウィル (Rapperswil) を経て、修道院で有名なアインシーデルン (Einsiedeln) を訪ね、そこから東に向ってグラルス (Glarus)、さらに北に向かってボーデン湖 (Bodensee) のコンスタンス（Constance, 独名 Konstanz）に着いた (9月5日？)。そこからさらに西に向ってライン河の滝で有名なシャフハウゼン (Schaffhausen) を訪ねた。「滝は確かに素晴らしいが、正直に言って期待外れだった」と一言感想を述べている。滝を見た後、ライン下りをしてバーゼル (Basel) から再びルツェルンに向かった。そしてそこからブルニッヒ峠 (Brunig Pass) を越え、メイリンゲン (Meiringen) からヴェターホルン (Wetterhorn) の麓を通り、グリンデルワルドを経てラウターブルネン (Lauterbrunen) 近くの小さな

村 (Wengen) に着いた。そして「今 (9 月 14 日) ドロシーに宛ててこの手紙を書いているところだ」と述べ、さらに続いて今後の旅程を簡単に説明する。即ち、これからラウターブルネンの滝を見物してから、ベルンを経てノイチャテル湖 (Lac de Neuchatel) の周辺を旅した後バーゼルに向かい、そこで舟を購入してライン河を下り、ケルンで舟を売り払い、ベルギーを横断してオステンドからイギリスのマーゲイト (Margate) の港に向う予定である。従って 10 月 10 日までにイギリスに着くだろうと。[10]

さて手紙の後半は、今回の大陸旅行の大半を終えて、今スイス最高の景勝地ユングフラウの麓にきているが、旅の間も絶えず脳裏に浮かんだのは妹のことだったと、先ず次のように述べる。

> I have thought of you perpetually and never have my eyes burst upon a scene of particular loveliness but I have almost instantly wished that you could for a moment be transported to the place where I stood to enjoy it. I have been more particularly induced to form those wishes because the scenes of Swisserland [sic] have no resemblance to any I have found in England, and consequently it may probably never be in your power to form any idea of them.

> 僕は絶えず君のことを考えていた。特に美しい景色を突然目にするとほぼ同時に、君が一瞬にして同じ場所に姿を現し、僕と一緒にその景色を楽しむことできればと願わないことは一度もなかった。このような願望をとりわけ強く抱いた理由は、スイスの景色は僕がギリスで見てきたどの景色とも似通ったところが全くないので、それがどのようなものか君には全く想像もつかないと思うからだ。

この一見誰もが口にするような言葉は彼の場合、特別深く重い意味を持っていた。何故なら、この感動を妹と共に味わいたいという願望は一生彼の心から消えず、帰国後も折に触れてこの話をしていた。一方、ドロシーもそれを心から信じ、その日のために『序曲』第 6 巻のアルプス越えの詩行を殆ど諳んじていた。それから十数年が過ぎ、長かったナポレオン戦争も終わり、子供の教育からも解放されたワーズワス一家は 1820 年ようやくその夢が叶い、7 月 10 日に約 4 ヶ月間の大陸旅行に出発した。その旅

の記録は前述のようにドロシーによって、『大陸旅行記』として書き残されている。これは 330 頁に及ぶ大著であり、イギリス紀行文学を代表する作品の一つと評しても過言ではあるまい。そしてこの紀行文の最大の見所は、兄ウィリアムが 30 年前に体験した感動をドロシーが追体験する場面である。中でもそれは、前節で述べた三つのクライマックスの場面（モンブランの氷河、アルプス越え、コモ湖畔の夜中の散策）であった。そして今、最後にして最高の景色を目の前において、スイスから最後の手紙を妹に宛てて書いている。上記に続く次の一節に注目しよう。

> We are now . . . upon the point of quitting the most *sublime* and *beautiful* parts and you cannot imagine the melancholy regret which I feel at the Idea. I am a perfect Enthusiast in my admiration of Nature in all her various forms, and I have looked upon and as it were conversed with the objects which this country has presented to my view so long, and with such encreasing pleasure, that the idea of parting from them oppresses me with a sadness similar to what I have always felt in quitting a beloved friend.[11]
>
> 僕たちは（スイスの中で）最も崇高かつ美しい地域を今まさに去ろうとしている。これを思うと名残惜しくてメランコリックな気分になるのを君はとても想像できまい。今や僕は、様々な姿をした自然を賛美する完全な熱狂者だ。僕は自然を見つめ、そして言わば自然と会話をしてきた。この国は実に長い間僕の目を楽しませ、日増しに高まる喜びを与えてくれた。それ故、この国と別れると思うと悲しくて胸が締め付けられる。それは愛する友（ドロシー）と別れる時にいつも感じる悲しみに似ている。

ドロシーはこのスイスから送られた兄の手紙を生涯大切に保存していた。そして 30 年後ついに念願叶って兄と一緒にスイス旅行が実現したとき、『序曲』の第 6 巻と共にこの手紙を取り出して改めて読み返した。我々はドロシーの『大陸旅行記』を読むとき、30 年前のスイス旅行の遺産とも言うべきこの手紙と『序曲』の第 6 巻を絶えず念頭においていると、この大作は一層めりはりの利いた味わい深いものとなるであろう。

最後に、上記の引用文の 1 行目に筆者がイタリックで表記した 2 語に注目したい。これと同じ表現は次のように、この手紙の冒頭にも見られる。

> My Spirits have been kept in a perpetual hurry of delight by the almost uninterrupted succession of *sublime* and *beautiful* objects which have passed before my eyes during the course of the last month , . . .[12]
>
> 最後の１ヶ月間、僕の目の前を殆ど途切れることなく通り過ぎていった崇高で美しい景色の連続によって、僕の心は次から次へと絶え間のない喜びに溢れていた。

この２語は 'picturesque'「絵画的」と並んで、当時の美術評論家や趣味人が好んで用いた流行語であった。その元祖はグレイやギルピンであったことは言うまでない。その「絵画的」という語もまたこの手紙の中で、レマン湖東端の岸辺の「限りなくより一層絵画的」(infinitely more picturesque) という表現に見られる。ワーズワスはこの種の流行語や決まり文句 (stock phrase) を詩で用いることを極力避けた。もちろん 'beautiful' という語は用いることがあっても、'sublime' と対句のように並べて用いることは絶対にない。しかし妹に宛てた手紙でそれを２度も用いたのは、アルプスの景色について想像もつかない妹に対して、彼独自の的確な詩的描写をして見せるよりも却って一層分かりやすいと思ったからであろう。次に、「自然賛美の完全な熱狂者」という言葉に注目したい。何故なら、それは８年後『ティンタン僧院』の中で自ら繰り返し宣言した「自然崇拝者」(the worshipper of Nature) に発展する原点であったからだ。

　さらに上記に続いて、多くの批評家が口を揃えて指摘する極めて重要な記述に注目したい。先ずその前半で「今回の旅の間に、目の前の美しい景色を一層強く記憶に留めておくことができないことを絶えず悔やんできた。素晴らしい眺望を目にしたとき、その美しい景色をしっかり目に焼き付けておこうと思って何度もその場所へ引き返したことがある」と述べた後、次のような注目すべき言葉を残している。

> At this moment when many of these landscapes are floating before my mind, I feel a high enjoyment in reflecting that perhaps scarce a day of my life will pass in which I shall not derive some happiness from these images.[13]
>
> これらの景色の多くが僕の心の前で消えずに漂っているこの瞬間、これら

のイメージから幸せを引き出さずに過ごす日は恐らく一生のうち一日としてあるまい、と思うとすごく楽しい気分になる。

我々はここにワーズワス独自の詩的創造の原理または本質を見通すことができる。即ち、美しい自然から受けた数々の強烈な印象 (impression) が脳裏に深く温存されて、何時の日にかそれが詩の創造へと生まれ変わる喜びを意味している。この詩的創造の喜びは『ティンタン僧院』の次の言葉に一層明快に示されていることを指摘しておきたい（第3章95～6頁参照）。[14]

> (While) here I stand, not only with the sense
> Of present pleasure, but with pleasing thoughts
> That in this moment there is life and food
> For future years. (*Tintern Abbey*, 63–6)

> 私はこのワイ川の辺に立っていると、今現在
> 幸せという思いだけでなく、この瞬間の中に
> 未来のための生命と糧があるという
> 楽しい気分に満たされるのだ。

ワーズワスにとって「旅」の持つ意味はまさしくここにある。それがたとえささやかな旅または散策に過ぎなくても、その間に目にした美しい自然の姿が心の奥深くに保存されて新たな喜びへと変質を遂げる。『ティンタン僧院』よりさらに数年後に書かれた "I wandered lonely as a cloud" で始まる『水仙』の最終連はまさにその代表例である。以上のように、ワーズワスにとって「旅」は単に自然との触れ合いの喜びに留まらず、詩の創造の源泉であった。今回の大陸旅行はその新たな発見または更なる成長への土台となった、と解釈して間違いあるまい。

(5)

当時グランド・ツア、つまりヨーロッパ大陸縦断旅行と言えば、馬車で従者やガイドを連れて旅をするのが常識であった。もちろんそれには相当

の費用がかかり、大富豪か貴族の子弟しか実践できなかった。それをワーズワスは全行程徒歩で、しかも僅かな費用でやり遂げる計画を立てたのだった。それ故、その計画をケンブリッジの友人に話したとき誰もが異口同音に、「数多くの困難に遭遇して途中で必ず引き返してくるだろう」と断言した。

　しかしワーズワス自身はこの計画にたいして「極めて楽天的な期待」(most sanguine expectations) を持って出発した。そして結果は「それをはるかに超えて大成功に終わった。」従って、ケンブリッジに帰ったとき「彼らに対して大威張りしてやるのが今から楽しみだ」と前述の妹宛の手紙で述べている。さらに旅の服装や手荷物の負担を出来るだけ少なくするために採った出で立ちは、実に奇妙なものだったと次のように述べている。「僕たちは奇妙な姿をしていたので、村を通過したときしばしば皆から笑われているのに気づいた。僕たちは旅を手軽にするために同じ軽い服を着て、頭の上に荷物を乗せ、そして手には樫の杖を携えていた。この姿は一般の人々の目に少なからず奇妙に見えたらしい」と。[15] そして旅の費用に関して、「僕たちは7月14日の夜カレーを出発して今日（9月16日）までの2ヶ月の間に、二人合わせて12ポンドを越さなかった、と聞けば君はさぞかし驚くだろう」と伝えている。[16] そんな訳で、彼らの財布に随分余裕ができたので、帰りの旅はバーゼルで舟を買ってライン河下りを楽しみながらケルンで上陸してそこで舟を売り払い、帰国の途についたのである。

　以上のように、ワーズワスの今回の大陸旅行はまさしく常識を破った「実行不可能な気違いじみた」冒険のように一般の人の目に映った。しかしこの一見無謀としか思えない旅を親族の誰にも告げずに断行した背景には、旅を何よりも愛する青年の抑えがたい好奇心と想像力の高まりの賜物であることは言うまでもないが、それを促した最大の要因は詩人を志す彼にとって最も重要な想像力を大きく育てる絶好の機会と決断したからである。と言うのも、このころワーズワスは叔父の期待通りに大学のフェローになる考えは全くなく、詩人の道を突き進む決意をすでに固めていたからである。それは上述のドロシー宛書簡の結語にはっきり表れている (42〜3頁参照)。

　こうして10月半ばにケンブリッジに戻ったワーズワスは大学が始まる

11 月まで暫く時間があるので、その間妹の住むフォーンセットで過ごすつもりでいたが、そのままケンブリッジに留まった。そしてクリスマスをフォーンセットで妹と一緒に過ごした後、翌年 2 月に大学を卒業しても定職には就かず、数ヶ月自由な放浪生活を楽しんだ。そしてその年の暮近くになって、フランス語の習熟を目的にフランス留学を決行した。[17] フランス留学を選択した要因の一つに今回の大陸旅行の体験が大いに物を言ったように思われる。と言うのも、前述のドロシー宛書簡の中で特にフランスに対する好感と関心の強さを次のように語っているからである（長くなるので原文は割愛）。

> フランス人は（スイス人と比べて）堂々とはしていないが、下層階級にいたるまで浸透している礼儀深さ (politeness) は非常に好感が持てる。これは一に彼らの真の慈悲深さ (real benevolence) に起因すると思わざるを得ない。僕たちは 1 ヶ月近くフランスにいる間に、如何なる人物であれ失礼だと僅かでも感じたことは一度もなかった。僕たちはまた、フランス人が評判通り明るく快活であることを絶えず至る所で見てきた。全国民が革命の成果に狂喜している最中に、僕たちはフランスを縦断したことをここで忘れてはならないが。[18]

従って、彼はフランスの土を踏んで（1791 年 11 月 27 日）暫くしてからオルレアンに落ち着くと（12 月 6 日）、そこの社会にたちまち溶け込み、そこで知り合ったフランス語の家庭教師アネット・ヴァロン (Marie Anne Vallon, 1766–1841) とたちまち恋仲になり、翌年 2 月には早くも彼女は妊娠していた。それ故、彼女が郷里のブロアに帰ったことを知ると、彼女の後を追って自分もそこに住まいを移した。しかしオルレアンと違って政治的関心の極めて強いところであったので、それまで政治に殆ど関心を示さなかった彼はここに来て突然政治に目覚め、やがて革命支持者の集まるクラブ (Friends of the Constitution) に出入りするようになった。元来彼は自由と平等を愛し、彼の大胆な行動に見られるように決して保守的ではなかった。だが彼は心底から政治に興味を持ち、純粋な革命支持者になった最大の転機は、当地に駐屯していた騎兵隊の将校の一人ミシェル・ボピュイ (Michel Armand Beaupuy, 1755–96) と知り合ったことにある。彼との親交

と彼から受けた影響の大きさについて『序曲』の第 9 巻で詳しく論じているが、彼は貴族の出であるにも拘らず、「人をあくまでも人として愛し、卑しい人や名もない人々、そして質素な仕事に従事するあらゆる素朴な人々に対して、丁重に振舞った」(Man he loved / As man, and to the mean and the obscure, / And all the homely in their homely works, / Transferred a courtesy . . .)。中でもワーズワスが最も感動させられた点は、理想を実現しようとする彼の献身的な行動力にあった。平和で静かなケンブリッジの森で「自由と希望、そして正義と平和」について議論することは楽しいものだが、国家存亡の危機に立ったときに命を賭けて理想の実現に立ち向かう人の話を聴くことはなお一層心地よく胸に響いた(『序曲』第 9 巻、397～410 行)。そのボビュイも 6 月末に連隊と共にブロアの町を去ってライン河の前線に赴いた。[19] 残るはアネットだけになったが、彼女の家族への気遣いからオルレアンにいたときのような愛に熱中するわけにいかず、ようやく詩作に心を配る時間的余裕ができた。そこで手をつけたのは、フランスに来る前から書き始めていたスイス旅行の『叙景小品』であった。

　先ず冒頭の献辞に注目すると、それは大陸旅行を共にしたロバート・ジョーンズに宛てた言葉であるが、その中で特に次の記述に注目したい。

　　In inscribing this little work to you I consult my heart. You know well how great is the difference between two companions lolling in a post-chaise, and two travellers plodding slowly along the road, side by side, each with his little knapsack of necessaries upon his shoulders. How much more of heart between the two latter![20]

　　この小品を貴兄に捧げるに際して私は自分の心と相談した。貴兄はよくご存知でしょう、馬車の椅子にもたれて旅する二人の仲間と、必需品を詰めたナップサックを肩に担いで二人並んで道をゆっくり歩く二人の旅人との違いがどれほど大きいかを。また後者の二人がどれ程多く心を一層通わせているかを。

「馬車の椅子に持たれて旅する二人」はグレイとウオルポール (Horace Walpole, 1717-97) を暗に指していることは明白である(ワーズワスは出発前にグレイの旅行記を読んで彼らの旅の様子を良く知っていたからであ

る)。一方、自分たちは最後まで徒歩の旅 (pedestrian tour) をやり通した。これによって自然を見る目もより深くなり、「互いの心をより深く通わせる」ことができた。そして何よりも重視すべき点として、馬車の旅は一般の人が通る道、即ち 'beaten track'「常道」を通ることになるのに対して、徒歩は「常道」を外れた自然の神秘の世界を自由に散策できる。想像力に富んだ詩人の感性にとって後者の方が遥かに実り多いことは自明の理である。1820年の夏ドロシーが兄と一緒に大陸旅行をしたとき、「山国の最も楽しい旅の方法として徒歩を選んだことを我ながら祝福せざるをえない」(I could not but congratulate myself on our being on foot, . . . the pleasantest mode of travelling in a mountainous country.) と記しているのを見落としてはなるまい。[21]

ところで本詩は紀行文学よりむしろ叙景詩として見るべきである。何故なら、実際に旅したルートを自由に変更しているだけでなく、この詩を書いた当時 (1792年) の感情とその舞台 (ロアール河畔) を散策の場に採り入れているからである。一方、叙景詩としての観点から大いに注目すべき描写が少なくない。中でも最も注目すべきは多くの学者が指摘する次の一節、即ちルツェルンに向かうアルプスの山上で激しい嵐に会い、やがて間もなく嵐が過ぎて雲間から夕陽が射し込んだ瞬間、東の山々が真っ赤な炎に包まれた姿に変わる光景を描いた一節である。

  'Tis storm; and hid in mist from hour to hour
  All day the floods a deeper murmur pour,
  And mournful sounds, as of a Spirit lost,
  Pipe wild along the hollow-blustering coast,
  'Till the Sun walking on his western field
  Shakes from behind the clouds his flashing shield.
  Triumphant on the bosom of the storm,
  Glances the fire-clad eagle's wheeling form;
  Eastward, in long perspective glittering, shine
  The wood-crown'd cliffs that o'er the lake recline;
  Wide o'er the Alps a hundred streams unfold,
  At once to pillars turn'd that flame with gold;
  Behind his sail the peasant strives to shun

> The west that burns like one dilated sun,
> Where in a mighty crucible expire
> The mountains, glowing hot, like coals of fire. (*Descriptive Sketches*, 332–47)

　嵐、それは幾時間も霧に包まれ、
　終日洪水がより深い音を立てて流れ、
　そして死人の魂のような悲しい声が
　鳴り響く窪んだ岸に沿って凶暴に歌う。
　やがて太陽が西方の田畑の上を歩きながら、
　雲の背後から閃光を放つ盾を揺さぶり、
　嵐の胸の上で勝ち誇ったように
　炎に包まれた鷲の旋回する姿に視線を送る。
　東方に目を移せば、湖に張り出した森を冠した
　断崖は長い光の遠景となって輝いている。
　またアルプス全体を流れる無数の川は
　たちまち金色に燃える柱と化す。
　漁夫は、膨らんだ太陽のように燃える
　西日を避けるため、帆の後ろに身を隠す。
　陽を浴びた山々は巨大なるつぼの中で
　石炭の炎のように暑く火照って溶けてゆく。

ワーズワスはこれに次のような長い脚注を付け加えている。ピクチャレスクの画法に制約された画家よりも、詩人の方がはるかに自由に感じたままを表現できることを力説した最も注目すべき記述である。

> I had once given to these sketches the title of Picturesque; but the Alps are insulted in applying to them that term. Whoever, in attempting to describe their sublime features, should confine himself to the cold rules of painting would give his reader but a very imperfect idea of those emotions which they have the irresistible power of communicating to the most impassive imaginations. The fact is, that controuling influence, which distinguishes the Alps from all other scenery, is derived from images which disdain the pencil. Had I wished to make a picture of this scene I had thrown much less light into it. But I consulted nature and my feelings. The ideas excited by the stormy sunset I am here describing owed their sublimity to that deluge of light, or rather of fire, in which nature had wrapped the immense forms

around me; any intrusion of shade, by destroying the unity of the impression, had necessarily diminished it's grandeur.[22]

　私はかつて一度これらの叙景描写に「ピクチャレスク」という題名を付けたことがある。しかしアルプスにこの用語を適用することはアルプスを侮辱することになる。アルプスの崇高な姿を描こうと試みるとき、この冷たい画法に自らを縛れば如何なる人も、自分の感情を伝えたいという抑えがたい思いを、鑑賞する人の受身の想像力に極めて不完全な概念しか伝えることが出来ないであろう。実際、アルプスを他のあらゆる景色から際立たせる支配的力は、絵筆では到底表現できないイメージ（光景）から引き出されてくるものだ。私はこの景色を絵に描いてみたいと思ったならば、これよりはるかに弱い光を塗り込んでいたであろう。だが（この詩を書くに際して）私は眼前の自然と私の感情を互いに相談させた。私がここで述べている嵐の夕空によって呼び起こされた崇高の概念は、自然が私の周囲の広大な世界を包んでいるあの光の洪水、否、炎の洪水とも言うべき光景によるものだった。そこに影を少しでも侵入させれば、印象の統一を破壊することによってその荘厳さを減じてしまうのは必定である。

　このアルプスの描写は、コモ湖からルツェルンに向う途中に体験した景色であるが、彼はその後スイスの北部を一回りしてから再びルツェルンに戻り、そこから南下してメイリンゲン (Meiringen) を通り、グローセ・シャイデック (Grosse Scheidegg) の峠を越えて夕暮れ近くにグリンデルワルトへ着いた。その峠を越えるとき直ぐ左に、ヴェッタホルン (Wetterhorn, 3701m) に続いてシュレックホルン (Schreckhorn, 4042m) が迫ってくる。ワーズワスは『叙景小品』の中でこれらの山を英語に訳して次のように描写している（文章全体が感動の余り論理を超えている）。

　　　When the Sun bids the gorgeous scene farewell,
　　　Alps overlooking Alps their state upswell;
　　　Huge Pikes of Darkness named, of Fear and Storms,
　　　Lift, all serene, their still, illumin'd forms,
　　　In sea-like reach of prospect round him spread,
　　　Ting'd like an angel's smile all rosy red. (*Descriptive Sketches*, 562–7)

　　太陽は絢爛豪華な景色に別れを告げると、

> アルプスは次から次へと頭を擡げる。
> 「恐怖」と「嵐」という名の巨大な山々は
> 夕陽に照らされた静かな姿を穏やかに現し、
> 天使の微笑みのような薔薇色に染め、
> 太陽の周りに海のように遠くまで広がっている。

　こうして彼はグリンデルワルトの村に着き、次の日ユングフラウの麓を通ってラウターブルネン近くの村で、妹に宛てて大陸旅行最後の手紙を書き終えた。それから30年後ワーズワスは妹と妻と一緒に、進行方向が逆であったが同じ道を歩いた。そして「この素晴らしい眺めを妹と一緒に楽しむことが出来れば」(58頁参照) という長年の願望をついに果たした。

第3章

『ティンタン僧院』
——妹ドロシーと共に

(1)

　筆者は序論で「旅と放浪はワーズワスの詩作に不可欠な条件であった」と述べたが、彼の人生そのものが何よりも興味深い紀行文学であった。前章で論じた彼の大陸徒歩旅行とドロシーに送った手紙はまさしくそれを象徴している。それから8年後に書いた『ティンタン僧院』は過去の放浪の日々を思い起こしながら、今再び同じ場所を最愛の妹と二人で旅する幸せを詠んだ紀行文学の最初の傑作であった。従って、この詩を真に理解するためにはここに至るまでの過去数年間の放浪の歴史を知っておく必要がある。これについて序論でも触れたが、ここで改めてその概要を説明しておく。[1]
　前章で説明したように、ワーズワスは1791年2月にケンブリッジ大学を卒業した後、定職に就かずに半年以上放浪の旅を続けた末、11月下旬にフランスへ渡り、やがて間もなく4歳年上の家庭教師アネット・ヴァロンを熱愛するようになり、数週間後に早くも彼女は妊娠していた。それを知った彼はなんの躊躇もなく彼女との結婚を決意した。だが妻子を持つ身となれば、これまでのように親族からの援助で生活を続ける訳にはいかず、自活の道を見つける必要に迫られた。そこで彼は内心あれほど頑固に拒否し続けてきた牧師の職に就く覚悟を半ば心に決めて5月中旬にその旨をドロシーに伝え、近く帰国することを期待させた。もちろんこの時、アネットとの関係は秘密にしたままであった。一方、これとほぼ同時期（5月19日）に友人のマシューズ (William Mathews) にも長い手紙を送り、その中でも帰国後牧師の職に就く意向を伝えると同時に詩人として生きる強い意思を表明している。そして手紙の最後に改めて、「今秋の終わりか冬

の始まる頃に帰国する予定だが、ロンドンで直接君と会って僕が今胸に描いている文学の仕事についてじっくり話し合うことを何よりも楽しみにしている」と伝えている。[2] ちょうどその頃ワーズワは『叙景小品』の執筆の最中であり、3年前に書き終えた『夕べの散策』と一緒に帰国後出版する計画を立てていた。これら何れの詩も、当時流行の紀行文学や地誌詩の常道から一歩抜き出た彼独自の詩的領域を開拓しており、その成功を内心大いに期待していたからである。

　しかし彼の関心は詩作だけに留まらず、前章でも述べたようにボピュイとの親交を通して政治に目覚め、フランス革命に心から深く共鳴し、何時しか熱烈な「共和主義者」(republican) になっていた。そんな彼は9月初めに生活費も底がつき、やむなく兄のリチャードに5ポンドを至急送金するように依頼した。こうして10月下旬についにアネットとオルレアンで別れて帰国の途についた。途中パリに立ち寄り、そこで目の当たりにしたのはかの有名な「九月大虐殺」(September Massacres) の生々しい跡であった。彼は恐怖に戦き、その後幾日も悪夢に襲われて眠ることもできなかった。こうして11月末にようやく英国の土を踏んだ。彼は『序曲』の第10巻（189～91行）で、パリにもっと長く留まりたかったが、「生活のための資金が完全に底をついたので、やむを得ずしぶしぶ英国に帰った」と述べている。このやむを得ず「しぶしぶ」(reluctantly) という言葉の裏には金銭以外のもっと深い意味が隠されているように思う。つまり出産を間近にしたアネットを後に残して帰国するに忍びない自責の念が秘められているように思う。[3]

　さて、1年ぶりに祖国の土を踏んだ彼は誰よりも先ずドロシーに会いたかったが、叔父のウィリアム・クックソンはそれを許さなかった。ワーズワの再三に及ぶ裏切り行為に腹を立てていた上に、アネット・ヴァロンとの関係を知った今となっては到底許せるものではなかったからである。1790年のクリスマス以来互いに一度も会っていない兄妹はその思いが益々募るばかりであった。彼女は叔父の目を盗んで兄と会う機会を待ち望んだが、叔父夫婦の監視の目が余りにも厳し過ぎたので、手紙によってその思いを癒すしか術がなかった。一方、ドロシーはアネットの件を知ったとき内心大いに驚き、動揺もしたに違いないが、この時とばかりに兄の味

方に回った。そしてこの時を境にして彼女の兄に対する理解と愛情は一層深まり、二人の絆がさらに強いものとなった。そしてこのとき彼女が秘かに決断したことは、叔父の許を離れて兄と二人で長年の悲願である「我が家」を持ち、そこにヴァロン親子を家族として迎えることであった。ドロシーはこの考えを早速兄に伝えただけでなく、アネットに宛てて彼女を姉として暖かく迎えたい旨の手紙を送った。もちろんこの手紙は残されていないが、その日時と内容はアネットが3月20日（1793年）にウィリアムとドロシーの二人に宛てた1通の長い手紙から読み取ることができる。[4]

　ところがこの手紙は不幸にしてワーズワス兄妹の手許に届かなかった。英仏戦争が本格化したためにフランスの警察の手に差し押さえられたからである。しかし20世紀に入って120年ぶりに日の目を見たので運よく焼却を免れ、彼女がワーズワスに宛てた数多い手紙の中の唯一の現存物になっている。

　彼が後に『序曲』第9巻の後半に載せた悲恋の物語詩「ヴォドラクールとジュリア」(*Vaudracour and Julia*) はまさしくこの間のワーズワスの心境を映した作品であった。このような心境の中でワーズワスが帰国して最初に着手した仕事は前述の2作を出版することであった。そこで彼はセント・ポールの側で出版業を営むジョゼフ・ジョンソン (Joseph Johnson) を訪ねて交渉した結果、翌1793年の1月29日に、『夕べの散策』を2シリング、『叙景小品』を3シリングで出版の運びとなった。しかし期待に反して売れ行きが芳しくなかった上に、書評も概して好意的ではなかった。だがワーズワスはこれによって文学の道を諦めるどころか一層奮い立った。そして2月11日に英国がフランスに宣戦布告をしたことがそれに更なる刺激を与えた。熱心な共和主義者となって帰国した彼にとって、フランスを敵に回すことほど衝撃的なことはなかったからである。折しも、ランダフの主教リチャード・ワトソン (Richard Watson, Bishop of Llandaff) がフランス革命に反対し、英国憲法こそ最も「自然の法則」に適った理想的な法律であることを主張する論文を発表した。これを読んだワーズワスはこれに対する猛烈な反論の論文『ランダフ主教宛書簡』の執筆に着手した。彼はこの執筆に2月の大半を費やした。英仏戦争が始まった当初に書かれた数多くのパンフレットの中で、この書簡は「最も雄弁で知的な論

文」と今日高く評価されているが、結局出版されずに終わった。出版業者はその過激な論調が政府の監視の目に触れるのを恐れて出版を断ったか、或いはワーズワス自身が自ら取り下げたかのいずれかであったろう。だがもし出版されていたとしたら、彼は国家の危険人物として政府の監視下に置かれ、『ティンタン僧院』や『序曲』の第1・2部が書かれていなかったかもしれない。

　このような状態の中でワーズワスは最愛の妹と会うこともできず、ロンドンの兄リチャードの家で居候の毎日を過ごしていた。しかし何時までもこのままで過ごす訳にはいかず、何とか自活するために「若い紳士の家庭教師」の仕事をする気になったことを、ドロシーが6月16日に親友のジェーン・ポラッドに宛てた手紙の中で語っている。[5] ちょうどその頃（6月中旬）ワーズワスは思いがけず学友のウィリアム・カルヴァート (William Calvert, 1771-1829) からワイト島からイングランド西部を通ってウエールズに向かう長期旅行に誘われた。旅の費用は全部カルヴァートが持つという条件で、旅行好きの彼が旅の供に選ばれたのである。彼はこの申し出をまさに渡りに船と言わんばかりに受け入れた。

　彼らは6月末にロンドンを出発して、1ヶ月余りワイト島に滞在した後、イングランド西部に向かって旅を続けた。ところが途中で馬車が溝に落ちて動かなくなったので、ワーズワスは彼と別れて一人旅を始めた。出発前に運よく兄から5ポンド借りていたので、それができたのだった。そして先ず古代遺跡のストーンヘンジで知られるソールズベリー平原に来て、そこで2・3日心行くまで放浪の旅を楽しんだ。この時の「想像的体験」(imaginative impressions) が『ソールズベリー平原』(*Adventures on Salisbury Plain*. 1842年に *Guilt and Sorrow* と題名を変えて発表) 創造の原点になった。[6]

　その後彼はバースからブリストルを経てセヴァン河を渡り、ワイ河に来たところで、かつて熟読玩味したギルピンの『ワイ河観察』(*Observations on the Wye and Several Parts of South Wales*, 1782) を改めて想い起し、ギルピンと同じルートを歩いた。即ち河口の町チェプストウ (Chepstow) から川沿いに北上してティンタン僧院の側を通り、モンマス (Monmouth) から東に向い、ワイ河の中でも最も変化に富んだ絶景を十分楽しんだ後グッ

ドリッチ城 (Goodrich Castle) に着いた。そこで彼は 5 年後『私たちは七人』(We Are Seven) で歌われた一人の幼女に出会った。[7] そこから北に向ってロス・オン・ワイ (Ross-on-Wye) を経てヘイ・オン・ワイ (Hay-on-Wye) を通り、8 月下旬にようやくウェールズ北部のクルイド州 (Clwyd) のロバート・ジョーンズの家に着いた。カルヴァートと別れてから凡そ 3 週間に及ぶ、野宿しながらの文字通り「紳士浮浪者」(gentleman vagrant) の旅であった。[8] だがその間彼は絶えず自然と接することによって彼本来の詩人の心を取り戻しただけでなく、厳しい現実的問題に距離を置いて静かにより深く観照することができた。

さて 8 月下旬にロバート・ジョーンズの家に着いたワーズワスはその後どのようにして過ごしたのか、それから半年近くの間に書かれた手紙が悉く失われているので、その間の彼の行動については推し量るしかない。しかし翌年 2 月 17 日にワーズワスがハリファックス近郊のローソン夫人 (Elizabeth Rawson) の家から友人のマシューズに送った手紙の冒頭の言葉から過去 2〜3 週間の行動を読み取ることができる。

> 私はケジックを去ってから暫くあちこち歩いて、現在ある紳士の家に滞在している。その紳士は私の妹を育ててくれた伯母と結婚したのだ。従って、妹も私と一緒に同じ家にいる。そして私がわざわざケジックからここまでやって来たのは、妹と会うためだった。[9]

上記の「ケジックを去って」云々から、前年の夏一緒に旅をしたカルヴァートの家「ウィンディ・ブラウ」(Windy Brow) その他で数週間過ごした後、ホワイトヘイヴンの伯父の家やブロートンの従姉の家などを訪ねて回ったことが推測できる。彼はそれを中断して「妹に会うためわざわざハリファックスまでやって来た」と言うことは、長年の念願が叶って遂に二人が会う機会に恵まれたことを意味している。1790 年のクリスマスをフォーンセットの牧師館で一緒に過ごして以来実に 3 年 1 ヶ月ぶりの感激の再会であった。

こうして二人はローソンの家で 1 ヶ月半ほど一緒に過ごした後、4 月初めにハリファックスから馬車でケンダル (Kendal) に向かった。そして早朝ケンダルに着くと、そこから徒歩でグラスミアに向かって歩き始めた。

途中ステイヴリー (Staveley) で小休止を取った後、ウィンダーミアに出て湖岸を北に向かって歩いた。そして東岸で最も景色の良いローウッド（現在の Lowwood Hotel の北側）の岸辺に腰を下ろし、山から流れ落ちる小川の水で喉を潤しながら昼食の弁当を食べた。その時の至福の気分を7年後（1801 年）に想い起して1篇のソネットを書いた。その川は「人の注目を浴びることのない、丘をちょろちょろと流れ下る控えめな小川 (a little unpretending Rill) に過ぎないけれど」という主旨の5行で始まり、「だがしかし」と次のように続く。

> Yet to my mind this scanty Stream is brought
> Oftener than Ganges or the Nile; a thought
> Of private recollection sweet and still!
> For on that day, now seven years back when first
> Two glad Foot-Travellers through sun and shower,
> My love and I came hither, while thanks burst
> Out of our hearts to God for that good hour
> Eating a traveller's meal in shady Bower
> We from that blessed water slated our thirst.

> だがこのか細い小川は、ガンジスや
> ナイルの大河以上にしばしば、私の心に
> 快い想い出を静かに運んでくる。
> 何故なら、今から7年前のあの日、
> 私たち愛する二人は初めて一緒に、太陽や雨に
> 晒されながら旅に出てここへ来たとき、
> 木陰で旅の食事をしながら、この幸せな
> ひと時を授け給うた神様に心から感謝しつつ、
> あの澄んだ水で私たちの渇いた喉を潤したからだ。

晩年ワーズワスはこの詩が生まれた背景について、フェニック嬢に次のように語っている（下線部のみ原文を添える）。

> この小川は丘の斜面をちょろちょろと流れ下って、ローウッドの近くのウィンダミア湖に注いでいる。私と妹は初めて一緒にケンダルから歩いてこの地へやって来て、この小川が注いでいる湖の側に腰を下ろして軽い食事

を取った。私はそれから数年後、あの徒歩の旅、あの最も幸せな日と時間(that ramble, that most happy day and hour) を想い起しながらこのソネットを書いた。[10]

湖水地方を訪ねてくる多くの観光客 (tourist) はローウッド・ホテルで食事か休憩を取った後、馬車の窓から左前方の絶景に見とれながらこの小川に気づかずに通り過ぎてしまう。しかしワーズワスのような真の旅人 (traveller) はこの小川のようにひっそりと隠れたささやかな自然の恵みや美しさに心を惹かれる。彼の紀行文学の真価と魅力はまさしくここにある。だがこのような詩境に至るには、まだ数年を待たねばならなかった。そして 'tourist' と 'traveller' を明確に意識しながら詩作したのは、彼がグラスミアに移り住んだ 1800 年以降であった（詳しくは第 5 章参照）。そしてさらに重要な彼の紀行文学の特徴（または本質）として、ドロシーが殆ど常に彼の側にいることを見落としてはならない。その観点からも、妹と二人だけのこの最初の旅はワーズワスの詩的人生の中でまさに画期的出来事であった。

　さて、ワーズワス兄妹はこの後さらに十数キロ歩いてグラスミアで 1 泊した。そして翌日ケジックに着くと真っ先にカルヴァートの別荘ウィンディ・ブラウを訪ねた。今回の旅の最終目的地はホワイトヘイヴンの伯父の家であったので、ケジックにはほんの数日留まるつもりいたが、結果的に 1 ヶ月半もその家に滞在することになった。ウィンディ・ブラウ（「風の吹く高台」の意味）はケジックの町の中心からグリータ川沿いに 1 キロほど遡ったラトリッグ (Latrigg) の丘に建っている。従って、そこからの眺めは抜群である。ウェストの『湖水地方案内』のケジック篇ではラトリッグからの眺めが第 7 番目の絶景の「観察地点」(Station) に推奨されているほどである。[11] 北に名峰スキドーが迫り、西にはケジックの町を挟んで南にダーウェント湖と北にバッセンスウェイト湖が見える。そしてダーウェント湖の向こうに険しい山々が折り重なって見える。ワーズワス兄妹の部屋は南西の角にあるので、窓からこれらは全て一望できる。家主のカルヴァートは当時不在であったので、ワーズワス兄妹はこの家を半ば独り占めした状態であった。ドロシーが親友のジェーン・ポラッドに宛てた手紙の

言葉をそのまま引用すると、

> 私たちはカルヴァート氏が自分のために改装した小奇麗な部屋を独占して使用しています。……彼が現在この家を空けているので、私たちは毎日自炊をしています。従って、将来私たちが一緒に暮らした場合どれ程安く生活できるか、これを基準に計算して楽しんでいます。食べ物は自分たちで見つけ、朝食と夕食はミルクだけで済まし、ディナーはポテトを主食にし、お茶は全然飲みません。[12]

これを読んで明らかなように、ドロシーが長年夢に描いてきた兄と二人の家庭生活を今ついに実体験するに至ったのである。そしてこの1ヶ月半の生活は、「(どのように質素な生活であろうとも) 兄と一緒に暮らせることが最大の喜びです」と述べているように、彼女の人生の中で最も充実した日々であったに違いない。一方、兄ウィリアムも妹に劣らず共に生活する喜びを心から噛みしめていた。彼は自活のための職探しという負担を絶えず心の隅で感じながらも、妹と二人の自由な生活を最高に楽しんでいた。そして折を見て『ソールズベリー平原』の執筆をする傍ら、1年前に出版して不評を買った二つの作品の修正を始めた。中でも『夕べの散策』の最後の一節、即ち「わが道の唯一の終着点、唯一の願望、唯一の目的であるあの希望の小屋に向かって立ち上がろう」と妹と固く誓い合ったあの一節（第1章、37頁参照）を特別な思いで再確認したに違いない。このようにウィンディ・ブラウの1ヶ月半の生活は、この翌年9月から始まるレースダウン・ロッジの2年間に続いて、オールフォックスデンの1年間の生活、そして究極の目標である「グラスミアの我が家」に向う長い旅路の第一歩、つまりプロローグであった。

　こうして5月半ばを過ぎた頃、二人はようやくケジックを離れて目的地のホワイトヘイヴンへ向った。アーマスウェイト（バッセンスウェイト湖の北端）の友人の家を訪ねた後、道順として必然的にコッカマスの本通りに面して建っている彼らの生家の前を通ることになった。その家は父が亡くなってから十数年空き家のままになっていたので庭は荒れ果て、昔の面影が無くなっていた。だが、懐かしさのあまり暫くそこに立ち寄り、幼い頃一緒に遊んだ場所を見て回った。ドロシーはその時の感想を11年後

(1805年8月7日)ボーモント卿夫人宛の手紙の中で、「全てが廃墟で、あのダーウェント川に面したテラスも伸び放題のイボタノキの生垣で埋め尽くされていました。私たちが住んでいた頃その生垣は美しいバラとイボタノキが咲き乱れ、雀がそこに巣を作っていたのです」と述べている。そして兄ウィリアムもこれと同様の感想を妹の手紙より4年先(1801年)に、『雀の巣』(*The Sparrow's Nest*)と題する詩を妹のために書いている。前述のソネット(74頁参照)と同様に妹との初めての旅が産んだ名作であることを忘れてはなるまい。つまり、旅が産んだ二人の合作と解釈してよかろう。同様の観点から、ワーズワスの紀行文学の大半は二人の合作であった。『ティンタン僧院』と『水仙』(61頁参照)の何れも、妹と二人で旅をしているときの感想を、直接ないしは数年の育成期間をおいて創造したものである。

さて、6月20日前後にホワイトヘイヴンに着いたワーズワス兄妹はそこに1ヶ月ほど滞在してから従姉のバーカー夫人(伯父の長女)が住むランプサイドへ向う予定でいたところ、伯父が急死したので、10日ほど遅れて6月末に出発した。その間彼らがホワイトヘイヴンでどのように過ごしたのか詳しいことは分からないが、ドロシーは兄リチャード宛の手紙で、「伯母様が親切なので私はとても幸せで、全く自分の好きなように過ごしています」と伝えていることから推測して毎日周辺を散策するなどして気楽に過ごしていたのであろう。一方、兄ウィリアムも同様であったが、頭から消えないのは自分に相応しい定職を見つけることであった。彼がその間に友人のマシューズに2度手紙を出しているが、用件はいずれも職業に関することであった。その内容は、ロンドンで雑誌(journal)の出版を共同でやらないかという提案に対する返答であったが、そこで最も注目を引くのは1年前と比べて大きな思想的かつ精神的変化の痕を鮮明に見せている点である。数ヶ月に及ぶ放浪生活と妹との再会が彼に大きな精神的変化をもたらしたに違いない。その変化の痕は5月23日の手紙の次の文面からはっきり読みとることができる。

> 僕の記事は、国外追放や投獄という弾圧の下で生まれた思想があらゆる種類の悲劇の根源であることを、読者に知らしめるものでなければならな

い。すでにご存知と思うが、僕はデモクラット (democrat) と呼ばれるあの忌まわしい階級に属する人間であった。従って、僕たちが今話し合っているこの種の仕事は、政治の原理と社会の様々な形態を読者に教え諭す (inculcate) ことを絶対条件にしなくてはならない。実際、それなくしてこの雑誌の出版は全く無価値なものとなるであろう。……我々の雑誌は健全な倫理の伝達手段とすることに最大の注意を払う必要があろう。[13]

「国外追放や投獄という弾圧の下で書かれた思想」は、『ランダフ主教宛書簡』を書いた当時の自分を想い起こしていることに間違いない。もしそれが出版されていたら英国憲法を否定する危険人物として投獄の憂き目を見ていたかも知れない（71～2 頁参照）。従って今はその反省の上に立って、あくまでも理性的で「健全な倫理の伝達」を目的とした出版物でなければならない、と主張しているのである。このような思想的成長の背景には、当時英国文壇を席巻していたゴドウィンの『政治的正義に関する考察』(William Godwin, *An Enquiry concerning Political Justice*, 1793) の影響が大きかったと考えられている。その証拠に翌年 (1795) 2 月半ばにロンドンに出ると間もなくゴドウィンと知り合い、彼の家を何度も訪ねて議論を交わしているからだ（80 頁参照）。

　さて、6 月末にホワイトヘイヴンを発ってランプサイド（Rampside, Furness Abbey より南 4 キロの海辺の村）に向かったワーズワス兄妹は途中、従姉のスミス夫人（第 1 章、24 頁参照）が住むブロートンに立ち寄り、そこでウィリアムは妹と別れてケジックへ引き返した。ウィンディ・ブラウに一人で住むカルヴァートの弟レイズリー (Raisley Calvert, 1773–95) の病気を見舞うためであった。レイズリーは 1793 年 2 月にケンブリッジに入学したものの、学生たちのモラルの低下に嫌気がさして早々に大学を去った純真な青年であり、ワーズワスを心から尊敬し、かつ信頼していた。1 ヶ月半ぶりに彼と会って驚いたことに、彼は以前よりずっと弱々しく見えた。その間に彼の病状（肺結核）が相当悪化していたのである。それ故、その日から毎日彼に付き切りの生活が 1 ヶ月余り続いた。しかし 8 月に入ってからレイズリーの病状が快方に向かったので、ワーズワスは暫くケジックを離れて妹と会うため再びランプサイドに向かった。彼は途中かつての恩師ウイリアム・テイラー (William Taylor, 1754–86) の墓に詣でるため

カートメル修道院を訪ね、そこからアルヴァストン (Ulverston) に向う近道としてリーヴァン河口の浅瀬 (Cartmel Sands) を徒歩で横切った。その途中、たまたま挨拶を交わした通行人から新しいニュースとして、ジャコバン派の党首ロベスピエールが処刑されたことを聞いた。彼はその時の興奮と喜びを 10 年後『序曲』の第 10 巻で、「この邪悪なジャコバン党首が崩壊して塵芥となったことを、初めて聞いたあの時ほど幸せな瞬間はわが生涯でなかった。……いざ、黄金の時代よ来たれ、夜の懐から朝が出てくるように」(466～9、543～4 行、大意) と述べている。

　こうしてランプサイドに 1 ヶ月近く滞在した後、再びスミス夫人の住むブロートンに移った。そして 9 月 28 日に約 8 週間ぶりにケジックへ戻ってみると、レイズリーの病状は以前よりさらに悪化していた。そこで二人は相談の結果一日でも早く暖かい国へ転地する必要があるという結論に達し、その最適の場所としてリスボンを選んだ。そしてワーズワスが付き添うことに決まった。だがそれには多額の費用が掛かるので、兄にそれを依頼すると同時に、万一旅の途中で死去した場合を予想して自分の遺産処理に関する遺言書をすでに作成していることを伝えた。もちろんこれらの手紙は全部ワーズワスが代筆した。それから数日してレイズリーの兄から承諾の返事が届いたので、早速 10 月 9 日に出発した。ところがペンリスに着いてロンドン行きのコーチを待つその日の間に病状が悪化して、長旅には到底耐えられないことが明らかになった。こうしてリスボン行きの計画が挫折し、自分の死が近いことを予感した彼は、ワーズワスのこれまでの献身的な親切と彼の詩人としての成功を期待して、900 ポンドの遺産を贈与する遺言書を大急ぎで作成した。そして年が明けて 1795 年 1 月 7 日ついに彼は昏睡状態に陥り、それから数日を経ずして息を引き取った。ワーズワスは彼の亡骸を郷里のグレイストーク (Greystoke, ペンリスから西 7 キロ) の墓地に葬った後、妹が滞在するニューカスルのグリフィス姉妹の家に向った。そして 2 月に半ばに凡そ 1 年 8 ヶ月ぶりにロンドンに戻った。

　さて、ワーズワスがロンドンに戻った主たる目的は、何よりも安定した仕事を手に入れることであったと考えられる。そこで先ずマシューズと会って、湖水地方滞在中に手紙で何度も話し合った雑誌の出版や新聞記者の仕事について相談したに違いない。そして 1 年数ヶ月ぶりに見るロンドン

は、それまでの生活と打って変わって活気と刺激に満ち溢れており、半ば眠っていた彼の政治的関心が再び蘇ってきた。そのような折、以前から是非会いたいと望んでいたゴドウィンと議論を交える好機に恵まれた。これは 2 月 27 日にフレンド (William Frend, 1757-1841) の家で開かれたティーパーティに出席したときであった。[14]

そのパーティには相当名の知れた革新的人物が幾人かいた。その中にはニューゲイトから出獄してきたばかりのホルクロフト (Thomas Holcroft, 1745-1809) や、革新的思想の論文を多く書き残したジョージ・ダイアー (George Dyer, 1755-1841)、さらに後にワーズワスの親友の一人になるロッシュ (James Losh, 1763-1833) もいた。そしてコールリッジも 1 ヶ月半前までこの仲間の一人であったことを忘れてはなるまい。

こうしてゴドウィンと議論する機会を得たワーズワスは下宿を彼の近くに移し (15 Chalton Street, Somers Town)、記録によると 4 月 22 日までに少なくとも 6 回彼の家を訪ねている。[15] だがこの日を最後にワーズワスのゴドウィン訪問が完全に途絶えている。その理由は一つには、住所を数キロ南のリンカーンズ・インに移したこともあるが、それ以上に、彼の政治思想に失望したためと考えられる。この経緯について後に『序曲』の第 10 巻で 100 行 (805〜904) に渡って詳しく説明している。しかしこれはさて置き、ワーズワスがリンカーンズ・インに移ったそもそもの理由は、フレンドのパーティで知り合ったバジル・モンタギュー (Basil Montagu, 1770-1851) の誘いがあったからである。彼は第 4 代サンウイッチ伯爵 (the Fourth Earl of Sandwich) と歌手マーサ・レイ (Martha Ray) との間に生まれた私生児であったが、21 歳になったとき伯爵の反対を押し切って結婚したために、自活の道を選ばざるを得なくなった。しかし妻が男児を出産して間もなく死去したために (1792 年 12 月 27 日)、彼は育児の重荷を背負うことになった。友人のこの窮状を間近に見ていたワーズワスは、フランスに残してきた同じ年頃 (2 歳) のわが子を想い起し、他人事として無視することが出来ず、妹と相談のすえ幼児の養育を申し出た。その場合ワーズワスはドロシーをハリファックスからロンドンへ呼び寄せて一緒に生活する予定であった。かくしてモンタギューは自らの仕事に専念できたばかりでなく、何よりも幼児の健全な成長が約束された。

第 3 章 『ティンタン僧院』

当時モンタギューは法律の仕事をする傍ら学友のランガム (Francis Wrangham) と共同で、ブリストルの大富豪ピニー家の二人息子 (John and Azariah Pinney) の家庭教師をしていた。そのような関係でワーズワスもピニー兄弟と親しくなり、次第に尊敬と信頼を得るようになった。中でも兄のジョンはワーズワスの才能に惚れ込み、全幅の信頼を寄せるようになった。こうして二人は親しく話を交わしているうちに、ワーズワスが妹と共に長年夢に描いてきた「我が家」の話をした。それを聴いたジョンはすっかり同情して彼らの別荘レースダウン・ロッジ (Racedown Lodge) を無料で貸すことを申し出た。ワーズワスはこれを喜んで即座に受け入れたことはもちろん、この嬉しい報せを妹に早速伝えた。ピニーもこれをブリストルの父に報告したところ、息子の提案に賛成してワーズワスに直ぐ会いたいと連絡してきた。こうして彼は 8 月半ばを過ぎたころロンドンを離れてブリストルへ赴き、レースダウン・ロッジに移るまでピニーの豪邸で妹が来るのを待った。彼女が全ての準備を終えてブリストルに来たのは 9 月 22 日の夜であった。彼らはなお 4 日間ピニーの家に留まった後、26 日に幼いバジル・モンタギューを連れて待望のレースダウン・ロッジに着いた。こうして長年夢に見た待望の「我が家」の家庭生活に入るわけであるが、それを論じる前にワーズワスがブリストルに滞在した 1 ヶ月余の間に、彼の詩的人生に重大な転機をもたらした詩人コールリッジとの出会いについて一言付け加えておく必要がある。その詳しい経緯はさておき、ワーズワスが 10 月 24 日にレースダウンからマシューズに送った手紙の中に極めて注目すべき記述が見られる。この短い言葉からコールリッジがワーズワスに与えたインパクトの大きさが読み取れるであろう。

> Coleridge was at Bristol part of the time I was there. I saw him but little of him. I wished indeed to have seen more—his talent appears to me very great. I met with Southey also, his manners pleased me excessively and I have every reason to think very highly of his powers of mind.[16]

僕はブリストルにいた期間コールリッジも暫くそこにいた。だから僕は彼とほんの僅かしか会わなかった。本当はもっと多く会いたかったのだが。彼の才能はとてつもなく大きく見えた。僕はまたサウジーにも会った。彼

の態度は非常に感じがよく、そしてどの点から見ても彼の精神力の強さを僕は高く評価している。

(2)

　1789年の夏ワーズワスは『夕べの散策』を書き終えたときその結びの一節で、夕陽を浴びて輝く「私たちの希望の光」である「あの小屋」こそ、「わが道の唯一の終着点、唯一の願望、唯一の目的」と妹と二人で固く誓い合ったが (37頁参照)、レースダウン・ロッジは「終着点」ではなかったにせよ、彼らの長年の夢を満たしてくれた最初の「我が家」となった。そこは人里離れた不便な場所であったが、愛する妹と初めて経験する家庭生活の喜びを日々噛みしめながら過ごした。さらに加えて、周囲に彼らの自由な散策の場である自然が広がっていた。家の直ぐ東にピルズドン・ペン (Pilsdon Pen) の丘が広がり、そこに立つと南にライム・リージス (Lyme Regis) の海が見えた。ドロシーはレースダウンにようやく落ち着いた頃 (11月30日) マーシャル夫人 (旧姓ジェーン・ポラッド) に送った手紙によると、彼女は毎朝兄と二人で2時間ほど散歩しているが、家から150メートルも歩けば海が見える。山々を遠くから眺めると、その特徴が郷里の湖水地方の山を想い起こさせるので、それを眺めるのが一番楽しいと述べ、さらに彼らが何時も利用している1階の部屋の特徴について詳しく説明している。その他日常生活について色々述べているが、この長い手紙の中で僅か2行足らずだが極めて興味深い次の記述に注目したい。

>　William has had a letter from France since we came here. Annette mentions having dispatched half a dozen none of which he has received.[17]

>　私たちがここに来てから初めてウィリアムはフランスから手紙を1通受け取った。アネットはすでに6通出したと述べているが、その何れも兄はまだ受け取っていない。

　ワーズワスが1792年11月末にフランスから帰国してすでに丸3年が過

ぎ、その間に戦争が続いていたにも拘らずアネットが彼に手紙を送り続けていたのである。しかし両国の検閲が厳しく、その殆ど全てが差し押さえられてしまった。だがその中の１通が幸運にも検閲の目を逃れてレースダウンに住む彼の許に届いたのである。と言うことは即ち、ワーズワスもその間アネットに手紙を送り、自分の住所を逐一知らせていた何よりの証拠になる。そしてさらに重視すべき点として、ワーズワスはその間アネットと娘のことを決して忘れていないどころか、戦争が終われば彼女たちを妻子として英国に迎えることを常に心の片隅に置いていたに違いない。しかし戦争が果てしなく続き、彼の願いが益々遠退くばかりであった。そしてこれがやがて絶望へと変わり、彼の失意と自責の念が心の底に積み重なっていった。彼がそれから２～３年後に書いた詩の多くは、戦争で夫を奪われた不幸な妻子や、男に見捨てられた若い女性を描いているが、これらの創造の裏にはワーズワス自身のこのような苦悩の積み重ねがあったことを忘れてはならない。しかし彼はこれらの作品を苦悩の最中に創造したのではなく、ドロシーの不変の愛と、自然の蘇生する力によって静穏な心を取り戻した結果自ずと生み出された作品、ワーズワスの言葉を借りると"emo-tion recollected in tranquility" の産物に他ならなかった。

　またレースダウンにおける日々の暮らしの中で、モンタギューの幼児バジルの養育はかなり大きな比重を占めていた。それは単に経済的な意味（年収 50 ポンド）だけでなく、幼児教育そのものが大きな関心事であり、興味深いテーマでもあった。バジルの生長過程はもちろん、彼の特異な言動に関する言及がその後の手紙に繰り返し見られるのはそのためである。それはワーズワスの詩作にも反映している。『父親のための逸話』(Anec-dote for Fathers) はその一例である。

　さらに社会に目を向けると、英仏戦争が長引く中で物価の高騰は避けがたく、とりわけ石炭の値上がりは驚くほどで、貧しい農民の生活を直撃した。彼らはワーズワスのように石炭代わりに雑木や枯れ木を切って薪をこさえる広い庭を持っていない。それどころか彼らが住む小屋は風に吹きさらしで、焚き火に利用できる生垣などももちろんない。そこで仕方なく近所の生垣を夜中にこっそり引き抜いて持ち帰るしか他に暖を取る方法がなかった。レースダウン・ロッジもこれと同じ犠牲にあった。隣家の牛がレー

スダウンの庭にしばしば入ってきて食い荒らすので、高い費用をかけて生垣を巡らせたところ、その生垣が夜中にしばしば盗まれた。ワーズワスはこれより凡そ2年後に書いた『グディー・ブレイクとハリー・ギル』(*Goody Blake and Harry Gill*) は内に秘めた厳しい社会批判をユーモアの精神で包んでいるが、これらの体験が生かされていることは言うまでもない。

　ワーズワスにとってレースダウン・ロッジの生活は妹と二人で夢に見た「我が家」のイメージを十分満たすものであったが、人間が時代と共に歩み成長してゆく上で不可欠な社会生活、つまり「社交」という点において唯一不満であった。それだけにピニー兄弟がクリスマス休暇の1週間に続いて2月初めから1ヶ月余りレースダウンに滞在したことは望外の喜びであった。さらにコールリッジとの文通はワーズワスにとって絶好の知的刺激となり、詩人を目指す彼の心に勇気を与え、創造意欲を掻き立てた。レースダウンに住んで半年近く過ぎた1796年春頃のワーズワスは恐らくこのような心境であったと考えられる。そして6月に入ると、レースダウンを発ってロンドンに向かった。前年の8月半ばに去ってから9ヶ月半ぶりのロンドン訪問であった。田舎生活に飽いたワーズワスにとって久しぶりに見る大都会は刺激に富んでいた。彼が真っ先に向かった「社交」の世界は1年前と同じゴドウィン・サークルであった。そしてこれを核として社交の範囲を広げていった。こうして実に多くの刺激を受けて7月11日にレースダウンに戻ったワーズワスは、暫く充電期間をおいて新たな創造に向って行動を開始した。それは、ロンドン滞在の間に彼と1年ぶりに激論を重ねたすえ確信するに至った自らのゴドウィニズム批判の集大成とも言うべき詩劇『辺境の人々』(*The Borderers*) であった。彼はこの執筆に全力を傾け、秋の深まりと共に彼の筆は一層熱を帯び始めた。そして年が明けた1797年2月25日にランガムに充てて「悲劇の下書きを殆ど完了した」と伝えている。[18]

　こうして3月に入って15日にバジルの父モンタギューが突然レースダウンを訪ねてきた。そして19日の朝ワーズワスは彼と一緒にブリストルへ出かけ、27日にバースで友人のロッシュを訪ねた後29日にブリストルに戻り、そこでモンタギューと別れた。そして4月初めにブリストルを出て、コールリッジの住むネザー・ストーウィ (Nether Stowey) へ向った。

レースダウンを出るとき妹にそのことを告げていないので、ブリストルかバースに滞在中にその計画が決まったのであろう。何はともあれ、ワーズワスのストーウィ訪問は二人の人生に大きな転機をもたらすことになった。彼がストーウィを去ってから数日後、コールリッジはブリストルの出版業者コトル (Joseph Cottle) に宛てた手紙で、ワーズワスから受けたインパクトの大きさについて、「ワーズワスと色々話し合った結果、私は幾分目を覚ましました。それ故今の私は過去の自分ではなく、将来も決してそうならないでしょう」(Wordsworth's conversation, &c roused me somewhat; but even now I am not the man I have been—and I think never shall.) と先ず述べた後、サウジーについて「詩人としての使命感に欠ける」点を厳しく批判する。そして最後に、理想の叙事詩人とは何かについてミルトンを例に挙げて熱弁を振るっている。[19] ワーズワスもこれに心から賛同し、理想の詩の創造に向って邁進しようと互いに誓い合った。そして別れた後も、コールリッジと同様に「過去の自分から目を覚ましたような」高揚した気分に浸っていた。こうして5月に入ると天候が彼の創造力を後押しするかのように、長い冬から突然目覚めたように陽春の姿に一変した。こうして彼は『廃屋』(The Ruined Cottage) に続いて、『カンバーランドの乞食』そして『イチイの木陰の椅子に残された詩』(Lines: Left upon a Seat in a Yew-tree) を立て続けに書いた。[20]

一方、コールリッジはそれから凡そ2ヶ月後の6月5日の午後はるばるワーズワスを訪ねてきた。彼はその前日トーントン (Taunton) の教会で説教した後、20数キロの道を半日かけて歩いてきたのである。ワーズワスは彼を部屋に招き入れると早速、新しく書いたばかりの『廃屋』の草稿を取り出して朗読し、そして夕食後コールリッジが半分以上書き終えた悲劇『オソリオ』(Osorio) を朗読した。そして翌朝ワーズワスは前夜のコールリッジの悲劇に対応して、既に書き終えた悲劇『辺境の人々』を朗読して彼の意見を求めた。こうして二人は数日を経ずして「一心二頭」(one soul in two heads) の間柄になり、[21] コールリッジは当初予定していた1週間の滞在が2週間延びて6月28日の夜ネザー・ストーウィに帰った。ところが彼の留守中にチャールズ・ラムから手紙が届いており、2~3日以内にロンドンから2週間の休暇をとってはるばる訪ねてくることが分かった。

そこで彼はこの機会に是非ともワーズワスをラムに会わせてやりたいと思い、隣に住むトマス・プールから馬車を借りて大急ぎでレースダウンへ引き返した。ワーズワス兄妹も喜んでこれに応じたので、30 日には早くも二人を馬車に乗せてストーウィに戻っていた。

　こうして気の合う 4 人はストーウィの美しい自然を精一杯楽しむ予定であったが、ラムが来る直前にコールリッジが台所で沸騰したミルクを足に被って大やけどをしたため、楽しみにしていた山歩きができなくなってしまった。名作『この菩提樹の木陰、わが牢獄』(*This Lime-tree Bower My Prison*) はこうして生まれたことは余りにも有名な話であるが、元を質せば実は、ワーズワスが 1 ヶ月ほど前に書いた『イチイの木陰の椅子に残された詩』に対する応答詩、ニューリンの言葉をかりると 'companion-piece' であった。[22] これらの詩について詳しく解説するのは本書の主題ではないので、詳しくは拙著『ワーズワスとコールリッジ――詩的対話十年の足跡』の第 2 章を是非読んでいただきたい。

　一方ワーズワスはストーウィに滞在する間に、5 キロほど西のコンタックの丘の麓に立派な別荘 (Alfoxden House) を見つけ、それが空き家であることが分かると躊躇なくそこに住むことを決断した。年 23 ポンドの家賃を払ってもなおそれを決断した「主たる理由はコールリッジと付き合うため」(Our principal inducement was Coleridge's society) に他ならなかった。[23] こうして両詩人の昼夜を問わぬ親交が始まり、自ずと互いの詩作に大きい影響を及ぼすことになる。従って、二人の間で共同ないしは対話的意味合いの濃い作品が多く生まれた。例えば、『老水夫の唄』(*The Rime of the Ancient Mariner*) は最初共同で書かれる予定であったが、作品の性質上最終的にコールリッジは一人で書き上げた。しかしワーズワスはこれに対応する意味で『白痴の少年』(*The Idiot Boy*) を書いた。またコールリッジの代表作の一つである『真夜中の霜』(*Frost at Midnight*) は、ワーズワスの一種の自伝詩『行商人』(*The Pedlar*) に対応して書いた作品であることも忘れてはなるまい。しかし二人が共同で産んだ最大の遺産は 1798 年秋に出版した詩集『リリカル・バラッズ』(*Lyrical Ballads*) であることは今さら申すまでもあるまい。本章の主題である『ティンタン僧院』はこの詩集の最後を飾る傑作であった。しかしこの作品も実は、コールリッジの

『真夜中の霜』と『孤独の不安』(*Fears in Solitude*) を強く意識しながら書いたことを見落としてはなるまい。以上のように両詩人の「驚異の年」の代表作は互いの強い影響の下で創造されたことをここで改めて強調しておきたい。

(3)

　さて、本題の『ティタン僧院』(*Lines: Composed a Few Miles above Tintern Abbey, on revisiting the Banks of the Wye during a Tour.* July 13, 1798) について論じる前に、それが執筆に至る過程を簡単に説明しておきたい。
　1798年6月に入って『リリカル・バラッズ』出版の準備がほぼ完了し、月末にオールフォックス邸の1年間の契約が切れるのを機に、コールリッジと共にドイツ留学を決めたワーズワス兄妹は25日にオールフォックスデンを去り、途中ネザー・ストーウィに数日留まった後、7月2日夜ブリストルのコトルの家に着いた。それから数日後友人のロッシュが病気療養のためバースへ移ったことを知り、8日に急遽バースに赴いてその夜は彼の家に泊まった。その時、『ウェールズ徒歩旅行』(*A Walk through Wales in August 1797*) の著者ウォーナー (Revd. Richard Warner, 1763–1857) と会った。ワーズワスはこの旅行記をすでに読んでいたかどうかは定かでないが、当然のことながら話がギルピンの『ワイ川観察』に移り、ウォーナーも自分の作品について得々と語ったに違いない。もちろんそのときドロシーも側にいて彼らの話に聞き入っていたのであろう。そしてその翌日ワーズワス兄妹は病気がすっかり癒えたロッシュと一緒にブリストルに戻り、10日の朝突然ワイ川沿いの旅に出発した。ウォーナーの話を聴いて急に、5年前一人で歩いた同じ道を妹のドロシーにも体験させてあげたいという強い衝動に駆られたためであった。兄妹は先ずフェリーでセヴァン河口を横切ってチェプストウに上陸した後、ワイ川に沿ってティンタン僧院まで歩き、そこで第一夜を過ごした。翌11日は川沿いにモンマスを経由してグッドリッチ城まで歩き、そこで第2夜を過ごした。グッドリッチは『私たちは七人』の舞台であるので (73頁参照)、それを妹にも見せたかっ

たのであろう。そして12日は同じくワイ川に沿ってチェプストウまで引き返した。恐らく両岸からの異なった景色を観賞するためにそれを選んだので有ろう。しかしそれだけでは満足できずに、チェプストウで今度は舟でワイ川を遡って、ティンタンで上陸して第3夜を再びそこで過ごした。因みに、ギルピンもワイ川を舟で下り、ティンタンで上陸してアビーの廃墟の様子を隈なく観察している。こうして3泊4日の旅を終えて13日の夜ブリストルに戻った。だが、帰りの旅の途上で名作『ティンタン僧院』が彼の頭の中でほぼ完全に出来上がっていた。ワーズワスは後年イザベラ・フェニックに「これほど楽しい情況の下で作った詩は私が記憶する限り外にない」(No poem of mine was composed under circumstances more pleasant for me to remember than this.) と語っているが、その最大の原因は5年前放浪の旅の途中一人で歩いた想い出の場所を、今度は最愛の妹と二人一緒に再訪できたことにあった。詩はその感動の言葉で始まる。先ず冒頭の8行に注目しよう。

> Five years have past; five summers, with the length
> Of five long winters! And again I hear
> These waters, rolling from their mountain-springs
> With a soft inland murmur.—Once again
> Do I behold these steep and lofty cliffs,
> That on a wild secluded scene impress
> Thoughts of more deep seclusion; and connect
> The landscape with the quiet of the sky. (*Tintern Abbey*, 1–8)

> 5年は過ぎた。5度の夏が5度の長い冬と
> 同じ長さで過ぎた。そして今再び私は、
> 山の泉から優しい内陸の囁きを伴って
> 流れ下るこれら水の音を聞いている。
> 野生の孤独の景色にさらに深い孤独の
> 思想を刻印し、風景に空の静けさを
> 印象付けるこれら高く険しい断崖を、
> 私は今再び眺めている。

冒頭の1行半の中に "five" の文字を3回も使用することによって、5年の

経過が彼にとって如何に重く深い意味を持っているかを強調している。しかもその5年間は彼にとって如何に長かったかを、'length' に 'long' を重ねることによってより一層強く表現している。筆者が本章の前半の20数頁を費やしてワーズワスと妹ドロシーの過去5年間の足跡、とりわけ兄妹愛の歴史を辿ってきたのは、この5年の意味の重要性を読者に多少なりとも理解してもらうためであった。

　次に、3行以下を読むと、ティンタン僧院の側を流れるワイ川を実際に見たことのある読者は少なからぬ疑問を感じるであろう。何故なら、地理的にその辺を流れるワイ川は幅も広くゆったりとしており、両岸の山もさほど高くなく、「高く険しい断崖」など見つかる由もないからである。しかし詩のタイトルに注目すると「ティンタン僧院の上流数マイル」(a few miles above Tintern Abbey) と書いてある。事実、数マイル上流に遡ると山も迫りずっと険しくなり、ティンタンの周辺よりも遥かに「自然の景色に深い孤独感を印象づける。」さらに詩を注意して読むと、上詩の4行目に次のような脚注をわざわざ付けている。"The river is not affected by the tides a few miles above Tintern."「ティンタンの上流数マイルの川は海の潮の影響を受けない」と。つまり、満潮になるとティンタン僧院の近くまで海水が下流の泥水と一緒に遡ってくるが、そこより数マイル遡ると川の水が澄み、「山の泉から流れ下る水の音」さえ聞こえてくる。何はともあれ、詩を全部読んでみても「ティンタン僧院」という言葉は一度も出てこない。我々は便宜上この詩にそのようなタイトルを付けているが、内容とは何の関係もないのである。

　以上を念頭において上記の詩の続きを読んでみよう。

>　　The day is come when I again repose
>　　Here, under this dark sycamore, and view
>　　These plots of cottage-ground, these orchard-tufts,
>　　Which at this season, with their unripe fruits,
>　　Are clad in one green hue, and lose themselves
>　　'Mid groves and copses. Once again I see
>　　These hedge-rows, hardly hedge-rows, little lines
>　　Of sportive wood run wild: these pastoral farms,

Green to the very door; and wreaths of smoke
Sent up, in silence, from among the trees!
With some uncertain notice, as might seem
Of vagrant dwellers in the houseless woods,
Of some Hermit's cave, where by his fire
The Hermit sits alone. (*Tintern Abbey*, 9–22)

　私はこの濃いシカモアの木陰のこの場所で休み、
そして小屋の庭のこれらの場所、これら果樹園の
房を眺める日が、今再び訪れた。
その房はこの季節ではまだ未熟な実をつけて
緑一色に包まれ、森や雑木林の中に
隠れて見えない。さらに私は今再び、
これら生垣の列を、木々がふざけて暴れたような
生垣とは言えない小さな列を、戸口まで延びた
これら緑の農場を、そして木々の中から
静かに立ち昇る煙の輪を眺める。
その煙は定かには見えないが、
家なき森に住む浮浪者か、或いは
隠者が洞窟の中で一人火の側に
座って起こしているようにも見える。

　冒頭の 8 行で "these" を 2 度用いたが、上記の 14 行でも "this" を含めて 6 度用い、そして "again" を全部で 3 度用いている。これらの語の執拗なまでの反復から、ワイ川の「これらの場所」を妹と二人で再訪したことが如何に重要な意味を持っていたかを、我々は何よりも先ず読み取らねばならない。また最後の 3 行から、ワーズワス自身が 5 年前に放浪の旅を続けたときに何度か野宿をしたという話がもし事実であるならば（73 頁参照）、ワイ川のこの辺りであったのかも知れない。
　再び題名に戻って最後の日付 "July 13, 1798" に注目すると、7 月 13 日はワーズワスが 8 年前に大陸旅行のためカレーの港に初めて上陸した日であり、それは同時にフランス革命記念日でもあった。それは単なる偶然の一致ではなく、それを意識しながら日付をしたことは恐らく間違いあるまい。また彼がこの詩を書く 3 ヶ月前（4 月）コールリッジは『孤独の不安』

を書いているが、その題名にも "Written in April 1798, during the Alarm of an Invasion"「1798 年春、フランス軍侵攻の脅威の間に書かれた」という副題が付けられている。これを『ティンタン僧院』の副題に照合させてみるとスタイルが全く同じであることに気づくであろう。要するに、それはコールリッジのこの詩を強く意識した一種の応答詩でもあったのだ。これを念頭において、ワーズワスが冒頭の 4 行に付けた脚注の「海の潮の影響を受けない」(not affected by the tides)（89 頁参照）を改めて読み直すと、それはニコラス・ローが評しているように、「海から敵軍の侵攻の影響を受けない」という意味を含ませていたとも解釈できる。[24] 当時フランス軍が侵攻してくるとすればブリストル湾の何処かであろうと警戒されていたからである。

　ところでワーズワス兄妹は前述のように（87‐8 頁参照）チェプストウからワイ川沿いにグッドリッチまで行き、そこからチェプストウへ戻った後、今度は舟で再びティンタン・アビーへ引き返した動機は何であったのか少し考えてみる必要があろう。その第 1 の動機として、ワイ川の景色を陸から見るのと川から見るのとでは大変な違いであることは誰でも予想できることである。その上ティンタンまでは道路の大部分は川からかなり離れたところを通っているので、川の景色が殆ど見えない。第 2 の動機は、ギルピンのワイ川下りの描写がかなり影響したのではないかと思う。つまり、自分自身の目でそれを確かめてみたいと考えたに違いない。ギルピンはティンタン・アビーに関する記述に 8 頁近くを費やしているが、その中で注目すべき点だけを紹介すると、先ず「ティンタン・アビーの高貴な廃墟は川から見ると最も美しくピクチャレスクであると評価されている」と前置きし、そして「アビーは瞑想の目的に適うように奥まった谷にひっそり隠れる」ように建っているのが望ましいと述べた後、次のように記している。

> ティンタン僧院はまさしくそのような場所に位置している。……森と空き地が融合し、川は蛇行し、土地は変化に富み、素晴らしい廃墟が自然の対象とコントラストをなし、丘の稜線が描く優美な線が全体を包み、非常に魅力的な景色全体を一つに纏めている。周囲の景色は非常に静かで穏やかな雰囲気を醸し出し、人間社会からすっかり隔離されているので想像力豊かな人なら、修道僧の時代にはそこに住みたいと願うのも当然と思うだろう。[25]

このように川から見た印象を語った後、陸に上がって廃墟の内部を専門家の目で仔細に観察する。内部がいくらか人の手が加わっているのが残念であるが、一方「ピクチャレスクな好奇心の主要な対象である廃墟の外部」(the outside of the ruin which is the chief object of *picturesque curiosity*) は、自然のままに残されているのが非常に良いと評している。しかし廃墟の隅の方に目を向けると、貧困と悲惨と頽廃の場面はまさに目に余る。浮浪者たちがそこに住み付いて観光客に我勝ちに金をせびっている。その中の一人である手足の不自由な老婆にせがまれて「修道院の図書室」へ案内されたがイラクサやイバラが生い茂り、そこは彼女の住処に過ぎなかった。「私はいまだかつてそれほど嫌悪すべき住み処を見たことがない」とギルピンは感想をもらしている。[26]

こうして再び舟で下流に向かったが、水がひどく濁り始めた。よく見ると数百メートル先に大きな鉄工所があり、アビーの「孤独と静穏の場面」とは余りにも対照的な騒音が聞こえてくる。そしてそれまで澄み切った川の流れが濁って変色している。ギルピンは「ティンタン僧院」の一章を次の言葉で閉じている（イタリックは筆者）。

> But one great disadvantage began here to invade us. Hitherto the river had been clear, and splendid; reflecting the several objects on its banks. But its waters now became ouzy [*sic*], and discoloured. Sludgy banks too appeared, on each side; and other symptoms, which discovered *the influence of a tide*.[27]

> しかしここから一つの大きな悪条件が私たちを襲い始めた。これまで川は綺麗に澄み切り、両岸の景色が川面に映っていた。だが今や川の水は濁り、変色していた。また泥だらけの岸が両側に見え始めた。さらに潮の影響をはっきり示す兆しが現れ始めた。

ワーズワスはギルピンより28年後（1798年）の7月12日の午後、ワイ川の河口からティンタンに向かって同じコースを舟で遡ってきた。そしてティンタンの近くまで「潮の影響」を受けていることを確認した。ワーズワスは『ティンタン僧院』の4行目に付けた脚注（89頁参照）は、まさしくギルピンの上記の言葉を映したものであった。それは上記のイタリックの

語句と比較すれば明白であろう。とすれば、「"tides" はフランス軍の侵攻 (invasion) を暗示している」というローの解釈はうがち過ぎと言わざるを得ない (91 頁参照)。このように、ティンタン僧院の周辺までは川の水が濁っていることを確認したワーズワスはその翌朝、数マイル上流へ遡ってみた。そして水が綺麗で澄み切っているだけなく、周囲の景色もティンタン僧院の周辺には見られない険しい断崖や素朴な田舎の風景があることを再確認した。

　同様の観察をギルピンもウォーナーも記録している。先ず、ギルピンはモンマスを過ぎて暫くすると両岸は「険しく、木々が茂り」(steep and woody)、そして中でも「最も美しいのはセント・ブリーヴェルズ (St. Briavels) 城の近く」であり、両岸が「広大な森林で覆われた斜面は殊の外素晴らしい」(the vast and woody declivities are uncommonly magnificent) と記している。[28] ウォーナーの観察はさらに精密で、2 頁近くに及んでいる。その一部を紹介すると、先ず「この辺は全て厳粛で、静寂、そして心を癒してくれる。深い安らぎが周囲に漲り、心を瞑想へ誘う」(All here is solemn, still, and soothing, a deep repose reigns around, and attunes the mind to meditation.) と述べる。中でもランドゴの村 (village of Llandogo) は、「森で覆われた高い凸凹の丘の斜面に素朴で風変わりでピクチャレスクな小屋が点在しており、まるでお伽の国を想像させる」と絶賛している。[29] 因みに、ランドゴはティンタンより北 4 マイルのところにある。従ってそこを過ぎると間もなくティンタンの村が近づく。しかしウォーナーはアビーについて意見を一言も述べずに素通りして、話を河口の町チェプストウに移してしまう。その理由はこの章の始めに述べているように、「高い趣味 (taste) と豊かな想像力 (fancy) に支えられたギルピンの優美な筆だけが、無限の変化に富んだ美しいワイ川を正当に描写できる」からである。[30] つまり、ウォーナーが出しゃばってティンタン僧院とそのピクチャレスクな風景を描写するよりも、読者はギルピンの著書を是非読んでいただきたい、と言うギルピンに対する敬意の表現に他ならない。

　以上のように、ワーズワスは『ティンタン僧院』を書き始めたときギルピンを意識したことは間違いない。しかしこの種の紀行文やガイドブックから直接影響を受けることは決してなかった。彼の最初の紀行文学『夕べ

の散策』でも当時流行の旅行記を強く意識しながらもその影響を受けるどころか、彼独自の道を歩んだことは第 1 章ですでに論じたとおりである（特に 30 頁参照）。そして彼が詩人として成長する過程でゴドウィンに対して批判的になって行くが、それと歩調を合わせるようにギルピンのピクチャレスクの理論にも強い抵抗を覚え始めた。彼の画法または絵画理論に対する批判は、『序曲』第 11 巻の名句、"by rules of mimic art transferred / To things above all art"「模倣芸術の法則を、あらゆる芸術を越えた自然界に適応する（ことの愚かさ）」(154～5 行) に凝縮されていることは今さら指摘するまでもあるまい。それを裏付けるように、彼はワイ川の旅から帰って『ティンタン僧院』を書き終えて凡そ 1 ヶ月後 (1798 年 8 月 28 日)、ブリストルの出版業者コトルに送った手紙の中で、ギルピンの旅行記 2 冊を（ドイツ旅行の費用に当てるため）売却したい旨の依頼をしている（原文は注参照）。[31] つまり、それまで大切にしていたギルピンの著書はもはや用がなくなったことを意味している。

(4)

　以上、『ティンタン僧院』のプロローグとも言うべき第 1 連について、ワイ川再訪の旅が持つ意味の大きさを紀行文学的視点から考察したが、本詩の主題（見所）はこの 5 年間における自らの成長の跡を振り返り、自然から受けた恩恵と同時に妹ドロシーの存在が如何に大きかったかを言葉の限りを尽くして強調している点にある。詩全体の 3 分の 1 近くを占める最終連 (111～159 行) はドロシーに対する感謝の言葉で埋め尽くされている点に特に注目したい。先ず自然から受けた恩恵について、第 2 連は次の言葉で始まる。

　　　　　　　　These beauteous forms,
　　Through a long absence, have not been to me
　　As is a landscape to a blind man's eye:
　　But oft, in lonely rooms, and 'mid the din
　　Of towns and cities, I have owed to them

> In hours of weariness, sensations sweet,
> Felt in blood, and felt along the heart;
> And passing even into my purer mind,
> With tranquil restoration:— (*Tintern Abbey*, 22–30)

> この美しい景色は
> 長く見ずにいる間も、盲人の目とは違って
> 私の目から消えることは一度もなく、
> しばしば私が孤独の部屋や、また町や大都市の
> 騒音のただ中で退屈な時間を過ごしているとき、
> この美しい景色のお陰で、快い感動が
> 血の中や心臓の周りに強く感じられた。
> そしてこの景色が私の一層純化された心の中に
> 静かに浸入して蘇ってきた。

そして第3連でも上記と同様、かつて見た美しい自然の景色が現実の不愉快な思いを取り払ってくれることを再度強調する。

> In darkness and amid the many shapes
> Of joyless daylight; when the fretful stir
> Unprofitable, and the fever of the world,
> Have hung upon the beatings of my heart—
> How oft, in spirit, have I turned to thee,
> O sylvan Wye! (*Tintern Abbey*, 51–6)

> 暗闇の中や不愉快な昼間の
> 様々な形体の中で、無益な
> 苛立ちと俗世の熱病が
> 私の心の鼓動から離れないとき、
> おお緑多きワイ川よ、私の魂は如何にしばしば
> 君の許へ向ったことか。

そして第4連でもその初めに、かつて見た美しい景色を想い描くことは「現在の喜び」だけではなく、「未来への希望の糧になる」ことを力説する（なお、次の詩行は第2章の61頁でも引用したので手紙の文章と共に是非読み返していただきたい）。

> The picture of the mind revives again:
> While here I stand, not only with the sense
> Of present pleasure, but with pleasing thoughts
> That in this moment here is life and food
> For future years. And so I dare to hope,
> Though change, no doubt, from what I was when first
> I came among these hills; . . . (*Tintern Abbey*, 61-7)

> 心に残った映像は再び蘇ってくる。
> 私はここに立っていると、今現在の
> 喜びだけでなく、この瞬間の中に
> 未来のための生命と糧があるという
> 楽しい気分に満たされる。それ故に私は、
> 初めてこの山中に来た時とは明らかに
> 違っていても、未来に希望が持てるのだ。

　過去が現在に、そして未来に繋がるという希望はワーズワスがようやく到達した強い信念であった。これより4年後（1802年）に書いた『虹』(*The Rainbow*) は、まさしくこの信念を凝縮した最も素朴にして最も力強い名詩であることを指摘しておきたい。

> My heart leaps up when I behold
> 　　A rainbow in the sky:
> So was it when my life began;
> So is it now as I am a man;
> So be it when I shall grow old,
> 　　Or let me die! (*The Rainbow*, 1-6)

> 大空に虹を見ると
> 私の心は躍る。
> 私が生まれた時もそうであった。
> 大人になった今もそうである。
> 老いてもそうであってほしい。
> さもなくば死なせてほしい。

　さて、『ティンタン僧院』の第4連（58〜111行）は最も長く、コールリッジ

を強く意識したワーズワスの思想的核を形成する最も重要な一節である。しかしこれについて詳しく論じることは本書の主題から逸脱するので要点だけ説明しておく。先ず、5 年前と現在の自分の自然に対する接し方（または見方）の根本的な相違を強調する。即ち、当時の自分にとって自然は全てであり、自然から「欲望」(appetite) に近い「疼くような喜び」(its aching joys) を得ていた。今の自分にはそのような喜びは最早ない。しかしその喪失を補って余りある価値ある贈り物 (gift)、即ち、「静かな悲しい人間性の音楽」(the still, sad music of humanity) を聞く耳を習得したと言う。この音楽とは具体的には、1798 年春に書いた『イバラ』(The Thorn) や、"Her eyes are wild" で始まる詩に表現されているが、この名句はコールリッジが聖書から借り受けた "the still small Voice of God"「神の静かな小さい声」を強く意識した対応語句であった。[39] つまり、「神」を「人間性」に置き換えることによって、コールリッジのキリスト教主義に対してワーズワスの人間性を重視した宗教的態度を一層明確にしたのである。言い換えると、ワーズワスは目に見えない神を信じるよりもむしろ、人間と一体になった自然を愛する「自然崇拝者」(the worshipper of Nature) であることを明確にしようとしたのである。それ故、第 4 連はこのような信条の告白で終わっている。

      Therefore am I still
  A lover of the meadows and the woods,
  And mountains; and of all that we behold
  From this green earth; of all the mighty world
  Of eye, and ear,—*both what they half create,*
  And what perceive; well pleased to recognise
  In nature and the language of the sense,
  The anchor of my purest thoughts, the nurse,
  The guide, the guardian of my heart, and soul
  Of all my moral being. (*Tintern Abbey*, 102–11)

  それゆえ私は今も変わらず
  牧場や森や山を、そして
  この緑の大地から見る全ての世界と、
  目と耳が感じる全ての強大な世界を、

つまり目と耳が半ば創造する世界と、
直接感じる世界の両方を愛している。
そして自然や感覚の言葉の中に、
私の最も純な思考の錨を、私の心の
乳母、案内者、後見人、そして私の全生命の
魂を、認識する喜びを味わっている。

　上記の筆者が特にイタリックで表示した詩行は、コールリッジが「半ば創造するもの」即ち「想像力」に偏りすぎていることに対する反論（または抗議）と解釈すべきであろう。ワーズワスは想像力 (imagination) と感覚 (perception) の両機能をバランスよく働かせていることを暗に強調しているのである。これは同時に、両詩人の「信仰」の微妙な相違に繋がっていることを見逃してはなるまい。このように第4連全体は、コールリッジが少年時代の生い立ちと信仰の重要性を論じた『真夜中の霜』に対する強い応答的 (antiphonal) 意味を持っていた。従って、上記に続く最終連も『真夜中の霜』のそれを強く意識していたことは間違いない。即ち、コールリッジの詩は愛児ハートリ (Hartley) が美しい自然の中で神と心を通わせながら育つことを祈願しているのに対して、『ティンタン僧院』の最終連は最愛の妹ドロシーが自分と同じ「自然崇拝」(worship of nature) の道を歩むことを祈りながら終わっている。

　先ずそれは、妹への感謝の言葉で始まる。即ち、第4連の最後に述べたように彼自身は自然から多くのことを学んできたが、仮にそれがなかったとしても妹の存在がこれを十分に補い満たしてくれるであろう、という言葉で始まる。

　　　　　　　　　　　　Nor perchance,
　　If I were not thus taught, should I the more
　　Suffer my genial spirits to decay:
　　For thou art with me here upon the banks
　　Of this fair river; thou my dearest Friend,
　　My dear, dear Friend; and in thy voice I catch
　　The language of my former heart, and read
　　My former pleasures in the shooting lights

Of thy wild eyes. (*Tintern Abbey*, 111-9)

　恐らく、私は自然から
このような教えを受けなかったとしても、
私の創造力が衰退することはないであろう。
何故なら、君が今現にこの美しい川の堤で
私と一緒にいるからだ。君、最愛の友よ、
私の愛しい、愛しい友よ。君の声の中に
私の往時の心の言葉を捉え、
君の野生的な目の光の中に、私の往時の
歓喜を読み取るからだ。

「往時の心の言葉」や「歓喜」は、青春時代の豊かな想像力と情熱を意味しているのであろう。つまり、彼女の声や瞳の中にかつての自分の姿を見出すので、妹が側にいる限り自分本来の創造力が蘇ってくる、と言うのである。彼はこの後さらに続けて、彼女と自然から学んだ貴重な教訓について語る。「自然は自然を愛する人を決して裏切らない」そして「自然は我々の心に静寂と美を教え、植え付け、そして高邁なる思想を養う。」かくして「見るもの全てが祝福で満たされている」等々と。そして最後に、もしかりに自分たちが将来互いに別れて暮らすようなことになったとしても、「この楽しいワイ川の堤に一緒に立ったことを君は決して忘れないであろう」(Nor . . . wilt thou then forget / That on the banks of this delight-ful stream / We stood together) と述べた後、次のようにこの詩を結んでいる。

　　. . . [thou will not forget] that I, so long
　A worshipper of Nature, hither came
　Unwearied in that service: rather say
　With warmer love—oh! with far deeper zeal
　Of holier love. Nor wilt thou then forget,
　That after many wanderings, many years
　Of absence, these steep woods and lofty cliffs,
　And this green pastoral landscape, were to me
　More dear, both for themselves and for thy sake! (*Tintern Abbey*, 151-59)

ずっと以前から自然の崇拝者であった私が
　　　自然への奉仕に飽きることなく、奉仕というよりも
　　　むしろより暖かい愛と、より敬虔な愛から湧き出る
　　　遥かに深い情熱を持ってここへやって来たことを、
　　　君は忘れないであろう。私は君と別れて放浪の日々を
　　　長年送った後に見たこれら急斜面の森と
　　　聳える断崖、そしてこの緑の牧歌的風景は
　　　私にとって、景色それ自体と君自身のために
　　　より一層貴重であったことを君は忘れないであろう。

　以上で『ティンタン僧院』は完結するが、ワーズワスとドロシーは第1連と全く同じ場所に座って、同じ風景を見つめている。それは、最後の3行の "these steep wood and lofty criffs" と "this green pastoral landscape" が、第1連5行目の "these steep and lofty cliffs" と、16〜7行目の "these pastoral farms, / Green to the very door" の反復によって一層その効果を高めている。同じ紀行文学でも、15年前に発表した『夕べの散策』と『叙景小品』の景色が移り変わってゆくのと根本的に異なる。5年前に一人で歩いた懐かしい想い出の場所を、愛する妹と一緒に訪ねて同じ景色をじっと見つめながら回想に耽る。その回想が5年間の旅路そのものであり、そこから学び取った二つの貴重な教訓が『ティンタン僧院』の主題になっている。本詩の紀行文学としての価値とその真髄はまさしくその主題にある。さらに見落としてならないのは、コールリッジの存在である。本詩の随所に彼の言葉や詩の存在を意識した表現が見られる。中でも『真夜中の霜』の存在は一番大きい。[33] 要するに、本詩の主題である自然と妹ドロシーから受けた二つの最大の恩恵に加えて、コールリッジの影響は詩人ワーズワスの成長に不可欠であったことを裏書している。序論でも指摘したように（4〜5頁参照）、『序曲』の第10巻でワーズワスが詩人として今日あるのはコールリッジと妹ドロシーと美しい自然であることを力説しているが、この信念は『ティンタン僧院』を書いた時点で既に固まっていたのである。

第4章

『序曲』第1・2巻のエピソード2篇
──ツーリズム批判

(1)

　1798年9月16日午前11時、ワーズワス兄妹とコールリッジそしてジョン・チェスター (John Chester) 一行を乗せたハンブルク行きの定期船はヤーマスの港を出た。そして3日間の苦しい航海の後、一行はようやくハンブルクの土を踏んだ。今回のドイツ遊学の目的について、ドロシーは出発前ローソン夫人に宛てて（6月13日）、「私たちの最初の計画はドイツに着くと直ぐ大学の近くに住む予定でしたが、家賃が高いのでそれを断念してもっと田舎の小さな町に1年ほど住み、そこでドイツ語を習熟してから大学の近くへ移ることに決めました」と大方の計画を伝えている。そしてドイツに着いてからもコールリッジと交際が続けられるように、出来るだけ近くに住む予定であった。ところがハンブルクに着いて直ぐにそこが長期滞在に不向きな町であることが分かったので、それに相応しい場所を早速探すことになった。そこでコールリッジはハンブルクから東約30マイルにある高級リゾート地のラーツェブルク (Ratzeburg) に格好な下宿を見つけてきた。しかしワーズワス兄妹は「ラーツェブルクは美しいところだが、部屋代がとても高い」[1]という理由でコールリッジと行動を共にすることを断念し、自分たちはもっと部屋代の安いところに移ることを決意した。そして9月29日に「聖ミカエルに捧げる盛大な祭り」を見てから3日後目的地の定まらぬままハンブルクを発ち、100マイル南のブランズウィック (Brunswick) へ向かった。[2] 彼らが目的地をゴスラー (Goslar) と決めたのは恐らく旅の途中か、ブランズウィックに着いてからいろいろ情報を集めた結果であったに違いない。こうしてワーズワス兄妹は「10月6日の夜5時（さらに30マイル南の）ゴスラーに着いた。」[3]

ワーズワス兄妹はその翌日から早速下宿探しに奔走したが、彼らの財力では手頃な部屋は見つからず、やっと辿り着いた所はリンネル商 (linen-draper) を営む未亡人の家の2階であった。彼らがドイツに来た最大の目的はドイツ語の習得であった。そのためには多くの人と会話を交わす機会の多い下宿屋が最適であった。中でも食事の時間はその絶好の機会であった。彼は7年前オルレアンの下宿でフランス語を僅か2ヶ月で自由に話せるようになったことを忘れていなかったからである。しかし今回は間借りのために食事は妹と二人きりで、人と話す機会が殆どなく、たまにその機会に恵まれても相手が「ひどいドイツ語」しか話せない下男か、その類の人たちであった。[4] それ故、ゴスラーに住んで僅か1ヶ月後に早くもそこを出る決意を固めた。ちょうどその頃（11月半ば）ワーズワスはコールリッジに宛てた手紙の中で、「私たちは辞書によってドイツ語を学ぶためにこの国へ来たのではないから、今月末にはここを出るつもりだ」と述べている。さらに1ヶ月後の12月14日に同じくコールリッジに宛てて、「僕は本を全然持っていないので、自衛手段として (in self-defence) 詩を書かざるを得ない。……読書は今では僕にとって贅沢なものになっている」云々と前置きした後、ゴスラーに来てから書いた詩の中から5篇を選んで妹に書き写させている。その最初の2篇はルーシーを主題にした詩 (Lucy Poems)、後の3篇はワーズワス自身の少年時代（ホークスヘッドの学校時代）の体験を回想したエピソードである。後者のうち2篇は後に『序曲』の第1巻に採り入れられたものであり、その何れも湖水地方の湖を舞台にしている。その一つは、冬の夜エスウェイト湖でスケート競争をして遊んだときの不思議な体験を、二つ目は夏の夜アルズウォーターの湖岸に繋いであるボートを盗んで沖に漕ぎ出したときの恐怖の体験を語っている。

　筆者はここで特に問題にしたいのはこの最後の詩（通称 'boat-stealing episode'）である。何故なら、その舞台は当時の紀行文や旅行ガイドに必ず取り上げられる注目のスポットであったからだ。何はさておき、先ずワーズワの詩を紹介しよう。

  One evening—surely I was led by her—
  I went alone into a shepherd's boat,

A skiff that to a willow-tree was tied
Within a rocky cave, its usual home.
'Twas by the shores of Patterdale, a vale
Wherein I was a stranger, thither come
A schoolboy traveller at the holidays.
Forth rambled from the village inn alone,
No sooner had I sight of this small skiff,
Discovered thus by unexpected chance,
Than I unloosed her tether and embarked.
The moon was up, the lake was shining clear
Among the hoary mountains; from the shore
I pushed, and struck the oars, and struck again
In cadence, and my little boat moved on
Even like a man who moves with stately step
Though bent on speed. It was a act of stealth
And troubled pleasure. Nor without the voice
Of mountain-echoes did my boat move on,
Leaving behind her still on either side
Small circles glittering idly in the moon.
Until they melted all into one track
Of sparkling light. A rocky steep uprose
Above the cavern of the willow tree,
And now, as suited one who proudly rowed
With his best skill, I fixed a steady view
Upon the top of that same craggy ridge,
The bound of the horizon—for behind
Was nothing but the stars and the grey sky.
She was an elfin pinnace; lustily
I dipped my oars into the silent lake,
And as I rose upon the stroke my boat
Went heaving through the water like a swan—
When from behind the craggy steep, till then
The bound of the horizon, a huge cliff,
As if with voluntary power instinct,
Upreared its head. I struck, and struck again,
And, growing still in stature, the huge cliff

Rose up between me and the stars, and still
With measured motion, like a living thing
Strode after me. With trembling hands I turned
And through the silent water stole my way
Back to the cavern of the willow-tree.
There, in her mooring-place, I left my bark
And through the meadows homeward went with grave
And serious thoughts; and after I had seen
That spectacle, for many days my brain
Worked with a dim and undetermined sense
Of unknown modes of being. (*The Prelude* i, 372–420)

或る日の夜、確かに自然に導かれて、
私は一人で羊飼いの小舟の中に入った。
その小舟は何時も係留されている
岩穴の柳の木に繋がれていた。
私は学校の生徒であった頃
休暇でパターデイルの岸辺を
初めて旅したときのことだった。
私は一人でその村の宿から散歩に出かけ、
この小舟をこうして全く偶然に
見つけたのだが、それを見るや否や
つなぎ綱を解いて、漕ぎ出したのだった。
月が高く昇り、湖は白く光る山々に
囲まれて明るく輝いていた。私は舟を
岸から押し出し、オールを繰り返し
リズム良く打った。すると私の小舟は、
急いでいるのだが悠然と歩く大人のように
進んで行った。それは泥棒行為であったが、
不安な喜びであった。山の反響の声を
聞きながら私の舟は、舟尾の両側に
月の光を受けて頼りなく光る小さな
水の輪を残して前進した。その輪も
きらきら光る1本の航跡の中に
融けて消えていった。柳の木がある
その洞窟の上に険しい岩山が立ち上がった。

そして今や私は、最高の技術で
誇らしく漕ぐに相応しい人のように、
同じ岩山の稜線の頂にじっと目を据えていた。
そこは地平線の限界で、その背後には
星と灰色の空以外に何もなかったからだ。
私の舟は妖精の小舟だった。勢い良く
私のオールを静かな湖の中に浸した。
そして立ち上がって強く漕ぐと、私の舟は
白鳥のように水面から盛り上がって進んだ。
その時、それまで地平線の限界であった
あの険しい岩山の背後から、巨大な断崖が
恰も意志の力を持った生き物のように
頭をもたげてきた。私はなおも漕ぎ続けた。
するとその巨大な断崖がますます大きくなり、
私と星の間に立ちはだかり、そして同じ歩調で
まるで生き物のように私の後を追ってきた。
私は震える手で舟の向きを変え、
静かな湖面をそっと忍び足で
柳の木の洞窟へ引き返した。
そして元の係留地で舟から下りて、
牧場を通り抜け、深刻な面持ちで
宿に帰った。その光景を見て以来
幾日も、得体の知れぬ生き物の
漠然とした不確かな存在が
私の頭から離れなかった。

　この詩を十分に理解するためには、何よりも先ず詩の舞台となった湖とその周辺の地形を正確に知っておく必要がある。アルズウォーター湖は湖水地方の中でウィンダーミア湖に次ぐ大きい湖で、全長約13キロ幅は平均して1キロの湖である（地図④参照）。パターデイルの宿は湖の南端からさらに1キロ余り離れた台地に建っている。現在その宿は両翼をさらに広げて何時も多くの客で賑わっている。ワーズワスの時代この宿はアンブルサイドとペンリスの間の中間に位置する唯一の宿であったので、今日よりなお一層貴重な存在であった。ワーズワスは少年のころ夏休みにホークスヘッドの学校から、亡き母の実家であるペンリスの伯父の家へ向かうとき

この宿に 1 泊したに違いない。彼はこのパターデイルの谷に来たのが初めてであったので (cf. "Wherein I was a stranger")、すっかり「旅人」(traveller) の気分になって湖の岸辺を「ぶらぶら歩いていた」(rambled) とき、偶然ボートが繋留されているのを見て冒険心を駆り立てられ、勝手に沖に漕ぎ出したのである。

　この冒頭の 11 行を読んだだけで、このエピソードは紀行文学としての条件が揃っていると言ってよかろう。そして漕ぎ出してからの彼の動作や目線の据える方向、夜空の姿や湖面の輝き、周囲の山にこだまするオールの音など、詩とは思えないほど自然で飾り気のない写実性が特に目を惹く。そして湖の奥深くまで漕ぎ出したとき、それまで見えなかった岩山の稜線の向こうから遥かに高い岩山の「巨大な断崖」がぬっと頭をもたげたときの驚きと恐怖、さらに潜在的な罪悪感も加わって全身震えながら舟の係留地点に引き返すときの心理状態等、それまでの如何なる詩にも見られないリアルな描写である。これらを総合してみると、この 50 行ほどのエピソードは、短編小説にも劣らない内容と構成に富んだ紀行文学の傑作と評して過言ではあるまい。ところで、このエピソードの実際の舞台はアルズウォーターのどの辺であるのか、学者の間で色々と検証されてきたが、筆者自身がその場に何度も通って確認した場所は、グレンリディリング (Glenridding) から北へ凡そ半キロ（パターデイルのホテルから 3 キロ北）の湖岸に突き出た巨大な岩石スタイバロー・クラッグ (Stybarrow Crag) の下であることが分かった。その岩は湖岸沿いに通る道を造るときにその道幅だけ削り取られて、今は大きな岩の壁になっているが、ワーズワスの時代には小さな馬車がやっと通れる程度の洞窟のような形をしていたに違いない。その岩の背後（西側）にグレンリディング・ドッド（標高 442m）が続き、その直ぐ背後に遥かに高いシェフィールド・パイク (Sheffield Pike, 675m) が迫っている。ワーズワス少年が岩山の稜線の向こうから頭をもたげるのを見た岩山はこの山であった。そしてスタイバロー・クラッグと対岸との距離は最も狭く、800 メートル足らずであるが、対岸にこれと同程度の高さのプレイス・フェル (Place Fell, 657m) が迫っているのでなお一層狭く見え、それだけに景色としては最も迫力に富んでおり、観光客必見の場所である（地図④参照）。

以上の地形と風景を念頭において、紀行文学として最も有名なギルピンの『湖水地方観察』のアルズウォーターについて論じた第 18 章を読んでみよう。彼は 1772 年の夏 5 泊 6 日の湖水地方旅行をしたとき、アルズウォーターのこの場所を訪れたのはその最終日であった。彼はその日、ケジックを朝早く出発した。何時もは馬車で旅をするのだが、その日は道路事情を考えて馬に跨って出発した。彼は近道をするために山岳地帯を悪戦苦闘して横切り、マターデイル (Matterdale) までやって来た、そこから木々で覆われた蛇行した坂道を数キロ下って行くと突然アルズウォーターの一部が見える。ギルピンは「英国のあらゆる魅力的な景色の中で「これほどの崇高美を見たことがない」(had seen nothing so beautifully sublime) と称え、さらにこれこそ「まさしくピクチャレスク」(correctly picturesque) と絶賛している。[5] そして湖岸に出るとそこで右（南の方向）に折れて湖岸沿いに暫く行くと岩の突き出た場所 (first promontory) に来た。彼は「水際まで下りて行って」見たときの景色を、「相変わらず雄大で美しいがピクチャレスクな美しさに多少欠ける。何故なら、前景がないからだ」(still grand and beautiful, but had lost some of it's more picturesque beauty: it had lost the fore-ground) と、いかにもギルピンらしい描写をしている。そこからさらに 1 マイルほど行くと第 2 の岩の突き出たところに来る。ギルはこの地形を次のように説明している。

> It is a bold projection of rock finely marked, and adorned with hanging woods; under the beetling summit of which the road makes a sudden turn. This is the point of the second promontory; and, I believe, is known by the name of Stibray-cragg (Stybarrow Crag).[6]
>
> そこは輪郭のはっきりした岩が大胆に突き出たところで、垂れ下がった木々で覆われている。その覆いかぶさるような岩の下を道路が急カーブしている。これが第 2 の突き出た場所で、「スタイバロー・クラッグ」という名で知られている。

　まさしくこの場所こそ少年ワーズワスがボートを漕ぎ出した場所である。この巨大な岩は現在はバスでも往復できる広さに削り取られているが、当時は人馬がやっと通れる程度に下部だけ削り取られていたに違いない。ギ

ルピンが "under the beetling summit" と表現したのはそのためであった。ワーズワスはそれを詩の中では "cavern" とか "rocky cave" と少々大げさに表現したのである。

　今日ではこの岩の壁には目もくれずに車で通り過ぎてしまうが、当時は好奇心豊かなツーリストの格好の場所となった。両岸の間は一番狭く（800 メートル足らず）、しかも高い山が両岸に迫っているので反響音が他のどの場所よりも素晴らしい。そこに目をつけた観光客は湖に向かって空砲を打ち鳴らしてその反響音を楽しんだ。ギルピンはこれについて先ず次のような説明から始めている。

> We took notice of a very grand eccho [sic] on the western shores of the great island in Windermere: but the most celebrated ecchoes are said to be found on Ulleswater[sic]; in some of which the sound of a cannon is distinctly reverberated six, or seven times.[7]
>
> 　私たちはウィンダーミア湖の大きな島（ベル島）の西岸で非常に大きな反響音を注意して聞いたが、最も有名な反響音はアルズウォーターで聞けると言われている。その幾つかは大砲の音が6・7回はっきり反響すると言う。

このように述べた後、その具体例を詳細に説明している。そして中でもポートランド公爵 (the Duke of Portland) は舟に真鍮の大砲を積み込んで湖上で打ち鳴らして反響の変化を楽しんだことを、特に脚注で補足説明している。そして最後に、このような恐ろしい種類の音響は嵐の湖にはうってつけであるが、静かな湖には全く不似合いである。そのような場合は、大砲よりもフルートを吹き鳴らした方が良く似合うと、前者の趣味の悪さを暗に皮肉っている。彼の言葉を参考までにそのまま引用しよう。

> Instead of cannon, let a few French-horns, and clarionets be introduced. Softer music than such loud wind-instruments, would scarce have power to vibrate. The effect is now wonderfully changed. The sound of a cannon is heard in bursts. It is the music only of thunder. But the continuation of musical sounds forms a *continuation of musical echoes* (sic); which reverberating around the lake, are exquisitely melodious in their several gradations;

and form a thousand symphonies, playing together from every part. The variety of notes is inconceivable. . . . In short, every rock is vocal, and the whole lake is transformed into a kind of magical scene; . . .⁸

大砲の代わりに数個のフレンチホルンかクラリネットを持ち込んでみようではないか。あのように喧しい空砲よりもずっと柔らかい音楽は（周囲の山や岩を）震わせる力を殆ど持っていないであろう。従って驚くほど異なった結果を生み出すであろう。大砲の音は爆発音だ。それはただ雷の音楽に過ぎない。しかし音楽的響きの連続は音楽的反響の連続を形成する。それは湖の周囲に響き渡って絶妙のメロディのグラデイションを形成し、そしてあらゆる方向から一緒に聞こえてくる無数のシンフォニーを形成するであろう。その調べの多様性は想像を絶するであろう。……要するに、あらゆる岩は音を出し、そして湖全体が一種の魔法の景色に変容するのだ。

ウェストも彼の『湖水地方案内』の「アルズウォーター篇」の最後に、大砲の反響音を聞く「楽しみ」(amusement) について、「この湖を舟で行く人は適当な場所で小型の大砲を打つと大いに楽しめる。その効果は本当に面白い」(The navigators of this lake find much amusement by discharging guns, or small cannon, at certain stations. The effect is indeed ttruly curious.) と、一言書き添えている。⁹

一方、ワーズワスはこの同じ場所での体験が彼自身を「自然崇拝者」へと導く重要な原点、言い換えると少年ワーズワスの心に詩的想像力を育てる一つの大きな転機 ("spot of time") となった。ところで彼はこのエピソードを書いたとき、ギルピンやウェストのこれらの記述を念頭においていたとまでは言えないが、少なくとも頭の片隅にあったことは恐らく間違いあるまい。とすれば、この詩は当時のツーリズムに対する暗黙の批判ないしは風刺を内に秘めていると解釈できよう。このような観点から、この詩を読み直すとなお一層味わい深いものとなるであろう。

(2)

　次に、『序曲』第 2 巻の中に、当時の紀行文学との関わりが極めて深いエピソードが一つある。それはウィンダーミア湖最大のベル島 (Belle Isle) とその隣のスズラン島 (Lilies of the Valley) を舞台にしたエピソードである。だがその詩を紹介する前に、先ずその執筆の背景を説明する必要があろう。前節の初めに説明したように、ワーズワスは 1798 年の秋から妹と一緒にドイツの古都ゴスラーで生活を始めて間もなく、少年時代の貴重な体験を数篇のエピソードとして書き残したが、その大部分は数年後『序曲』の第 1 巻に採り入れられた。そして年を越してから書き始めたエピソードの多くは『序曲』の第 2 巻に収められた。と言うのも、前者はホークスヘッドにおける 8 年間の学校生活の前半の体験を主として書いており、年を越してから書いた作品の多くは後半の 4 年間の体験を語っているからである。そして詩の舞台も前半がホークスヘッドとその近くであったのに対して、第 2 巻のエピソードは舞台をさらに広げてウィンダーミア湖とその周辺に移っている。

　当時ホークスヘッドは観光客とは全く縁のない小さな村であったが、そこから 1 キロ東の南北に延びた丘陵地帯 (Claife Heights) を越えると観光客のメッカとも言うべきウィンダーミア湖が広がっていた。中でもボウネス (Bowness on Windermere) の港は観光客や商人を含め様々な旅行客で賑わっていた。従って港の周辺には多くの宿 (inn) がひしめくように建っていたが、中でもワーズワスが少年の頃に建てられた真新しい 3 階建のホワイト・ライオン・ホテル（White Lion, 現在は The Royal と名を変えている）は、周囲の建物とは不釣合な人目を引く立派な建物だった。1 階は現在と同じように食品売り場を兼ねたレストランになっていた。ワーズワスら遊び仲間は学校が休みのときホークスヘッドから、丘を超えてフェリーで湖を横切り、2 時間以上かけてここまでやってきた。そしてここで「飲み物やイチゴや甘いクリーム」を買って、港の直ぐ前に横たわるベル島に渡った。『序曲』第 2 巻の問題のエピソードはこのホテルの紹介から始まる。

Upon the eastern shore of Windermere
　Above the crescent of a pleasant bay
　There was an inn, no homely-featured shed,
　Brother of the surrounding cottages,
　But 'twas a splendid place, the door beset
　With chaises, grooms, and liveries, and within
　Decanters, glasses, and the blood-red wine. (*The Prelude* ii, 145–56)

　ウィンダーミア湖東岸の三日月形の
　美しい入り江を見下ろすところに、
　質素な姿の小屋とは全く違う宿が
　周囲の仲間の宿と並んで建っていた。
　だがその宿は素敵な場所で、入り口が
　馬車や馬蹄や下男に取り巻かれ、中に入ると
　デカンターやグラスや赤い葡萄酒が並んでいた。

　これを読んでも分かるように、このホテルに泊まる客は裕福な身分の人ばかりで、付き添いの下男や馬蹄は別の安宿に泊まったのであろう。彼らは主人が出てくるのを早くから入り口でじっと待っているのである。このようにホテルの紹介を終えた後、舞台をベル島に移し、島の高台に昔建っていた素朴な小屋に代わって、真新しい派手な館が建っていることを心から嘆いている。

　　In ancient times, or ere the hall was built
　On the large island, had this dwelling been
　More worthy of a poet's love, a hut
　Proud of its one bright fire and sycamore shade;
　But though the rhymes were gone which once inscribed
　The threshold, and large golden characters
　On the blue-frosted signboard had usurped
　The place of the old lion, in contempt
　And mockery of the rustic painter's hand,
　Yet to this hour the spot to me is dear
　With all its foolish pomp. The garden lay
　Upon a slope surmounted by the plain

Of a small bowling-green; beneath us stood
A grove, with gleams of water through the trees
And over the tree-tops—nor did we want
Refreshment, strawberries and mellow cream— (*The Prelude* ii, 152–67)

この大きな島に現在の館が
建てられる前の遠い昔、詩人の愛に
一層値する家が建っていた。その小屋は
1個の明るい灯火とシカモアの木陰が自慢だった。
かつてその玄関に刻まれていた詩の言葉は
今はなく、そして青い艶消しの看板に書かれた
大きい金色の文字が、田舎画家の腕前を
軽蔑し嘲笑うごとく、昔の獅子の
絵に取って代わっていたが、それでも
その場所はくだらぬ装飾にも拘わらず
今日まで私にとって貴重な所だった。
小さなボーリング場の台地から
緩やかに傾斜した庭園があった。
眼下に森があり、木々の間や
木々の頭上に湖面が光っていた。
また私たちは飲み物やイチゴや
甘いクリームを十分持っていた。

　以上でこのエピソードの舞台説明が終わり、本題がこの後に続く。だがその前に、何故このように舞台の説明に23行も費やしたのか、これについて暫く考えてみよう。先ず、ベル島の真新しい館は、1773年にトマス・イングリッシュ (Thomas English) がこの島を購入してその翌年ジョン・プロー (John Plaw) に設計させ、直径54フィートの完全な円形の3階建ての建物を建てた。総額6,000ポンドを要したと言われている。[10] ボウネスの入り江の先端から200メートル余りの距離にあるので建物全体が手に取るように見えた（現在は高い木で囲まれているので建物の上部しか見えない）。従って人々の注目の的であったに違いない。ギルピンがこの島を訪れたのは1772年の夏であったので、古い小屋がまだそこに建っていた。しかしウェストがそれから数年後ベル島を訪ねたとき現在の館はすでに建っていた。彼はそれを見て驚愕すると同時に抑え難い怒りを覚えた（下線

部のみ原文を添える）。

> この多くの人が訪れる場所（ベル島）についてヤング氏は有頂天になって語り、そしてペナント氏は高い賛辞を贈った。だが、ああ悲しいかな、これらの紳士が見たあの美しい素朴な姿 (that beautiful and unaffected state) はもはや見ることができない。かつてあったあの可愛いひそやかな小屋 (the sweet secreted cottage) は最早なく、あのシカモアの林 (the sycamore grove) は消えている。現在の所有者（イングリッシュ氏）は島の中央の立派な斜面を現代様式の庭園に作り変えたのだ (modernized a fine slope in the bosom of the island into a formal garden)。自然な素朴さと島特有の美しさに対する、まさに不愉快な対照ではないか。そのような計画を採用した理由を私は問わない。自分の気まぐれな空想を実行に移したことを責める気はさらにない。選択の自由は島に庭園を作ったことを正当化するかもしれない。しかしそれを別の場所に移す自由も彼が持っているのだから、次にここへ来るとき、この島を本来の牧歌的な素朴さと田舎らしい優美さに復元してくれることを切に望む。[11]

　ワーズワスは上の詩を書いたときウェストのこの一節を想い起こしていたにちがいない。上記の原文を添えた部分の表現を、ワーズワスの「詩人の愛に一層値する家」「シカモアの木陰が自慢だった」「台地から緩やかに傾斜した庭園」等々に照らしてみると、それは自明であろう。同様の観点から、詩の冒頭で言及したボウネスの港の立派なホテルはこれより数年後に建てられたものであるので、これは恐らくベル島の館に向こうを張った虚栄心の表れであったのかもしれない。従ってここにも、新しい富と虚栄に対するワーズワスの軽い風刺と皮肉が秘められていると理解してよかろう。

　このような新しい時代のツーリズムと虚栄の世界とは無関係に、純真無垢な少年たちはその館の前の「滑らかな台地」で午後の半分を大騒ぎしながら過ごした後、夕暮れ前にようやく家路についた。本エピソードの主題はここから始まる。

> And there through half an afternoon we played
> On the smooth platform, and the shouts we sent
> Made all the mountains ring. But ere the fall

Of night, when in our pinnace we returned
Over the dusky lake, and to the beach
Of some small island steered our course, with one,
The minstrel of our troop, and left him there,
And rowed off gently, while he blew his flute
Alone upon the rock, oh, then the calm
And dead still water lay upon my mind
Even with a weight of pleasure, and the sky,
Never before so beautiful, sank down
Into my heart and held me like a dream. (*The Prelude* ii, 168–80)

そして私たちはその滑らかな台地で午後の半分を
遊んで過ごした。そして私たちの発した叫び声は
周囲の山々に鳴り響いた。だが日が暮れる前、
私たちは小舟で薄暗い湖面を越えて
家路についたとき、私たちの仲間の一人である
吟遊詩人を乗せて小さな島の岸に向った。
そしてそこに彼を一人残して静かに岸を離れた。
その間彼はただ一人岩の上で
笛を吹いていた。ああ、その時、死んだように
静かな湖面が深い喜びで私の心を満たし、
そしてかつて見たことのない美しい夜空が
私の心の中に深くしみ込み、
夢のように私を捉えて離さなかった。

　この一節を読んで第一に想い起すことは、アルズウォーターにおける大砲の反響音について論じたギルピンの記述である。その一節の冒頭で、「私たちはウィンダーミア湖の大きな島（ベル島）の西岸で非常に大きな反響音を注意して聞いた」（原文は108頁参照）と述べている。言い換えると、ここでも大砲の空砲の反響を聞く「楽しみ」(amusement) がツーリストの間で流行っていたのである。これを念頭において上記の2〜3行目「私たちの発した叫び声は周囲の山々に鳴り響いた」を読むと、その意味はさらに深まるであろう。少年たちの明るく健康な歓声の響き声とは全く対照的に、自然との調和を完全に無視した大砲が放つ音の反響を聞いて喜ぶ低俗なツーリストに対する軽蔑の情がこの詩の奥に秘められている。そ

してこれに続く「吟遊詩人」の笛の音が夜の静かな湖面に響き渡るまさしく夢のような美しい光景に注目したい。それが少年ワーズワスの「心に深くしみ込み」彼の詩的想像力を育む源泉（所謂 "spot of time"）となった。しかしここでもワーズワスはギルピンのアルズウォーターにおける反響音に関する記述を強く意識していた。それは大砲の爆発音より笛の柔らかい音の方が遥かにアルズウォーターの静かな世界に相応しいことを力説した最後の一節である（原文は 108～9 頁参照）。上記の詩と比較してみれば、それは明白であろう。因みに、ギルピンの "French-horns" に対してワーズワスの "flute" を、ギルピンの最後の 1 行 "the whole lake is transformed into a kind of magical scene." に対してワーズワスの最後の 1 行 "sank down into my heart and held me like a dream." をそれぞれ照らしてみると、ワーズワスが上記の詩を書いたときギルピンのそれを微かながらも想い起していたことは疑いの余地がなかろう。

　さらにフルートを吹く場所を「或る小さな島」の「岩の上」に設定している点に注目したい。この小さな島はベル島の西側に隣接する「スズラン島」(Lilies of the Valley) を念頭においていることは間違いない。ベル島からの帰途その側を通る必要があるだけでなく、スズラン島は湖水地方の数ある島の中で少年ワーズワスの最愛の島であり、夢のような楽園の雰囲気を漂わせていたからである。その代表例は、『夕べの散策』の中で最も愛情を込めて描いた一場面、即ちスズラン島を塒にした白鳥一家の生活の様子を描いた数節である（第 1 章、30～33 頁参照）。また『序曲』の第 2 巻で少年たちがウィンダーミア湖でボート競走をして遊ぶ場面があるが、そのゴールの一つにスズラン島が特に選ばれている（『序曲』第 2 巻 60～62 行参照）。

(3)

　1799 年 5 月初めワーズワス兄妹は予定より数ヶ月早くドイツから帰国した。彼らは帰国後の逗留先として、ヨークシャーと州境のダラム州のソックバーン・オン・ティーズ (Sockburn-on-Tees) で農業を経営している

親友のハッチンソン姉妹弟の家をドイツ滞在中から決めていた。そして折を見て、生まれ故郷の湖水地方に移り住むことを同時に心の中で決めていた。ワーズワスはゴスラーに滞在している間に少年時代の回想詩を書いているうちに故郷への想いが日増しに募り、その決断に至った。彼らがゴスラーに滞在中コールリッジに幾度も送った手紙の中で、帰国後彼に湖水地方の美しい景色を「是非お見せしたい」という強い誘いの言葉を繰り返し述べているが、その言葉からも彼らの決意の強さを読み取ることができる。こうしてソックバーンで２ヶ月余りを過ごした７月末、コールリッジ帰国の報に接した。にわかに元気付いたワーズワスは前年の秋に続いて『リリカル・バラッズ』の第２版を出版してはどうかと思い、熟慮の末コールリッジに相談を持ちかけた。その手紙を読んだ彼は９月10日に旅行先のエクスター (Exeter) から、それよりも長篇叙事詩『隠士』(*The Recluse*) の執筆の方が先ではないか、という強い抗議の手紙を書いた。彼らはドイツへ旅立つ前に互いに力を合わせて「真に世のためになる大作」を書く約束をしていたからである。現在残っているその手紙の一部を紹介しよう。

> My dear friend, I do entreat you go on 'The Recluse;' and I wish you would write a poem, in blank verse, addressed to those, who, in consequence of the complete failure of the French Revolution, have thrown up all hopes of the amelioration of mankind, and are sinking into an almost epicurean selfishness, disguising the same under the soft titles of domestic attachment and contempt for visionary *philosophes*. It would do great good, and might form a part of 'The Recluse,' for in my present mood I am wholly against the publication of any small poems.[13]

> お願いだから是非とも『隠士』を書き続けてほしい。フランス革命の完全な失敗の結果、人類の改善に対する希望をすべて捨ててしまい、殆ど享楽主義に近い利己主義に堕しながら「家族愛」とか「理想主義への軽蔑」と言った美名の下に利己主義を隠す連中に対して訴えかける、そのような無韻詩を書くことを僕は心から願っている。それは極めて有益であると同時に、『隠士』の一部にすることも出来よう。と言うのも、小さな詩の出版には絶対反対というのが僕の現在の心境であるからだ。

この手紙はワーズワスの胸に相当応えたらしく、彼は「小さな詩の出版」を後回しにして長篇詩の執筆に着手した。しかしそれはコールリッジが求めるような種類のものではなく、ゴスラー滞在中に書いた少年時代の回想をエピソードにした詩人の生い立ちであった。そしてこれを「コールリッジに贈る詩」(Poem to Coleridge) と題して長篇詩の巻末に添えることを思いついた。そしてこの計画を早速コールリッジに伝えると、彼は心から喜んで「君がこれまでに書いたものを早く見たい。これを『隠士』の巻末飾りに是非ともしてほしい。……『隠士』のような万人のための詩の巻末に、一人の思想家から愛する友に贈る詩を書き添えていただくとはまさに光栄の至りだ」と言う主旨の返事を書いた。[14]

　こうしてワーズワスはこの詩の執筆に没頭し、10月にはほぼ完成していた。それは本章で論じた二つのエピソードを初めとして、彼が少年時代を過ごした湖水地方の美しい自然とそこで体験した貴重な想い出が主題になっていた。従って、この詩をコールリッジに見せる前に、その舞台となった湖水地方の自然を是が非でも彼に見せたいという思いが日増しに募ってきた。そしてこの秋を逃せば翌年の春になってしまうので、何としても10月の下旬までに彼を誘い出す必要があった。そこでワーズワスは急病を種に彼をソックバーンまで誘い出す計画を立てた。この報せを受けたコールリッジは出版業者のコトルと一緒に急遽ブリストルを発ってソックバーンに向かい、10月26日にハッチンソンの家に着いた。そして驚いたことにワーズワスが健康そのもので、その夜は「コールリッジに贈る詩」即ち『序曲』第1・2部 (The Two-Part Prelude) の朗読を聴いた。そして翌朝早々に湖水地方の旅に出発した。途中でコトルは商用で彼らと別れてブリストルへ引き返したので、文字通り二人だけの理想的な徒歩旅行となった。このとき彼は8年昔の大陸徒歩旅行を想い起こしていたに違いない。或いはまた、プランプターの『レイカーズ』(The Lakers) に登場する二人の徒歩旅行客 (pedestrians) を思い浮かべていたのかも知れない（序論、13頁参照）。その後彼らはスコッチコーナーでワーズワスの弟ジョンと落ち合い、湖水地方に入った。

　彼らが歩いたルートは当時はやりの紀行文や旅行ガイドで紹介しているコースとはまるっきり違っていた。一般の人が通る 'beaten track' を避けた

のである。それは真に自然を愛する旅の詩人の誇りでもあった。先ず、湖水地方東部のバンプトン (Bampton) からホーズウォーター (Hawswater) の深い谷を通り抜け（現在は湖水地方最大のダムになっている）、そこから険しい山を幾つも越えてケントミア (Kentmere) に出た。そして西に向って再び高い山を越えてトラウト・ベック (Trout Beck) に入り、その谷を下ってウィンダーミアに着いた。ここから湖を渡ってホークスヘッドへ向かうコースはまさしく『序曲』第 1・2 部のエピソードの舞台である。先ずボウネスの港に出ると、直ぐ前にベル島が目の間に迫っている。そこから南に湖岸沿い 1 キロほど歩くとフェリー乗り場に着く。フェリーで湖を渡って西岸に着くと『序曲』の第 2 部で「小鳥が絶えず歌っている音楽の島」（『序曲』第 2 巻 59～60 行）と詠んだ小島 (Crow Holme) が直ぐ目の前に見える。そして湖岸沿いに北へ 1 キロ余り歩くと直ぐ右手に小さな「スズラン」の姉妹島が重なるように並んでいる。その背後にベル島が南北に 1 キロ延びている。こうしてクレイフ・ハイツを越えて西に向って半時間ほど歩くと突然目の前にエスウェイト湖が南北に広がる。こうしてホークスヘッドに着いたワーズワスは 10 年ぶりに見る懐かしい故郷の村を隈なく歩き、『序曲』の原点となった舞台をコールリッジに見せて回った。母校と隣の教会はもちろん、最初の 4 年間を過ごした下宿屋、さらに『序曲』最初のエピソードの舞台となった近くの丘など、懐かしい想い出の場所を次から次へと案内して回ったに違いない。だがそのとき彼は一つの大きい衝撃的な変化を見た。かつて少年たちの遊び場の中心であった村の広場に派手な外壁の集会所が建っていた。ワーズワスにとってこれは余ほど大きいショックであったらしく、旅から帰った後すでに書き終えていた『序曲』第 2 部の第 1 連の後にこの体験を書き加えた（『序曲』第 2 巻 33～47 行参照）。

　ワーズワスの今回の徒歩旅行の目的は上述のように、『序曲』第 1・2 部のエピソードの舞台をコールリッジにじかに見てもらうことの他に、自分たちの住まいを捜すのが重要な目的の一つであった。そして出発前からその地をグラスミアと決めていた。従って、ホークスヘッドには僅か 1 泊しただけで、11 月 3 日の朝早々に宿を出た。東に向かって 1 キロも歩くとコルトハウスに入り、学校生活後半の 4 年間を過ごした今は亡きタイソン夫人の家の前を通った。そこから北に向って数キロ歩くとウィンダーミア

湖が右手に見えてきた。ここからグラスミアまでは『夕べの散策』で辿ったコースと同じ道である。アンブルサイドを過ぎてライダル湖の出口に差し掛かったとき、少し右に逸れてライダルの滝を見物に出かけた。それからライダル湖南岸の散策路を通って夕方グラスミアに着いた。宿は恐らく教会の前のニュートンズ・インであったろう。そして彼らはそこに5泊することになった。だが弟のジョンが仕事の都合でロンドンへ帰ることになったので、3日目の朝から3人一緒に湖水地方第2の高峰ヘルヴェリン (Helvelyne, 950m) に登るため宿を出た。そして登頂した後、グラスミアとパターデイルの中間点にある小湖グライズデイル・ターン (Grisedale Tarn, 海抜550m) の側でジョンを見送った後、再びグラスミアに戻った。そしてなお2日間そこに留まった後、9月8日の朝グラスミアを出て13マイル北のケジック (Keswick) に向かった。だが幸いジョンが滞在している間に彼らの永住の地としてグラスミアを決定しただけでなく、その町外れ (town end) に格好な家を見つけた。言うまでもなく、それは今日「ダヴ・コテッジ」(Dove Cottage) の名で広く知られるその家であった。

　さて、弟ジョンと別れた後のコールリッジとの二人旅は今回の徒歩旅行のまさしく本番であった。彼らは湖水地方北部の交通の要所であると同時にツーリストのメッカでもあるケジックに2日間滞在して、その周辺の観光スポット（ウェストが推奨する「ステイション」）などを見て回った後、いよいよ本番の湖水地方の奥地に向かって出発した。バッセンスウェイト湖 (Bassenthwaite Lake) の北岸から西に生まれ故郷のコッカマスに向い、コッカー川沿いにロートン・ヴェイル (Lorton Vale) を南に遡った。そしてクラモック・ウォーターの東岸を通ってバターミアの唯一の宿「フィッシュ・イン」(Fish Inn) に着いた。バターミアはトマス・ウェストやギルピンの著書でも紹介されているように、当時観光客が馬車で行ける湖水地方最後の秘境であった。ワーズワスはホークスヘッドの生徒の頃からこれらの作品を読んで知っており、大学に入った年の夏休みに湖水地方一周の旅をしたとき恐らくここに泊まったに違いない（21頁参照）。この宿はその後、バドワースの旅行記 (Joseph Budworth, *A Fortnight's Ramble to the Lakes*) などで観光客の間で広く知られるようになっていた。従って今回コールリッジと一緒に泊まったとき、恐らく多くの客で賑わっていたもの

と思われる。コールリッジは今回の旅の記録をノートブックに丹念に書き残しているが、その対象は主に地形的な観察ばかりで、人間観察は殆ど見られない。従って「フィッシュ・イン」に関する記述は一語も残されていない。しかし彼らはその夜食事の席についたとき、「バターミアの美女」(Beauty of Buttermere) の名で知られるメアリー・ロビンソン嬢の美しい笑顔に接したに違いない。

　11月11日の朝バターミアを出発した二人は湖水地方の秘境と言われるエナデイル (Ennerdale) に向った。彼らは有名な滝スケイル・フォース (Scale Force) を見るため、遠回りの上に険しいレッド・パイク (Red Pike, 755m) 越えのコースを選んだ。こうして彼らは数時間かけてエナデイルに下り、右上方に主峰ピラー (Pillar, 892m) の有名な断崖 (Pillar Rock) を眺めながらリーザ (Riza) 川に沿って奥に進んでゆくと、「シカモアの木に囲まれた小屋」があり、そこに「歯が2本しかない醜い老婆」が住んでいた。彼らはその老婆から不幸な父子の話を聞いた。コールリッジはその話をノートブックに書き留めている。それによると、スケイル・フォースを少し奥へ行ったところでジェローム・ボウマン (Jerome Bowman) という男が足を滑らして骨折した。そして四つん這いになってその小屋に辿り着いた。しかし傷が化膿してその後間もなく死んだ。後に残された息子もそれから数日後ピラー山の断崖から落ちて死んだ。「これはエナデイルの奥にあるピラーと呼ばれる山のプラウド・ノットで起きた。彼の登山杖がその断崖の中腹に引っかかり、朽ち果てるまでそこに残っていた」(This was at Proud Knot on the mountain called Pillar up Enneradale—his Pike staff stuck midway and stayed there till it rotted away) と書き添えている。[15] コールリッジはこの話を基にして何か物語でも書こうと考えていたらしい。しかし結局書いたのはワーズワスの方だった（これについては、次章で論じる）。

　彼らはエナデイルの奥まで行ったところで、険しいブラック・セイル峠 (Black Sail Pass, 550m) を越えてワスデイル・ヘッド (Wasdale Head) に着いた。直ぐ正面に名峰グレイト・ゲイブル (Great Gable, 899m) が聳え、背後に神秘の湖ワスト・ウォーター (Wast Water) の湖面が黒く光っている。湖水地方の中で最も野生的かつ雄大な景色である。彼らはそこに住む友人 (Thomas Tyson) の家に2泊して十分休養した後、14日の朝降りしき

る雨の中をボローデイルに向かって出発した。スタイヘッドを越えてグレイト・ゲイブルの裾を通り、ダーウェント川の上流に下りてきた。その頃からようやく雨も上がり、周囲の景色が霧の間から顔を覗かせるようになった。こうしてボローデイルを抜けてロスウェイト (Rosthwaite) の宿に着いた。そして翌 15 日の朝そこを発ってロドーの滝を見た後、ダーウェントの東岸に沿ってケジックに向かい、その日はさらに 5 キロ東のスレルケルド (Threlkeld) に泊まった。

　そして 16 日は雄大なサドルバック（Saddleback, 別名 Blencathra）を左に仰ぎ見ながら数キロ東へ行ったところで右に折れて、ギルピンと同様マターデイル (Matterdale) の谷を南下してアルズウォーターに出て来た（107 頁参照）。そこで彼らは左に折れて近くの有名な滝エアラ・フォース (Aira Force) を見に出かけた。その日の目的地は湖北端の村プーリー・ブリッジ (Pooley Bridge) に住むトマス・クラークソンの家 (Eusemere) であった。従って、本来なら滝を見た後そのまま湖岸沿いに北に向って行くべきところを、南下してパターデイルの方に歩いていった。言うまでもなく、それは『序曲』第 1 巻のボートを漕ぎ出したエピソードの舞台、即ちスタイバロウ・クラグを見るためであった（107~8 頁参照）。そしてその夜はエピソードと同じパターデイルの宿に泊まった。そして翌 17 日は湖の東岸沿いの狭い凸凹道を 5 時間近くかけてクラークソンの家に着いた。

　さて、二人はそこで一夜を過ごした後、翌 18 日にコールリッジは『モーニング・ポスト』の仕事をするためにロンドンへ旅立った。一方、ワーズワスは彼を見送った後グラスミアへ引き返し、2 週間前に見つけたタウン・エンドの「小さな空き家」を借りる契約を家主のジョン・ベンスン (John Benson) と交わした。そしてなお数日グラスミアに滞在した後、11 月 26 日に約 1 ヶ月ぶりにソックバーンの妹の許へ戻った。

第5章

『兄弟』『グラスミアの我が家』
『エマの谷』『マイケル』他2篇
――理想郷グラスミア

(1)

　ワーズワスは湖水地方の旅から妹の許に帰って3週間後の12月17日 (1799年)、7ヶ月余り過ごしたハッチンソンの家を後にした。そして吹雪混じりの寒風の中を二人一緒に3日間歩き続けてケンダル (Kendal) に着いた。そこで新生活に必要な品物を買い揃え、翌20日に荷物と一緒に馬車に乗ってすでに暗くなった頃、憧れのグラスミアの我が家に着いた。ワーズワスはこの3日間の旅について、12月24～27日にコールリッジに宛てて3頁半に渡って詳しく述べている。[1] また年が明けてから間もなく書き始めた大作『グラスミアの我が家』(*Home at Grasmere*) の中で、吹雪混じりの寒風をものともせずに希望の我が家に向かってひたすら歩き続ける姿を次のように表している。

> Bleak season was it, turbulent and bleak,
> When hitherward we journeyed, and on foot,
> Through bursts of sunshine and through flying snows,
> Paced the long vales. How long they were, and yet
> How fast that length of way was left behind—
> Wensley's long vale and Sedbergh's naked heights.
> The frosty wind, as if to make amends
> For its keen breath, was aiding to our course
> And drove us onward like two ships at sea.
> Stern was the face of Nature; we rejoiced
> In that stern countenance, for our souls had there

A feeling of their strength. The naked trees,
The icy brooks, as on we passed, appeared
To question us. 'Whence come ye? To what end?'
They seemed to say. 'What would ye?' said the shower,
'Wild wanderers, whither through my dark domain?'
The sunbeam said, 'Be happy'. They were moved—
All things were moved—they round us as we went,
We in the midst of them. (*Home at Grasmere*, 218–36)

私たちがここグラスミアへ旅立った日は、
実に侘しく荒れ果てた季節だった。
突然差し込む陽光や吹雪の中、長い渓谷を
幾つも通った。ウェンズリーの長い谷と
セドバーの荒涼たる高地はとても長かったが、
その長い道をなんと早く通り抜けたことか。
冷たい風が、まるでその厳しさの償いを
するかのように、追い風となって私たちを
洋上の2隻の船のように前へ押してくれたからだ。
自然は厳しい顔をしていたが、私たちは
その厳しい表情を楽しんだ。そこに私たちの魂の力を
感じとっていたからだ。裸の木々や凍った小川は、
私たちが側を通り過ぎるとき、「君たちは何処から来たのか、
何をしに行くのか」と尋ねているように見えた。
驟雨は「君たちは何をしたいのか。野性的な放浪者よ、
このような暗い所を通って何処へ行くのか」と問いかけ、
日光は「お幸せに」と言っていた。彼らは感動し、
全てのものが感動していた。私たちは歩くとき
彼らに取り巻かれ、彼らの真ん中にいた。

　ワーズワスはケンブリッジに進学した1787年の夏ドロシーと9年ぶりに再会して以来、二人の間で抱き続けた夢が今まさに現実のものとなるという喜びが詩全体に溢れている。この感情を真に理解するためには、過去12年間の「我が家」への夢と希望の歴史を想い起してみる必要がある。その最初の詩的表現として、第1章で論じた『夕べの散策』の結びの一節を今ここで是非読み返してみたい（37頁参照）。あの時の希望の光は新月

のように細くて淡いものであったが、何時か必ず満月の光となって希望が実現することを互いに誓い合った。その詩を書いてから 10 年が過ぎて今遂に、その希望が実現したのである。

　このようにワーズワスの紀行文学に属する詩には、妹と二人の過去の強い思い出が積み重なっているのである。同様の観点から、筆者は『ティンタン僧院』をワーズワスの紀行文学の真髄と評したのである。次に見落としてならない重要な点は、旅人はあくまでも 'pedestrian'「徒歩旅行」でなければならない。馬車に乗って景色を眺め、それを如何に言葉巧みに記録したとしても、それはただの紀行文か観察記録でしかない。ワーズワスは『叙景小品』の冒頭の「ロバート・ジョーンズに宛てた献辞」の中で、グレイとウオルポールの大陸旅行が馬車（post-chaise）の旅であったのに対して、自分たちは徒歩旅行を貫徹したことを暗に自負している（64～5 頁参照）。

　そして第 3 に、最も重要な点として、ワーズワスは常に 'travel' と 'tour' を峻別している。前者は生活のために必要な場所の移動、例えば、行商人や、故郷へ帰る船員や退役軍人、新天地を求めて移動する開拓者や農民或いは乞食などがその典型例である。一方、後者は観光や単なる気晴らし、或いは好奇心や趣味を満足させるために、馬車や馬に乗って気楽に旅する裕福な階級の旅を指している。OED もこの 2 語の意味の違いを明確に説明している。即ち、前者の元の意味は 'travail' であるので、当然「苦労や苦しみ、或いは悩みや苦痛」(To torment, distress; to suffer affliction; to labour, toil) を伴う。従って、それは「行商人のように場所から場所へ旅する」(to journey from place to place as a commercial traveller) と説明している。それに対して、後者は「特に馬か車であちこち見て回る」(to 'taka a turn' in or about a place, esp. riding or driving) と定義し、そして所謂「ツーリスト」(tourist) について次のように説明している。"One who makes a tour or tours; *esp*. one who does this for recreation; one who travels for pleasure or culture, visiting a number of places for their objects of interest, scenery, or the like."「旅行をする人。特に気晴らしのために旅行する人、興味や景色やその他の目的のために多くの場所を訪ねながら快楽や教養のために旅行する人」と実に興味深い定義である。ついでに、「ツーリズム」(tourism) の意味

も紹介すると、"The theory and practice of touring; travelling for pleasure. Usually depreciatory."「旅の理論と行動。快楽のための旅行。通常軽蔑的な意味」と定義している。

　以上、'traveller' の意味を念頭において上記の詩を読み返してみると、それはワーズワスが意味する「旅」のまさしく真髄であり、『ティンタン僧院』の続篇または完結篇と評してよかろう。こうして1799年12月20日にグラスミアの我が家に着いたワーズワスは、新しい年を創造への新たな希望と強い決意を持って迎えた。そして早々に書き始めた大作『グラスミアの我が家』は、その強い意思の表れに他ならなった。そして執筆が順調に進み始めた1月下旬、最愛の弟ジョンが8ヶ月の休暇をとって訪ねてきた。ジョンとは前年の11月5日にヘルヴェリンへ一緒に登った後グライズデイル・ターンの側で別れて以来（119頁参照）、約2ヶ月半ぶりの再会であった。ワーズワスは彼から海上生活の珍しい体験談を心から楽しんで聴いた。そして彼が生活に十分な蓄えができれば東インド会社を辞めて、兄と一緒にグラスミアでのんびり暮らしたいという強い願望を再三口にするのを聞いた。ワーズワスは弟の言葉に強く心を打たれ、閃光のように脳裏に思い浮かんで筆を執った作品は『兄弟』(The Brothers) に他ならなかった。従って、『グラスミアの我が家』の執筆はその間中断のやむなきに至った。

　ところで、ワーズワスは11月26日に湖水地方の旅から帰った後、旅行中にコールリッジと約束していた「ボウマン父子の悲劇」（120頁参照）をテーマにした作品を書くため大いに頭を悩ませていた。それ故、ソックバーンを去るまでの20日ほどの間にその構想がある程度固まり、その一部を恐らく書き始めていたに違いない。12月24～27日にグラスミアからコールリッジに宛てて書いた手紙の次の言葉はそれを裏付けている。

> I have begun the pastoral of Bowman; in my next Letter I shall probably be able to send it to you. I am afraid it will have one fault that of being too long.[2]
>
> 僕は「ボウマン」の牧歌を書き始めた。多分次の手紙でその原稿をお送りできるだろう。僕が心配しているのは、それが長すぎるという一つの欠点を持っていることだ。

だがこの約束は果たされなかった。何故なら、これに代わって『ハートリープの泉』(*Hart-Leap Well*) の執筆に没頭し、年内にほぼ完成していたからである。そして年が明けてから間もなく、この作品に続いて『グラスミアの我が家』の執筆を開始したので、結局「ボウマン」の牧歌はそのまま放置されたままであった。ところが上述のように 1 月下旬に訪ねてきた弟ジョンから色々話を聞いているうちに、ボウマン父子に代わってワーズワス兄弟の愛情の歴史を主題にすることを思いついた。そしてボウマンの悲劇を最後の一場面に採用することにした。従って、詩の舞台も名目はエナデイルであるが、実体はグラスミアの教会墓地が主舞台となっている。

(2)

　ワーズワスが 'traveller' と 'tourist' を峻別したことは前述の通りであるが（便宜上、前者を「旅人」後者を「観光客」と訳すことにする）、彼がグラスミアに住むようになってから、これを以前より一層強くかつ明確に意識して作品を書くようになった。その理由は明白である。彼がホークスヘッドの生徒の頃 (1779〜87 年)、ウェストの『湖水地方案内』やギルピンの『湖水地方観察』が既に出版され、観光客が日増しに増大しつつあったが、彼の住むホークスヘッドは一般の観光コースから外れていたので、少年ワーズワスの目に強く抵抗を感じるほどのものではなかった。しかしそれから 13 年が過ぎ、初めてグラスミアに住んで一番驚いたことは観光客を乗せた馬車の増大であった。とりわけグラスミアはウィンダーミアとケジックのちょうど中間にあり、南から湖水地方を訪ねる観光客は必ずグラスミアを通過して観光のメッカとも言うべきケジックへ向かう。ワーズワスの家はその通りに面して建っているので、日中は車の音に静寂が破られることも少なくなかったと思われる。その上、車に乗った連中は上流階級かそれに準ずる裕福な階層の人ばかりで、ワーズワスの詩の世界とは凡そ縁のない紳士とその家族であった。彼らは景色を見るにしてもガイドブックや紀行文に左右されるのが普通で、自分自身の目と足で自然と接して愛でることをしない。要するに、彼らツーリストは定められた道、普通一般

の人や車が通る「常道」(beaten track) から一歩も踏み出すことなく旅を終えてしまうのだ。詩人ワーズワスはこの「常道」の世界に満足することを何よりも嫌う。前述のように、「ツーリスト」や「ツーリズム」は「通常軽蔑的」(Usually depreciatory) に用いられると、*OED* は定義しているが、ワーズワス自身も彼らを少なからず「軽蔑的」に見ていたに違いない。それだけになお一層、かかるツーリストを詩の題材に用いることを断固として避けた。従って、彼の詩に登場するのは全て「旅人」(traveller) に属する人物ばかりであった。そして彼自身も一貫して旅人であり続けた。前述の『グラスミアの我が家』から引用した19行の詩（122～3頁参照）は詩人ワーズワスの姿をまさしく象徴する詩行に他ならなかった。しかし彼は詩の中で一度だけ 'tourists' と言う語を用いて、彼らを批判している。それは本節の主題である『兄弟』の冒頭に出てくる。舞台はエナデイル（実際はグラスミア）の教会墓地、一人の男がじっと墓を見つめながら佇んでいる。それを自宅の軒下から眺めていた牧師が彼を物見遊山のツーリストと取り違えて次のように不満を漏らす。

> These Tourists, heaven preserve us! needs must live
> A profitable life: some glance along,
> Rapid and gay, as if the earth were air,
> And they were butterflies to wheel about
> Long as the summer lasted; some, as wise,
> Perched on the forehead of a jutting crag,
> Pencil in hand and book upon the knee,
> Will look and scribble, scribble on and look,
> Until a man might travel twelve stout miles,
> Or reap an acre of his neighbour's corn.
> But, for that moping Son of Idleness,
> Why can he tarry yonder? (*The Brothers*, 1–12)

> おお神様、私たちを守り給え、これら観光客は余ほど
> 豊かな生活をしているに違いない。彼らの或る者は、
> まるで大地が空気であるかのように、そして
> 夏が続く間飛び回る蝶のように、
> 素早く陽気に見て回り、また或る者は、

実に利巧に突き出た岩山の縁に腰を下ろし、
　　手にペンを持ち、膝にノートを置いて、
　　のんびり眺めては書き、書いては眺めている。
　　それだけ時間をかければ、たっぷり 12 マイル旅ができ、
　　或いは自分の隣の畑を 1 エイカー刈り取れるだろに。
　　だが、あの塞ぎ込んだ怠惰の息子は
　　何故あそこにじっと動かずにいるのだろう。

　この冒頭の一節はワーズワス自身のツーリスト全般に対する見方と解釈してよかろう。しかしこの男はただの観光客ではなく、長い海の生活から 20 年ぶりに故郷に帰ってきた生粋の旅人であった。彼は弟が 15 歳のとき一家の再興を願って船乗りになったが、様々な不運が重なって思い通りにはならず、今ようやく願いが叶って帰郷を果たすことができたのである。この経緯は、15 歳のときに学校を出て東インド会社の船員になったワーズワスの弟ジョンが 1 月下旬にグラスミアの兄の許に帰ってきたのと完全に一致する。ワーズワスはこれにヒントを得て、「ボウマン父子の悲劇」の物語をユーバンク兄弟 (Leonard and James Ewbank) の愛情物語に置き換えたのである。ワーズワスの作家的才能、つまり創作能力の高さを見事に裏付けた作品である。

　この物語の詳しい説明はさておき、この詩の冒頭の一場面を『レイカーズ』の最初の場面（第 1 幕第 1 場）と比べてみよう。前者は同じ湖水地方でも深い谷間の村の墓地であるのに対して、後者は観光客の集まるケジックの高級ホテルである。そこに登場する人物は、前者がツーリストと間違えられた孤独の旅人であるの対して、後者は裕福な常連客 (lakers) の集まりである。そして両者に共通している点は、ツーリズムに対する批判的姿勢である。しかし前者は冒頭の牧師のつぶやきに留め、作品全体は旅人の兄弟愛を主題にしているのに対して、後者はそれに対する風刺を喜劇的に作り上げている。このような観点から、ワーズワスは『兄弟』を書き始めたとき、頭の片隅でプランプターのこの作品を強く意識していたことは間違いなかろう。言い換えると、心情的に風刺を好まないワーズワスは必然的に、プランプターとは全く対照的な「旅人」の悲しい運命を描くことになった。

第1章で論じたように、プランプターはワーズワスの『夕べの散策』を読んで、「ダドン川の上流は湖水地方の山々の中で最もロマンチックな景色であること」を教えられ、自らもダドン渓谷を訪ねてワーズワスの紀行詩人としての素晴らしさを改めて認識した（30頁参照）。彼はケンブリッジで1年後輩であったので、ワーズワスが学生時代に大陸徒歩旅行という常識外れの冒険をやってのけた事実を知っていただけに、彼の作品を誰よりも強い関心を持って読み、彼の旅の仕方に共鳴するところが大きかった。ケジックの「常連の観光客」の中にまったく異種類の二人の「徒歩旅行者」(pedestrians)を登場させた裏には、ワーズワスとジョーンズへの連想が働いていたのかも知れない。何はともあれ、真に旅を愛し、旅の真の意味を知っているという点に関して、彼はワーズワスと心を一つにしていたことは間違いない。

　『兄弟』の主題の一つは兄弟愛であることは言うまでもないが、これと並んで見落としてならない大きいテーマは、遠い旅先から「我が家」に帰る故郷への強い想いである。ワーズワスはこの感情を人間が健全に生きてゆくためには不可欠な最も尊い基本的感情であり、家族愛や郷土愛に象徴される一体感に通じるという信念を抱いていた。次節で論じる『グラスミアの我が家』や『マイケル』はこれを作品の基本的モラルとしている。以上を念頭において『兄弟』を読んでみよう。先ず、20年ぶりに故郷に帰ってくるレナードの心境を次のように語る。

>   And now, at last,
> From perils manifold, with some small wealth
> Acquired by traffic 'mid the Indian Isles,
> To his paternal home he is returned,
> With a determined purpose to resume
> The life he had lived there; both for the sake
> Of many darling pleasures, and the love
> Which to an only brother he has borne
> In all his hardships, since that happy time
> When, whether it blew foul or fair, they two
> Were brother-shepherds on their native hills. (*The Brothers*, 65–75)

そして今や遂に、様々な危険から解放されて、
インド諸島の航海で得た多少の富を手にして、
彼が少年時代に過ごした同じ生活を
取り戻すという固い決意の下に、
生まれ故郷へ帰って来たのである。
それは懐かしい数々の喜びのためであり、
そして雨の日も晴れた日も二人一緒に
郷里の山で羊を追っていたあの幸せな時以来、
どんな苦しい時でも変わらず持ち続けてきた
ただ一人の弟への愛のためであった。

これはワーズワスの弟ジョンが遠洋航海からグラスミアの兄の許に帰って来るときの心境をそのまま映した言葉であることは誰の目にも明らかであろう。次に、彼は長い単調な航海の間に船縁に凭れて海面をじっと見つめていると、波のしぶきの中から懐かしい郷里の山が有りのままに姿を現す。望郷の念に胸を焦がす旅人の心を詠んだワーズワスならではのリアルな表現である。

>   . . . when the regular wind
> Between the tropics filled the steady sail,
> And blew with the same breath through days and weeks,
> Lengthening invisibly its weary line
> Along the cloudless Main, he, in these hours
> Of tiresome indolence, would often hang
> Over the vessel's side, and gaze and gaze;
> And, while the broad blue wave and sparkling foam
> Flashed round him images and hues that wrought
> In union with the employment of his heart,
> He, thus by feverish passion overcome,
> Even with the organs of his bodily eye,
> Below him, in the bosom of the deep,
> Saw mountains; saw the forms of sheep that grazed
> On verdant hills— . . . (*The Brothers*, 49–63)

両回帰線の間を
安定した風に帆を一杯張って進み、

そして雲一つない海原を幾日も幾週間も
同じ風に吹かれて、その退屈な航跡を
見えないほど長く伸ばしながら進むとき、
このように退屈で暇なとき、彼はしばしば船縁から身を
乗り出して何時までもじっと見つめていた。
そして、広い青い波と泡立つ飛沫が、
彼の心の働きと一つになって様々な
形と色を彼の周りに一瞬映し出すとき、
彼は熱病のような情熱に屈して、
彼の正真正銘の生きた眼で
真下の深い海の底に（故郷の）
山々を見た。また緑の丘で草を
食む羊の姿を見た。

　望郷の念が余りにも強すぎると、白い波しぶきや霧の中に故郷の景色が現実の色と形を帯びて浮かび出るという上記と同様の表現は、これより2年余り前に書いた『スーザンの儚い夢』(*The Reverie of Poor Susan*) に既に見られる。彼女は郷里の湖水地方からロンドンへ女中奉公に出された。郷里への思慕の情が余りにも強いため、街角でツグミの鳴き声を聞いた瞬間、チープサイド (Cheapside) の通りのビルの谷間が「湖水地方の谷」(vale) に変わり、「彼女がバケツに水を汲んで歩く牧場や、彼女の大好きな鳩の巣のような小さい小屋」を霧の中に見た。その注目すべき後半の2連を引用しよう。

> Green pastures she views in the midst of the dale,
> Down which she so often has tripped with her pail;
> And a single small cottage, a nest like a dove's,
> The one only dwelling on earth that she loves.
>
> She looks, and her heart is in heaven: but they fade,
> The mist and the river, the hill and the shade:
> The stream will not flow, and the hill will not rise,
> And the colours have all passed away from her eyes!
> 　　　　　　　　　　　　　(*The Reverie of Poor Susan*, 9–16)

その谷の真ん中に、彼女はバケツを持って
何度も駆け下りた緑の牧場を見た。
そして彼女がこの世で愛する唯一の住まい、
鳩の巣のような小さいあの小屋を見た。

彼女は見た、そして天に昇った心地がした。だが消えた、
霧も川も、丘も木陰も、全てが消えた。
小川は流れず、丘は立ち上がらなかった。
そして様々な色が全て彼女の目から消え去った。

　さて『兄弟』の物語そのものは取り立てて紹介するほどのものでないが、20年ぶりに故郷に戻ったレナード・ユーバンクをただの観光客と取り違えた牧師は、レナードの弟のその間の悲運の歴史を話して聞かせる。一方、レナードは何も知らない振りをして最後まで聞き続ける、という仕組みになっている。ユーバンク兄弟は幼くして両親を失い、祖父ウォルターの手によって育てられた。しかしその祖父も破産の憂き目を見て間もなく他界した。二人の幼い孤児は互いに支え合って生きてきたが、兄のレナードが15歳になったとき一家の再興を願って遠洋航海の船乗りになる。一人残された弟ジェイムズは村人の温かい世話の下に育てられたが、兄を慕うあまり夢の中で兄を求めた結果ついに夢遊病者になった。そして或る晴れた日に友達と一緒にエナデイルの主峰ピラー山に登った。途中彼は仲間から遅れて休んでいるうちに眠ってしまい、兄の幻影を追って山中を徘徊しているときピラー山の断崖から転落して死亡した。彼の登山杖が断崖の途中に引っかかったまま何時までも残っていた。牧師の話を黙って聞いていたレナードは、弟の死を知って最早郷里に住む意味もなくなり、牧師に最後まで身分を明かさないまま夕闇迫るエナデイルの谷を後にして、再び海へ帰っていった。「ボウマン父子」の実話の影響は、ジェイムズの転落死と彼の杖が断崖の途中に引っかかっていたという次の最後の一節だけである（前章、120頁のコールリッジの覚え書参照）。

　　　　　　　　　　　　When the Youth
　　Fell, in his hand he must have grasp'd, we think,
　　His shepherd's staff; for on that Pillar of rock

It had been caught mid-way; and there for years
It hung;—and mouldered there. (*The Brothers*, 401–5)

その若者が転落したとき、
手に羊飼いの杖を持っていたに違いない。
何故なら、その杖はあのピラー・ロックの
真ん中に引っかかっていたからだ。そしてそこに
数年ぶら下がったまま朽ち果ててしまった。

以上で牧師の話は終わる。しかしワーズワスの弟ジョンをモデルにしたレナード・ユーバンクは、旅を主題にした詩の理想の姿であり、その観点からもこの作品は彼が意図する紀行文学の中でも『ティンタン僧院』に劣らぬ特別な価値を持っている。『ティンタン僧院』はワーズワスがワイ川の旅から帰った時にはほぼ出来上がっていたと述べ、さらに「これほど楽しい情況下で作った詩は私が記憶する限り他にない」とイザベラ・フェニックに語っているが（88 頁参照）、『兄弟』も 3 週間ほどで完成したところを見ると、それに劣らず楽しい気分で書き上げたに違いない。故郷を初めとして人生で最も思い出深い場所へ帰る旅は、あらゆる旅の中で最も印象に残る意味深いものである。しかも側に最愛の人がおれば、その印象が倍加するであろう。『ティンタン僧院』創造の裏には最愛の妹ドロシーが側におり、『兄弟』創造の背景にはこれまた最愛の弟ジョンが久しぶりに彼の許へ戻ってきたことが最大の力になった。

(3)

ワーズワスは憧れのグラスミアの「我が家」で新しい年（1800 年）を迎えて間もなく、彼の代表作の一つである『グラスミアの我が家』（*Home at Grasmere*）の執筆を開始した。そして 1 月末には、この詩で最も重要な位置を占める最初の 170 行を少なくとも書き終えていた。ちょうどその頃弟ジョンが航海を終え、8 ヶ月の休暇をグラスミアで過ごすために訪ねてきたので、執筆を中断することになった。だが前述のように、それに代わっ

て『兄弟』の執筆に没頭して2月末には早くも完成していた。それが終わると早速『グラスミアの我が家』に戻って、3月末には800行余りを書き終えていた。このように1800年最初の3ヶ月はワーズワスの人生で最も精力的かつ創造力に富んだ期間であった。そして4月に入ってもその勢いが続いた。[3]

　『グラスミアの我が家』は最終的には1000行を越す大作になったが、その最も重要な基本的思想は、上述のように最初の170行に凝縮されている。それは『夕べの散策』の結びで妹と約束した「（私たちの）唯一の願望、唯一の目的」である「我が家」を（37頁参照）、遂に手に入れた喜びを繰り返し語っている。しかもその場所は少年の頃から憧れていたグラスミアである幸運を特に強調している。何故なら、そこは美しい景色に加えて周囲が山に囲まれ、外からの侵害を受けない平和と静寂が保障されているからだ。このような場所であるからこそ、何処よりもグラスミアは彼が理想とする「故郷」、全ての人の心の拠り所、「最後の避難所」である、という主旨の言葉で結んでいる。そこで先ず詩の冒頭の一連に注目しよう。

> Once on the brow of yonder hill I stopped,
> While I was yet a schoolboy (of what age
> I cannot well remember, but the hour
> I well remember though the year be gone),
> And with a sudden influx overcome
> At sight of this seclusion. I forgot
> My haste— . . . and sighing said,
> 'What happy fortune were it here to live!
> And if I thought of dying, if a thought
> Of mortal separation could come in
> With paradise before me, here to die'. (*Home at Grasmere*, 1–12)

> 私はまだ学校の生徒のころ、
> （何歳だったかよく覚えていないが、
> この瞬間だけは何年経っても忘れない）
> 向こうの丘の高台に立ち止まり、
> この静謐の世界を突然目にして感動のあまり、
> 自分が急いでいることも忘れ、……

そして溜息をつきながら、「ここに住めたら
どれほど幸せなことか。そして当時の私が
死について考えたとして、つまり肉体の分離について
思い浮かんだとして、この楽園を目にしながら
死ぬことができれば（どれほど幸せか）」と言った。

続く第2連は、グラスミア全体が一番良く見えるその高台の場所の説明から始まる。

  The place from which I looked was soft and green,
Not giddy yet aerial, with a depth
Of vale below, a height of hills above.
Long did I halt; I could have made it even
My business and my errand so to halt.
For rest of body 'twas a perfect place,
All that luxurious nature could desire,
But tempting to the spirit; who could look
And not feel motions there? I thought of clouds
That sail on winds; of breezes that delight
To play on water, . . .
Of sunbeams, shadows, butterflies and birds,
Angels, and winged creatures that are lords
Without restraint of all which they behold.
I sate, and, stirred in spirit as I looked,
I seemed to feel such liberty was mine,
Such power and joy— but only to this end,
To flit from field to rock, from rock to field,
From shore to island, and from isle to shore,
From open place to covert, from a bed
Of meadow-flowers into a tuft of wood,
From high to low, from low to high, yet still
Within the bounds of this huge concave; here
Should be my home, this valley be my world. (*Home at Grasmere*, 17–43)

私が眺めていたその場所は柔らかい緑に被われ、
目が眩むほどではないがとても高く、眼下に

谷の底、頭上に山の頂が見えた。
私は長い間留まっていた。私は自分の仕事と
私の使いを停止させることができればと思った。
そこは、魂の誘惑以外の贅沢な本能が
欲求する全てである体の休息にまさしく
ぴったりな場所だった。この景色を眺めていて
躍動を感じない人がいるだろうか。私は考えた、
風に吹かれて流れる雲について、湖面で戯れ
喜ぶ微風について、……
また日光、影、蝶、そして小鳥や天使、
また見る物すべてを自由に我が物にできる
羽根のある生き物について考えた。
私は座ってじっと眺めていると精神が高揚し、
かかる自由が、かかる力と喜びが
自分のものであるかのように感じられた。
つまり彼らと同じように私も畑から岩へ、
岩から畑へ、そして岸から島へ、島から岸へ、
空き地から茂みへ、牧場の花床から
森の花群の中へ、高所から低い所へ、
低い所から高所へ飛んでゆくが、この巨大な
窪地から外へ決して出ることはない。これこそ
我が家、この谷こそ我が世界であるべきだ。

　この第2連は本詩の中で最も重要な位置を占めているが、とりわけ冒頭の3行と最後の2行に注目したい。先ず、グラスミアを眺める絶好の場所をまるでガイドブックのように正確に説明している点に注目したい。グラスミア湖の南岸の水際に急勾配の岩山ラフリッグ・フェル (Loughrigg Fell, 335m) が横たわっている。水際から30メートルほどの高さのところにほぼ水平の小道 (Loughrigg Terrace) が取り巻いている。そこから急斜面をさらに150メートルほど登ってゆくと「目が眩むほどではないがとても高い、緑で覆われた」狭い台地がある。そこが問題の「場所」である。ここからの眺めは湖水地方でも類を見ない絶景である。これと同様の詳しい地理的説明は『マイケル』の冒頭の一節、および『エマの谷』(*Emma's Dell*) 等にも見られる（詳しくは後述）。

次に最後の2行で特に注目すべき語は 'concave' である。他の同時代の著作者はこれを 'amphitheatre'「円形劇場」と表現した。当時この語は 'picturesque' と並んで、風景描写に不可欠な一種の流行語であった。ギルピンやウェストはもちろんグレイも頻繁にこの語を用いた。ワーズワスはこれらの語の使用を断固として拒否した。何故なら、それは外形だけの描写に過ぎず、その中に宿る生命の息遣いが殆ど問題視されていないからである。『グラスミアの我が家』の最終部でこの同じ地点に戻って、「この巨大な窪地」のさらに奥のほうに目をやると、そこには民家や教会その他の生活の営みを感じさせる景色に感動して次のように表現している。

> How vast the compass of this theatre,
> Yet nothing to be seen but lovely pomp
> And silent majesty. (*Home at Grasmere*, 782–4)
>
> この劇場の周囲のなんと広大なことか。
> だが見えるものはすべて心地よい贅沢と
> 静かな威厳を示している。

要するに、ワーズワスは 'amphitheatre' という語を絶対に使いたくないので、それに替わる表現として 'the compass of this theatre' を編み出したのである。そして最後に、「この劇場」から人間社会のあるべき理想の姿を読み解こうとしている。

> Society is here:
> The true community, the noblest frame
> Of many into one incorporate;
> That must be looked for here; paternal sway,
> One household under God for high and low,
> One family and one mansion; to themselves
> Appropriate, and divided from the world
> As if it were a cave, a multitude
> Human and brute, possessors undisturbed
> Of this recess, their legislative hall,
> Their temple, and their glorious dwelling-place. (*Home at Grasmere*, 818–28)

ここには社会がある。
　　　真の共同体、多くの人が一体となった
　　　最も高貴な枠組みは、まさしくここに
　　　求めなくてはならない。父が家長で、
　　　神の下に上下の区別のない一つの家庭、
　　　一つの家族、一つの館がここにある。
　　　恰もそれは多くの人と獣が共に暮らす
　　　洞窟のように、世の中から分離された
　　　自分たちだけの一つの家族であり、誰からも
　　　邪魔されないこの静かな場所の所有者であり、
　　　自分たちの立法府、自分たちの社、輝かしい住処なのだ。

　この一節こそ本詩の主題の結論と解釈してよかろう。ここで最初のグラスミアの景色について述べた一節（135 頁参照）に戻り、改めて最後の 8 行に注目すると、高い山で囲まれた「この巨大な窪地」の内側で全ての生き物が自由に伸び伸びと行動していることを繰り返し力説している。言い換えると、そこに住む者は外からの力に乱されることも害されることもない平和で静かな自主独立の生活を保っている。ワーズワス兄妹はこのような理想の地に住む幸せを与えられたことを心から感謝しているが、とりわけ真の意味の「孤独」(solitude) と「静かな祈り」(silence) を自分が初めて所有できたことを最大の幸せと感じていた。何故なら、それによって彼が望む崇高な詩想が自ずと生まれてくるからだ。彼はこれを次のように述べている。

　　　This solitude is mine; the distant thought
　　　Is fetched out of the heaven in which it was.
　　　The unappropriated bliss hath found
　　　An owner, and that owner I am he!—
　　　The lord of this enjoyment is on earth
　　　And in my breast. What wonder if I speak
　　　With fervour, am exalted with the thought
　　　Of my possessions, of my genuine wealth
　　　Inward and outward— . . . (*Home at Grasmere*, 83–91)

この孤独は私のものだ。深遠な思想は
その源泉である天から吸い取ったものだ。
誰も所有したことのない至福は今ついに
その所有者を見つけた。私はその所有者なのだ。
この喜びの主は地上に存在し、しかもそれは
私の胸の中にある。私は熱っぽく語って
何の不思議があろうか。物心共に私の純粋の
富である所有物を手にしたという思いで、
有頂天になっているのだから。

　このグラスミアの静かな谷間こそ何物にも邪魔されることなく詩人としての崇高な使命を果たすことのできる唯一の場所であるという信念、言い換えると、この地こそコールリッジと約束した大作『隠士』(*The Recluse*) の創造に最も相応しい場所であるという決意が込められている。だからこそ、グラスミアを取り巻く山々が彼を守る守護神になってほしいと願うのである。

> Embrace me then, ye hills, and close me in;
> Now in the clear and open day I feel
> Your guardianship, I take it to my heart— (*Home at Grasmere*, 129–31)

> 故に、君たち丘よ、私を抱き、私を包み給え。
> 今や私は雲一つない晴れた日に、君たちが私の守護神
> であることを肌に感じ、それを心に受け止めている。

このように述べた後、同じ丘の中腹から眼下の湖よりさらに遠くのグラスミアの村に視線を移すと、「山の石で建てられた教会や民家が星のように、恥ずかしそうにひっそり顔を覗かせている」(thy church and cottages of mountain stone— / Clustered like stars . . . / And lurking dimly in their shy retreats) と述べる。そして朝から晩まで空から聞こえてくる鳥の鳴き声は、「地上を歩く人間に孤独と祈りの大切さを諭している」(Admonishing the man who walks below / Of solitude and silence) と述べた後、最後に、このような幸せは他の村でも味わうことが出来るだろうが、グラスミアでしか味わえない最大の美点は村人の心が一つに結ばれていること、即ち "one sensation"がこの村にあることを力説して、本詩の第1節を結んでいる。

> The one sensation that is here; 'tis here,
> Here as it found its way into my heart
> In childhood, here as it abides by day,
> By night, here only; or in chosen minds
> That take it with them hence, where'er they go.
> 'Tis (but I cannot name it), 'tis the sense
> Of majesty and beauty and repose,
> A blended holiness of earth and sky,
> Something that makes this individual spot,
> This small abiding-place of many men,
> A termination and a last retreat,
> A centre, come from whereso'er you will,
> A whole without dependence or defect,
> Made for itself and happy in itself,
> Perfect contentment, unity entire. (*Home at Grasmere*, 156–70)

> 一体感はここにある。それはここにある。
> それは子供の頃私の心の中に入り、
> 昼も夜もここで、ここにだけ
> 宿っている感情、また何処に出かけようとも
> 必ず持ってゆく選ばれ人の心に宿る感情である。
> 私は言葉でうまく表現できないが、
> それは威厳と美と安らぎの感情、
> 天と地が融合した聖なる感情、
> この個人の場所を作る或る物、
> 多くの人が憩うこの小さな場所、
> 終着点、究極の避難所、
> 何処へ行こうとも戻ってくる中心、
> 従属や欠点のない完全体、
> それ自身のために作られ、それ自身で幸せな
> 完全な満足、完全な一体感である。

　幼少のころに両親を失い、兄弟妹がばらばらの生活を強いられたワーズワスは家族が皆一つに集まる故郷を誰よりも強く求めていた。と同時に村

全体は一体感に包まれ、互いが助け合い支え合う生活と先祖を大切にする精神があってこそ故郷の名に相応しいと確信していた。その理想の故郷が今現実にワーズワスのものとなった。しかも最愛の妹と二人一緒である。彼は同じ詩の中で、「もし妹が一緒でなければ、この楽園のような場所でも決して幸せになれないであろう」という主旨の言葉を吐いている（104～9行参照）。上記の最後の一節はこのような感情の高まりの結晶と言えよう。そしてこのような「一体感」に包まれた「最後の憩いの場所、何処へ行こうとも戻ってくる中心」である故郷こそ、詩の最終節で述べているように、「（理想の）社会、真の共同体」であり「自分たちの立法府、自分たちの社、輝かしい住処」（原文は137頁参照）であった。この精神がこの年の最高傑作『マイケル』にそのまま受け継がれてゆく。

　ワーズワスは『グラスミアの我が家』の最初の2連でグラスミアの谷全体が一番よく見える「場所」(the place) とその眺望について非常に詳しく述べているが、その言葉の裏で当時の紀行文学の代表作の記述が強く意識されていた。その第一は、トマス・グレイの旅行記の一節であった。彼は1769年10月8日の朝ケジックを出発してウィンダミアに向かった。そしてその中間地点に当たるダンメイル・レイズ (Dunmail Raise, 標高220メートルの峠) を通り過ぎたとき、正面眼下にグラスミアの谷を初めて見た。彼はそのときの感動を「芸術がこれまで模倣を試みた最も美しい景色が前方に開けた」(Just beyond it opens one of the sweetest landscapes that art ever attempted to imitate) と絶賛した後、その景色を精密な俯瞰図さながらの描写をしている。そして最後に次のように締めくくっている。

> Not a single red tile, no flaring gentleman's house, or garden wall, break in upon the repose of this little unsuspected paradise; but all is peace, rusticity, and happy poverty, in its neatest becoming attire.[4]

> この小さな生粋の楽園の安らぎを侵害するような赤い屋根や紳士の派手な館や庭の壁が一つとして見られなかった。すべては平和と素朴と、そしてこの場所に最も相応しいこざっぱりした服装の幸せな清貧そのものであった。

　次に、トマス・ウェストは『湖水地方案内』の中でグラスミアを紹介す

るに当たって、まず上記のグレイの一節を引用した後、「グレイの描写はダンメイル・レイズから下りてゆく道路から眺めた景色であるが、このロマンチックな谷を眺めるのに一層有利な位置 (station) は湖の西岸の南端である」と述べ、そこに至る道順とラフリッグ・フェルの南端から頂上までのルートを大まかに説明する。そして頂上を少し超えたところから「柔らかい緑の盛り上がったところまで数歩下りて行って、その台地から眺めるとグラスミアの谷と湖とその周囲の最高の眺望が得られる」(a few steps leading to a soft green knoll, and from its crown, you have the finest view of the vale, the lake, and their environs.) と述べている。ウェストのグラスミア案内はこの記述で終わっている。[5] 上記の「柔らかい緑の盛り上がったところ」は『グラスミアの我が家』第2連の冒頭の3行（135頁参照）と同じスポットか、それに近いところであると考えられる。従って、ワーズワスはこの第2連を書いたときウェストのこの記述を恐らく思い起していたに違いない。

　このようにワーズワスは景色を眺める場所、とりわけ「地点」(spot) に特別強い意味を含ませていた。『ティンタン僧院』も同様に「僧院の廃墟から上流数マイル」と特にその位置に強いこだわりを見せていた。しかしその場所が持つ意味は、ウェストの観光スポットを意味する「位置」(station) とは本質的に大きな違いがある。つまり、ワーズワスの場合は、その「地点」から見る景色はもちろん絶景であるが、それ以上にその景色が意味する精神的世界に重点が置かれている。さらに『グラスミアの我が家』第2連の「場所」に関しては、コールリッジが1798年4月に書いた『孤独の不安』の影響を無視することはできない。言い換えると、それはコールリッジの詩に対す「応答的」(antiphonal) 意味合いを含んでいたのである。[6]

(4)

　上述のように、『ティンタン僧院』と『グラスミアの我が家』は何れも創造の原点になった「場所」に重きを置いたが、これらの場所は当時すでに出版されて広く世に知れ渡っていたギルピンの『ワイ川観察』やウェス

トの『湖水地方案内』で紹介された場所や観光スポット (station) であった。しかしグラスミアに住んでから書き始めた詩のほとんど全ては当時の旅行案内書や旅行記では絶対に紹介されるはずのない、一般の人が踏み入らない隠れた場所 ("untrodden way")、つまりワーズワス兄妹だけが知る密かな場所が主要舞台となっている。

彼らはグラスミアに住んでから最初の数ヶ月間、『グラスミアの我が家』の中で述べているように楽園を手にしたアダムとイヴの気分になって、村の隅々まで散策を楽しんだ。そして珍しい場所を見つけると、そこに自分たちの名と直接結び付く地名をつけた。中でもイーズデイル (Easedale) の散策を最も楽しんだ。グラスミアの中心（現在のバス停前）から北西に向って森を抜けてさらに数分歩くと、眼前に実にのどかで牧歌的な谷間が広がり、そのほぼ真ん中を幅3～4メートルのイーズデイル・ベック (Easedale Beck) が緩やかに蛇行しながらグラスミアに向かって流れている。そして谷の遥か一番奥に一筋の白い滝がくっきりと見える（地図②参照）。

彼らは4月上旬の晴れた朝、春の陽気に誘われてイーズデイルの谷川に沿って上流に向かって歩き始めた。彼らがこの川沿いの狭い道を歩いたのはその日が初めてであった。彼らを取り巻く自然は春の息吹に満ち溢れ、水かさが増した川の流れは若者のように力強く楽しげに流れていた。こうして森を抜けてグディ・ブリッジ (Goody Bridge, イーズデイルに入る直前の橋) を過ぎると川は急に鋭く右に曲がる。と同時に前方からまるで滝のような騒がしい音が突然耳に入り、それまで聞こえていた鳥や羊や様々の音が掻き消されてしまった。まさしくそこは本節で論じる『エマの谷』(*Emma's Dell*) の舞台である。それは次の詩行で始まる。川の流れと詩人の心が見事に一つに融け合った表現に注目したい。

> It was an April morning: fresh and clear
> The Rivulet, delighting in its strength,
> Ran with a young man's speed; and yet the voice
> Of waters which the winter had supplied
> Was softened down into a vernal tone.
> The spirit of enjoyment and desire,
> And hopes and wishes, from all living things

Went circling, like a multitude of sounds.
The budding groves seemed eager to urge on
The steps of June; . . . (*Emma's Dell*, 1–10)

4月の朝、瑞々しく澄み切った
小川は自らの力に歓喜しながら、
若者のごとく足早に流れていた。
しかし雪解けで水嵩を増したその声は
春の響きの中に優しく融けていた。
歓喜と欲望、そして希望と願望の
精が、あらゆる生き物から、
音の集団のように輪になって出てきた。
蕾を付けた森の木々は6月の足を促すのに
躍起になっているように見えた。

このように春の気分と一つになって谷川をどんどん遡って行くと「急な曲がり角」(a sudden turning) に来た。そこを曲がると突然激しい水の音が聞こえ、前方に幾つもの岩を流れ落ちる小さな滝が見え、その水の音は周囲の様々な生き物の鳴き声と混ざり合って、「永遠に止まることのない」自然の音楽を奏でていた。

　　　　　　. . . beast and bird, the lamb,
The shepherd's dog, the linnet and the thrush,
Vied with this waterfall, and made a song,
Which, while I listened, seemed like the wild growth
Or like some natural produce of the air,
That could not cease to be. (*Emma's Dell*、25–30)

獣や鳥、そして羊、
羊飼いの犬、ヒワ、そしてツグミは
滝と競い合って一つの歌を作っていた。
それを聴いていると、それは野生の成長のように、
或いは永遠に止まることのない空気が生み出す
自然の音のように思えた。

第 5 章　『兄弟』『グラスミアの我が家』『エマの谷』『マイケル』他 2 篇　145

こうして辿り着いた場所は緑のトンネルのような豊かな木の葉で覆われた「地点」(spot) であった。だが近くの丘に目をやると、その頂に山小屋が 1 軒見えた。詩の後半はその精緻な描写で始まる。

      Green leaves were here;
But 'twas the foliage of the rocks—the birch,
The yew, the holly, and the bright green thorn,
With hanging islands of resplendent furze:
And, on a summit, distant a short space,
By any who should look beyond the dell,
A single mountain-cottage might be seen.
I gazed and gazed, and to myself I said,
"Our thoughts at least are ours; and this wild nook,
My Emma, I will dedicate to thee."
—Soon did the spot become my other home,
My dwelling, and my out-of-doors abode.
And, of the Shepherds who have seen me there,
To whom I sometimes in our idle talk
Have told this fancy, two or three, perhaps,
Years after we are gone and in our graves,
When they have cause to speak of this wild place,
May call it by the name of *Emma's Dell*. (*Emma's Dell*, 30–47)

ここは緑の葉で覆われている。
しかしそれは岩から生えた木の葉だった。カンバ、
イチイ、ヒイラギ、そして明るい緑のイバラ、
さらに夥しいシダが垂れ下がった小島の群れだった。
そして谷の向うを見ると、
少し離れた丘の頂に 1 軒の
山小屋が誰の目にも見えるだろう。
私はじっと見つめていた、そして一人つぶやいた。
「私たちの思いは少なくとも私たちのものだ。だから
私はこの野生の片隅を、君エマに捧げよう。」
こうして間もなくその場所は私の別宅、
私の住まい、そして私の戸外の住処となった。
そして私はそこで出会った羊飼いと時々

無駄話をしながら、このような空想を
　　　話したので、彼らのうちの 2〜3 人は恐らく、
　　　私たちが死んで墓に入ってから数年後、
　　　彼らがこの野生の場所について話す機会があれば、
　　　この場所を「エマの谷」と呼んでくれるだろう。

　上記の最後の 10 行は特に注目に値する。その最初の 4 行は『グラスミアの我が家』でワーズワスが念願の理想郷を我が物にした喜び、とりわけ「誰も所有したことのない至福は今ついにその所有者を見つけた。私はその所有者だ」（原文は 138 頁参照）をそのまま反映している。その中でもとりわけ "two or three, perhaps . . ." 以下は次節で説明する『マイケル』の序詩の最後に述べた "I will relate the same / For the delight of *a few natural hearts*"（訳は 151 頁参照）と同じ思いを吐露したものと解釈して間違いなかろう。

　ワーズワスは『グラスミアの我が家』の中で、心の安らぎと同時に詩想が高まる「特別な場所」(spot) を、'nook'「片隅」'recess'「奥まった場所」'retreat'「隠れ家、避難所」と表現したが、この「エマの谷」も 'this wild nook' と表現している。要するに、ワーズワスは彼本来の詩的使命を果たすために真に必要とする場所は、このような「奥まった場所」に他ならなかった。周囲が山に囲まれたグラスミアこそ彼の望みを適えてくれる唯一最高の場所であった。このような場所から生み出される詩は、「ごく少数の純な心の読者」だけにしか受け入れられないだろう。しかしそれで十分だとワーズワスは自信をもって語っている。何故なら、彼の詩は湖水地方とりわけグラスミアについて語っているが、他の多くの旅行記や旅行案内書のようにツーリスト全般を満足させるために書いているのではないからである。その上、グラスミアの真の価値を理解しない低俗なツーリストの手によって汚されることをワーズワスは誰よりも恐れていたからである。とは言え、「少数の自然の心を持った人々」のためにグラスミアの「外と内」(inward and outward) の真の美しさを、詩人使命に賭けて是非とも知らせておく必要があった。

　大作『マイケル』はその代表作であったことは言うまでもないが、『エマの谷』を初めとする「場所の命名に関する詩」(Poems on the Naming of

Places) のグループに属する他の作品の多くもその目的を十分に果たしている。その中で見落としてならない作品に "To M.H." と題する 24 行の詩がある。"M.H." はドロシーの幼友達のメアリー・ハッチンソン（2 年後ワーズワスと結婚）を意味している．この舞台はダヴ・コテージから東約 3 キロの「ライダル・パーク」(Rydal Park) の森の中である。詩は次の 2 行で始まる。

> Our walk was far among the ancient trees:
> There was no road, nor any woodman's path;

> 私たちの散歩道は深い森の中である。
> そこには道がなく、木こりの小路さえない。

この森の中に「小さな水溜り」(a small bed of water) があり、羊や牛が水を飲みに集まってくる。そして「この静かな木陰」(this calm recess) に、日中太陽が時に顔を覗かせ、心地よい微風が吹いてくると述べた後、冒頭の 2 行をさらに補強するように次のように続ける。

> The spot was made by Nature for herself;
> The travellers know it not, and 'twill remain
> Unknown to them; but it is beautiful. (*To M.H.*, 15–7)

> その場所は自然自らの手によって作られたものだ。
> 旅人はそれを知らず、また知られずにいるだろう。
> だが、そこは美しいところだ。

そして最後に、「もしそこに小屋を建て、その木陰で眠り、その水で毎日食事を作り、それを心から愛しているならば、臨終の際にこの美しい景色を見ながら死を迎えるであろう」と述べ、次の 2 行で結んでいる。

> And therefore, my sweet Mary, this still Nook,
> With all its beeches, we have named from you! (*To M.H.*, 23–4)

> それ故に、愛しいメアリーよ、この静かな片隅を
> 全てのブナの木と一緒に、君の名で呼んできたのだ。

ところでこの素朴な詩を改めて読み返して見ると、ワーズワスがソックバーンのハッチンソン姉妹の農家に滞在していたころに書いた次の有名なルーシー・ポエムと比較せざるをえない。

> She *dwelt among the untrodden ways*
> 　　Beside the springs of Dove,
> A Maid whom there were *none to praise*
> 　　*And very few to love*:
>
> A viotet by a mossy stone
> 　　Half *hidden from the eye!*
> —Fair as a star, when only one
> 　　Is shining in the sky.

　　彼女は野鳩が飲む泉の側の
　　人の踏み入れぬ道に住んでいた。
　　褒める人は一人もなく、また愛する人も
　　ほとんどいない乙女であった。

　　人の目から半ば隠れた苔の生えた
　　岩陰に咲く一本のスミレか、
　　空に星が唯一つ輝くときの
　　星のように美しかった。

筆者がイタリックで表示した詩句と、*To M.H.* からの引用部分と比べてみると、上記のルーシー・ポエムはメアリーを意識していることが明白である。中でも特に注目すべき表現は、"the untrodden ways" と "hidden from the eye" である。ワーズワスはここに理想の美の世界を求めていることが分かる。それは『グラスミアの我が家』で力説した理想郷とほぼ完全に一致する。『エマの谷』も同様に、人の知らない密かな場所を見つけた喜びを詠んでいる。以上を念頭において、この年の最後の傑作『マイケル』(*Michael: A Pastoral Poem*) を読んでみる必要があろう。

(5)

　『マイケル』は『リリカル・バラッズ』第2版（全2巻）の巻末を飾るため、1800年10月に入って間もなく書き始め、その年の12月半ばに完成を見たワーズワスの代表作である。『リリカル・バラッズ』第2版の発行を計画した当初は、コールリッジの『クリスタベル』(Christabel) を載せる予定であったが、彼はその第2部を書き終えたところで執筆を中断してしまったので、ワーズワスは急遽それに代わって苦心の末この大作を書き終えたのである。この作品の構想は『グラスミアの我が家』の執筆中にすでに芽生えていたので、10月に突然思いついて書き始めたという訳ではなかった。言い換えると、『グラスミアの我が家』をほぼ書き終えたころからこの大作の思想的基盤が徐々に出来上がっていたのである。そして10月に入って間もなくコールリッジの『クリスタベル』完成の見込みが立たなくなると同時に、ワーズワスはそれを半ば待っていたかのように猛然とその執筆に立ち向かった。そして10月11日にドロシーを伴ってこの詩の主要舞台である「羊の囲い」(sheep-fold) を見るため、グリーンヘッド (Green-head) の谷川 (gill) の奥まで探しに出かけた。[7] これが実質的な詩作の始まりであった。従って、詩そのものも「羊の囲い」のある場所へ行くまでの詳しい道順の説明で始まっている。

> If from the public way you turn your steps
> Up the tumultuous brook of Green-head Ghyll,
> You will suppose that with an upright path
> Your feet must struggle; in such bold ascent
> The pastoral mountains front you, face to face.
> But, courage! For around that boisterous brook
> The mountains have all opened out themselves,
> And made a hidden valley of their own.
> No habitation can be seen; but they
> Who journey thither find themselves alone
> With a few sheep, with rocks and stones, and kites
> That overhead are sailing in the sky.
> It is in truth an utter solitude;

Nor should I have made mention of this Dell
But for one object which you might pass by,
Might see and notice not. Beside the brook
Appears a straggling heap of unhewn stones!
And to that simple object appertains
A story—unenriched with strange events,
Yet not unfit, I deem, for the fireside,
Or for the summer shade. (*Michael*, 1–21)

公道から逸れて少し歩き、激しい音を立てて
流れるグリーンヘッド・ギルを遡って行くと、
急な坂道との苦闘を続けねばならないだろう。
だがこの険しい坂道を登って行くと
君の真正面に牧歌的な山々が迫ってくる。
だが、勇気を出すのだ。あの騒がしい
小川の周りに山々が一面広がり、
木々に隠れた深い谷を作っているからだ。
ここまで登ってくると民家は
一軒も見られず、在るものはただ
2～3頭の羊と、岩や石、そして
頭上に空高く舞う鳶だけである。
それはまさしく完全な孤独の世界である。
私がこの谷について語る唯一の理由は、
人が側を通って眺めても気づかないであろう
一つの対象がそこに存在しているからである。
それは小川の側に散在する手付かずの石の山のように
見えるが、この素朴な対象に物語が付随している。
それは不思議な物語ではないが、
炉端や、夏の木陰で話すのに
相応しいものである。

　詩の主要舞台となる「場所」の詳細かつ正確な説明は 1800 年に書かれた主要作品に共通して見られるが、『マイケル』の冒頭の一節はその代表例である。読者はこれらの道案内を忠実に追って行くと間違いなく目的地に辿り着く。次に注目すべき詩行は、15～6 行目の「人が側を通って眺めても気づかないであろう一つの対象」である。それは前節で論じた「エマ

の谷」(*Emma's Dell*) と「メアリの木陰」(Mary's Nook) とまったく同じ意図ないしは問題意識の下で述べられていることは言うまでもなかろう。もちろんその意図の裏には、当時のツーリズム、即ち観光客に人気のある場所に関心を集めようとする紀行文学一般に対する批判精神が働いていたことも確かであろう。これを念頭に置いて、本詩の序詞とも言うべきこの第一節の結びの 6 行に注目したい。

> Therefore, although it be a history
> Homely and rude, I will relate the same
> For the delight of a few natural hearts;
> And, with yet fonder feeling, for the sake
> Of youthful Poets, who among these hills
> Will be my second self when I am gone. (*Michael*, 34–9)

> それ故、この物語は素朴で粗野な歴史に
> 過ぎないけれど、ごく少数の自然の心を
> 持った人々を喜ばすため、そして私が死んだとき、
> この山の中で第 2 の私になってくれるであろう
> 若き詩人のために一層愛でたい気分で、
> この物語を語ろうと思う。

ここで是非とも注目すべきは、2〜3 行目の「少数の自然の心を持った人々を喜ばすために」この詩を書いたことを強調してい点である。これについては前節でも言及したが (148 頁参照)、『隠士』の「趣意書」(The Prospectus to *The Recluse*) の最初の一連の最後に、「たとえ僅かでもよいから (私の詩に) 相応しい読者を見つけさせたまえ」(Fit audience find, though few.) と述べているように、当時の流行の趣味や大衆迎合主義に対する厳しい批判を読み取るべきであろう。

　さて詩の本題に入ると、次のように主人公マイケルの紹介から始まる。

> 　Upon the forest-side in Grasmere Vale
> There dwelt a Shepherd, Michael was his name;
> An old man, stout of heart, and strong of limb.
> His bodily frame had been from youth to age

Of an unusual strength: . . . (Michael, 40–4)

グラスミアの谷のフォレスト・サイドに
マイケルという名の羊飼いが住んでいた。
老人だが、心臓も手足も強く、
若いときから今日に至るまで
並外れて頑丈だった。

そして彼には20歳年下の妻イザベラ (Isabella) と、60歳を越えてから生まれた18歳になる一人息子ルーク (Luke) がいた。彼らは村の評判になるほどよく働き、夜遅くまで家の灯りが消えることがなかった。そんな訳で、彼の家は何時しか村人から "Evening Star"「宵の明星（金星）」と呼ばれるようになっていた。要するに、マイケル一家はグラスミアの村人全員の希望の星であり、理想郷グラスミアのシンボル的存在であった。

　ところが、このような一家に突然思わぬ不幸が襲ってきた。マイケルが連帯保証人になっていた親族が倒産したために、先祖伝来の農地を手放さねばならなくなった。しかし彼にとってそれを失うことは命を奪われることに等しかった。彼は日夜悩みぬいた末、最愛の一人息子を都会に住む商人の親戚の許へ働きに行かせることを決意した。こうして遂にルークが村を出ることになったその前日、マイケルは息子をグリーンヘッド・ギルの上流に作りかけた「羊の囲い」の側まで連れて行った。そして彼を町へ働きに出す決意をするに至った理由を長々と説明する。そして最後に、作りかけた石の山を指差しながら次のように語る。

This was a work for us; and now, my Son,
It is a work for me. But, lay one stone—
Here, lay it for me, Luke, with thine own hands.
Nay, Boy, be of good hope;—we both may live
To see a better day. At eighty-four
I still am strong and hale;—do thou thy part;
I will do mine. (*Michael*, 385–91)

これは私たち二人の仕事だったが、今では私一人の
仕事になってしまった。だが、この石を一つ

私に代わってお前の手でここに置いておくれ。
さあ、希望を持つのだ。生きておれば
きっと良い日が来るだろう。私は84歳になるが、
まだまだ元気だ。私は自分の仕事をするから
お前はお前の仕事をやりなさい。

マイケルはこのように述べた後、息子をここへ連れてきた究極の目的を次のように語る。本詩の主題はまさしくこの一節に凝縮されていると言って決して過言ではなかろう。

> Lay now the corner-stone,
> As I requested; and hereafter, Luke,
> When thou art gone away, should evil men
> Be thy companions, think of me, my Son,
> And of this moment; hither turn thy thoughts,
> And God will strengthen thee: amid all fear
> And all temptation, Luke, I pray that thou
> May'st bear in mind the life thy Fathers lived, . . . (*Michael*, 403–10)

さあ、その隅石を私がお願いしたように
そこに置いておくれ。そしてルークよ、
お前がここを去ってから、悪い男たちがお前の
仲間になりそうになったとき、この父と
この瞬間を想い起すが良い。ここへ想いを馳せれば
神様が力を貸してくださるだろう。そして不安と
誘惑の最中にあるとき、お前の先祖が暮らしてきた
その生活を絶えず想い起こすように祈っている。

このマイケルの餞の言葉は『グラスミアの我が家』の中心思想とも言うべき "The one sensation that is here . . ." で始まる一節のとりわけ次の3行と全く同じ信条から出た言葉と解釈して良かろう（訳は140頁参照）。

> This small abiding-place of many men,
> A termination and a last retreat,
> A centre, come from whereso'er you will, . . . (*Michael*, 165–7)

こうしてルークはその翌日村人に見送られながら喜び勇んで故郷を後にした。そして最初の数ヶ月間息子から元気な手紙が届いた。両親は喜んでその手紙を近所に見せて回った。だがそれから幾日かして手紙が全然届かなくなった。息子は都会の悪に染まり、終には国外に身を隠してしまった。詩はこれを次のように締めくくっている。

> . . . and, at length,
> He in the dissolute city gave himself
> To evil courses: ignominy and shame
> Fell on him, so that he was driven at last
> To seek a hiding-place beyond the seas. (*Michael*, 443–7)

> そして終に、
> 堕落した都会の中で悪の道に
> 身を任せ、不名誉で恥ずべき罪が
> 降りかかり、挙句の果て海の彼方に
> 身を隠す場所を求めざるを得なくなった。

　ここに『マイケル』の最も重要な主題の一つが実に端的に語られている。ワーズワスが『グラスミアの我が家』で繰り返し力説した「この巨大な窪地」(this huge concave) 即ち周囲が山で囲まれた平和なグラスミアの中で、蝶や小鳥はもちろん全ての生き物が自由に飛びまわっているが、「この谷間から一歩として外に出ない」ことを強調した第２連最後の８行を読み返せば（136頁参照）、その意味は自明であろう。マイケルはその意味を知らずに最愛の一人息子をグラスミアの谷間の外に働きに行かせたからである。そもそもの原因は、彼がグラスミアの外の世界を象徴する「親族の商人」の連帯保証人になったことに始まる。要するに、彼は資本主義社会の厳しさを知らずに借金の保証人になり、その失敗を取り返すために息子を村の外へ出稼ぎに行かせるという二重の過ちを犯したのである。しかしワーズワスは彼に対して非難めいた言葉を一語も吐かず、グラスミアの美徳（愛と自由と独立の精神）を象徴する逞しい男、つまり理想の 'statesman'「自作農」としてこの詩を結んでいる。全文はとても長いので一部を割愛して引用する。

There is a comfort in the strength of love;
'Twill make a thing endurable, which else
Would overset the brain, or break the heart:
　　　　　　. . . . .
His bodily frame had been from youth to age
Of an unusual strength. Among the rocks
He went, and still looked up to sun and cloud,
And listened to the wind; and, as before,
Performed all kinds of labour for his sheep,
And for the land, his small inheritance.
And to that hollow dell from time to time
Did he repair, to build the Fold of which
His flock had need. . . .
The length of full seven years, from time to time,
He at the building of this Sheep-fold wrought,
And left the work unfinished when he died.
Three years, or little more, did Isabel
Survive her Husband: at her death estate
Was sold, and went into a stranger's hand.
The Cottage which was named the Evening Star
Is gone—the ploughshare has been through the ground
On which it stood; great changes have been wrought
In all the neighourhood:—yet the oak is left
That grew beside their door; and the remains
Of the unfinished Sheep-fold may be seen
Beside the boisterous brook of Green-head Ghyll. (*Michael*, 448–82)

愛の力の中に慰めが存在している。
愛があるからこそ、普通なら気が狂って
絶望してしまう悲しみにも耐えられるのだ。
　　　　　　. . . . .
彼の肉体は若いときから老いるまで
異常なほど頑丈だった。岩山の間を
歩き、太陽と雲をじっと見上げ、
風の音に耳を澄ませた。そして以前と同じように、
自分の羊と僅かに残された土地のために

あらゆる種類の仕事をやり遂げた。
　　そして時々あの深い谷へ出かけて、
　　彼の羊が必要としている
　　囲いを造った。……
　　彼は丸 7 年の間、折を見ては
　　羊の囲いを造った。そして彼が死んだとき
　　その仕事は未完成のまま残された。
　　イザベルは夫より 3 年か、それ以上
　　長く生きた。彼女の死と同時に不動産は
　　売られ、そして見知らぬ人の手に渡った。
　　「宵の明星」と呼ばれた小屋は
　　今はない。それが建っていた土地は
　　鍬で平らにされてしまった。近所もすべて
　　大きく変わってしまった。だが、玄関の側に
　　生えた樫の木は残っている。そして未完成のまま
　　残された羊の囲いは、激しい音を立てて流れる
　　グリーンヘッド・ギルの側に今も見られる。

　蛇足かも知れないが、この最後の 7 行に改めて注目したい。村人全ての尊敬と希望の象徴であると同時に、古き良き伝統に守られてきた「宵の明星」と呼ばれたマイケルの家は壊され、その土地は「見知らぬ人」即ち町の裕福な紳士か、資本家の手に渡ってしまった。そこはいずれ彼らの別荘に生まれ変わるのだろう。つまり、ワーズワスが『グラスミアの我が家』の中で繰り返し強調した自分たちだけの絶対的な「孤独と静寂」が、外の世界の抗い難い力によって破壊され、そこに全く不釣合いな「派手な紳士の館」が建つのであろう。我々はこのワーズワスの言葉から、グラスミアがツーリストの足で踏み荒らされるのを恐れるだけでなく、湖水地方の美しい自然があのベル島のように低俗な都会人の趣味によって変えられることに対する不安を読み取る必要があろう。そしてこのような不安とそれに対する警告が 9 年半後の『湖水地方案内』(*Guide to the Lakes*) の執筆に繋がったと考えてよかろう。

第6章

『水夫の母』『アリス・フェル』『乞食』
『蛭を集める老人』他
——故郷なき旅人

　1801年は前年と比べて全く不作の1年であった。『リリカル・バラッズ』第2版の出版を果たした安堵感と、新たな創造力復活の準備期間であったのかも知れない。しかし12月に入ると、チョーサーの詩の現代語訳に精を出すようになった。だがこの仕事も10日ほどで打ち切り、20日ごろから4年前に書いた『行商人』(The Pedlar, 元の題名は "The Ruined Cottage")を取り出してその修正に取り掛かった。そして新しい年（1802年）をクラークソンの家で迎え、1月23日にグラスミアに帰った後もこの仕事を続けた。ドロシーの日記によると3月7日にようやく完了して、それを紐で閉じている。それと同時に3年前に書いた『ルース』(Ruth) の修正に取り掛かり、新たに2連を書き加えている。そして9日の夜、完成したはずの『行商人』を再度取り出して若干の修正を行った。[1] 従って、彼はこの1年余りの間、妹ドロシーに寄せる愛の詩（例えば、The Sparrow's Nest『雀の巣』）を除いて特筆すべき新しい詩を殆ど一篇も書いていない。

　ところがそれから2日後の3月11日の日記によると、「ウィリアムはThe Singing Bird（The Sailor's Motherと題して発表）の詩作に取り掛かり」、翌12日にそれを完成している。そしてさらにAlice Fellの執筆に取り掛かり、翌13日にそれを完成した後、休む暇もなくThe Beggar Womanを書き始め、翌14日にそれをThe Beggar Boysと題名を変えて完成させている（1807年にBeggarsと題して発表）。そしてそれを書き終えると同時にThe Butterfly（To a Butterflyと題して発表）の執筆に取り掛かり、その日のうちに完成させている。つまり、4日間に新しい詩を4篇立て続けに書き上げたのである。このような爆発的な創造力はどうして生まれたのか、その背

景に何があったのか。本章はその原因と経緯、そしてこれらの詩の意味を解明することにある。さらにこれとワーズワスの紀行文学との関わりについて説明したい。

(1)

　ワーズワスは真の意味で詩人としての本領を発揮したのは「グラスミアの我が家」に住んでからである。その成果は前章で説明したとおりであるが、その間に書かれた彼の詩を正しくそしてより深く理解するためには、ドロシーの『グラスミア日記』は不可欠である。それは1800年5月14日から始まる。その執筆の経緯を説明すると、その日に兄ウィリアムと弟のジョンはヨークシャーのハッチンソンの家へ3週間の旅に出かけた。ドロシーはウィンダーミア湖のローウッドの近くまで見送り、別れ際にありったけ涙を流して悲しさを紛らした。彼女はそのときの様子を詳しく書いた後、日記を書く決意をした理由を次のように記している。

> I resolved to write a journal of the time till William and John return, and I set about keeping my resolve, because I will not quarrel with myself, and because I shall give William pleasure by it when he comes home again.[2]

> ウィリアムとジョンが帰ってくるまでの間日記を書こうと決心した。そしてこの決心を持ち続けようと思った。一人で思い悩みたくなかったからだが、さらにウィリアムが家へ帰って来たときにそれを見せて兄を喜ばせてあげようと思ったからだ。

　この最後の言葉に特に注目する必要がある。つまり、ドロシーが日記を書くのは自分を慰めるためだけなく、「兄に見せて喜ばすため」であった。こうして彼女は毎日自分が見たり、聞いたり、感じたことをそのまま書き留めた。そしてこれが後にワーズワスの詩作に貴重な題材を提供することになる。さらにこれが彼女と兄ウィリアムとの愛の歴史そのものであると同時に、彼女の愛が兄の創造力を呼び覚まし成長させる源泉にもなったことを随所に示している。そしてこのような愛の歴史にクライマックスが訪

れたのは、ワーズワスがメアリー・ハッチンソンと結婚を約束した1801年の秋に始まった。

1801年11月10日、メアリーはケジックのコールリッジの家で1週間過ごした後、ワーズワス兄妹に迎えられてグラスミアを訪れ、12月28日までそこに滞在することになった。それは1年7ヶ月ぶりの再訪であった。それから2日後、彼女はワーズワスから結婚の申し出を受けた。そのときの様子をドロシーは実に微妙な言葉で日記に書き残している。その日（11月12日）の夜、ドロシーは兄と一緒に近くの石切り場まで出かけて美しい新月を観賞していたが、兄が先に帰ったので彼女が一人で月を眺めていた。そしてかなり時間が経ってから家に帰ってみると、兄はメアリーと二人きりでお茶を飲んでいた。その間の経緯をドロシーは日記に次のように記している。何時ものように極めて簡潔であるが、二人が互いに認め合ったことを匂わせるに十分である。

> William and I walked out before tea—The crescent moon—we sate in the slate quarry—I sate there a long time alone. William reached home before me—I found them at tea. There were a thousand stars in the sky.[3]

> ウィリアムと私はお茶の前に散歩に出かけた。新月だった。私たちはスレートの石切り場に腰を下ろした。兄が私より先に家に帰り、私は一人でそこに長い間座っていた。私は家に帰ると、兄とメアリーは二人でお茶を飲んでいた。空には千の星が輝いていた。

「新月」と「満天の星」、兄の結婚を祝福する幸先の良い言葉としてこれ以上のものはあるまい。また兄が先に帰ったので、自分が気を利かせて一人で長い間月を眺めていたのだった。ドロシーの日記の中でも白眉の一節に入れてよかろう。

一方、ワーズワスはメアリーに求婚した後、是非とも片付けておかねばならない問題が一つあった。それは9年前に結婚を約束してフランスに残したままのアネット・ヴァロンとの関係を清算することであった。英仏戦争が二人の関係を永らく絶ってきたが、この秋ごろから両国の間に和睦の機運が高まり、手紙の交換がようやく許されるようになった。そこでワーズワスはこの機を利してアネットに手紙を書いた（11月下旬か12月初め

頃)。そして 12 月 21 日にその返事が届いた。それはワーズワス兄妹にとって最も興味深い特筆すべき出来事であったが、ドロシーの日記はただ「フランスから 1 通」(one letter from France) と書いているだけである。1795 年 11 月 30 日にアネットから最後の手紙を受けたときもドロシーはマーシャル夫人宛の手紙で「ウィリアムはフランスから手紙 1 通受け取った」(William has had a letter from France) と伝えただけである。[4] 世間の目を憚ってのことであった。

　こうして 1801 年も終わりに近づいた頃 (12 月 28 日)、ワーズワス兄妹はメアリーと一緒にグラスミアを出て、途中ケジックのコールリッジの家で 1 泊し、翌日アルズウオーター北端のクラークソンの家 (ユースミア) で一夜を過ごした後、大晦日にメアリーはペンリスの叔母 (Elizabeth Monkhouse) の家に向った。ワーズワス兄妹は彼女を途中まで見送ってユースミアに引き返し、翌年 1 月 23 日までそこに滞在した。その日の午前 10 時にワーズワス兄妹は一頭の馬に跨り、クラークソン氏はポニーに乗ってグライズデイル (Grisedale) の入り口まで付いてきた。そこでワーズワス兄妹は馬を彼に返し、後はグラスミアまで標高 600 メートル近い山越えの険しい道を十数キロ歩いて帰ることになった。その山頂近くの湖 (Grisedale Tarn) は、1 年 4 ヶ月前 (1800 年 9 月 29 日) 最愛の弟ジョンを最後に見送った場所であった。[5] 晴れた日はそこからアルズウオーターを望むことができたが、その日は雪まじりの寒風が吹き抜ける最悪の天候で、一面雪で覆われて道が全く見えない状態であった。その上深い霧が全体を被い、このまま夜になれば遭難の恐れがあったが、幸い道に慣れた兄ウィリアムのお陰ですっかり暗くなったころ無事我が家に帰った。ドロシーはそのときの幸せな気分を日記に次のように記している。

　　私たちは濡れた服を脱いで新しい服に着替え、我が家の暖炉の側に座ったとき、何と心地よく幸せに感じたことか。私たちはコモ湖について語り、『叙景小品』のその場面を読み、私たちの周囲を見回し、そして改めて幸せに感じた。私たちはつくづく我が家とは良いものだと思った。と同時に、私たちとは対照的なメアリーを想うと悲しくなった。[6]

この最後の 1 行はドロシーの気持ちだけではなく、兄ウィリアムのそれを

汲んだ言葉であることは言うまでもない。また、「私たちはコモ湖について語り」云々は、ドロシーがその経験がないにも拘らず、兄の詩を一緒に読みながらその時の気分を共有している。兄と心が一つになった最も幸せな瞬間であった。

　ドロシーはこのグライズデイルの山越えの日から兄への愛情が一層高まるのを覚えた。それは彼女の日記の随所に表れている。ワーズワス自身も同じ感情の高まりを感じていた。それは彼の創造力を呼び覚まし、妹を主題にした詩2篇を書き上げた。その一つは『ルイーザ』(*Louisa*) であり、その副題に「彼女と一緒に山登りをした後」(*After accompanying Her on a Mountain Excursion*) と付記している。この詩は全4連24行の短い詩であるが、その第1連で、「ニンフのように軽快で力強く、5月の小川のように岩を跳び下りるあの可愛い乙女」(that lovely Maid, / . . . nymph-like, she is fleet and strong, / And down the rocks can leap along / Like rivulets in May.) と紹介する。続く第2連で「彼女の微笑は地上のものとも思えぬほど、感情のまま様々に変化する」と称える。そして第3連は1月23日のあの危険な山超えの後、「我が家」の暖炉の前に座ったドロシーの姿を想い起こして次のように述べる。

　　She loves her fire, her cottage-home;
　　Yet o'er the moorland well she roam
　　In weather rough and bleak;
　　And, when against the wind she strains,
　　Oh! Might I kiss the mountain rains
　　That sparkle on her cheek. (*Louisa*, 13–8)

　　彼女は暖かい我が家の炉端が好きだ。
　　だが、寒風の吹きすさぶ
　　荒野を駆け巡るのも好きだ。
　　彼女が風雨に逆らって走るとき、
　　彼女の頬に光る山の雨滴に
　　おお、私は接吻したいものだ。

　次にこれとほぼ同時期に書かれた『若い女性に贈る』(*To a Young Lady: Who had been Reproached for taking long Walks*) は、ワーズワス自身が後に

イザベラ・フェニックにも語っているように、『ルイーザ』と「一対になるように工夫して書かれた。」[7] この詩は一見すると、婚約者のメアリー・ハッチンソンを祝福する詩のように見えるが、「長い距離を何度も歩くことを咎められた女性」という副題からもドロシーであることは明らかだ。[8] ワーズワスはゲスラーに滞在中ルーシーを主題にした詩 (Lucy Poems) を数篇書いているが、本詩も妹ドロシーを理想化したルーシー・ポエムズの一環である。それはこの詩の第1・2連を読めば明らかである。

>
> Dear Child of Nature, let them rail!
> —There is a nest in a green dale,
> A harbour and a hold;
> Where thou, a Wife and Friend, shall see
> Thy own heart-stirring days, and be
> A light to young and old.
>
> There, healthy as a shepherd boy,
> And treading among flowers of joy
> Which at no season fade,
> Thou, while thy babes around thee cling,
> Shalt show us how divine a thing
> A Woman may be made. (*To a Young Lady*, 1–12)

>
> 愛しい自然の子よ。人がどのように罵ろうとも、
> 緑の谷間に君の巣があり、
> 安らぎの港と砦があるのだ。
> そこで君は妻として友として
> 自ら心躍る日々を迎え、
> 老若問わず全ての人の光となる。
>
> そこで君は羊飼いの少年のように
> 溌剌と、年中色褪せることのない
> 歓喜の花の中を歩き回る。
> 一方、幼児たちが君の体に纏わり、
> 女性が如何に聖なる姿に
> なりうるかを我々に示すであろう。

そして最後の第3連は、「穏やかで明るく、オーロラのように美しい老後の姿」(an old age serene and bright, / And lovely as a Lapland night) を夢見て終わっている。

　上の二つの詩はドロシーに贈ったものであることは言うまでもないが、彼女はこれを読んで兄との心の繋がりが絶対的なものとなった。言い換えると、最早兄妹の関係を遥かに超えた男女の一体化さえ感じられるようになった。その発展の過程は彼女の日記に鮮明に示されている。その具体例を幾つか挙げると、先ず、あのグライズデイルの山越えの日から3日後の1月26日の夜、「私たちは暖炉の側に心地よく一緒に座って、二人とも疲れるまで話していた。……私たちは遅く床に就いた。ウィリアムは今日アネットに手紙を書いた」(we sate *nicely together & talked by the fire* till we were both tired. . . . We went late to bed. William wrote to Annette.) と記している。[9] 原文のイタリックの部分は、ワーズワスの子孫の手によって削除された語句であるだけになお一層興味深い。体面や道徳に厳しいヴィクトリアンの目には、兄妹の域を超えた親密な行動と映ったのである。しかしこのような行動は何ら不思議なことではなく、当時のドロシーの日記を読むと毎夜のことであった。ワーズワスは前年の12月20頃から『行商人』の修正を始めたが、[10] 1月23日にユースミア（クラークソンの家）から帰宅してからは本腰を入れてその仕事に没頭した。ワーズワスは詩の修正を始めると果てしなく繰り返すという病的な習性があった。ドロシーは何時もそれを一番心配していた。彼はそのために夜も眠れなくなり、憔悴しきって起きてくる姿をドロシーは絶えず見ていた。そのような時の彼女の兄に対する気遣いと優しさは普通一般の妹の域を遥かに超えていた。

　1月30日、「ウィリアムは午前中『行商人』に打ち込んでいた」ので、「ひどく疲れて、昼食を午後4時まで遅らせた。」そして2月1日も「ウィリアムは『行商人』に一所懸命であったので、すっかり疲れてしまった。」このような夜、ワーズワスは何時も寝つきが悪いので、ドロシーは彼の寝床の側に座って幼児を寝かしつけるように本を読んで聞かせた。例えば、1月29日の夜、「兄は床に就いた。私は彼に本を読んでなんとか眠らせようと努力した」と述べ、2月3日も「昼食の後でウィリアムに本を読んで眠らせ、そして夜も1時半まで床に入った兄に本を読んであげた」と、普

通の兄妹の間では考えられない優しい労わり様である。中でも2月7日の日記はこれら全てを代弁している。

> ウィリアムは昨夜ひどく眠れなかった。そして今日も詩と取り組んでいた。私たちは暖炉の側に座ったまま散歩にも出かけずに、やっと出来上がったと思った『行商人』を読み返した。ところが何としたことか、兄は不備な点が何一つ見つからなかったのに、ただ面白くないという理由でまた書き直さなければならなかった。可哀相なウィリアム。[11]

このような状態が2月13日になってもなお続いていた。ところがその日の午後、「ロンドンに住むフランス人」(the Frenchman in London) から手紙が届いた。その手紙の内容についてドロシーは何も述べていないが、それは恐らくアネット・ヴァロンの消息を告げる手紙であったに違いない。その証拠として、ウィリアムはその翌日、急に「ペンリスへ行ってくる」と言って家を出た。[12] 当時ペンリスに住んでいたメアリーと会って、アネットの件について相談するためであったと考えられる。その日は快晴であったのでワーズワスは標高455メートルのカークストン峠を越えてペンリスへ向った。ドロシーは途中まで見送って帰った後「9時頃までドイツ語の本を読んだ。」それからコールリッジに手紙を書いて、12時ごろやっと床に就いた。しかしその夜は寂しさのあまり、「ウィリアムのベッドに入って寝たが、兄のことばかり考えていたので眠りが悪かった」(Slept in William's bed and I slept badly, for my thoughts were full of William.) と述べている。[12] このドロシーの行動は如何に兄を想う気持ちが強いとは言え、尋常の域を超えていると言わざるを得ない。だが、それを率直に日記に書くところにドロシーの純粋さが読み取れる。

その翌15日に「アネットから手紙が届いた」(A letter from Annette.)。ドロシーはただこれだけしか書いていないが、恐らくそれはワーズワスが1月26日に送った手紙（163頁参照）の返事であったと想像される。ドロシーの日記から見る限り、それはフランスから届いた2通目だった（1通目は12月21日）。そして16日は朝から快晴であったので、「もしかすると兄は帰ってくるかも知れないと思ったが、失望させられるのが怖かったので無理やり期待を押し殺して一日中アイロンかけをしていた。」そして

夜になって、「ちょうどお茶の時間に」兄が帰ってきた。馬に跨って寒風に数時間晒されてきたので、兄の接吻を受けたとき「彼の唇と吐く息はとても冷たかった。」それだけに暖かい我が家の暖炉の側で2日ぶりに妹と一緒に過ごす夜は格別であった。兄は直ぐに元気になって、何時ものように『行商人』の推敲に取りかかった。その夜二人は早く床に就いたが、その前に兄がユースミアにいたときグレアム氏 (Mr. Graham) から聞いたアリス・フェルの悲しい実話を妹に話した。兄の依頼で彼女は早速これを日記に書き留めた（下線部のみ原文併記）。

　　先日グレアムは駅伝馬車に乗っていたとき、全く意味の分からない奇妙な叫び声を聞いた。その声がなおも続くので、御者に馬車を止めさせた。それは小さな女の子で、心臓が破裂するのではないか思うほど激しく泣いていた。彼女は馬車の後ろに乗っていて、彼女の外套が車の輪に絡まり、ひしゃげてぶら下がっていた。彼女は元に戻してほしいと言って泣き叫んでいた。可愛そうに。グレアム氏は彼女を馬車の中に入れてやり、外套を車の輪から離したが、外套はぼろぼろになっていたので、彼女は一層惨めに泣き続けた。それは元からひどく惨めな外套であったが、彼女にとってそれは1着きりで、代わりが無かったので、最高に悲しいことが起きたのだ。彼女の名前はアリス・フェルで、両親がなく、隣の町に所属する孤児であった (She had no parents, and belonged to the next town)。グレアム氏は隣の町で下りて、その町の立派な人物にお金を渡し、彼女に新しい外套を買ってあげるよう依頼した。[13]

　2月22日、アネットから3通目の手紙が届いた。今度は娘のキャロラインと寄せ書きで、ドロシーに宛てたものであった。ドロシーは何時ものようにただ一言、"a letter from Annette and Caroline" と書いてあるだけだったが、今回は9歳になった娘の手紙が入っていた点に注目したい。これは特にドロシーの同情を買う意図が多分にあったためと考えられる。ワーズワス兄妹はこれをどのように受け止めたのか知る由もないが、それによって彼らの生活リズムに狂いが生じることはなかった。その夜ドロシーが2階の兄の書斎でコールリッジに手紙の返事を書いていると、兄が『ピーター・ベル』を音読し始めたので、気を遣って1階の台所で手紙の続きを書いていた。暫くすると兄は彼女を2階へ呼んで「その第3部を読んでほ

しい」と言った。[14] 我々はこの僅か数行の言葉から、ワーズワス兄妹の仲の良い日常生活を想い描くことができるだけでなく、彼の詩は妹との二人三脚で完成していることが分かる。つまり、ドロシーは兄の詩を清書するだけでなく、完成するまでの過程で健康を気遣うなど陰に陽に様々な手助けをしていたのである。

　３月４日、ワーズワスは急用で朝からケジックへ出かけた。ドロシーは何時ものように兄を見送った後、言いようのない寂しさに襲われた。彼女はその日の行動を次のように記している。「兄の食べ残した林檎が愛しくて捨てられなかった」という言葉に特に注目したい。

> 昨晩は霜が地面を固く覆っていたが、今日は明るく晴れてウィリアムも楽しく旅をしていることだろう。コマドリは可愛い声で歌っている。さあ、私も散歩に出かけよう。（ふさぎ込まずに）忙しく振舞うのだ。努めて明るい顔をしよう。兄が帰ってきたとき元気でいよう。おお、愛しい兄さん。ここに兄さんが食べ残した林檎がある。私はそれが愛しくて火の中に投げ込む勇気が出ない。さあ、体を洗って、散歩に出よう。……私は散歩をしている間兄さんのことばかり考えていた。おお、彼に神の祝福を。……私は一仕事してから『リリカル・バラッズ』を読んだが、中でも『白痴の少年』に心を惹かれた。ウィリアムに手紙を書いてから床に就いた。[15]

ドロシーは５日の夜も兄に手紙を書いた後、前夜に続いて『リリカル・バラッズ』を読んでいると兄の顔が浮かんできて悲しくなり、ドイツ語の本を読もうと努めたが出来なかった。そこで再び同じ詩集を取り出して『兄弟』を読み、「（この詩に登場する）あの私の兄に祝福を贈った。シルヴァー・ハウの上に美しい新月が浮かんでいた」(Blessings on that Brother of mine! Beautiful new moon over Silver How.) とその日の日記を結んでいる。[16]

　３月６日も夜遅くまで起きて手紙など書いていたが、床に入っても兄のことを想って眠れなかった。そして７日の午前中、「『行商人』をしっかり糸で綴じ、『ルース』を清書し、それを修正しながら読み返した」(stitched up *The Pedlar*; wrote out *Ruth*; read it with the alterations.)。それからメアリーに手紙を書き、ドイツ語の本を読んで昼食を済ませたとき、ウィリアムは不意に戻ってきた。ドロシーはこのときの喜びを次のように記してい

る。「兄が明日まで帰らないと思っていたのですごく嬉しかった。私たちは1時間ほど話をした後、私は兄にビーフステーキの昼食を作ってあげた。私たちは座ってそのまま話を続け、とても幸せだった」と。

　3月8日、4日ぶりに兄と一緒に朝を迎えたドロシーは活気に満ち溢れていた。午前中兄と二人でライダルまで手紙を受け取りに行った、霧が深くて湖とその小島以外に何も見えなかった。頭痛がしたので帰宅してから少し眠ると気分がよくなり、お茶を飲むとすっかり気分が落ち着いた。そのとき3日前の「シルヴァー・ハウの上に浮かんだ美しい新月」を想い出し、兄にその話をした。それを聞いた兄は、「自分もケジックで、恐らく全く同じ瞬間にニューランド・フェルズの上に浮かんだ同じ新月を見ていた」(William had observed the same appearance at Keswick, perhaps at the same moment, hanging over the Newland Fells.) と答えた。[17] 二人は互いに別れていても常に心は一つである何よりの証しとして、ドロシーは特にこれを日記に書き留めたのである。その日の夜「ウィリアムは『ルース』に若干の修正を加えてそれを（出版社へ）送った」と書き添えている。その修正箇所は多分、ドロシーが前日『ルース』を清書した際に修正を加えた部分であろう。そして9日の夜、二人は暖炉の側に座って2日前にドロシーが糸で綴じた『行商人』を一緒に読み返し、兄が2～3箇所修正を加えて完了し、「それを『ピーター・ベル』と一緒に出版することについて話し合った」ことを10日の日記に書き加えている。[18]

(2)

　以上のように、ワーズワスは前年の12月下旬から3月9日まで、『行商人』の修正に時間の殆ど全てを費やし、それの終了と同時に『ルース』に仕上げの修正を行っている。要するに、彼は前年の秋以来、『ルイーザ』と『若い女性に贈る』を除くと、新しい作品を全く書いていないのである。ところが『行商人』が完成した後僅か1日筆を休めただけで、3月11日からまるで堰を切ったかのように僅か4日間に新しい作品を4篇書き上げている。その第1作は『水夫の母』（元の題名は "The Singing Bird"）であった。

ドロシーはその日の日記の冒頭で、「晴れた朝。ウィリアムは「歌う小鳥」と題する詩を書き始めた」(A fine morning. William worked at the poem of *The Singing Bird*.) と書いているだけで、その動機や経緯については何一つ語っていない。だが恐らくこの詩を書いたきっかけは、『行商人』のマーガレットの最後の姿と、『ルース』のそれとが呼び水となったことだけは間違いなかろう。つまり、彼がかつて散歩の途中偶然出会った鳥籠を大事に抱えて旅する女の乞食のことを思い出したのである。ワーズワス自身は後にイザベラ・フェニックに、この女性に出会ったときの様子とその場所について次のように説明している。

> I met this woman near the Wishing-Gate, on the high-road that then led from Grasmere to Ambleside. Her appearance was exactly as here described, and such was her account, nearly to the letter.[19]
>
> 当時グラスミアからアンブルサイドへ通じる公道の「幸せを願う門」の近くでこの女性と出会った。彼女の姿はこの詩で述べている通りであり、彼女の話したことは詩のそれと殆ど一字一句変わらない。

グラスミアからアンブルサイドへ通じる湖岸沿いの公道は1830年ごろ開通したものであり、それまではタウンエンド（ダヴ・コテージのある所）からそのまま急な坂道を通って行くしかなかった。その一番高い峠のところにWishing-Gateがあった。そこから見たグラスミアの眺めは最高である。ワーズワスは霧の深い朝この門の近くでこの女性と出会ったのである。以上を念頭において先ず、冒頭の2連を読んでみよう。

> One morning (raw it was and wet—
> A foggy day in winter time)
> A Woman on the road I met,
> Not old, though something past her prime:
> Majestic in her person, tall and straight;
> And like a Roman matron's was her mien and gait.
>
> The ancient spirit is not dead;
> Old times, thought I, are breathing there:

Proud was I that my country bred
　　　Such strength, a dignity so fair:
　　　She begged an alms, like one in poor estate;
　　I looked at again, nor did my pride abate. (*The Sailor's Mother*, 1–12)

　　ある朝（じっとりと底冷えのする
　　霧の深い冬の朝だった）
　　私は道路で一人の女性と会った。
　　盛りを幾らか過ぎていたが老いてはいなかった。
　　背が高く伸びた彼女の姿に威厳があった。
　　彼女の物腰や歩く態度はローマの女将に似ていた。

　　古代の精神はまだ死んでいなかった。
　　古い時代が彼女の中に息づいているように思った。
　　わが国がこのような力とこのように美しい威厳を
　　持った女性を産んだことを私は誇りに思った。
　　その彼女が哀れな態度で物乞いをしてきた。
　　私は再度彼女を見たが、私の誇りは減じなかった。

深い霧の中から彼女が現れたので堂々として誇り高い姿に見えたのであろうが、ワーズワス自身も何時もながらの瞑想に浸っていたのでなお一層そのように見えたに違いない。そこで第3連は「私はこのような高邁な気分から目を覚ましたとき」つまり現実の我に返ったとき、その女性に「君の外套の下に、いかにも大切そうに何を隠し持っているのか」と尋ねると、即座に「ちょっとした荷物、よく歌う小鳥ですよ」(A simple burthen, Sir, a little Singing-bird) と答えた。そしてさらに続けて次のように述べた。

　　　"I had a Son, who many a day
　　　Sailed on the seas, but he is dead;
　　　In Denmark he was cast away:
　　　And I have travelled weary miles to see
　　If aught which he had owned might still remain for me.

　　　"The bird and cage they both were his
　　　'Twas my Son's bird; and neat and trim

>   He kept it: many voyages
>   The singing-bird had gone with him;
>   When last he sailed, left the bird behind;
> From bodings, as might be, that hung upon his mind.
>
>   "He to a fellow-lodger's care
>   Had left it, to be watched and fed,
>   And pipe its song in safety;—there
>   I found it when my Son was dead;
>   And now, God help me for my little wit!
> I bear it with me, Sir;—he took so much delight in it."
>
> (The Sailor's Mother, 20–36)

> 「私には幾日も遠洋航海に出かけた
> 息子がおりましたが、死にました。
> デンマークの沖合いで遭難しました。
> そして彼が所有していた品で私のために残した
> 遺品を見つける苦しい旅を、何マイルも遠く続けてきました。
>
> 「鳥と籠が両方とも彼のものでした。
> それは私の息子の鳥でした。彼はそれを綺麗に
> 丁寧に飼っていました。その歌う鳥は
> 彼と一緒に長い航海を続けてきました。
> 彼は最後の船出をしたとき、多分彼の心に
> 予感がして、その鳥を陸に残しました。
>
> 「彼は同居している友達に世話を頼み、
> 大切に育て、安心して歌えるようにと、
> 彼の許に残しました。息子が死んだとき
> 私はそこでそれを見つけたのです。
> そして今、神のご加護で私の僅かな知恵を絞って
> 持ち歩いています。彼も大変喜んでいました。」

　ところでドロシーの『グラスミア日記』のどの頁を開いても、鳥かごを持って旅する女の乞食について言及した記述が見られない。しかし1801年1月から10月9日まで彼女の日記が失われているので、もしかすると

第 6 章 『水夫の母』『アリス・フェル』『乞食』『蛭を集める老人』他　171

その間の出来事であったのかも知れない。つまりワーズワス自身がイザベラ・フェニックに語った言葉に間違いがないとすれば、1801 年の冬アンブルサイドへ向う途中 Wishing-Gate の近くでこの女性に出会ったのであろう。その時ドロシーと一緒ではなかったのであろう。このように推測すると、3 月 11 日の朝「ウィリアムは『歌う鳥』の執筆に着手した」で始まり、翌 12 日の午後、「ウィリアムは『歌う鳥』を書き終えた」(William finished his poem of *The Singing Bird*) と言う極めて簡単な記述は必ずしも不思議ではない。

　何はともあれ、ワーズワスは『歌う鳥』すなわち『水夫の母』を書き終えたその日の夜、お茶の後で、『アリス・フェル』の執筆に着手し、「頭が冴えて、体がくたくたに疲れて床に就いた」(he went to bed tired, with a wakeful mind and a weary body.) と、ドロシーは日記に記している。そして翌 13 日の朝、「兄が『アリス・フェル』を書き終えると、早速『女の乞食』(*The Beggar Woman*) の執筆に取り掛かった」と述べている。作品と作品の間に全然休む暇もなく 3 作立て続けに書いてゆくワーズワスの創造力は一体どこから出てきたのだろうか。これら 3 作を続けて読めばその秘密が何となく分かりそうな気がする。そこで何はさておき、先ず『アリス・フェル』を読む前に、彼女に関する実話を記録した 2 月 16 日のドロシーの日記をここで改めて読み返してみると（165 頁参照）、詩はそれを忠実に追っていることが分かる。次に、詩の最初の 3 連を引用しよう。

　　The post-boy drove with fierce career,
　　For threatening clouds the moon had drowned;
　　When, as we hurried on, my ear
　　Was smitten with a startling sound.

　　As if the wind blew many ways,
　　I heard the sound,—and more and more;
　　It seemed to follow with the chaise,
　　And still I heard it as before.

　　At length I to the boy called out;
　　He stopped his horses at the word,

But neither cry, nor voice, nor shout,
Nor aught else like it, could be heard. (*Alice Fell*, 1–12)

御者は猛烈な勢いで馬車を走らせた。
不気味な雨雲が月を覆い隠したからだ。
こうして急いでいるときに、不意に
鋭い叫び声が私の耳を突き刺した。

まるで風が様々な方向に吹くような
音を私は聞いた。その音は益々ひどくなった。
それは馬車と一緒に付いてくるように見えた。
そしてなおも変わらず同じ音を聞いた。

遂に私は大声で御者に呼びかけた。
彼はその声を聞いて馬を止めた。
だが今まで聞いたことのないような
泣き叫ぶ声、わめく声を聴いた。

しかし何もなかったので御者が再び鞭を打ち、馬は雨の中を疾走した。しかし突風の音の中から再び泣き叫ぶ声が聞こえた。「私」は再び車を止めさせた（第4連）。そして車から下りて、「この悲しそうな呻き声は何処から聞こえてくるのか」と言いながら、馬車の外の後部席を見ると「そこに小さな女の子が一人で座っていた」（第5連）。そしてただ一言「私の外套」(My cloak) と叫んだ。そして「罪のない彼女の胸が張り裂けるように」泣き叫び、椅子から跳び下りて、車輪に絡まってぼろぼろになった外套を指差した。「私たち」は力を合わせてその外套を車輪から取りはがしたが、それは「見るも哀れなぼろ」(a miserable rag) になっていた（第6～8連）。続く第9連以下の最も注目すべき二人の対話の部分を全行引用しよう。

"And whither are you going, child,
To-night along these lonesome ways?"
"To Durham," answered she, half wild—
"Then come with me into the chaise."

Insensible to all relief

Sat the poor girl, and forth did send
Sob after sob, as if her grief
Could never, never have an end.

"My child, in Durham do you dwell?"
She checked herself in her distress,
And said, "My name is Alice Fell;
I'm fatherless and motherless.

"And I to Durham, Sir, belong."
Again, as if the thought would choke
Her very heart, her grief grew strong;
And all was for her tattered cloak! (*Alice Fell*, 33–48)

「君はこんな寂しい道を夜、
一体何処へ行くのかい。」
「ダラムへ」と彼女は半ば乱暴に答えた。
「では私と一緒に車の中に入ろう。」

私の慰めには全く無反応に
彼女は座った。そして悲しみが絶対に
終わることがないかのように、
果てしなく泣き続けた。

「お前は、ダラムに住んでいるのかい」
と聞くと、彼女は泣くのをやめて
「私の名前はアリス・フェルです。
父も母もいません。」と答え、さらに、

「私はダラムに所属する子です」と言った。
その想いが彼女の胸を詰まらせたかのように、
再び悲しみが一層強く込み上げてきた。
その悲しみはすべてぼろぼろの外套のためだった。

上記の「ダラムに所属する」(belong to Durham) は、2月16日の日記の "belonged to the next town"（165頁引用文の下線部参照）をそのまま採り入れた表現であるが、「ダラム町営の孤児院に入っている」という意味に

解釈したい。こうして彼らを乗せた馬車は最終目的地のダラムに近づいて来た。しかし彼女は「一人の親友を亡くしたかのように泣き続けていた。」そして遂に停留所の宿の前に到着したとき、グレイアム氏は宿の主人に事情を話して金を渡し、新品の外套をアリスのために買ってあげるように依頼した（第13・14連）。そして最終連は次のように語っている。

> "And let it be of duffil grey,
> As warm a cloak as man can sell!"
> Proud creature was she the next day,
> The little orphan, Alice Fell!" (*Alice Fell*, 57–60)

>「店で売っている一番暖かい灰色の
> ラシャの外套を買ってやっておくれ」
> その翌日彼女は誇らしい顔をしていた、
> あの小さな孤児、アリス・フェルが。

さて、ここでドロシーの日記に戻って3月13日の日記に目を転じると、この日の朝ワーズワスは『アリス・フェル』を書き終えると、殆ど休む暇もなく『乞食』(*The Beggars*) の執筆に着手した。そのときの様子をドロシーは次のように記している。

> [March 13th] *Saturday Morning*. It was as cold as ever it has been all winter, very hard frost. . . . William finished *Alice Fell*, and then he wrote the poem of *The Beggar Woman*, taken from a woman whom I had seen in May (now nearly 2 years ago) when John and he were at Gallow Hill. I sate with him at intervals all the morning, took down his stanzas, etc. After dinner we walked to Rydale for letters—it was terribly cold— . . . We drank tea as soon as we reached home. After tea I read to William that account of the little boy belonging to the tall woman, and an unlucky thing it was, for he could not escape from those very words, and so he could not write the poem. He left it unfinished, and went tired to bed.[20]

> 3月13日、土曜朝。今年の冬と変わらないほど寒く、霜が固く凍っていた。……ウィリアムは『アリス・フェル』を書き終え、それから『女の乞食』を書いた。それは今から2年近く前の5月に、ジョンと兄がガロ

第 6 章 『水夫の母』『アリス・フェル』『乞食』『蛭を集める老人』他　175

ー・ヒルへ出かけて留守の間に私が出会った一人の女性から採ったものである。私は午前中時々兄の側に座って、彼の詩を数スタンザ書き取るなどして過ごした。昼食後私たちはライダルまで手紙を取りに出かけた。ひどく寒かった。……私たちは家に着くと早速お茶を飲んだ。お茶の後で私はウィリアムにあの背の高い女性の小さな子供について述べた箇所を読んであげた。だがそれは不運な結果を招いた。と言うのも、その日記の言葉が彼の頭からどうしても離れなかったからだ。だが何とか書くことができたが、結局それを未完のまま残し、疲れきって床に就いた。

　ワーズワスが『乞食』を書くに至った過程を深く正確に知るためには、上記の「それは今から 2 年近く前の 5 月に、ジョンと兄がガロー・ヒルへ出かけて留守の間に私が出会った一人の女性から採ったものである」という言葉の背景を是非知っておく必要がある。そこで次に 2 年前の 5 月に遡って、ドロシーが実際に「女の乞食」に出会ったときの日記を注意深く丹念に読んでみよう。それによってこの詩がドロシーの日記の言葉を如何に忠実に追っているかを理解することが出来るであろう。

　1800 年 5 月、ワーズワスと弟のジョンがハッチンソン姉妹の住むガロー・ヒルへ出かけて留守中の 27 日の朝、2 歳ぐらいの子供を連れた「非常に背の高い女の乞食」が物乞いに来たので、パンを一つ与えた。その日の午後ドロシーはアンブルサイドまで手紙を取りに出かけたところ、途中でその乞食と出会った。そのとき彼女の側に夫がおり、子供が二人遊んでいた。いかさま乞食だったのかと思ったが、その日はこのことを日記に書かずにすませた。それから 10 日後兄が戻ってきて、留守中のことを色々話しているうちに、この女乞食に話が及んだ。兄がこれに非常に興味を持ち、いつか詩の題材にできるかも知れないので、日記に詳しく書き留めておくように頼んだ。そこで彼女はそのときのことを想い出しながら 1 頁余に渡って詳細に記録した。彼女の日記がワーズワスの詩作に貴重な資料を提供した最初の典型例として、この記録は極めて重要と言わざるをえない。詩との比較検討のためには原文を全行引用すべきであるが、長くなるので下線部だけカッコ内に原文を併記しておく。

　5 月 27 日（火曜）。非常に背の高い女、普通の背の高い女性より遥かに高

い女 (a very tall woman, tall much beyond the measure of tall women) が訪ねてきた。彼女は非常に長い茶色の外套を纏い、頭にボンネットではなく非常に白い縁無し帽子を被っていた。顔はひどく焼けていたが (she had on a very long cloak and a very white cap, without bonnet; her face was excessively brown, but)、かつて色白であったことは明らかだった。彼女は2歳ぐらいの素足の幼児を連れていた。彼女の話によると、夫は鋳掛職人だったが、ずっと以前に他の子供たちと相前後して他界したということだった。私は彼女にパンを一つ与えた。それから暫くして私はアンブルサイドへ向かう途中、ライダル橋の側の道端に座っている彼女の夫と出会った。彼の側で2頭のロバが草を食べており、二人の幼い子供は草原で遊んでいた。その父親は私に物乞いをしなかった。私はそこを通り過ぎてさらに4分の1マイルほど行くと、私の前方に10歳と8歳ぐらいの二人の男の子が蝶を追いかけて遊んでいるのを見た。彼らは野生的な姿をしていたがひどくみすぼらしいという程でもなかった。だが靴と靴下を履いていなかった。兄の帽子の縁は黄色い花で輪を作り、弟の帽子は縁無しの丸帽であったが、月桂樹の葉がしっかり巻きつけられていた (the hat of the elder was wreathed round with yellow flowers, the younger whose hat was only a rimless crown, had stuck it round with laurel leaves)。彼らは私が側に近づくまで遊んでいたが、私を見ると乞食特有の哀れっぽい悲しげな言葉で私に近寄ってきた。そこで私は「今朝、お前たちのお母さんに恵んであげたばかりだ」と言ってやった。少年たちは今朝訪ねてきた女にとても良く似ていたので、私の判断が間違っているはずがなかったからだ (The Boys were so like the woman who had called at the door that I could not be mistaken)。すると、年上の少年は「僕の母は死んでいるので、彼女に恵みを与えられるはずがない (you could not serve my mother for she's dead)。僕の父は隣の町で陶器職人として働いている」と言った。私はあくまでも主張を曲げず、彼らに何一つ恵んでやらなかった。するとその少年は、「さあ、あっちへ行こう」と言って、稲妻のように逃げ去った。しかし彼らは私より先にアンブルサイドへ着くのではなく、道端でうろうろしていた。それから彼らが頭陀袋を肩に掛けて如何にも乞食らしく足を引きずりながら、マシュー・ハリソンの家に向って行くのを見た。私はアンブルサイドから帰る途中、道端で2頭のロバを追っている例の（背の高い）母親と会った。その1頭のロバの背中に載せた二つの荷籠の中に二人の幼子が入っており、外にはみ出しそうになったので母が叱りつけていた。その女は今朝私にスコットランド訛りで、自分がスコットランド生まれで、今はウィグトンに住んでおり、家がないので旅をして (travelling) 暮らしている、

と話した。[21]

　上の日記に若干の解説を加えて説明すると。その日の朝2歳ぐらいの幼児を連れて物乞いに来た背の高い女の乞食は、いかにも哀れそうに見えたが、実は夫が居り、子供はその幼児を含めて4人、さらにロバを少なくとも2頭持っていた。その中の1頭の背中の両側に荷かごを載せ、そこに二人の幼児を入れて旅していた。夫は何もせずにロバの世話をしながら、妻と年上の息子二人が乞食をして稼いでくるのをぼんやり待っているだけであった。ワーズワスがこの日記を読んでまず第一に興味を覚えたのは、いかにも哀れそうな乞食を偽装した背の高い女の風采であった。彼は実際にこの女を見たわけではなかったので、2日前に書いた『水夫の母』の姿を連想し、彼女のどことなく威厳に満ちた風采をこの女の乞食に重ねてみた。こうして出来上がったイメージをそのまま詩に表現することにした。そして頭に浮かんだまま早速書いた詩は、『乞食』の冒頭の3連であった。

　　She had a tall man's height or more;
　　Her face from summer's noontide heat
　　No bonnet shaded, but she wore
　　A mantle, to her very feet
　　Descending with a graceful flow,
　　And on her head a cap as white as new-fallen snow.

　　Her skin was of Egyptian brown:
　　Haughty, as if her eye had seen
　　Its own light to a distance thrown,
　　She towered, fit person for a Queen
　　To lead those ancient Amazonian files;
　　Or ruling Bandit's wife among the Grecian isles.

　　Advancing, forth she stretched her hand
　　And begged an alms with doleful plea
　　That ceased not; on English land
　　Such woes, I know, could never be;
　　And yet a boon I gave her, for the creature

Was beautiful to see—a weed of glorious feature. (*Beggars*, 1–18)

彼女は背の高い男と同じかそれ以上だった。
彼女の顔は夏の真昼の日に焼け、
ボネットを被っていないが、
外套を足元まで優美に
ふわりと垂れさせ、頭には
新雪のように白い帽子を被っていた。

彼女の肌はエジプト人のように茶色だった。
彼女は遠くに投げた自らの眼光を
恰も見つめているかのように、気高く
聳え立っていた。それはまさしく古代のアマゾンの
軍隊を指揮する女王か、或いはギリシャの島々を
支配する盗賊の妻に相応しい姿だった。

彼女は前に進み出て、手を伸ばし、
哀れっぽい声で何度も繰り返し
施しを乞うた。我が英国内で私は
これほど惨めな姿を見たことがない。
だが私は彼女に施しをした。彼女は
輝かしい姿の雑草のように美しかったからだ。

上記の３連を前記のドロシーの日記と比べてみると、第１連だけが日記の言葉（下線部に注目）をそのまま採用しているが、第２・３連はワーズワス自身の創造であることが分かる。そこでこの２連を『水夫の母』の第１・２連（168〜9頁参照）と比べてみると、何れの女性も体格は立派で威厳があり、女王のような風格さえ漂わせている。その女性が突然哀れな声を出して施しを乞うので、一層惨めに感じる。しかし『水夫の母』では、死んだ息子の形見である「鳥かご」を外套で暖めながら物乞いをして旅する姿に無限の母の愛を、外見を遥かに超えた人間の尊さを感じさせる。一方、「女の乞食」は風采が「水夫の母」と変わらないが、続きの５連を読むと最初の印象が完全に逆転する。彼女は夫も子供もいる「乞食」を職業とする旅人、つまり女浮浪者に過ぎない。この後半の５連、つまり「乞食

第 6 章 『水夫の母』『アリス・フェル』『乞食』『蛭を集める老人』他　179

の少年」を書くのに大変に苦労したのは、最初の3連の空想とは余りも対照的な少年とのリアルな対話を、ドロシーの日記の言葉に基づいて表現することにあった。原文を添えた下線部（176頁参照）の表現と比較しながら後半の5連を読んでみよう。

  I left her, and pursued my way;
  And soon before me did espy
  A pair of little Boys at play,
  Chasing a crimson butterfly;
  The taller followed with his hat in hand,
  Wreathed round with yellow flowers the gayest of the land.

  The other wore a rimless crown
  With leaves of laurel stuck about;
  And while both followed up and down,
  Each whooping with a merry shout,
  In their fraternal features I could trace
  Unquestionable lines of that wild Suppliant's face.

  Yet *they*, so blithe of heart, seemed fit
  For finest tasks of earth or air:
  Wings let them have, and they might flit
  Precursors to Aurora's car,
  Scattering fresh flowers; though happier far, I ween,
  To hunt their fluttering game o'er rock and level green.

  They dart across my path—but lo,
  Each ready with a plaintive whine!
  Said I, "not half an hour ago
  Your Mother has had alms of mine."
  "That cannot be," one answered—"she is dead:"—
  I looked reproof—they saw—but neither hung his head.

  "She has been dead, Sir, many a day."—
  "Hush, boys! You're telling me a lie;
  It was your Mother, as I say!"

And, in the twinkling of an eye,
"Come! come!" cried one, and without more ado
Off to some other play the joyous Vagrants flew! (*Beggars*, 19–48)

私はその女を後にして、私の目的地へ向かった。
それから暫くして私の前方に
二人の小さな男の子が真っ赤な蝶を
追っかけて遊んでいるのを見かけた。
背の高い方が、この上もなく派手な黄色い花で
縁取りした帽子を手に持って追いかけていた。

別の男の子は、月桂樹の葉を付けた
縁無しの丸い帽子を被っていた。
そして二人があちこち追っかけている間
銘銘が陽気な喚声を上げてはしゃいでいた。
私は二人の兄弟の顔に、あの野生的な乞食の顔の
明確な特徴をはっきり見て取ることができた。

だが、彼らは余りにも陽気なので、この世の
最も素敵な仕事に相応しいように見えた。
彼らが羽を付ければ、オーロラの馬車の
先駆者となって、新鮮な花をばら撒きながら
すいすい飛ぶことだろう。彼らは岩や平原の上を
ひらひら飛び回るほうが遥かに幸せと私は思うけれど。

彼らは私の前に突進してきた。だが驚いたことに、
二人は銘銘哀れっぽい声でねだり始めた。
私は「君たちの母が私から施しを受けて
まだ半時間もたたない」と言うと、
その一人が「そんな筈はない。母が死んだ」と応えた。
私は目で咎めた。彼らは私を見たが謝らなかった。

「母は幾日も前に死んだ。」
「お黙り、お前は嘘をついている。
今言ったように、あれはお前たちの母だ。」
その瞬間、彼らは「さあ、行こう」

第 6 章　『水夫の母』『アリス・フェル』『乞食』『蛭を集める老人』他　181

と叫び、これ以上騒ぎ立てることもなく、
この陽気な浮浪児たちは別の遊びをするため走り去った。

　このようにドロシーの日記と比較しながら読んでみると、ワーズワスは如何に忠実にそれを追っているかが理解できるであろう。『アリス・フェル』についても同様のことが言える。また『水夫の母』には上記２作のような詳しい日記の資料はないが、ワーズワス自身がフェニック嬢に話したように（168 頁参照）、実際に「水夫の母」と会って話を交わした事実に基づいていることを強調している。そして話を交わした人物はすべて住む家がなく、大人の場合は物乞いをして旅する女であり、子供はアリス・フェルのように孤児院に収容された孤児である。さらにこれら 3 作品に共通して言える特長は、ワーズワス自身が旅をしている途中で実際に体験した事実に基づいていることを強調している点にある。ワーズワスは 1807 年にこれらの作品を発表したとき、「主に徒歩で旅をしている途中に書いた」(composed during a Tour, chiefly on foot)[22] と態々書き添えている。要するに、これらの詩はすべて彼自身が「旅」をしている途中で出会った「旅人」(travellers) と実際に交わした対話を軸にして書かれている。それは詩の写実性を際立たせるための最適の手法であると同時に、『リリカル・バラッズ』第２版の序文で力説した「日常実際に話されている言葉を可能な限り選択する」[23] という詩作上の信念を具体的に示す意味も込められていた。
　ワーズワスがグラスミアに移り住んだ 1800 年以降とそれ以前の詩との本質的な違いは写実性にある。その代表例を挙げると『白痴の少年』(*The Idiot Boy*, 1798) は一晩中歩き回っているにも拘わらず、その場所（place と spot）については一言も触れていない。これは一つにはコールリッジの『老水夫』に対応する意味もあったのであろうが、『廃屋』も同様にマーガレットの家の地理的な場所については一言も触れていない。一方、1800 年に書いた詩の全ては場所の特定に重要な意味を持たせている。それはどの観光ガイドよりも精密である。これについては第 5 章で詳しく説明したとおりであるが、『グラスミアの我が家』では観光スポットを意味する「地点」(spot) に深い意味を持たせ、『マイケル』ではその冒頭で「羊の囲

い」に至る詳しい道案内をしており、そして何よりも注目すべきは『エマの谷』に代表される「場所の命名に関する詩」(146～7頁参照) であろう。これら全体を1冊に纏めると、村人の生活を含めたグラスミア全体を隅々まで紹介した膨大なガイドブックが出来上がるであろう。

そして1802年の3月に一挙に書かれた上述の3作品は、『行商人』の修正を完了した直後に書かれているのを見ても分かるように、マーガレットの悲劇が呼び水となったことは間違いない。その観点からも、これらの作品は『行商人』の続篇と解釈してもあながち間違いではあるまい。もちろんこの背景には、6年以上途絶えていたアネットとの手紙の交換が始まり、[24] 1798～9年に書いた『狂った母』(*The Mad Mother*) や『イバラ』(*The Thorn*) の男に捨てられた不幸な女の姿が再び鮮明に蘇ってきたことも大きい要因の一つであったのかもしれない。実際2月22日に受け取った手紙はワーズワスの同情と哀れみを買うためか、娘のキャロラインと寄せ書きの手紙であった。そして3月22日にアネットから4通目の手紙を受け取った直後に、ワーズワス兄妹は彼女と会うためフランスへ行くことを決断している。[25] さらにこれらの作品は1798年のそれと比べて極めて写実性に飛んでいる。4年前の作品は『廃屋』のマーガレットを含めて全てが想像上の人物であるのに対して、この年の3作品は旅の途中で実際に出会った女と話を交わした結果産み出された作品である。しかも彼女たちは全て生きるために果てしない「旅」を続けている。一方、『廃屋』や『イバラ』等に登場する不幸な女性はいずれも一つの場所に留まり、移動する気配すら見せていない。従って、『水夫の母』や『乞食』のように紀行文学の題材にはなりえない。

これらの3作品より2ヶ月ほど遅れて書かれた『蛭を集める老人』(*The Leech Gatherer*) も、『乞食』と同様に1800年 (9月) のドロシーの日記を基にして、[26] 1年数ヶ月の熟成期間を経た末に創造された作品であり、『リリカル・バラッズ』の序文で力説した「静かな回想」を通して産み出された詩である、[27] と同時に紀行文学の最適の題材でもあった。

前述のように3月11日から14日までの4日間に立て続けに書かれた4作品の最後の『蝶に寄せる』(*To a Butterfly*) は、『乞食の少年』を書き終えた後、自分たちも幼い頃よく蝶を追っかけて遊んだものだと話し合って

第 6 章　『水夫の母』『アリス・フェル』『乞食』『蛭を集める老人』他　183

いる過程の中で、この詩が一種の副産物として自ずと産み出された。14日のドロシーの日記はそのときの様子をつぶさに記録している。この詩の創造過程を知る上で見落としてはならない極めて貴重な記述である（下線部のみ原文を併記）。

　3月14日、日曜の朝。ウィリアムは昨夜ひどく眠れなかった。だから9時に目を覚ましたが、起き上がる前に『乞食の少年』を書き上げた。そして朝食の間（と言っても私は既に終えていたので彼一人でしたが）彼はスープの皿と、パンとバターの盆を前に置いたまま手を付けずに「蝶に寄せる」詩を書いた。彼は詩を書いている間、全く何も口にせず、靴下も履かず、シャツの首のボタンを外し、チョッキを開いたまま座っていた。私たちは蝶を見ると何時も感じる（子供の頃の）あの喜びについて話し合っていたとき、その着想が最初に彼の頭に浮かんだのだった。<u>私は蝶をほんの僅かしか追いかけなかったこと、そして蝶の羽根から粉を払い落とすのが怖くて触れなかったことを兄に話した</u> (I told him that I used to chase them a little, but that I was afraid of brushing the dust off their wings, and did not catch them.).[28]

このドロシーの言葉 (特に下線部) は『蝶に寄せる』の最後の 2 行にそのまま採用されている点に特に注意したい。

But she, God love her! Feared to brush
The dust from off its wings. (*To a Butterfly*, 17–8)

だが妹は、なんと可愛いことに、
羽根から粉を落とすことを恐れた。

(3)

　ワーズワスは『蝶に寄せる』を書き終えた後それが更なる呼び水となって、想像力豊かな少年時代を回想した名作 2 篇、『カッコーに寄せる』(*To the Cuckoo*) と『不滅のオード』(*Intimations of Immortality from Recollections of Early Childhood*) を数日後に書き始めた。[29] そして 3 月 28 日にコールリ

ッジと会うため妹と一緒にケジックへ出かけ、4月4日にそこからさらにアルズウォーター北端のクラークソンの家ユースミアを訪ねた。目的はアネット・ヴァロンの件について相談するためであったと考えられる。そして15日に帰宅の途中、アルズウォーター西岸のガウバロー・パーク (Gowbarrow Park) を過ぎた辺りの岸辺一面に黄色い水仙が風に吹かれて揺れているのを見た。ドロシーはその光景を日記に詳しく書き記した。[30] それから2年後ワーズワスはこの光景を想い起し、"I wandered lonely as a cloud" で始まる名作を書いたことは改めて申すまでもあるまい。

　ワーズワス兄妹はその後雨の中をスタイバロー・クラグの側を通り、パターデイルの友人の家で一夜を過ごした。翌16日は快晴の空の下カークストン峠に向って歩いた。そしてブラザーズ・ウォーターの出口 (foot) に来たとき、ドロシーは一人で湖の周囲の散策に出かけた。そして帰ってみると兄はその橋の上に座って詩作に没頭していたが、妹を見ると筆を止めて歩き始めた。時間はちょうど農民が仕事を始めた頃で、畑は活気に満ちていた。ワーズワス兄妹はそのような光景を眺めながら、山の頂に雪が残るカークストン峠に向って歩いた。その間にも兄は詩作を続けていたので、山の麓に来たとき書き終えていた。言うまでもなく、それは次の詩行で始まる20行の即興詩であった。

　　　The cock is crowing,
　　　The stream is flowing,
　　　The small birds twitter,
　　　The lake doth glitter,
　　　The green field sleeps in the sun; (1–5)

　　　鶏は鳴き、
　　　小川は流れ、
　　　小鳥は囀り、
　　　湖は光り、
　　　緑の畑は陽を浴びて眠っている。

こうして二人は峠を越えた後アンブルサイドを通って、その日の夕暮れにグラスミアの我が家に戻った。ドロシーはこの2日間の旅を彼女の日記に

3頁半に渡って詳しく書き残している。上記の二つの詩と併せて読むと、ワーズワス独自の紀行文学の一篇が出来上がる。

　上述のように20日ぶりに我が家に帰ってから4日後の4月20日に、突然コールリッジが訪ねてきて、その翌日340行からなる『書簡体詩』(*A Letter to —*, *Dejection: An Ode* の原形)をワーズワス兄妹の前で朗読した。[31] それは彼本来の豊かな創造力が失われたことを嘆いた所謂「失意」(dejection) の詩であった。この朗読を聴いたワーズワスは少なからぬ衝撃を受け、それから1週間後の27日に『鋳掛け屋』(*The Tinker*) と題する50行の詩を書いた。言うまでもなく鋳掛屋は「旅人」を象徴する「行商人」である。従って、この作品は2ヶ月前に書き終えたばかりの『行商人』を連想させて当然であろう。しかしそこに描かれている人物は種類を全く異にしている。一見して、ワーズワスがふざけて書いているようにさえ見える。しかし改めて読んでみると、コールリッジの『書簡体詩』の影響を少なからず引きずっている。つまり、この詩は外見とは裏腹に「幸せな人生とは何ぞや」という自問と葛藤の末にようやく見出した気楽な放浪者の姿を描いている。詩は先ず次の一連で始まる。

　　　Who leads a happy life
　　　If it's not the merry Tinker,
　　　Not too old to have a Wife;
　　　Not too much a thinker. (*The Tinker*, 1–4)

　　　妻を持てないほど老いてはおらず、
　　　物事を深く考え過ぎる人でもない
　　　この陽気な鋳掛屋を措いて他に、
　　　一体誰が幸せな人生を送るのか。

　第2連以下はこの気楽な人物の紹介であるが、彼は毎日村から村へ民家を訪ねて、玄関で鋳掛の仕事をしながら旅している。そして日が暮れると場所を選ばず気楽に床に就き、朝は鳥の鳴き声で床を離れて思いのままに旅を続ける。彼は「風変わりな格好」(outlandish look) の上に「怖い煤けた顔」(visage gloomy and sooty) をしているので、小さい男の子は恐怖に戦き、市場帰りの若い娘は彼を追いはぎと見間違えて逃げてしまう。しか

し彼はそれを見てもただ笑うだけで、何時ものように気楽に陽気に生きている様を次のように述べて、この詩を結んでいる。

> And thus, with work or none,
> The Tinker lives in fun,
> With a light soul to cover him;
> And sorrow and care blow over him,
> Whether he's up or a-bed. (*The Tinker*, 46–50)

> このように鋳掛屋は仕事のときも
> 暇なときも、全身が気楽な心で
> 満たされ、いつも愉快に暮らしている。
> そして悲しみや心配事を、起きていようと
> 寝てようと、全く意に介することはない。

物事をあまりにも深刻かつ哲学的に考えすぎるコールリッジはもちろん、メアリーとの結婚を間近に控えてアネット・ヴァロンとの問題の解決に頭を悩ますワーズワス自身にとって、この鋳掛屋の気楽な生き方は慰めであると同時に、「幸せな人生」の見本でもあった。ここで、筆者が序論の冒頭で引用したワーズワス自身の告白「放浪の旅こそ、正直に言って私が最も熱望するものだった」を是非想い起こす必要があろう。さらに彼は金に余裕さえあれば行商人のような放浪の旅をしながら一生を送ったであろう、と付け加えている。このワーズワス自身の言葉を『鋳掛屋』に照らしてみると、彼の気楽で自由な生活はワーズワス自身の一種の憧れでもあったと解釈できよう。

ワーズワスはこの詩を書いてから3日後の5月1日に『キンポウゲに寄せる』(*To the Small Celandine*) を書き終えた。[32] それから3日後のドロシーの日記にさらに注目すべき記述がみられる。

> 5月4日(火曜)。ウィリアムは昨夜よく眠れた。彼はひどく神経質になって疲れきっていたが、今朝起きたとき気分が爽快だった。私は兄に代わって「蛭を集める老人」(*The Leech Gatherer, or Resolution and Independence*) を清書した。彼はこの作品を一昨夜書き始めて、今朝床の中で残りの数連

第 6 章 『水夫の母』『アリス・フェル』『乞食』『蛭を集める老人』他　187

を書き終えたのだった。[33]

　これらを総合すると、ワーズワスは 4 月 27 日から僅か 1 週間に上記の 3 作品を書き上げたのである。彼がコールリッジの書簡体詩から受けたインパクトが如何に大きかったか、これを見ても明らかであろう。中でもその反応が最も鮮明に表れた作品は『蛭を集める老人』であった。彼はこの詩を創造するに際して先ず想い浮かんだのは、2 年前の秋（1800 年 9 月 26 日）ドロシーと一緒に家の近くを歩いているときに出会った蛭を集めて旅する老人の姿であった。そのときの印象が非常に強烈であったので、ドロシーにそれを日記に書き留めておくように頼んだ。彼女は「背の高い女の乞食」の記録と同じように（176 頁参照）、それから 1 週間後の 10 月 3 日の日記に次のように詳細に記録した（長いので原文を割愛する）。

　　ウィリアムと私はジョーンズを見送って帰る途中、腰が二つに折れ曲がった老人に出会った。彼はチョッキと外套の上にもう 1 枚外套を両肩にかぶせていた。その外套の下に包みを携え、エプロンを巻き、ナイトキャップを被っていた。顔は実に興味深く、目は暗く、高い鼻をしていた。……彼の両親はスコットランド出身だが、彼自身は軍隊で生まれた。彼には妻がいた。「いい女で、10 人の子供を授かった」が、彼らは一人を残して全部死んでしまった。その一人は船員になったが、長い年月消息がない。老人の職業は蛭を拾い集めることであるが、最近は蛭が殆ど見つからない上に身体も弱り、拾う力がなくなった。だから今は物乞いをして生きている。……彼はさらに続けて言った。蛭が殆ど見つからないのは、この乾燥した季節のせいでもあるが、取り過ぎが主な原因だ。蛭は成長が遅く、とても追いつかないからだ。以前は 100 匹あたり 2 シリング半だったが、今は 30 シリングもする。彼は荷車を引いている間に転んで脚の骨を折り、車に轢かれて頭蓋骨に深い傷を負った。だが意識が戻るまで痛みを感じなかった。[34]

　ワーズワスは『蛭を集める老人』を書くに当たってドロシーの記録を参考にした証拠は、この詩の随所に表れている。先ず、その老人の体形について、"His body was bent double, feet and head / Coming together..."「彼の身体は、足と頭がくっつくほど折れ曲がっていた」と述べ（66〜7 行）、彼の「暗い目」は "the sable orbs of his yet-vivid eyes"「まだ生きた黒い眼

球」と表現している。次に、老人が話した内容について、ドロシーの日記と同様にかなり詳しく説明している。中でも、第15と18連はドロシーの日記を参考にしていることは明白であろう。

> He told, that to these waters he had come
> To gather leeches, being old and poor:
> Employment hazardous and wearisome!
> And he had many hardships to endure:
> From pond to pond he roamed, from moor and moor;
> Housing, with God's good help, by choice or chance;
> And in this way he gained an honest maintenance.
> (*Resolution and Independence*, 99–105)

> 老いて貧しいので蛭を取るために
> この沼へやってきた、と彼は話した。
> 実に危険で退屈な仕事だ。
> これまで多くの苦難に耐えてきた。
> 池から池へ、沼から沼へ渡り歩いた。
> 神のご加護で運任せの宿を取りながら、
> このように正直な生活をしてきたのだ。

> He with a smile did then his words repeat;
> And said that, gathering leeches, far and wide
> He travelled; stirring thus about his feet
> The waters of the pools where they abide.
> "Once I could meet with them on every side;
> But they have dwindled long by slow decay;
> Yet still I persevere, and find them where I may."
> (*Resolution and Independence*, 120–6)

> 彼は微笑みながら同じ言葉を繰り返した。
> 遠く広く蛭を拾い集めながら、
> 蛭が棲んでいる池の水の中をこのように
> 足をかき回しながら、旅をしてきた。
> 「昔はどこにでも蛭は見つかったが、
> 随分前から徐々に少なくなってきた。
> それでも私は我慢して何とか見つけている。」

ここでも「旅する」(travel) という語を用いているが、本章の主題である4作品に共通するキーワードであることを思い起してほしい。ここにワーズワスの紀行文学の最大の力点がある。つまり、他の紀行文学はすべて裕福なツーリストを対象または主題にしており、「旅」を日々生活の糧にしている乞食や行商人のような社会の底辺で生きる貧しい人々には目もくれない。ワーズワスの文学の特徴はまさしくここにある。妹ドロシーは最愛の兄ウィリアムの思想や感情を完全に共有していたために、このような人々の生きる姿を彼女の日記に書き留めたのである。それは同時にワーズワスにとって何よりも貴重な詩作の資料となり、糧となった。そのような観点から、本章で論じた作品の全ては「ドロシーとの愛の合作」と言って決して過言ではなかろう。筆者は本章の副題にこの言葉を用いたかったが、大いに迷った末に作品の主題に相応しい「故郷なき旅人」を採用した次第である。

第7章

『西に向って歩く』と『ロブ・ロイの墓』
――カトリン湖周辺再訪の旅

(1)

　1802年7月9日、ワーズワスは妹ドロシーと一緒にフランスでアネット・ヴァロンと再会するためグラスミアを発った。[1] それがワーズワスにとって独身最後の妹との二人旅となった。彼らは途中、婚約者のメアリーが住むガロー・ヒルに立ち寄った後、ロンドンからドーヴァー経由で8月1日にフランスのカレーに上陸した。そして約1ヶ月そこに滞在した後、8月29日にカレーを離れて翌30日にロンドンへ戻った。そして9月22にロンドンを発ってガロー・ヒルに立ち寄り、10月4日に近くの教会で彼女と結婚式を挙げたその日に、そこを離れて6日の夜6時に新妻と共にグラスミアの我が家に帰った。以上はドロシーの日記によるものであるが、我々読者は最も知りたいと思うヴァロン母子と会ったときの記録は、娘のキャロラインと一緒に海岸を散歩したときの想い出を詠んだソネット ("It is a beauteous evening, calm and free") を除くと、何一つ残されていないのが誠に残念である。

　そしてドロシーの日記それ自体も後で纏め書きした記述が大部分であり、兄ウィリアムの詩が一篇も含まれていないので、紀行文学としての価値は極めて低い。しかしただ1箇所、7月31日の早朝ロンドンを発ったときウェストミンスター橋から見た光景の描写は、ワーズワスの傑作の一つであるソネット『ウェストミンスター橋にて』(*Composed upon Westminster Bridge*) を解釈する上で最良の記述であることを申し添えておく。[2]

　さて、新妻メアリーをグラスミアの我が家に迎えたワーズワスは彼女と旧知の仲とは言え、その後幾週間か慌しい落ち着かない日々が続いたに違いない。一方、ドロシーもそれまで書き続けてきた彼女の豊かな感情の発

露とも言うべき日記から遠ざかっていった。それまで唯一の愛の対象であった兄がメアリーに半ば奪われてしまった今となっては、兄への愛情を自由に日記に綴る気になれなかったのであろう。さらに重要な点として、ワーズワスの創造力の源泉とも言うべき妹と二人だけの散策の機会も以前と比べて遥かに少なくなったに違いない。こうして人生で最も創造力に富んだ1802年が終わり、新しい年を迎えたワーズワスは相変わらず慌しい生活の中で詩作に没頭する余裕を殆ど持つことなく半年を無為に過ごしてしまった。ところが7月27日に兄リチャードに宛てて、「僕はドロシーとコールリッジと一緒に6週間のスコットランド旅行に出る予定」と伝えている。[3]

　それから凡そ1ヶ月後の8月15日の午前11時20分に、ワーズワス兄妹とコールリッジを乗せた二輪馬車 (jaunting car) はケジックを出発した。ところで彼らの旅の動機と目的は必ずしも一致していたわけではない。先ずコールリッジの場合は、彼の言葉を借りると、自分を最も苦しめている腸の張りを軽減するためには「運動と刺激」(the exercise and the excitement) が有効であると医者から薦められていたからである。[4] 一方、ワーズワスは上記の兄リチャード宛書簡の言葉に続いて、「私たちは贅沢な旅に出るのではなく、私たちの健康改善のためであり、馬車も一頭立ての安い旅です」と、体のいい説明をしている。だが本当の理由は、兄が結婚して以来家事手伝いその他、家族のために尽くしてくれたドロシーのため、とりわけメアリーが6月18日に長男を出産して以来献身的に働いてきた彼女のために、兄と二人だけの至福の機会を作ってあげたいという優しい気遣い以外の何ものでもなかった。もちろんワーズワス自身にとっても、結婚以来眠っていた彼本来の創造力覚醒のためには「旅」が最も望ましい刺激剤であった。その上、新しい世界を見ることによって新しい詩の題材が見つかるかもしれないという期待があった。

　ところで、コールリッジが8月1日にサウジーに宛てた手紙によると、「私たちはグラスゴーに着いた後、エジンバラ以外に何処へ行くのか私は知りません」[5]と述べているところを見ると、出発前に旅の計画を綿密に立てていなかったように思える。しかしワーズワスは旅の期間を最初から6週間とはっきり決めており、しかもほぼ計画通り9月25日の夜グラスミアに帰っている。さらに旅から帰った後、ドロシーは非常に詳しい旅行

記『スコットランド旅行回想記』(Recollections of a Tour made in Scot-land) を書き始めているのを見ても分かるように、少なくともドロシーは出発前に兄の友人ジョン・ストダート (John Stoddart) が2年前に出版した著書『スコットランドの風景と風習』(Remarks on the Local Scenery and Manners of Scotland) を始めとして、その他多くの旅行案内や紀行文を可能な限り読み漁ったに違いない。彼女はそれだけの知的好奇心と旅への大きい期待を持っていたからである。

　ドロシーは旅から帰って凡そ1ヶ月半後の11月13日にクラークソン夫人に宛てた手紙の最後に、「ところで私は今スコットランド旅行の回想記を書いています。それは日記の形式ですが、日記ではありません。何故なら、私はノートをとらなかったからです」(By the by I am writing not a journal, for I took no notes, but *recollections* of our Tour in the form of a journal.)[6] と述べている。"I took no notes" という言葉をどの程度厳密に捉えてよいのか分からないが、全くメモ一つ取らなかったという意味ではあるまい。この200頁以上に及ぶ詳しい旅行記を長い時間的間隔を置いてただ記憶を頼りに書くことは、如何に記憶力に優れたドロシーでも不可能であろう。つまり、『グラスミア日記』のようなノートはとらなかったが、メモ程度の記録を恐らく毎日付けていたに違いない。[7] 何故なら、自分の書き残した記録が後に兄の詩作にどれ程役立つかを、彼女は過去の習慣から知り尽くしていたからである。事実、ワーズワスは旅から帰った後、「スコットランド旅行の回想」(*Memorials of a Tour in Scotland*) と題する17篇の詩を書いているが、その殆ど全ては彼女の旅行記とほぼ同時に並行しながら書かれており、それぞれの詩は見事に散文の中に溶け込んでいる。要するに、ドロシーの旅行記は兄ウィリアムとの合作と言って決して過言ではあるまい。それは前章で論じた『乞食』がドロシーの日記なしには成立しえなかったのと同様に、彼女の旅行記なしには上記の17篇の詩が生まれなかったに違いない。本章で論じる「カトリン湖周辺再訪の旅」は彼の詩と彼女の散文が見事に一つに溶け合った紀行文学の最高傑作である。なお、ドロシーが旅行記の最後に付けた覚書によると、全3部のうちの第1部と、第2部の9月3日までを1803年の暮までに書き終え、その後1ヶ月余り中断してその残りを翌年の2月に書き終えた。そして第3部はさら

に 1 年以上遅れて 1805 年 4 月末に書き始めて 5 月末に完了した。[8] 従って、「カトリン湖再訪の旅」は 1805 年 5 月に書かれたことになる。旅から帰ってから 1 年 8 ヶ月も過ぎているにも拘わらず、よくもこれだけ書けたものとただただ驚くばかりである。

　ワーズワスは今回のスコットランド旅行の前半と後半にカトリン湖を 2 度訪ねているが、そのいずれも全く計画外の出来事であった。つまり、その何れもが二輪馬車での旅のルートから完全に外れた 2 泊 3 日の徒歩の旅、真の意味で紀行文学に値する 'pedestrian tour' となった。それだけに「旅」の真の充足感とその楽しい想い出を心に鮮明に残してくれた。中でも再訪の旅はまさしくその圧巻であった。これ以外の馬車の旅は、旅行案内書などで紹介されている「通常の道」(beaten track) を通る旅であり、ワーズワス以外の一般のツーリストも旅するコースであった。それだけになお一層今回のカトリン湖周辺の旅行記は、紀行文学的観点から見て最も価値のある作品と言えよう。

(2)

　さて、8 月 15 日にケジックを出発したワーズワス一行は 17 日の夜遅くダムフリーズ (Dumfries) に着いた。そして翌朝ワーズワス兄妹はコールリッジを宿に残したままロバート・バーンズ (Robert Burns) が晩年を過ごした家と彼の墓を見に出かけた。彼らが日頃から愛読しているバーンズの足跡を訪ねるのが今回の旅の最大の楽しみであったからだ。その後ニス (Nith) 川沿いに北上し、バーンズの農場で有名なエリズランド (Ellisland) を通り、ブラウンヒルに着いた。そして翌 19 日にソーンヒル (Thornhill) を経由してリードヒルズ (Leadhills)、そして 20 日にはダグラス (Douglass) を経由してラナーク (Lanark) に着いた。翌朝クライド川の有名な断崖 (Carland Crag) を見た後、クライド川沿いに北上してハミルトンに着いた。そして翌 22 日の午前中にハミルトン公の館などを見物して午後 4 時ごろグラスゴーに着いた。23 日は午後 3 時頃ひどい雨の中グラスゴーを出発して夕方クライド河口の町ダムバートン (Dumburton) に

着き、24 日は午前中ダムバートン城を見た後、ローモンド湖を右に見ながら北上してラス (Luss) に着いた。宿で軽い食事を取ってからワーズワス兄妹は散歩に出かけたが、このときもまたコールリッジは身体の調子が悪いという理由で行動を共にしなかった。[9] これまでにもしばしば同じ理由でコールリッジが独り宿に残るか、或いは馬車の椅子に座ったまま行動を共にしなかった。その本当の理由は、ワーズワス兄妹のまるで恋人同士のような仲の良さにコールリッジは耐えられなかったからである。その証拠に、彼はその日の日記に、「私の詩を心から愛してくれる人が私にはいない。自然の眺めについて語る愛しい人の声が……夜風に乗って私の耳に折に触れ聞こえてくることは絶対にない」と、孤独の寂しさを漏らしているからである。[10]

　8 月 25 日の朝ラスを出発した 3 人は近くの島へ一旦渡った後、夕方ローモンド湖の北端に近いターベット (Tarbet) に着いた。そこで彼らはスコットランド屈指の名勝で知られるトロサックス (Trossachs) がさほど遠くでないので、翌日そこに行く計画を立て、宿の人々にそこへ行く方法を聞いたところ、誰一人として満足な答えをしてくれなかった。そこでとにかくカトリン湖まで「冒険をおかして」行ってみようという結論に達した（以上、『スコットランド旅行回想記』第 1 部）。

　8 月 26 日、馬車を宿に預けてローモンド湖の船着場に来たが、11 時前まで待たされてようやく対岸のインヴァースネイド (Inversnaid) に上陸した。そして東に向って数マイル歩いてカトリン湖 (Loch Katrine) の西の端に着いた（以下「カトリン湖周辺」の地図参照のこと）。この湖はほぼ東西に長さ 10 マイル（幅は平均 1 マイル）のスコットランドを代表する美しい湖で、その東端はウォルター・スコットが 1810 年に発表した『湖の貴婦人』(*The Lady of the Lake*) の舞台として今日広く知られているが、ワーズワス一行が着いた西の端は周囲に 1 軒の民家もない荒涼とした場所で、彼らが目指すトロサックスに通じる道は何処にも見つからなかった。途方に暮れたて引き返すしかないと考えていたとき遠くに人影を見つけたので、大声で呼んで尋ねてみたところ、この湖の北端 (head) に民家があると教えてくれた。そこで彼らは岸に沿ってその道を辿って民家に近づいてみるとそれは大きな百姓家で、主人の名をマクファーラン (MacFarlane) と呼

び、グレンガイル (Glengyle) の大地主 (laird) であった。彼は 3 人を温かく迎え入れ、この日は是非彼の家に泊まるように勧めてくれた。そして湖の北端から 2 マイル東にフェリーハウスがあることを教えてくれた。こうして彼らはマクファーランの家で一夜を過ごすことになり、お茶の後でワーズワス兄妹は周囲の散策に出かけた。この時もまたコールリッジは行動を共にしなかった。

　8 月 27 日の朝食はマクファーランの家族と一緒にとったが、そのときハイランドの人々が英国軍と戦った往時に話が及んだので、ドロシーがロブ・ロイについて話を持ちかけると、「急にみんなの目が輝きだし、それまで控えめで無口であった夫人は『ロブ・ロイは実に立派な人だった』と叫び」次のように話を続けた。ドロシーの記録がワーズワスの詩に貴重な資料を提供した代表例の一つであるので、その興味深い部分を引用しておく。なお、ワーズワスは旅から帰って 1 年 8 ヶ月後の 1805 年 6 月にこの記述を参考にして『ロブ・ロイの墓』(*Rob Roy's Grave*) と題する詩を書いた（211〜2 頁参照）。

> 彼が死んでからまだ 80 年（実際は 70 年）しか経たないが、彼は隣の農場で暮らしていて、そこに彼の墓がある。彼は有名な剣士 (swordsman) だった。彼は他の人と比べて特別長い腕を持っていたので、誰よりも上手に剣を自在に扱った。彼の腕が長い証拠として、彼はかがまずに膝下の靴下をガーターで止めることができた。また剣の腕前の証しとして一騎打ちを 12 度やってのけたことを楽しそうに話した。彼らはこの種の話なら 12 月の長夜を何週間も飽きずに喋り続けただろう。何故なら、ここではロブ・ロイはシャーウッドの森のロビン・フッドと同じほど有名であったからだ。また、彼は金持ちから金を奪い、貧しい人々にそれを与え、そして貧しい人々を抑圧から守った。彼は白昼堂々とローズ公爵の代理人が仲間と食事中に金を奪い、彼をカトリン湖の島に閉じ込めた。彼は公爵にとって恐るべき敵であった。[11]

朝食の後、マクファーラン夫人はドロシーに「グレンガイルの地主一族の墓を見せてあげる」と言って案内してくれた。墓は四角い「家畜の檻」(pinfold) のような形をしており、四隅の角に丸い石を置いていた。そして中に入るためには高い塀を乗り越えなければならなかった。そこは実に

「陰鬱な場所で、高い雑草やイラクサやイバラで覆われた墓石が四つ五つ置かれており、特に立派な地主の墓は塀を背にして建てられ、そこに碑文が刻まれていた。」家に帰ってから夫人は鷲の羽根を取り出し、それを彼女の想い出の品として受け取ってほしいと言った。ドロシーは喜んでそれを受け取り、10時に後ろ髪を引かれる思いで「小奇麗で、健康で、そして幸せそうな家族」と別れた。そして3マイル離れたフェリー小屋まで歩いた。そこからトロサックスまで舟で運んでくれると教えられたからである。道路は手押し車がやっと通れる程度の馬の通る道で、周囲は一面雑木林であった。

　こうしてフェリー小屋に着くと、近くの畑で仕事をしていた小屋の主人 (ferryman) はいつでもお供しますと言ってくれたが、雨で濡れた服を乾かし空腹を満たすのが先であったので家の中に入った。「その家は私たちがこれまで中に入って見た<u>最初の純粋のハイランド小屋</u> (the first genuine highland hut) であった。……夫人は暖炉の火の燃え方が悪いと戸惑った表情を見せながら、乾いたピートとヘザーをくべて息を吹きかけると、間もなく真っ赤に燃え上がり、顔が火照ってすっかりいい気分になった。煙の一部は煙突の穴から出ていたが、大部分は暖炉の奥にある開いた窓から出ていた。窓枠は波打つ湖の小さな絵を描き、外側の扉が開いたとき対岸の家が見えた。この家の夫人はとても親切だった。私たちは彼女に何かを頼むと、私たちのために何かをすることが彼女にとって新鮮な喜びであるように見えた。彼女はいつもスコットランド語特有の優しい低い声で、"Ho! Yes, you'll get that" と答えて、急いで貯蔵室の棚へ向かった。……私たちはオートミールとバターとパンとミルク、さらにかゆ (porridge) を頂き、それから出発した。」[12]

　雨は依然として降っており、冷たい風が吹いていた。そしていよいよ舟を漕ぎ出す瀬戸際になって、コールリッジは舟の中で冷たい雨に濡れてじっとしていることは彼の健康に最も悪いという理由で、彼は一人で湖の出口（東端）まで歩いてゆくと言い張った。仕方なくワーズワス兄妹だけが舟に乗った。やがて風は止んだが雨が益々ひどくなり、遠くの景色は霞んで殆ど見えなかったので、ウィリアムは毛布を被って船底に横たわり、何時の間にか眠ってしまった。舟が東端に近づくに連れて近くに「小島が見

え、対岸の景色は雨を通して優しく見えた。」ウイリアムは目を覚まして、「もっと早く起こしてくれればよかったのに」と責めたので、「美しい景色は今始まったばかりだ」と安心させた。一方、船頭（フェリー小屋の主人）は夫人に劣らず素朴で親切だった。「船頭は実に気立てのいい男で、岸に沿って入り江から外へと一所懸命に櫓を漕いだ。そして私たちが楽しそうな顔をしていると、いかにも嬉しそうに天気が良ければどんなに楽しいことかを何度も繰り返していた。彼はこの湖を自分の領土のように誇りを持って愛していた。だから彼は普通一般の船頭以上に苦労を厭わず喜んで櫓を漕いだ。彼は岸の突端を曲がるとき、『ここが見所だ』(This is a bonny part) と何度も言った。彼は、風景を追い求める連中や『ピクチャレスク旅行者達』(our prospect-hunters and "picturesque travellers") よりも遥かに上手に最高のビューポイント (the bonniest point) を絶えず選んでくれた」とドロシーは述べている。この下線部の意味はウェストやギルピンその他の案内書だけを頼りに観光を楽しむツーリストを皮肉った言葉である。兄と考え方が同じである何よりの証しである。こうして湖の東端に近づくと「トロサックスへ行く人のための避難小屋」(the shelter for those who visit the Trossachs) から、一足先に着いたコールリッジは「勝ち誇ったような大声で私たちを迎えた。」[13]

「トロサックス」の意味は、ドロシーの説明によると「多くの山を意味しており、カトリン湖の出口やその半マイル奥の全ての山に付けられた名称」らしい。彼らはここを通り抜けてアクレー湖 (Loch Achray) まで行って引き返した。その間の景色についてドロシーは３頁に渡って詳しく説明しているが、「端的に言って、トロサックスは筆舌に尽くしがたい」(In a word, the Trossachs beggar all description.) と結論している。その間、彼らのガイドを勤めた船頭は「晴れた夏の朝ここを歩くと、とても気持ちよく健康的だ」を繰り返していた。そして帰りの舟には避難小屋で知り合った若い画家も一緒だったが、コールリッジは同じ７マイルの道を歩いて帰ることを主張した。

彼ら全員がフェリー小屋に戻ったとき辺りはすっかり暗くなっており、雨が依然として降り続いていた。「人のいい夫人は約束どおり、暖炉を朝よりもずっと暖かくしてくれていた。私は暖炉の片隅に座ったとき、生涯

でこれほど心地よく感じたことはないと思った。」夫も彼女に劣らずお人よしで謙虚であった。彼もひどく濡れていたにも拘わらずに、火の側に近寄るように勧めても遠慮して近寄ろうとはしなかった。これを見たドロシーは、「カンバランドの同じ階級の人間はこのような遠慮深さを卑屈 (servility) と言って咎めるだろう。しかしハイランドでは、身分の低い人は一族の長 (laird) に頼って生活しているので、自然にそのような礼儀 (politeness) が生まれたのだろう」と彼女独自の解釈をしている。何はともあれ、その夫婦の素朴さと人の良さにワーズワス一行は心打たれ、何時しか「その不思議な雰囲気に溶け込んで子供のように笑った。……火の煙が目に染みたにも拘わらず笑い続け、煙で黒光りの垂木と梁を眺めて一層静かな喜びに浸った」と述べている。そして食事の後も半時間ほど皆一緒に暖炉を囲んで座っていたが、「生涯でこれほど温かい歓迎と火の温もりの幸せを感じたことは一度もなかった」と繰り返し述べている。[14] そして就寝時間になってドロシーは誰よりも早く床に就いた。家の構造は前にも述べたように「純粋のハイランド小屋」で、「三つの部屋からなっており、一番端に牛小屋、中央に台所兼居間、他の端に食糧貯蔵室」があった。そして居間は幾つかの部屋に壁で仕切られているが、上部は解放されているので隣の部屋の明かりが良く見えた。コールリッジら男3人は納屋の干し草の上で寝たが、気持ちよく眠れたとのことだった。ドロシーは壁で仕切られた部屋でただ一人、籾殻を詰めたベッドに寝た。そのときの幸せな気分を次のように懐かしく想い起こしている。

  私は（天井裏から差し込む）暖炉の火が消え、そして夫と妻と子供が部屋の別の隅にあるベッドに入るまで、（黒光りの垂木と梁を）横になったまま見つめていた。私は十分眠れなかったが、心地よい夜を過ごした。私のベッドは固いが暖かくて清潔だった。しかし慣れない場所が私の睡眠を妨げたのだ。湖の岸を打つ波の音を聞いた。戸口のすぐ側にある溝はさらに高い音を立てていた。私はベッドに座ると、枕元にある開いた窓から湖が見えた。その上、一晩中雨が降っていた。私は美しいトロサックスの景色よりも、このハイランドの小屋のヴィジョンをしばしば想い出す。それを私の脳裏から消すことができないからだ。私はスペンサーの仙郷のことを考え、またある時は冒険小説で読んだ異郷と重ね合わせた。[15]

翌28日の朝、「私たちが出発するとき、気立てのいい夫人は私と丁寧に握手しながら、私たちがまたスコットランドに来ることがあれば、是非とも訪ねてほしいと言った。」外はなお依然として雨が激しく降っていた。もし天気が良ければ、グレンガイルを越えてローモンド湖北端のグレン・ファロッホ (Glen Falloch) に出たいと思っていたが、それを諦めて2日前に歩いた同じ道を通ってインヴァースネイドの渡し場に戻ってきた。そこで出会った二人の少女に舟の出発時間を尋ねたところ、その日はちょうど安息日で家族が対岸の教会に出かけているので夕方まで帰ってこないということだったので、それまで小屋で待つことにした。ところでこの二人の少女の背の高いほうの娘（14歳）はまさに息を呑むほど美しく、身のこなしや音声もまた絶妙であった。ドロシーの言葉を借りると、「彼女はずば抜けて美しく、彼女の口から溢れ出る英語ほど美しい声を今まで聞いたことがなく……『ピーター・ベル』で詠まれたハイランド・ガールをまさしく彷彿させる」少女であった。コールリッジも妻に宛てた手紙の中で、「二人のうちの一人はまさしく夢のように美しく、ウィリアムの『ピーター・ベル』に出てくるハイランド・ガールを思い出せた」と、ドロシーと全く同じ印象を伝えている。[16]

　ワーズワスが受けた印象はさらに強烈であった。彼はそれを『ハイランド少女に贈る』(*To a Highland Girl*) と題する78行の詩に表している。次に、その最初の2行と最後の10行を引用しておく。

  Sweet Highland Girl, a very shower
  Of beauty is thy earthly dower!
    . . . .
  I feel this place was made for her;
  To give new pleasure like the past,
  Continued long as life shall last,
  Nor am I loth, though pleased at heart,
  Sweet Highland Girl! from thee to part;
  For I, methinks, till I grow old,
  As fair before me shall behold,
  As I do now, the cabin small,
  The lake, the bay, the waterfall;

And Thee, the Spirit of them all! (*To a Highland Girl*)

可愛いハイランド娘よ、降り注ぐ美の
雨こそまさしく君の地上の資産だ。
　　　　　…………
この場所は彼女のために造られたように感じる。
命の続く限り絶え間なく、過去の
想い出のように新たな喜びを創ってくれる。
可愛いハイランド娘よ、私は君と別れることを
（心で喜んでいるけれど）嫌ってはいない。
何故なら、私は老いるまで、この小屋、
この湖、入り江、滝、そしてこれら全ての
精である君を、今見るのと同じように
美しい姿のまま見ることが出来るからだ。

　ワーズワスは彼女の美しい姿を一生記憶の中にしっかり留めているので、このローモンド湖の渡し場周辺の「精」とも称すべき彼女と別れることは決して辛くはない、と言うのである。なお、この渡し場の小屋の跡に現在大きなレストランが建っており、その裏手に高さ十数メートルの滝が湖に直接流れ落ちている。そして夏には観光客が絶えることはない。

　ワーズワス一行はここで数時間を過ごした後、夕方になってようやく湖を渡り、3日前に泊まったターベットの同じ宿に戻った。宿の人々はワーズワス一行がこの3日間どうしているのか心配していたので大変喜んで迎えてくれた。そして3日前に偶々不在であった宿の主人は、「君たちの行くところを聞いておれば、マクファーランの家に是非泊まるように勧めていたであろう。彼の家族はグレンガイルで一番親切 (hospitable) なのだから」と残念がった。[17]

(3)

　8月29日の朝、目を覚ますと前日から降り続いていた雨がさらにひどくなっていた。宿の人の話によると、少なくとも向こう3週間は止みそうにもないとのことだった。雨と寒さを極度に恐れるコールリッジにとって、これは最早耐え難いことであったので、遂に彼はワーズワス兄妹と別れて一人で帰る決心せざるを得なくなった。だがその日彼らはターベットの西隣のアロハー (Arrochar) を通ってインヴァレァリー (Inveraray) 方面へ行く予定であったので、この地方で最も有名な山ベン・アーサー（Ben Arthur, 通称 'Cobbler'）を見るために、コールリッジはアロハーまでワーズワス兄妹に同行することになった。そしてこの山を見た後、彼らと別れてターベットの宿へは引き返した。そして翌日エジンバラへ向うつもりでグレン・ファロッホを通ってガーベルで宿を取ったとき、宿の主人から天下の名勝グレン・コー (Glen Coe) まで僅か40マイルと聞かされ、急にそこまで足を延ばしたくなった。こうして彼は一人でハイランドの奥地まで旅をすることになった。[18]

　さて一方、ワーズワス兄妹は彼と別れた後予定通りインヴァレァリーを通り、31日に今回のハイランド旅行の最大の目的の一つである湖 (Loch Awe) に浮かぶ古城キルハーン (Kilchurn Castle) と、その背後に聳えるベン・クルアハン (Ben Cruahan, 1125m) を見るため馬車を走らせた。ワーズワスは旅から帰ってかなりの時間を置いて、『キルハーン城に贈る』(*Address to Kilhurn Castle, upon Loch Awe*) と題する43行の詩を書いているが、発表に際してその地理的背景についてドロシーの「スコットランド回想記」の一節をそのまま引用している。ドロシーの記録がそのままワーズワスの詩作の資料になった最良の例として見落としてはなるまい。[19]

　ワーズワス兄妹はキルハーン城を見た後、9月2日にロッホ・エティーヴ (Loch Etive) が外海と合流する狭い海峡をフェリーで横切り、さらに10マイル先の湖 (Loch Creran) を渡るとき馬が怖がって暴れた。幸い乗客全員の助けを借りて何とか馬を抑えて無事切り抜けるなど、様々な苦労の末すっかり暗くなった頃レーヴェン湖 (Loch Leven) の出口に近いバラフリッシュ (Ballachulish) に着いた。そして9月3日は、朝6時に起床してミル

クだけ飲んで大急ぎで宿を出て、今回の旅の最大の目標であるグレン・コーへ向った。朝から快晴で心が弾んでいた。ところが出発して間もなく馬が不意の出来事に跳び上がり、車が横転して破損したので、鍛冶屋を探して修理してもらうことになった。車の修理の間ドロシーは鍛冶屋の女房や近所の女性と身の上話などして貴重な時間を楽しく過ごした。彼女はそのときの話の内容を直接話法を交えて3頁に渡って詳しく記録している。あのカトリン湖でのマクファーラン夫人やフェリー小屋の女房との対話の記録と同様、ドロシーの並外れた記憶力はもちろん紀行文学的才能を十分に発揮している。こうしてようやく馬車の修理を終えて待望のグレン・コーの左右にそそり立つ岩山を見上げながらゆっくり時間をかけて通り抜けた。ドロシーはその印象を1頁半に渡って記述した後、最後に谷全体を見渡して、「一つとして飛びぬけて高い山はなく、荒涼とした山の繋がりと不毛の窪地」と、期待外れであったことを吐露している。こうして「まるで真冬のように寒い日没間近に」その日の宿であるキングズハウス (Kingshouse) に着いた。実は、これより2日前コールリッジもグレン・コーに向かう途中ここに泊まっている。この有名な宿はドロシーの言葉を借りると、「これほど惨めで、これほどひどい場所を未だかつて見たことがない」荒涼とした原野の一軒屋であった。[20]

　9月4日、朝6時に起床。ベッドは思ったほど悪くはなく、酔っ払い客が夜遅くまで騒いでいたにも拘わらず比較的よく眠れた。出発前にゆで卵二つを注文したが一つしかなく、その上真冬のように寒いので、「飢え死に」しそうになって宿を出た。そして1マイル歩くと、'Black Mount' と呼ばれる荒涼たる丘陵地帯に入った。しかし道は比較的良好で馬車は順調に進んだ。「空は快晴で、山々の頂がはっきり見えた。これほど荒涼とした世界が他になく、沼以外に景色に変化を与えるものは何もなかったにも拘わらず、私たちは気分が高まり胸が躍っていた。」そして9月5日の朝グレン・ドハート (Glen Dochart) の宿を出た後、スコットランドで2番目に大きいテイ湖 (Loch Tay) 西端の町キリン (Killin) に着いた。そこで朝食を済ませてから暫く周辺を散策した後、湖の南岸沿いに十数マイル東のケンモア (Kenmore) に向かった。従って、そこに着いたとき日がすっかり暮れていた（以上、『スコットランド旅行回想記』第2部）。[21]

さて 9 月 6 日の主たる目的は、ハイランドの民兵と英国の軍隊とが激突して川を血で染めたキリクランキー峠 (Pass of Killiecrankie) と、その北数マイルにあるブレア城 (Blair Castle) を訪ねることであった。何時ものように朝食をとらずに宿を出て、アバフェルディ (Aberfeldy) を通り、さらに 10 マイル東のテイ川とタメル Tummel) 川が合流する場所で昼食を取った。そこからタメル川沿いに北上してピットロッホリー (Pitlochry) を過ぎ、ブレァラソル (Blair-Athol) に泊まる予定であった。しかしキリクランキーの半マイル手前のファスカリー (Faskally) に来たとき辺りがすっかり暗くなり、馬もひどく疲れていたので宿を取ろうとしたが断れたので、仕方なく 5 マイル先のブレァラソルに向った。幸い「月が出て、馬も元気を回復したので」10 時半頃目的の宿に着いたが、肝心のキリクランキーは真っ暗で何も見えず、谷底を流れる音だけが聞こえていた。[22]

　9 月 7 日は、朝食前に宿を出てアソル公爵の城 (Blair Castle) の庭と公園をガイド付きで「3 時間見て回ったので、完全に疲れてしまった。」ドロシーはそのときの様子を詳しく述べているが、その中で特に注目すべきは、「バーンズがこの城を初めて訪れたとき月影の下で、向かいの小さな滝を見ながら座ったヒースの椅子」に座ったときの感動を述べた一節である。ワーズワス兄妹のスコットランド旅行の主要な目的の一つはバーンズの足跡を辿る点にあったことを何よりも物語っている。こうして宿に戻って朝食を取った後、地図を見ながら「私たちが目指したコースの最北端まで来たが、同じ道を引き返すのが嫌だったので」宿の主人に意見を聞いたところ、ランノッホ (Rannoch) へ行くように薦めてくれた。そこで彼らは「ハイランドの素朴な生活を多く見るため」ランノッホ湖の近くまで来たが、これ以上馬車で進むことが困難であったので、タメル湖 (Loch Tummel) の北岸を通ってファスカリーに戻ってきた。そして前夜訪れた同じ宿に頼んでみたが再び断られた。だが幸い、近くの民家に泊めてもらって翌日改めてキリクランキーを徒歩で訪ねることにした。[23]

　9 月 8 日、馬車を宿に預けてキリクランキーの峠に向った。道は思ったほど険しくはなかったが、谷底に下りて河床から上を見ると雄大であった。ワーズワス兄妹はそこに佇んで、114 年前 (1689 年) 数万のハイランド民兵 (Highlanders) とダンディ子爵 (Viscount Dandee) の率いる英国軍とが激突

して数分のうちにこの谷底を死体でうずめたことを想い描いた。ワーズワスは旅から帰って暫くして、その戦いの壮絶さを想い起しながらソネット『キリクランキー峠にて』(*In the Pass of Killicranky*) を書いた。さて、彼らはファスカリーへ引き返した後再び馬車に乗ってアビーで有名なダンケルド (Dunkeld) へ行き、そこの庭師に案内されて公爵の「庭園」(pleasure-ground) の中の「ブラーンの滝」(Falls of Braan) を見物したとき、近くの小さな部屋の壁に掛けられた「オシアンの肖像画」の伝説を聞かされた。ドロシーはこの話を 11 行に渡って詳しく書いているが、後にワーズワスは妹の記述を参考にしながら、"Effusion; In the Pleasure-Ground on the Banks of the Bran, near Dunkeld" と題する 128 行の詩を書いた。[24]

　9 月 9 日の朝、再び庭師に案内されて公爵の館とアビーを見物した後、「今後の旅程について、パース経由でエジンバラへ直行すべきか、迂回して再度トロサックスに立ち寄るべきか」大いに迷ったすえ後者を選択した。従って、その日はクリーフ (Crieff) に泊まり、翌 10 日にカランダー (Callander) で 1 泊した後エジンバラへ向うことに決めた。こうしてダンケルド橋を渡り、ストラスブラーン（Strathbraan, 'strath' は「広い谷」の意味）を約 10 マイル遡った所で進路を南にとり、アーモンド渓谷 (Glen Almond) を通り抜けて日暮れにクリーフに着いた。その渓谷は「まさしく孤独そのものだった。……全てが素朴で平穏だった。……眺めは広大であったが静かな谷と見事に調和し、人里から完全に隔離され独自の性格をしっかり保っていた」そして「そこにオシアンが眠っている」ことを後で知ったと述べた後、兄ウィリアムの詩『アーメイン渓谷』(*Glen Almain*) を引用している。ドロシーの記述がウィリアムの声を如何に強く代弁し、かつ兄と同じ印象を心に宿していたかを示す絶好の証しと言えよう。

　9 月 10 日は、何時ものように早く起きて朝食を取らずに宿を出て、ストラス・アーン (Strath Earn) を経てさらにストラス・アイヤー (Strath Eyer) を南下し、ルーブネイグ湖 (Loch Lubnaig) の東岸を通り過ぎて、夕暮れ近くにハイランド旅行の終着点であるカランダーに着いた。「宿は気持ちよく、お茶を飲んだ後、給仕がカランダーの案内書を見せてくれた。」彼らはそれを読んでなお一層トロサックスへ再度行きたくなっただけでなく、2 週間前にコールリッジと一緒に泊まったあの懐かしいフェリー小屋

を是非とも訪ねてみたくなった。こうして今回のハイランド旅行最後のクライマックスを予期せぬ形で迎えることになる。[25]

(4)

9月11日（日曜）、快晴であったので朝食を済ませると直ちに、「私たちの古い友人のフェリー小屋に泊まるつもりで、トロサックスに向って晴れ晴れした気分で出発した」(We set off with cheerful spirits towards the Trossachs, intending to take up our lodging at the house of our old friend the ferryman.)。途中アクレー湖（197頁参照）まで馬車で行き、そこから徒歩でカトリン湖に向った。馬車は宿の下男に乗って帰ってもらうことにした。そして複雑なトロサックスの坂道を登ってカトリン湖の東岸に辿り着き、2週間前にコールリッジが歩いた同じ道を通ってフェリー小屋に向かった。ドロシーは「同じ（7マイルの）長さの道でこれほど楽しい旅をしたことはかつてなかった」(the pleasantest I have ever travelled in my life for the same length of the way) と述べている。こうして目的のフェリー小屋へ近づいたとき太陽が既に沈んでいた。そのとき身なりの良い二人の女性と出会った。ドロシーはそのときの様子を次のように記している。

> The sun had been set for some time, when, being within a quarter of a mile of the ferryman's hut, our path having led us close to the shore of the calm lake, we met two neatly dressed women, without hats, who had probably been taking their Sunday evening's walk. One of them said to us in a friendly, soft tone of voice, "what! you are stepping westward?" I cannot describe how affecting this simple expression was in that remote place, with the western sky in front, yet glowing with the departed sun.[26]

太陽が沈んで暫く時間が経ったころ、私たちはフェリー小屋から4分の1マイル以内の静かな湖岸の直ぐ側の道を歩いていたとき、帽子を被っていないが小奇麗な服装をした二人の女性に出会った。彼女たちは多分日曜の夕べの散策をしていたのであろう。その女性の一人は私たちに親しそうな優しい声で、「おや、あなた方は西に向って歩いているのね」と語りかけ

た。前方の西の空が日没で赤く染まったあの辺鄙な場所でこのように素朴な言葉を聞いたとき、私は言葉に尽くせぬ感動を覚えた。

ドロシーはこのように述べた後、「ウィリアムは（旅から帰って）大分日が経ってから、兄と私の感情を想い起して次の詩を書いた」(William wrote the following poem long after, in remembrance of his feelings and mine.) と前置きして,『西に向って歩く』(Stepping Westward) と題する 26 行の詩を引用している。このドロシーの言葉の中で特に注目すべきは、「兄と私の感情を想い起して」という表現である。つまり、次の詩は兄と妹二人の同じ共通の感情を歌っていることを強調している。言い換えると、ウィリアムの詩とドロシーの散文は常に同じ心を分け合っていることを暗に強調しているのである。

"*What, you are stepping westward?*"—"*Yea.*"
—'Twould be a *wildish* destiny,
If we, who thus together roam
In a strange Land, and far from home,
Were in this place the guests of Chance:
Yet who would stop, or fear to advance,
Though home or shelter he had none,
With such a sky to lead him on?

The dewy ground was dark and cold;
Behind, all gloomy to behold;
And stepping westward seemed to be
A kind of *heavenly* destiny:
I liked the greeting; 'twas a sound
Of something without place or bound;
And seemed to give me spiritual right
To travel through that region bright.

The voice was soft, and she who spake
Was walking by her native lake:
The salutation had to me
The very sound of courtesy:

Its power was felt; and while my eye
Was fixed upon the glowing Sky,
The echo of the voice enwrought
A human sweetness with the thought
Of travelling through the world that lay
Before me in my endless way. (*Stepping Westward*, 1–26)

「おや、西に向って歩いて行くの？」「そうです」
見知らぬ土地で、故郷から遠く離れて
このように二人一緒に彷徨う私たちは、
この場所で運任せの客であったとすれば、
それはかなり厳しい運命であろう。
しかし彼を導くこのように明るい空があれば、
たとえ家やねぐらが無かったとしても、
誰が足を止め、前進を恐れたりするだろうか。

露に濡れた大地は暗く冷たく、
後ろを見ると全てが薄暗かった。
それ故、西に向うことは言わば
天の定めのように見えた。
私はその挨拶が好きだった。それはまるで
限界のない無限の世界のように響き、
あの明るい世界を旅する精神的権利を
私に授けてくれたように思えた。

話しかけたその声は優しかった。
彼女は故郷の湖の畔を歩いていたのだ。
その挨拶は私にとって
実に丁重な響き声を持ち、
その力が感じられた。そして私の目が
夕焼け空に向けられている間、
あの優しい声は、私の果てしない
道の前方に広がる世界を今まさに
旅しているという思いの中に、
人間的優しさを織り込んでくれた。

この詩を読むとき、忘れてならないのは2週間前ドロシーが、「生涯でこれほど温かい歓迎と火の温もりの幸せを感じたことは一度もなかった」（198頁参照）と繰り返し語ったあのフェリー小屋が「4分の1マイル以内」にあるということである。つまり、「赤く染まった西空」に匹敵するあのフェリー小屋の「人の良い夫婦」に再会できるという喜びが、詩の根底に漲っていることを見落としてはならない。このような事情を知らない夕べの散策から帰る女性が、皆と反対方向に向うワーズワス兄妹を見て驚き、「おや、西に向って行くのですか」と聞いたのだった。何故なら、多くの民家や宿は東のトロサックス方面にあっても、西にはフェリー小屋とマクファーランの家しかない侘しい奥地である。つまり旅人の向うべき方向ではないのだ。だが一方、「明るい希望の西空」にも喩えるべきフェリー小屋を目前にして胸躍るワーズワスにとって、その婦人の優しい声は彼の詩人としての「果てしない旅路」にひと時の安らぎと希望を与えてくれたように思えたのだった。と同時に彼女の驚きの声に何とも言えない優しさがこもっていたのだった。なお、「西に向って」は「天国に向って」の意味が含まれている。教会の入り口は全て西向きであるのを見ても分かるであろう。また *OED* の "westward" の例文として、"We were told by a priest . . . that all the virtues were flying westward."「すべての美徳は西に向って飛んで行く、と牧師から教えられた」を挙げている。ワーズワス兄妹が出会った女性の挨拶はそのように聞こえたのかもしれない。彼らの前方に「我が家」にも似た安らぎの小屋が見えていたからなおさらであった。事実、ドロシーは兄の詩に呼応するように、その戸口に近づいたときの喜びを次のように述べている。

> 私たちはフェリー小屋の戸口へ、まるで我が家に帰るのと同じように、そしてグラスミアの私たちの家に近づくときに感じるのと殆ど同じように、温かく迎えられるという確信を持って近づいて行った。私たちは美しい湖畔を歩いている間（それはほんの2~3時間だったけれど）、この静かな湖畔の数軒の中に私たちの帰る家が1軒あると思うと実に楽しかった。

こうして彼らはフェリー小屋に着くと、「善良な夫人は湖岸での説教から帰ったばかりで、休日の晴れ着を着て戸口に立っていた。そして「私た

を見ると心から喜んでいるようだった。彼女は私たちを小屋の中に招き入れ、私たちの空腹を大急ぎで満たしてくれた。それから私たちは暖炉の側で軽い食事を頂いた。私たちは前回のようにはしゃいではいなかったが、それに劣らず幸せだった。そしてコールリッジがこの同じ場所にいないことを心から残念に思った。私は前と同じベッドで眠り、小川の低い囁きを聞きながら眠った」という言葉で、この日の回想を終えている。[27]

　９月12日、目を覚まして「枕元の開いた窓から外を眺めると太陽が山の上で輝いていたので」喜んで飛び起きた。フェリー小屋の主人は終日私たちのガイドをしてくれることになったので早々に朝食を済ませて、舟で湖を横切って対岸に着いた。そこは２週間前（８月26日）コールリッジと一緒に来たその同じ場所だったので、懐かしく想い出しながらローモンド湖東岸のインヴァースネイドの渡し場に着いた。あの時に出会ったあの美しい少女（199頁参照）がこの日はいなかったが、「お人よしの夫人は私たちを温かく迎えてミルクを差し出し」コールリッジの話をしてくれた。彼はワーズワス兄妹と別れたその翌々日（８月31日）その渡し場に置き忘れた時計を受け取りに来たとのことだった。

　さて、ワーズワスら３人は昼前にローモンド湖を渡った後９マイル北の湖の先端まで行き、そこでグレン・ファロッホ Glen Falloch）の深い谷を横切ってグレンガイルの丘を越えてカトリン湖に戻ってくる計画を立てていた。ところでローモンド湖をフェリーで渡るとき、貧しい若い夫婦と３歳ぐらいの女の子が一緒だった。その子供は水が怖くて泣き続けていた。そして「私たちが対岸に渡った後、彼らはそのまま舟で南へ向かうのを見て、あの不幸な女性と私たち兄妹との境遇の違いをつくづく考えさせられた。彼女の連れ合いが当地で職を失い、別の遠いところへ職探しに出かけるところだった。彼女はこれから子供と重い荷物を背負って一歩一歩苦しい道を歩くことになるだろう。それに引き換え、私は彼女と同じ歩くにしても、それは喜び (pleasure) であり、たとえ苦しくともそれは喜びでしかない」と述べている。[28] もしこの記述にストーリーが加わっておれば、ワーズワスの詩作に絶好の題材を提供していたであろう。言い換えると、『アリス・フェル』より遥かに中身のある詩が生まれていたかも知れない。旅するワーズワス兄妹の思いは何時も互いに共有し合っていたからだ。

彼らはグレン・ファロッホへ向う途中、バウダー・ストーン (Bowder Stone, ボローデイルの入り口にある巨大な石) より数倍大きい岩を見つけた。案内役の船頭 (ferryman) によると、その岩の上で牧師が三月に 1 回説教をすることになっていると教えてくれた。湖に落ち込む絶壁と険しい山に囲まれた「最も聖なる高貴な教会」(the noble Sanctum Sanctorum) である、とドロシーは説明を付け加えている。これはワーズワスの言葉でもあったことは言うまでもない。彼らの歩く道は長く厳しかったが、「歩くことは楽しかった。岩と森と山の連なるすぐ側を通っているのだから、楽しくないはずがなかった。」こうして彼らはグレン・ファロッホの谷川を横切り（そのとき船頭はドロシーを両腕で抱えてくれた）、対岸の険しい山を登ってグレンガイルへ向った。山を越えると所々にかつて人が住んでいた痕跡があったが、「ヘザーやイグサや水を含んだ苔」で被い尽くされていた。つまり、今はマクファーランの屋敷が 1 軒残っているだけだが、かつては数多くの人が住んでいたらしい。そして船頭の話によると、彼らが歩いてきたコースを通って漁民がアロハーから魚を売りにやってきたほどであった。

こうして彼らはマクファーランの土地（グレンガイルの谷全体が彼の土地だった）を通り抜けてカトリン湖の北端に戻ってきた。途中マクファーランの家の前を通ったので立ち寄ってみたが、女中一人が留守番をしており、下男下女を含めて家族全員が野良仕事に出かけているとのことだった。一方、船頭はこの日の朝対岸に置き去りにしておいた舟を取りに出かけた。その間ワーズワス兄妹は周辺をゆっくり見て回ることにした。水際の近くに土の盛り上がった可愛い墓地があった。ロブ・ロイの墓がそこにあると船頭から教えられていたので、近づいてよく見たが墓碑銘はみな風化して文字が読めなかった。[29]

しかしワーズワスはそれから 1 年 9 ヶ月後、ドロシーがマクファーラン夫人から聞いたロブ・ロイの伝説を書き留めたあの一節（195 頁参照）を思い出し、それを参考にして『ロブ・ロイの墓』(*Rob Roy's Grave*) と題する 120 行の詩を書き上げた。次に引用する冒頭の 12 行に、ドロシーの記述が殆どそのまま採用されている。

A Famous Man is Robin Hood,
The English ballad-singer's joy!
And Scotland has a thief as good,
An outlaw of as daring mood;
She has her brave Rob Roy!
Then clear the weeds from off his Grave,
And let us chant a passing stave,
In honour of that Hero brave!

Heaven gave Rob Roy a dauntless heart
And wondrous length and strength of arm:
Nor craved he more to quell his foes,
Or keep his friends from harm. (*Rob Roy's Grave*, 1–12

ロビン・フッドは有名な男で、
イギリスのバラッド歌人の喜びである。
スコットランドにも同様に立派な盗賊、
同様に大胆な無法者がいる。
ロブ・ロイという勇敢な男がいる。
ついでに私たちは、あの勇敢な英雄の
名誉のために一節歌おうではないか。

天はロブ・ロイに勇敢な心と、
驚くほど長く強い腕を授けた。
彼は敵を黙らせ、友達を危害から
守ることを誰よりも強く願っていた。

ワーズワスはこのように述べた後、ロブ・ロイの人生観または人生訓を独白の形式で長々と説明した後、最後に彼の生き方に対する深い共感と敬愛の念を示している。

For Thou, although with some wild thoughts,
Wild Chieftain of a savage Clan!
Hadst this to boast of; thou didst love
　　　The *liberty* of man.
And, had it been thy lot to live
With us who now behold the light,

Thou would'st have nobly stirred thyself,
　　And battled for the Right.

For thou wert still the poor man's stay,
The poor man's heart, the poor man's hand;
And all the oppressed, who wanted strength,
　　Had thine at their command. (*Rob Roy's Grave*, 101–12)

未開民族の野生的な族長よ、
汝は多少乱暴な思想を持っていたけれど、
汝は人間の自由を愛するという
この誇るべき美徳を持っていた。

そして自由の光を今現に見ている私たちと
もし同じ時代に汝は生きていたならば、
汝は気高くも自らを奮い立たせ、
人間の権利を求めて戦ったことだろう。

汝は貧しい人の支えとなり、
貧しい人の心となり、手となってきた。
そして力のない抑圧される全ての
人々のために汝の全てを投げ打ってきた。

　このように述べた後、ロブ・ロイはグレンガイルだけに留まらず、「ヴォイルの丘やローモンド湖の山麓」(upon Loch Voil's heights and by Loch Lomond's braes) など「遠くにも近くにも」(far and near) 知れ渡っていたことを強調してこの詩を結んでいる。なお、ロブ・ロイの墓は現在グレンガイルから東北東10マイルのバルクイダー（Balquhider, ヴォイル湖東端の村）にある（地図⑤参照）。
　さて、ドロシーはこの詩を引用した後、直前の場面に戻って船頭が舟に乗って戻ってきたところから話を始める。時は既に夕暮れで、一日歩き続けてきたために疲れきって「これ以上歩けなかった」ので、やっと舟に腰を下ろしたとき「とても有難い」と思った。以下ドロシーの湖上での情景描写は『スコットランド旅行回想記』の中でもとりわけ白眉の一節と称して決して過言ではあるまい。次にその一部を紹介しよう（特に原文を併記する）。

The stars were beginning to appear, but the brightness of the west was not yet gone;—the lake perfectly still, and when we first went into the boat we rowed almost close to the shore under steep crags hung with birches: . . . We hardly spoke to each other as we moved along receding from the west, which diffused a solemn animation over the lake. The sky was cloudless: and everything seemed at rest except our solitary boat, and the mountain-streams,—seldom heard, and but faintly. I think I have rarely experienced a more elevated pleasure than during our short voyage of this night.[30]

　星が見え始めたが、西空に明るさがまだ残っていた。湖は静まり返っていた。そして私たちは最初舟に乗り込んだとき、ブナの木々が垂れ下がった険しい岩の下の岸の間近を漕いで行った。……私たちは湖面を厳粛な（月の）光で満たしている西岸から遠ざかって行くとき、互いに殆ど何も話さなかった。空は雲ひとつなく、私たちが乗った一艘の舟と山を流れ下る小川以外の、あらゆるものは休息しているように見えた。だがその小川の音も滅多に聞こえず、たまに聞こえてもほんの微かであった。私はこの夜の短い舟旅ほど心の高まる喜びを経験したことは殆どなかったように思う。

　ところでドロシーはこの回想記を書き始めた動機は、家族や親類・友人に見せるためであり、出版する意図など毛頭なかった。言い換えると、我々が旅の記録として写真を家族や友人に見せるのと全く同じ気持ちで、この回想記を書いたのである。その上、2年近い歳月を経てから書いたことを念頭においてこの文章を読むとき、彼女の卓越した文才と記憶力を否定する読者は恐らく一人もいないであろう。

　こうしてワーズワス兄妹は短い夜の舟旅を終えてフェリー小屋に戻ったとき、「善良な夫人は長い間戸口に立って私たちを待っていた。そして私たちの食事の準備を全て終えていた。そして私たちは軽い食事を終えると直ぐに床についた。ウィリアムはきっと良く眠ったと思う。もちろん私もぐっすり眠った。それは私が子供のころ夏の長い一日を遊んで過ごした後の眠りと同じであった」という言葉でこの日の回想を終えている。[31]

　9月13日、この日も快晴だった。ドロシーは夫人が朝食の準備をしているあいだ近くの農場へ散歩に出かけた。そして帰ってみると、暖炉の側に身体の一部が麻痺した老婆が座っていた。彼女はワーズワス兄妹と同じように「若い頃は随分遠くまで旅をしたものだ」と切り出した後、次のよう

な身の上話を始めた。彼女は当地の生まれで、駐屯地に勤める若い兵士と結婚して沢山子供を産んだが、彼らはみな死ぬか、或いは外国へ行ってしまった。こうして彼女は郷里に戻ってきて既に数年経つが、近所の人々からとても親切にしてもらい、予想していたより楽に暮らしている。とりわけこのフェリー小屋の夫婦に親切にしてもらい、彼らの仕事の手伝いをさせてもらうかたわら、薪やその他必要なもの一切を頂いている、とのことだった。ドロシーはこの話を聞いた後の心境を次のように付け加えている。

> While this infirm old woman was relating her story in a tremulous voice, I could not but think of the changes of things, and the days of her youth, when the shrill fife, sounding from the walls of Garrison, made a merry noise through the echoing hills. I asked myself, if she were to be carried again to the deserted spot after her course of life, no doubt a troublesome one, would the silence appear to her the silence of desolation or of peace?[32]

> この病んだ老婆は震える声で自分の歴史を話している間、私は万物の変化について考え、そして駐屯地の塀から聞こえてくる鼓笛隊の鋭い笛の音が山々に反響して楽しい音を立てたあの頃の、彼女の若い姿を想い描かざるを得なかった。彼女が波乱に満ちた人生の旅路を終えた後あの侘しい場所(墓地)に戻されたとすれば、その静寂は彼女にとって、荒廃と平和の何れの静寂に見えるであろうか、と自問した。

この老婆の話とドロシーの自問を注意して読むと、『決断と独立』後半のあの「蛭を集める老人」の話とワーズワスの自問の場面を連想せざるをえない。ワーズワスもドロシーのこの一節を読んだとき、恐らく同じ感想を抱いたに違いない。もちろん彼女もそれを意識しながら書いていたのであろう。要するに、ドロシーの言葉は兄ウィリアムの考えを殆ど常に代弁しており、その観点からも彼女の『回想記』はウィリアムとの合作と解釈して間違いでなかろう。

さて、ワーズワス兄妹はこの老婆の話を聞いているうちに朝食の準備ができ、それを終えると遂に出発の時間が訪れた。彼らは夫人に見送られ、その夫に案内されてカトリン湖の北側の山を越え、ヴォイル湖の側を通ってカランダーまで歩いて帰る計画を立てた。彼と途中で別れたが、彼は実

はマクグレガー一族の子孫で、一族の墓はヴォイル湖の先端 (head) にあり、彼もその近くで生まれたことを誇りにしていた。そして別れ際に次に来るときは是非奥さんと子供も一緒に、と言って強く握手した。その後ワーズワス兄妹は幾つも険しい山を越えてやっとヴォイル湖の西の先端に下りてきた。そこはちょうど収穫期の最中であり、静かな畑に若い女性の笑い声が聞こえた。ワーズワスはそれに触発され、旅から帰った後ウィルキンソンの詩 (*Tour in Scotland*) からヒントを得て『独り麦刈る乙女』(*The Solitary Reaper*) と題する詩を書いた。彼らはヴォイル湖を過ぎた後、そこから3日前（9月10日）に通ったストラース・アイヤーを再び南下してルーブネイグ湖の東岸（約8キロ）を通った（204頁参照）。しかし途中で完全に疲れ果て、辺りも暗くなったので、なお数マイル先のカランダーへ行くのを諦め、偶々見つかった近くの宿で一夜を過ごした。[33] そして翌朝早くその宿を出て、8時過ぎにカランダーに着いた。そこで朝食を取った後、預けていた馬車に乗ってスターリング (Stirling) に向かった。昼過ぎに着いたが宿が全て満員だったので、とりあえず城を見物して、10マイル先のフォールカーク (Falkirk) に泊まることにした。しかしそこも宿が満員だったので、近くの個人の家に頼んで泊めてもらった。こうして9月15日の日没にエジンバラに着いた。

　お茶を飲んでから早速、城の見物に出かけた。だが翌日は終日雨の中を馬車で街を一通り見て回った後、夕方の6時にそこを出て5マイル南のロズリン (Roslin) に向かった。目的はウォルター・スコットと会うためであった。彼はエジンバラの城の近くに立派な邸宅を持っていたが、その頃ラスウェイド（Lasswade、ロズリンの北東2マイル）に住まいを移していたからである。当時スコットはセルカークの州長官 (the sheriff of Selkirk) の任に就いていたので、20日にジェドバラ (Jedburgh) で開かれる巡回裁判の準備で多忙を極めていた。そのような訳でワーズワス兄妹はそこに数時間滞在しただけで彼と別れて、2日後メルローズ (Melrose) で再会することになった。その日ワーズワス兄妹は「すっかり暗くなった頃ツイード川沿いの美しい町ピーブルズ (Peebles) に着いた。」そして翌18日の朝、近くのニードパス城 (Neidpath Castle) を見た後、ツイード川沿いの美しい景色を満喫しながらクロヴンフォード (Clovenford) に着いた。そこで

彼らは憧れのヤーロー川が近いことを知ったが、「将来の楽しみに取っておこうという結論に達した」。『ヤーロー未訪』(Yarrow Unvisited) はそのときの気分を歌った詩である。

　9月19日は朝早く起きて、6マイル先のメルローズへ赴いた。そこで昼食を取った後、アビーへ行くつもりで街を歩いているとスコットとばったり出会った。彼は「メルローズの歴史とそれに纏わる民間伝承の全てに精通しており、さらに建物の美しい彫刻について」隅々まで詳しく説明してくれた。その翌朝スコットは前述のジェドバラで開かれる巡回裁判に出るため一足先に出発した。一方、ワーズワス兄妹も朝早く宿を出てドライバラで朝食を取った後ケルソー (Kelso) へ行く予定であったが、雨がひどくなったので断念してそのままジェドバラに向かった。ティーヴィオト (Teviot) 川を渡ってそこに着いたのは、初日の裁判が終わる半時間前だった。スコットの泊まっている宿は満室であったが、スコットの名を告げると「非常に丁寧に」もてなされ、近くの個人の家に案内された。その家の女主人は「70歳を越えているのに17歳ほどの身軽さで」愛想よくワーズワス兄妹を迎えてくれた。彼らはこの家に2泊することになったが、この親切な女主人の印象が際立って想い出に残ったので、それを『ジェドバラの女主人とその夫』(The Matron of Jedburgh and Her Husband) と題する83行の詩に書き残した。[34]

　9月20日に始まった巡回裁判は3日間続いた。その最後の日にワーズワス兄妹は裁判の様子を見るために立ち寄った。一方、スコットは「任務から解放されたことを大変に喜び、（自分の馬車に乗らずに）私たちの馬車に乗ってホイック (Hawick) まで同行した。」そして23日は朝食前にスコットに案内されて周辺の散策を楽しんだ。そして朝食の後彼と別れ、ティーヴィオト川に沿ってロングホーム (Longholm) に向う途中、ブランクスホームを通ったときバックルー公爵 (the Duke of Buccleuch) の館を「特別な興味を持って」眺めた。3日前スコットから『最後の吟遊詩人』(The Lay of the Last Minstrel) の朗読を聴き、その館がこの詩の舞台であることを教えられていたからである。こうして23日の午後5時頃ロングホームに着き、24日にロングタウンを経てイングランド北端の町カーライルに着いた。そこで彼らはあの稀代の色男で結婚詐欺師のハットフィールドが

「処刑された橋の近くの砂場」を見に行った。彼らがコールリッジと一緒にスコットランド旅行に出発したその翌日（8月16日）ここに立ち寄ったとき、彼の裁判が開かれて死刑の判決が下った。[35] それ以来6週間が過ぎたのに、カーライルの町は依然として彼の話で持ちきりだった。彼らはその日数マイル先の小さな村の宿に泊まり、25日の夜8時半頃グラスミアの我が家についた。

　最後に、今回の6週間の旅は出発前にスコットと会う約束以外は確かな計画を立てていたわけではなかった。馬車を利用しているのを見ても分かるように、その時の事情によって目的を自由に変えられるようにしていた。だがドロシーの旅行記から推測するに、バーンズとオシアンの世界の他に、歴史的に有名な二つの悲劇の舞台、即ちグレン・コーとキリクランキーはぜひ一度見ておきたいと考えていたに違いない。しかし今回の旅のハイライトとなったカトリン湖のフェリー小屋での宿泊は、全く予想もしない幸運な出来事であった。そのときの体験をドロシーは「生涯忘れ得ぬ喜び」であったことを繰り返し強調している。兄ウィリアムにとっても同様であり、その想い出 (memories) が『西に向って歩く』『ロブ・ロイの墓』そして『独り麦刈る乙女』の創造に繋がった。その際、ドロシーの旅行記の詳しい生の記録は貴重な資料になったことは言うまでもない。さらに見落としてならない重要な点として、今回のスコットランド旅行は一般の観光客と同様に馬車で、そのルートも彼らとさほど変わらなかったが、カトリン湖北端（グレンガイル）の旅は一般の旅行ガイドに載っていないだけでなく、ワーズワスの紀行文学の基本条件とも言うべき「徒歩旅行」(pedestrian tour) であったことに最大の意味がある。徒歩の旅であったからこそフェリー小屋での「生涯忘れえぬ」体験ができたからである。そしてこの2度の貴重な経験がワーズワスの詩を含んだ真に紀行文学の名に値する旅行記を残すことになった。最後に、この旅行記はドロシー一人のものではなく、それは常に兄ウィリアムの声を代弁していることを忘れてはならない。その観点からも『スコットランド旅行回想記』はワーズワス兄妹の合作と評して過言ではなかろう。

第8章

『イチイの木』と『サクラソウの群』
——『湖水地方案内』（1810年）執筆に至る過程

(1)

　ワーズワスは6週間のスコットランド旅行の間に、最も強く心を動かされた瞬間は祖国愛に燃えたハイランドの民兵がイギリス軍と勇敢に戦って散った古戦場を目の当たりにしたときだった。彼はその感動を胸の奥深くに宿したままグラスミアに帰ったとき、村の空気が出発前と大きく変化していることに気づいた。前年の3月にフランスと平和条約が締結され、国交が回復したのを機にワーズワス兄妹はフランスへ赴いたことは前章で述べたとおりであるが、本年 (1803) の5月18日にそれが破棄されて再び緊張が高まり、以前に増して防衛力を高める必要に迫られた。そして7月に入ると政府は教区毎に志願兵を募るように指令を出した。郷土愛の強いグラスミアの村人は他のどの地区よりも積極的にそれに参加した。特にナポレオンを憎悪するワーズワスはそれを座視するわけにはゆかず、妹や妻の反対を尻目に自ら率先して志願兵に加わり、週に2～3回アンブルサイドへ出かけて軍隊の訓練を受けた。詩作の面においても、祖国愛に燃えるハイランダーの勇敢な戦いを主要なテーマにしたソネットを中心に多くの詩を書いた。前章で述べた『キリクランキー峠にて』や『アーメイン峠』、そして『ロブ・ロイの墓』などはその代表例であろう。

　一方、コールリッジはスコットランド旅行の途中8月29日にアロハーでワーズワス兄妹と別れた後、計画を変更して一人でハイランドの奥地に向って歩き始めた。そしてグレン・コーからフォートウィリアムを経てインヴァネスに着き、そこから進路を南にとってパースまで歩き続けた。彼自身の計算によると「8日間で263マイル」を歩ききった。そこから駅伝馬車でエジンバラを経由して9月15日にケジックに着いた。ワーズワス

兄妹より10日早く帰ったことになる。しかし肝心の病気（阿片中毒が原因の様々な症状）は直るどころか益々悪化の道を辿った。旅の途中にも何度となく恐ろしい禁断症状に悩まされた。『眠りの苦しみ』(The Pains of Sleep) はその恐怖を具体的に語った詩である。[1] こうして彼は遂にこの破滅的な持病を治すためには暖かい国に住むしか他に方法がないと決断した。

　それを知ったワーズワスは、6年前（1798年3月初め）に彼と固く約束した「真に人類社会の改善に役立つ『自然と人と社会』を主題にした叙事詩」即ち『隠士』(The Recluse) 完成の必要を改めて痛感した。そこで彼は前年の3月に一先ず完成した『行商人』(166頁参照) を再び取り出し、これを基本にして筆を進めようと試みたが、コールリッジの哲学的知識を借りなければ実現不可能であることを悟った。そこで彼はそれに代わる大作として自伝詩（『序曲』の原型）を書いてコールリッジに形見として贈ることを決意し、彼が英国を離れる翌1804年の4月までに全5巻を書き上げた。[2] そして彼が英国を離れた後もその続篇を書き続け、その年の暮には第10巻を書き上げていた。こうして1805年を迎えて1ヶ月後の2月5日に弟ジョンが船長をしていたアヴァガヴェニー伯号がポートランド岬の沖合で嵐の中暗礁に乗り上げて非業の死を遂げた、という訃報が2月11日にグラスミアに届いた。[3] ワーズワスにとってその衝撃は余りにも大きく、それから2ヶ月余り筆を執る気力が全く湧いてこなかった。しかし4月に入ってようやく気持ちを切り替えて最後の仕上げに打ち込んだ結果、5月下旬に『序曲』全13巻が遂に完成した。しかし彼はそれをやり遂げたという満足感に浸ることが出来なかった。その理由について6月3日のボーモント卿宛の手紙で、次のように説明している。

> This work may be considered as a sort of portico to *The Recluse*, part of the same building, which I hope to be able erelong to begin with, in earnest; and if I am permitted to bring it to a conclusion, and to write, further, a narrative Poem of the Epic kind, I shall consider the *task* of my life as over.[4]

> この作品は『隠士』の玄関のようなもの、つまり私が近く本腰を入れて書き始めようと思っている同じ建造物の一部と見なしていただきたい。そしてこれを首尾よく完成させて、さらにその上、叙事詩風の物語詩を書くこ

とができたならば、そのとき私の一生の大仕事は完了したと見なすでしょう。

要するに、『序曲』は叙事詩三部作の「玄関」、即ちその第1部に過ぎないので、さらに第2部の「物語詩」(後の The Excursion『逍遥篇』) と本体の『隠士』を書いて初めてコールリッジと約束した念願の大作が完成したと言える、と説明しているのである。これは1年前コールリッジが英国を出発する直前の2～3月に、友人のラングムやドゥ・クィンシーに手紙で語った言葉の繰り返しでもあるが、[5] ここでボーモント卿のような身分違いの人物に改めて『隠士』完成の決意表明までするようになった背景について、簡単に説明しておく必要があろう。

ボーモント卿 (Sir George Howland Beaumont, Baronet, 1753–1827) は1824年ロンドンにナショナル・ギャラリーが開設したとき、クロードロラン、プッサン、ルーベンス等の油絵16点の他、多数の水彩画や単彩画を寄贈したことで広く知られている。また彼自身も画家として多くの著名な画家や文人と親交を持ち、時には彼らのパトロンとなって資金的援助を惜しまなかった。さて、ワーズワスと彼との親交のきっかけは、1803年の夏ボーモント夫妻が湖水地方観光のためケジックのグリータ・ホールに滞在する間に、コールリッジから紹介されたことに始まる。改めて説明するまでもなく、コールリッジは1800年の夏からこのグリータ・ホールに住んでいたが、実はその一部を借りているだけで残りは空室のままであったので、ボーモント夫妻は運よくそこに数週間滞在することになった。こうして彼らの親交が始まり、当然のことながらその過程の中でワーズワスに話が及んだ。彼の詩の愛読者であるボーモント夫妻はすっかり有頂天になり、是非紹介してほしいとコールリッジにせがんだ。7月23日にワーズワスに宛てた手紙の冒頭でコールリッジは次のように述べている。

> Sir George & Lady Beaumont who are half-mad to see you—(Lady Beaumont told me, that the night before last as she was reading your Poem on Cape Rash Judgement, had you entered the room, she believes she should have fallen at your feet) Sir George & his wife both say, that the Picture gives them an idea of you as a profound strong-minded Philosopher,

not as a Poet— ...⁶

　ボーモント卿夫妻は気が狂うほど君に会いたがっている。夫人は一昨日の夜君の「性急な判断の岬」を読んでいる最中にもし君が彼女の部屋に入って行ったとしたら、君の足下にひれ伏していただろう、と言っていた。また夫妻は二人とも君の肖像画を見て、君が詩人ではなく深遠な思想の哲学者という感じを抱かせる、と言っていた。

　これに若干の注釈を付け加えると、『性急な判断の岬』(正しいタイトルは "Point Rash-Judgement") は、ワーズワスが 1800 年に書いた「場所の命名に関する詩」(詳しくは第 5 章の第 4 節参照) の 4 番目の作品であり、「君の肖像画」はハズリット (William Hazlitt, 1778–1830) が 1803 年の夏に描いたばかりのワーズワスの肖像画を指している。この短い手紙の文面から、ボーモント卿夫妻は以前からワーズワスに対して如何に強い関心を持っていたかが十分読み取れるであろう。ボーモント卿はそれから暫くしてグリータ・ホールに近いスキドー山麓のアプルスウェイト (Applethwaite) に、「コールリッジとより頻繁に付き合いができるように」という優しい心遣いから、土地を購入してワーズワスに提供した。⁷ ワーズワスは結局これを辞退したが、彼らの友情はこのようにして急速に深まっていった。そしてコールリッジが 1804 年の 4 月に英国を離れて以来、ボーモント卿夫妻はワーズワス兄妹にとって最大の友人となり、相談相手となった。1805 年以降のワーズワス兄妹が書き残した手紙の半分近くはボーモント卿夫妻宛であるのを見ても、彼らの親密振りが十分理解できるであろう。中でもドロシーの手紙の大半はボーモント卿夫人宛になっている。

　このような深い関係の中にあってワーズワス兄妹の手紙の内容も自ずとボーモント卿夫妻の趣味や考えに同調または共鳴するようになった。ボーモント卿の趣味は詩を含む広い意味での芸術、とりわけ風景画と造園芸術であった。しかもその趣味は、絵画 (painting) と詩 (poetry) は共通の原理、即ち「自然こそすべて」(Let Nature be all in all) という原理に基づいてこそ真に価値ある作品が生まれる、という信念に裏打ちされていた。その意味においてワーズワスの信条と基本的に一致していたと言えよう。こうしてワーズワスは彼の影響を受けて、それまでさほど強い関心を示さな

かった絵画はもちろん、自然美を写した造形の代表とも言うべき庭園により深い関心が向けられるようになった。そしてこれが自然美の追求と同時に自然環境の保護（即ち、エコロジー）により強い関心が向けられ、彼の代表作の一つである『湖水地方案内』の執筆に発展してゆく。以下、それに向う過程をワーズワス兄妹の手紙と詩を基本資料として探ってみたい。

(2)

　元来ワーズワスは筆不精で、旅に出てもノートをとるようなことはなかった。1799 年の秋コールリッジと一緒に湖水地方一周の旅をしている間にも（第 4 章、118〜21 頁参照）、コールリッジが毎日丹念にノートを付けたのに対してワーズワスはメモ一つ残さなかった。一方、妹のドロシーは『グラスミア日記』に見られるように、自分が体験した日々の出来事を丁寧に記録した。そしてこれがワーズワスの詩作に不可欠な資料となった。ドロシーは兄の筆不精を知り尽くしていたので、それを補う意味も込めて事実に忠実に記述することに喜びを感じていた。それは日記だけでなく、手紙に関しても同様であった。彼女はこれまでもしばしば兄に代わって手紙を書いてきた。しかしそこに何の不都合も生じなかった。何故なら、彼女は常に兄の思いを共有していたので、彼女の筆は即ち兄の声そのものであったからだ。この傾向はボーモント卿夫妻宛の手紙に特徴的に表れている。

　ワーズワスがコールリッジの紹介でボーモント夫妻と知り合った翌 1804 年の間にワーズワス兄妹が彼らに宛てた手紙は全部で 10 通残っているが、その中の 8 通はドロシーが書いたものである。ドロシー自身がまだ一度も会っていないボーモント夫人宛に兄の 4 倍も書いているのだ。しかも一回の手紙はいつも数頁に及んでいる。その手紙の内容は身辺の日々の出来事や家族のことであるが、中でも注目すべきは兄ウィリアムの言動や詩作に関する率直な言葉である。その最も興味深い言葉は、5 月 25 日に書いた次の一節であろう。

　　I cannot express how much pleasure it has given us that my Brother's

Poems have afforded so much delight to you and Sir George. I trust in God that he may live yet to perform greater and better things for the benefit of those who shall come after us, and for the pure and good of these times. You will rejoice to hear, that he has gone on regularly, I may say rapidly, with the poem of which Coleridge shewed you a part, . . . at present he is walking, and has been out of doors these two hours though it has rained heavily all the morning. In wet weather he takes out an umbrella, chuses the most sheltered spot, and there walks backwards and forwards, . . . He generally composes his verses out of doors, and while he is so engaged he seldom knows how the time slips away, or hardly whether it is rain or fair.[8]

　貴女とジョージ卿が私の兄の詩を愛読してくださったことは、私たちにとって無上の喜びでございます。兄が後世の人々の利益になるため、またその時代の善良な人々のために、より一層大きい立派な作品を完成するため生きるように、私は神様にお祈りしているのです。コールリッジが貴女に一部をお見せしたその詩は、兄が規則正しくと言うよりも大急ぎで書き上げたことをお知らせしておきます。……兄は今散歩をしています。午前中雨がひどく降っていたにも拘わらず、出かけて既に２時間になります。彼は雨の日には傘を持って出かけ、一番雨のかからない場所を選んで行ったり来たりしているのです。……彼は通常家の外で詩を作り、そして詩作の間は時間が経つのを知らず、降っているのか晴れているのかも分からないほどです。

　上記の前半の意味を十分理解するために必要な解説を付け加えると、先ず「コールリッジが貴方に一部をお見せしたその詩」は『序曲』の最初の５巻を指している。彼が英国を離れるのに先立って、ワーズワスは彼に贈る形見としてこの自伝詩５巻を大急ぎで書き上げたのである。コールリッジが船の出港を待つためロンドンに滞在中、ボーモント卿邸 (Grosvenor Square, London) に泊まっている間にこの詩を彼らに見せたのであろう。次に「より一層大きい立派な詩」は、『隠士』本体を意味している。前節でも説明したように、ワーズワスはコールリッジと約束したこの大作を完成して初めて詩人使命を果たしたと言える、と家族や親しい人に決意表明をしてきた。兄の決意を誰よりも深く理解しているドロシーは、兄の声を代弁して「より一層大きい立派な作品を書くために生きる」と述べたのである。こ

れより1年後に『序曲』全13巻を完成したときワーズワスがボーモント卿に書いた手紙の一節（219頁参照）を、上記のそれと比較してみると、彼女が如何に兄と同じ思いを共有していたかをなお一層理解できると思う。

このようにワーズワスはボーモント卿夫妻と親しくなってから、自分の詩的使命は抒情詩のような短い詩ではなく、真に人々のために役立つ長篇叙事詩『隠士』を完成することであり、従って現在書いている自伝詩はその第一歩に過ぎないことを繰り返し強調してきた。そしてこれがボーモント卿の恩義に対する最良の報いであると絶えず心に誓っていた。一方これとは別に、ボーモント卿の強い影響を受けて風景画の原点とも言うべき美しい自然の風景 (landscape) に対して、以前に増してより一層強い関心を示すようになった。そしてこれが手紙の中でもしばしば話題の対象になった。7月20日にボーモント卿に宛てた次の手紙の一節はその一端に過ぎないが、極めて興味深いものがある。

> That Loughrigg Tarn beautiful Pool of Water as it is, is a perpetual mortification to me when I think that you and Lady Beaumont were so near having a summernest there. This is often talked over among us, and we always end the subject with a heigh ho! of regret.[9]
>
> あのラフリッグ・ターンは美しい小湖ですが、貴殿と奥様がそこに別荘を建てる一歩手前まできていたか思うと、残念でたまりません。私たち家族の間で何度もこの話をしてきましたが、いつも残念を意味する「ヘイ、ホー」という言葉でこの話題を終えています。

ラフリッグ・ターンはグラスミアから南に歩いて1時間半ぐらいの、ラフリッグ・フェルの真下にある直径200メートル余りの小さな丸い湖である。そこから西に向かってグレイト・ラングデイルの美しい谷が延びており、その奥に湖水地方を代表する雄大なラングデイル・パイクスは聳えている。[10]『隠士』三部作の一つである『逍遥篇』はこの谷間を舞台にしている（地図②参照）。ボーモント卿はこの湖水地方屈指の絶景の場所に別荘を建てるため土地を買う交渉を数年前から続けてきたが、まだ実現に至っていなかった。ワーズワスはこれを非常に楽しみにしていたので、心から残念がっているのである。

第 8 章 『イチイの木』と『サクラソウの群』　225

　それから 1 年 3 ヶ月後の 1805 年 10 月 27 日に、ドロシーはボーモント卿夫人に出した手紙の中で上記の話題のまさしく延長と言ってしかるべき内容の記述をしている。

> About three weeks ago, in one of our rides we went round Loughrigg Tarn, and were upon the very ground which Sir George was in treaty about some years since, where we paused long and often with hearts full of regret that you had not a dwelling there. I think indeed that there is no spot in all this country where grandeur and loveliness are so happily united. I allude to the view upwards from the foot of the Tarn. Wherever seen the deep valley with its small Lake appears like the Nest of Quiet itself, and every bank, and every bushy slope, and every cottage is beautiful; but looking upwards over the green boundary of this simple scene to Langdale Pikes the prospect is most grand and majestic. The Pikes far off, and yet so commanding, and the long distance between, to be filled up by the imagination— . . . [11]

> 3 週間ほど前に私たちは馬で遠出をする途中ラフリッグ・ターンへ回り道をして、ジョージ卿が数年前から購入の商談をしているその土地に足を止めました。私たちは長い間そこに立ち止まり、貴女方がそこに住まいを持っていないことを心から何度も残念に思いました。湖水地方全体の中で荘厳と美しさがこれほど見事に融合した場所は他に絶対無い、と私は心から思っています。湖の縁から見上げたときの眺めについて、申し上げているのです。この小さな湖のある谷間は何処から見ても、静寂そのもののねぐらのように見えます。低木が茂るどの斜面も、近くのどの小屋も全て美しいですが、この素朴な場所から緑の境界を越えて前方のラングデイル・パイクスを見上げると、その眺望はまさしく雄大で威厳に満ちています。その山々（パイクは尖った岩山の意）は遥か遠くにありますが威風堂々としており、この湖との長い隔たりの間には想像を満たすに十分なものがあります。

　上記のワーズワス兄妹の手紙を読み比べてみると、妹ドロシーの言葉は兄の気持ちや感情をそのまま写していることは明らかであろう。このように二人は重要な同じ思いを常に共有していたのである。その思いは『湖水地方案内』第 2 章 (Second Section) の「小湖」(tarns) に関する説明の中にも見事に反映している。

Of this class of miniature lakes, Loughrigg Tarn, near Grasmere, is the most beautiful example. It has a margin of green firm meadows, of rocks, and rocky woods, a few reeds here, a little company of water-lilies there, . . . Five or six cottages are reflected in its peaceful bosom; rocky and barren steeps rise up above the hanging enclosures; and the solemn pikes of Langdale overlook, from a distance, the low cultivated ridge of land.[12]

この種の小さい湖の中で、グラスミアの近くにあるラフリッグ・ターンはその最も美しい実例である。その縁には濃い緑の牧場、岩や岩の森、そしてここかしこに僅かな葦とスイレンの小さな群があり、……その静かな湖面に5～6軒の小屋が映り、そして剥き出しの急峻な岩の壁が傾斜した囲い地の上にそびえている。そして威厳のあるラングデイル・パイクスは少し離れたところから（ラングデイルの）耕された低い田畑の畝を見下ろしている。

『湖水地方案内』の中にはこのような事例が数多く見られる。そればかりか、彼女自身が書いた文章がそのまま採用されている記述も少なくない。例えば、本論の第1章 (Section First) で風景描写にドロシーの日記文をそのまま採用している。[13] 従って先ず結論から言って、この作品は、ドロシーの『スコットランド旅行回想記』と同様に、ワーズワス兄妹の共有の文学的遺産と解釈して恐らく間違いでなかろう。1804年以降の数年間はそれに向かう更なる成長過程であった。

(3)

1803年年6月18日に長男が生まれたのに続いて、翌1804年8月16日に長女が生まれた。前章で述べたようにワーズワス兄妹は長男が生まれてから2ヶ月後の8月半ばから6週間のスコットランド旅行に出かけたが、今回もまた長女が生まれてから1ヶ月半後の9月下旬に馬車で湖水地方一周の旅に出かけた。彼らは途中ケジックに立ち寄り、サウジー夫妻とコールリッジ夫人、さらにラヴェル夫人の4人を乗せてバターミアへ向った。コースは最も楽で近道のニューランズ (Newlands) を通って行ったものと

思われる。だがバターミアに着くと、サウジーら4人はそこで引き返すと言い出したので、ワーズワス兄妹は彼らをケジックへ送り届けた後、旅を出直すことになった。しかし今度はニューランズを通らず、ウィンラター峠 (Whinlatter Pass) を越えてロートン・ヴェイル (Lorton Vale) を南下し、ローズウォーター (Loweswater) の側を通ってエナデイル (Ennerdale) に入ることにした。その主たる目的は『兄弟』(第5章第2節参照) の舞台をドロシーに見せるためであったが、その前にロートン・ヴェイルにある湖水地方で最も古いイチイの巨木を見ることを大いに楽しみにしていた。ドロシーは旅から帰って間もない10月7日のボーモント卿夫人宛の手紙で今回の旅の報告をしているが、中でもこのイチイの木について先ず次のように述べている。

> We dropped down soon after into the fertile Vale of Lorton, and went to visit a Yew tree which is the Patriarch of Yew trees, green and flourishing, in very old age—the largest tree I ever saw. We have many large ones in this Country, but I have never yet seen one that would not be but as a Branch of this.
>
> 私たちは（ウィンラター峠を越えて）ロートンの肥沃な谷へ下りてきた。そしてイチイの木の長老、大変な老木だが緑の葉を一杯茂らせているそのイチイの木を見に行った。それは私がこれまで見た最も大きな木です。私たちはこの地方で沢山のイチイの巨木を見てきましたが、この木の大枝ほど大きいのをいまだかつて見たことはありません。

ワーズワスも旅から帰った後『イチイの木』(*Yew-Trees*) と題する33行の詩を書いているが、上記のドロシーの言葉と併せて読むとなお一層興味深いものがある（詳しくは後述）。
　彼らはイチイの大木を見た後、ドロシーが最も楽しみにしていたエナデイルに向った。しかしそこに着くと霧が深い上に雨が降り続いていた。折角来たのだから霧が晴れるのを暫く待ったが、一向にその気配がなかったので仕方なくそこを離れた。従って、ドロシーの記述も次の3行で終わっている。

I had never been at Ennerdale and I was very anxious to see every mountain top for the sake of old Walter Ewbank and his Grandsons, but the mists had obstinately taken possession of them and it rained all the time we were there.[14]

私はエナデイルへ一度も行ったことがなかったので、ウォールタ・ユーバンク老人と二人の孫息子のためにも山の頂上をすべて見たかった。しかし霧が山頂を頑固に覆いつくしており、しかも私たちがそこにいる間雨が降り続いていた。

上記の「ウォールタ・ユーバンクと孫息子兄弟」は第5章で論じた『兄弟』に登場する人物である。そしてドロシーが「山の頂上をすべて見たかった」と述べたその理由は、ユーバンク兄弟の弟が兄を慕うあまり夢遊病になり、ピラー山の頂上近くの断崖から転落死した悲劇の現場を自分の目で確かめたかったからである（詳しくは 127〜33 頁参照）。

　これより 5 年前の 1799 年 11 月 12 日にワーズワスはコールリッジと一緒にエナデイルの谷を歩いたときも空が曇っており、ピラー山の頂上は見えなかった。だがそのまま谷の奥まで歩いて、そこからブラックセイル峠を越えてワスデイル・ヘッド (Wasdale Head) へ下りてきた。だが今回の旅は馬車旅行であったので、谷の中間で引き返して平坦な道を通って 5 年前と同じワスデイル・ヘッドのトマス・タイソンの家に泊まった（第 4 章 120 頁参照）。その翌日ワーズワスは故郷の川ダーウェントと並んで最愛のダドン川を妹に見せるためダドン渓谷へ向かった。彼は『夕べの散策』の脚注の中でその詩の舞台（ウィンダーミア湖周辺）と全く関係のないダドン川上流の景色を特に取り上げて、「最もロマンチックな山岳風景」と賞賛したことをここで想い起す必要があろう（第 1 章 29 頁参照）。また彼は『湖水地方案内』でもこの川について何度も言及しているが、特にその美しさについて「水は完全な透明で、非常に深いところでも河床の岩や青色の小石がはっきり見え、それが水そのものを<u>絶妙の空色</u> (an exquisitely cerulean colour) に変えている」と褒め称えている。[15] ドロシーもダドン渓谷を見たときの感動を次のように述べている。

... the Vale of Duddon, one of the most romantic of all our vales and one of the wildest but in perfect contrast of Wasdale. In Duddon vale Rocks, hills, bushes and trees are striving together for mastery, green fields and patches of green are to be spied out wherever the eye turns with their snug cottages half-hidden by the rocks or so like them in colour, that you hardly know rock from cottage.[16]

ダドン渓谷は、湖水地方の中で最もロマンチックで、最も野生的な渓谷の一つですが、ワスデイルと全く対照的です。ダドン渓谷では、岩や丘、藪や木々は群がって競い合っている。そして何処を見ても、緑の野辺と緑の田畑は住み心地の良い小屋と一緒に顔を覗かせている。だがそれらの小屋は、小屋か岩か識別できないほど良く似た色の岩に半ば隠れている。

　もしワーズワスがこの妹の手紙を読んでいたとすれば、彼女の日記と同じようにこの文章を別の紙に書き取らせておいて、『湖水地方案内』のダドン渓谷の描写に採り入れたかもしれない。二人の思いは単に同じであるだけでなく、妹の優れた観察眼と卓越した表現力を兄は常に認めていたからである（257 頁参照）。

　最後に、ワーズワスがこの旅から帰った後、恐らく妹の手紙とほぼ並行して書いたに違いない『イチイの木』を読んでみよう。まず詩のタイトルが "Yew-Trees" と複数形になっている点を見落としてはなるまい。ドロシーが見て感激したロートン渓谷のイチイの木はただの１本であったからだ。従って、詩はこの１本の巨木の紹介から始まった後、妹の知らないボローデイルの森にこれよりさらに立派な４本並んで立つイチイの大木に主題の目が向けられる。

  There is a Yew-tree, pride of Lorton Vale,
  Which to this day stands single, in the midst
  Of its own darkness, as it stood of yore:
      . . .
  Of vast circumference and gloom profound
  This solitary Tree! a living thing
  Produced too slowly ever to decay;
  Of form and aspect too magnificent

To be destroyed . (*Yew-Trees*, 1–13)

ロートン渓谷の誇りである 1 本のイチイの木は、
今日まで昔と同じ姿で、自らが作る暗い影の
真ん中にただ独り立っている。
　　　　　　……
大きく枝を張り、暗い影を作る
この孤独の木、朽ちることがないほど
ゆっくり成長したこの生き物、
崩壊し得ないほど堂々とした
姿と形をした生き物。

ここで特に「独り」(single) と「孤独」(solitary) を強調している点に注目したい。そしてこれに続くボローデイルのイチイは 4 本「一緒に」(joined) しかも「心を一つにして」(united) 立っているいる点に注目しながら後半を読んでみよう。

　　　　　　But worthier still of note
Are those fraternal Four of Borrowdale,
Joined in one solemn and capacious grove;
Huge trunks! and each particular trunk a growth
Of intertwisted fibres serpentine
Up-coiling, and inveterately convolved;
Nor uninformed with Phantasy, and looks
That threaten the profane; . . .
　　　　. . . Fear and trembling Hope,
Silence and Foresight; Death the Skeleton
And Time the Shadow;—there to celebrate,
As in a natural temple scattered o'er
With alters undisturbed of mossy stone,
United worship; or in mute repose
To lie, and listen to the mountain flood
Murmuring from Glaramara's inmost caves. (13–33)

しかしボローデイルにこれよりさらに
注目に値する同じイチイの木が 4 本あり、

厳かで大きい森の中で一緒に立っている。
実に巨大な幹で、どの幹も
蔦が蛇のように絡み合って成長し、
頑固に巻きついて上に向っている。
そしてどの幹も空想に満ちあふれ、穢れた人を
怯えさす表情を持っている。
……不安と震える希望、
沈黙と先見、死の骸骨と
時の影を持っている。その姿は、
苔むす石の静かな祭壇で埋め尽くされた自然の
寺院の中にいるように、心を一つにして
祈るため、或いは心を静かにして横たわり、
グラマーラの洞窟から囁く山の風に
耳を傾けるためにあるのだろう。

　イチイの木と言えば、今日グラスミアの教会墓地を訪ねる人は誰もが、8本のイチイの大木に気づくに違いない。だがこれらは全てワーズワスが1819年に職人を雇ってラフリッグ・フェルからその墓地に移植したものである。その費用はボーモント卿が負担したことは言うまでもない。ところで、この墓地はワーズワス一家がグラスミアからライダル・マウントに移った頃（1813年）にはまだ昔のままの（墓石のない）緑で覆われた塚だけであった。ドゥ・クィンシーがその年の1月にこの墓地を訪れたとき、その前年に亡くなったワーズワスの次女キャサリンの墓を見て、「白い雪を被った小さな芝生の墓」(her little grassy grave, white with snow) と述べているからである。[17] それから数年してワーズワスはこの墓地を訪ねたとき、その余りの変貌振りに大きな衝撃を受けた。現在我々が見るような鉄の柵や、数多くの墓石が芝生の塚に取って代わっていたからである。それを見たワーズワスは、墓地本来の自然なたたずまいを保存するためにイチイの木を植樹したのである。上記の詩と重ね合わせるとその意図が一層深く読み取ることができるであろう。自然環境の保護、現代流に言えばエコロジーの精神がここにもはっきり表れている。

(4)

　1805年に入って間もなくワーズワスの耳に衝撃的なニュースが飛び込んできた。それはリヴァプールの商人で弁護士のクランプ (John Gregory Crump) という人物がグラスミアの湖を見下ろす絶好の台地に豪邸を建てる準備をしているという報道であった。グラスミアの美しい自然とその環境を誰よりも愛するワーズワスはこの話を聞いて驚愕した。そして遂にその建築が始まった。2月7日のシャープ宛の手紙がそれを如実に物語っている。

> Woe to poor Grasmere for ever and ever! A wretched Creature, wretched in name and Nature, of the name of Crump, goaded on by his still more wretched Wife . . . has at last begun to put his long impending threats in execution; and when you next enter the sweet paradise of Grasmere you will see staring you in the face upon that beautiful ridge that elbows out into the vale (behind the church and towering far above its steepe) a temple of abomination, in which are to be enshrined Mr and Mrs Crump. Seriously this is a great vexation to us, as this House will stare you in the face from every part of the Vale, and entirely destroy its character of simplicity and seclusion.[18]

> ああ悲しいかな、グラスミアはもう永久におしまいだ。クランプという名の、性質も名前も下劣なひどい奴は、さらに下劣な妻にそそのかされて、……長い間脅し続けてきた脅しを遂に実行に移し始めた。だから君は次にグラスミアの心地よい楽園に来るとき、この谷の出っ張った美しい台地に（教会の背後で、しかもその尖塔より遥かに高いところに）クランプ夫妻が鎮座する忌まわしい神殿が、この谷の何処からでもはっきりまともに見えることだろう。真面目に言って、これは我々にとって実に迷惑なことです。何故なら、この館はグラスミアのどの場所からもまともに見え、村本来の素朴でひっそりとした環境を根底から破壊してしまうからです。

　ワーズワスはクランプの家の建築を契機に湖水地方の自然を破壊から守ることの必要性を改めて痛感し、その道に情熱を燃やす大きな転機となった。そしてこれが数年後の『湖水地方案内』執筆の動機に繋がったことを忘れ

てはなるまい。ワーズワスはこのとき、3年4ヶ月後（1808年6月）このクランプの家 (Allan Bank) に住むことになるとは夢にも思っていなかったであろう。

　その後この話題がワーズワス兄妹の間で折に触れて話し合われたのであろう。それから9ヶ月後の11月7日にドロシーはボーモント卿夫人に上記の延長と思われる手紙を送っている。先ず、アルズウォータ周辺の村は今のところ、「気まぐれな建築主」(fancy-builders) に侵害されていないのは幸いであるが、この聖なるグラスミアはその危険に侵されていると次のように述べる。

> But poor Grasmere is a devoted place! You may remember that I spoke of the white-washing of the church, and six years ago a trim box was erected on a hill-side; it is surrounded with fir and Larch plantations, that look like a blotch or scar on the fair surface of the mountain. Luckily these deformities are not visible in the grand view of the Vale—but alas poor Grasmere! The first object which now presents itself after you have clomb the hill from Rydal is Mr Crump's newly-erected large mansion, staring over the church Steeple, its foundation under the crags being much above the top of the Steeple.[19]

> だが可哀そうに、グラスミアは呪われています。教会が白漆喰で塗られ、そして6年前に小奇麗な家が山腹に建てられたことを、[20] 私が話したことを貴女は覚えていらっしゃるでしょう。しかもその家はモミとカラマツに囲まれています。それは美しい山の表面にできた腫物か傷跡のように見えます。幸いこれらの醜いものは、雄大な谷の景色の中に隠れて見えません。だが可哀そうなグラスミア、ライダルから丘を登りきったとき最初に見えるものはクランプの新築された大きな館です。それは教会の尖塔の天辺よりさらに高い岩盤の上に建てられているので、その尖塔の上から凝視しています。

上記の兄妹の書簡文を比較してみると、9ヶ月の時間的経過があるにも拘わらず二人の見方や見解が完全に一致していることが明らかであろう。兄の手紙は、クランプの家の建築が始まったときに書いたものであるに対して、妹の手紙は家が完成した後に書いているからである。ただ後者はそれ

を見た場所をはっきり具体的に示している。当時はまだ湖岸沿いの広い道が出来ていなかったので、ライダル湖を過ぎた所から山の中を 1 キロ余り登ってようやく峠の曲がり角に到達したとき初めてグラスミアの景色が眼前に広がる。そしてその景色の真ん中にクランプの真新しい館がはっきりと際立って見える。言い換えると、それは周囲の自然とは極めて不調和である。ワーズワス兄妹はそれを何よりも嫌った。彼女が 1 年前に訪れたダドン渓谷の風景描写——「何処を見ても、緑の野辺と緑の田畑は住み心地の良い小屋と一緒に顔を覗かせている。だがこれらの小屋は、小屋か岩か識別できないほど良く似た色の岩に半ば隠れている。」(229 頁参照)——を想い起こすならば、クランプの館はグラスミアの自然と一体になった美しい景色を如何に台無しにしたかがより一層理解できるであろう。

　さらに上記の書簡文の中で注目すべきは、モミとカラマツの木はグラスミアの自然美を破壊する全く不釣合いな存在であることを強調した「山の表面にできた腫物か傷跡のように見える」という言葉である。これはワーズワスも常に強調している見解であり、『湖水地方案内』の第 3 章の主要テーマになっている。そこで彼はおよそ次のように述べている。「家の外形や色彩は自然と調和するように造らねばないという基本原理はそのまま、造園や植樹にも適用できる」と前置きした後、カラマスとモミ (fir) の木は湖水地方の自然に全く不釣合いである。これらの木は非常に生長が速いので利益だけを目的にした植林に向いているが、湖水地方の自然美を著しく破壊する。この種の木はスコットランドのような土地の痩せた不毛の地に植えるのは最も望ましい。逆に土地の肥えた雨の多い湖水地方では、成長の遅いトネリコ (ash) やカシ (oak) やイチイ (yew)、そして落葉樹 (deciduous trees) が湖水地方の自然とよく調和する、等々と穏やかな言葉でカラマツのような外来樹を排斥している。[21]

　1806 年に入って間もなく、クランプの新築したばかりの家は手抜き工事だったのか突然その 3 分の 1 が崩れ落ちた。ドロシーは 4 月 20 日の夕方、我が家の裏庭の一番高いところに建てた東屋 ("Moss Hut") から夕日を浴びた美しいグラスミアの景色を眺めていると、化け物のような姿を呈したクランプの家は否が応でも目に入ってくる。彼女はそこに座ってボーモント卿夫人に宛てて次のように書いている。

I am seated in a shady corner of the moss hut (for it fronts the west and towards evening the sun shines full into it) and but that Mr Crump's ruinous mansion (has my Brother told you that one third of it is fallen down?) stares me in the face whenever I look up there is not any object that is not cheerful and in harmony with the sheltering mountains and quiet vale.[22]

　私は今「苔の小屋」の陽の当たらぬ隅に座っています（この小屋は西向きですから、夕方には太陽がまともに入ってきますので）。そしてあのクランプの崩壊した館が（その館の3分の1が崩壊したことを兄が貴女に話したでしょうか）目を上げる度毎にまともに私をじろりと見つめていることさえなければ、目に映るものは全て楽しく、影を落とす山々や静かな谷と見事に調和しています。

このドロシーの言葉は僅か数行だが実に深い意味を含んでいる。先ず、「苔の小屋」はダヴ・コテージの裏庭の一番高い所にワーズワス自身が数年かけて作り上げた東屋で、グラスミアの谷全体が見渡せる絶好の位置にあった。結婚して家族が増える中で、格好な避難所となったばかりか、そこで読書はもちろん手紙などを書いた。次に注目すべきは、クランプの家の建築が始まってから既に1年数ヶ月も経つのになお依然として主要な話題の一つになっている点である。ウィンダミアやケジックは巨大なツーリズムの波に流されて益々俗化してゆく中で、唯一グラスミアだけが本来の自然な姿を守る楽園であることを誰よりも強く願っていただけに、クランプの家の問題は彼らの脳裏から決して消えることがなかったのである。最後に、クランプの半壊した家はこれより3ヶ月後の7月下旬に再建されたことを付け加えておく。[23]

(5)

　ワーズワスは1799年12月下旬にグラスミアの「我が家」（現在のダヴ・コテージ）に移り住んでから、裏庭の急斜面の痩せた土地にグラスミアに咲く様々な草花を植えて庭造りを心行くまで楽しんできた。そして1802年7月上旬に新妻を向かえるためグラスミアを離れた頃にはほぼ完成してい

た。その最愛の庭と暫しの別れを惜しんで詠んだ詩『別離』(*A Farewell*) の中で特に注目すべきは、庭の草木はすべて周囲の山から採集してきたものであることを強調した次の4行である。

> Dear Spot! which we have watched with tender heed,
> Bringing thee chosen plants and blossoms blown
> Among the distant mountains, flower and weed,
> Which thou hast taken to thee as thy own, . . . (*A Farewell*, 33–36)
>
> 私たちが優しく大切に見守ってきた愛しい庭、
> 遠くの山から選り抜きの花咲く木や草花を
> 持ってきて植えると、まるで自分が産んだ
> 子供のようにしっかり根付かせた愛しい庭……

自然に成長した地元の木や草花を庭に植えるというこの基本姿勢こそ、ワーズワスのその後の庭造りの原点であるばかりか、『湖水地方案内』の自然保護の思想的核になっていることを見落としてはなるまい。このような自然との調和という思想は建造物に関しても同じであった。それは第4章で論じたベル島の白亜の館に対する批判はもとより、1805年のクランプの新築に対する強い拒否反応に一層強く示されている。

このような造園に関する興味と知識はボーモント卿と一層親密になる過程で、彼の美的趣味の影響を強く受けて、その知識と関心の度合いを深めていった。前述の『イチイの木』はその過程における詩的表現の一例であった。そしてやがて彼はその道の通人として周囲の人から認められるようになった。そのような中で彼を有頂天にさせる依頼の手紙がボーモント卿夫人からドロシー宛に届いた。それは1805年10月10日頃に書いたもので、レスタシャーにあるボーモント卿の別邸コルオートン・ホール (Coleorton Hall) の大改築に際してワーズワスに意見を求める内容の手紙だった。そこでワーズワスはわが意を得たりとばかりに、10月17日から1週間かけて7頁に及ぶ長文の返事を書いた。手紙の主旨はクランプの新しい建物に対する厳しい批判からも推測できるように、自然の姿を妨害するような建物は間違った趣味であり、詩や絵画と同様に「自然こそすべて」という基本原理を決して忘れてならないことを力説している。それは『湖水地方案内』

の基本理念に通じる内容のものであるので、詳しく紹介することにする。

　先ず、ボーモント卿自身も聴かされているコールリッジの名言「家はその土地に属しているのであって、土地が家の付属物ではない」(. . . your House will belong to the Country and not the country be an appendage to your House) という原理をしっかり守ってさえいれば絶対に間違うことはない、という主張で始まる。そしてさらに、「自然の妨害を許しているようなものに真の趣味はない」(I see nothing which true taste can approve, in any interference with nature) とワーズワスの基本理念を付け加える。[24] ワーズワスが提唱するこの原理はすべてを語っており、これに続く長い論述はその延長と解釈してほぼ間違いあるまい。そこで彼は上記に続いてその具体例を長々と2頁以上に渡って説明した後、地方に住む大地主の館のあるべき理想の姿として、周囲の村人の家々や田畑に取り巻かれた素朴で自然な風景を描き出すようなものでなければならないと述べる。そして最後に次のように締めくくる。

　Let nature be all in all, taking care that every thing done by man shall be in the way of being adopted by her. If people chuse that a great mansion should be the chief figure in a Country, let this kind of keeping prevail through the picture, and true taste will find no fault.[25]

　人間の為すものはすべて自然が行う方法に準じて為すべきことを忘れず、すべてを自然に任せておこう。1軒の大邸宅が田舎の主要な対象であるような絵を描く場合、この原理を絶えず守っていれば、真の趣味が欠点のない完全なものになるだろう。

　さて、ワーズワスはこのように述べた後、主題を建造物から庭園に移す。そこで彼は2年前スコットランド旅行の間に訪れた貴族や君主の庭園の散歩道を想い起し、それとラウザー城に通じる散歩道とを比較して次のように述べる。先ず、アソール (Atholl) やダンケルド (Dunkeld) 公爵の庭園の長い散歩道は綺麗に掃き清められて、木の葉や草、或いは人の足跡が一つも見られない。一方、ペンリスの近くにあるラウザー伯爵の庭園の道は「自然の成り行きに任せている」(left it to take care of itself) と述べた後、それがいかに楽しい道であるかを1頁に渡って説明している。その散歩道

を考案したのは伯爵の庭の管理を任されているトマス・ウィルキンソン (Thomas Wilkinson) であるが、「これほど楽しい場所はこの世にない」とワーズワスが信じて疑わないほど「魅力的な散歩道」である。これをさらに具体的に説明すると、それは「川の流れや人間の気の向くままに、心の機微に応じて縮んだり広がったり、また見えたり隠れたりしながら、木々の間の開けた所や、主にヒナギクなどの花がちりばめられた細長い芝生の間」を通ってゆく。また「この可愛い小道は思いのままに芝生や花をすり減らすことをふざけて楽しんでいる」(this pretty path plays its pranks wearing away the turf and flowers at its pleasure.) ようにさえ見える。そして最後に、「私は昨年の夏ここを散歩したとき日曜日だったので、あちこちで教会へ行き帰りする村人に出会った。そして川べりの引っ込んだ所で二人の音楽家がオーボエとクラリネットを演奏しているのを見た。私がどれ程楽しかったか貴殿は想像できるでしょう」と、その散歩道はラウザー城の近くに住む庶民の楽しい憩いの場所であることを強調している。

このように述べた後、本題の「庭造り」(laying out grounds) に戻って、それは「詩や絵画と同様に "liberal art" の一種と見なしてよいので、それは最良の感性を持った人の感情 (affections) を動かすものでなければならない」という言葉で始まる。そしてこれを「一層明確に説明すれば」と前置きして、さらに次のように説明する。

> . . . the affections of those who have the deepest perception of the beauty of Nature, who have the most valuable feelings, that is, the most permanent, the most independent, the most ennobling, connected with nature and human life. No liberal art aims merely at the gratification of an individual or a class, the Painter or Poet is degraded in proportion as he does so; the true Servants of the Arts pay homage to the human kind as impersonated in unwarped and enlightened minds.[26]

> (それは) 自然の美に対して最も深い感性、最も価値ある感情、つまり自然と人生に深く結び付いた最も不変で、最も自立し、最も気高い感覚を持った人たちの感情である。如何なるリベラル・アートも一個人、一階級だけを満足させてはならない。詩人や画家はそのように偏向するにつれて堕落してゆく。芸術の真のしもべは、純真で啓発された精神を身に付けた人

間だけに敬意を払うものである。

　ワーズワスの詩や絵画に対するこの基本理念は、5年前『リリカル・バラッズ』の序文で詩の題材を「身分の低い田舎の生活」(low and rustic life) の中から選んだ理由について、「そのような条件の下で人間の感情は自然の永遠に変らぬ美しい姿と一体であるからだ」(lastly because in that condition the passions of men are incorporated with the beautiful and permanent forms of nature.) と結論した信念と基本的に共通していることを見落としてはなるまい。

　このように述べた後、クランプの豪邸を恐らく念頭に置いて、豪邸の乱立は御伽噺に出てくる「ウパスの木」(Upas tree) のように「死と荒廃を吐き出すであろう」(breathe out death and desolation) と心配している。そして最後に、紳士や貴族が田舎に邸宅を建てるとき周囲の生活から孤立するのではなく、周囲との自然な一体的繋がりが望ましいと述べた後、「自然美に関する趣味」の題材の最良のテキストとして、先に述べたラウザー城の庭の散歩道を例に採り上げて次のように結論する。

> . . . upon the subject of taste in natural beauty I should take for my text the little pathway in Lowther Woods, and all which I had to say would begin and end in the human heart, as, under the direction of the divine Nature conferring value on the objects of senses and pointing out what is valuable in them.[27]

> 自然美に関する趣味の教材として私はラウザーの森の小さな散歩道を採用したい。そして私がこれまで述べてきたことは全て人間の心の中に始まりそして終わっている。その心は常に、感覚の対象に価値を与え、感覚の価値の何たるかを指摘する聖なる自然の指図の下にある。

(6)

　1806年6月15日、ワーズワス一家に3人目の子供（次男のトマス）が生まれた。長女ドラの誕生（1804年8月16日）以来あの狭いダヴ・コテージ

はまさにパンク状態で、果樹園の奥の東屋で仮眠を取ったり、書き物をしたりしなくてはならないほどであった。ましてやトマスが生まれた後はこの冬は到底過ごせまいと判断し、広い家に移ることが喫緊のテーマとなった。[28] この窮状を知ったボーモント卿はコルオートン・ホールの離れ屋敷に暫く住んではどうかと申し出た。ワーズワスは喜んでこれを受け入れ、10月30日に一家はコルオートンへやってきた。一方、ボーモント卿は彼らを迎えてから数日後にロンドンの自宅へ戻り、ワーズワスに宛てて暖かい友情に満ちた手紙を書いた。これを受け取ったワーズワスは11月10日に早速これに対する返事を書いた。冒頭、彼はこの手紙を読んで涙が出るほど嬉しかったという趣旨の言葉で始まり、次に当地はグラスミアと違って平地であるので朝日と夕陽を見ることが出来るが、とりわけ地平線に夕陽が沈む眺めは特別美しいという趣旨の文章が続く。このように述べた後、本題の庭園に話が移る。ワーズワスはここに来るまでコルオートン・ホールとその広大な庭を見ずに色々と想像して庭園の計画を練ってきたが、「ボーモント夫人が冬の庭園 (winter garden) にしてはどうかと選んでくれたそのスポットを実際に見て実に楽しい場所であることを知り、特別喜んでいる次第です」と述べた後、続けて次のように述べる。

> By the by, there is a pleasing paper in the Spectator (in the 7th Vol., No 477) upon this subject, the whole is well worth reading, particularly that part which relates to the Winter Garden. He mentions Hollies and Horn-beam as Plants which his place is full of. The Horn-beam I do not know but the Holly I looked for in Lady Beamont's ground and could not find: for its own beauty and for the sake of the Hills and crags of the north, let it be scattered here in profusion.
>
> ところで、『スペクテイター』（第7巻、477号）にこの主題に関する楽しい論文があります。全体が読む価値のある立派なものですが、とりわけ冬の庭園に関する部分は読むに値します。彼は冬の庭園を満たしている植物としてホリーとシデの木を挙げています。シデはいざ知らず、ホリーはボーモント卿夫人の庭で探してみても見つからなかった。と言いますのも、木それ自体の美しさはもちろん湖水地方の丘や岩山の雰囲気を出すためにも、この木を庭の方々に植えたいからです。

ワーズワスはこのように述べた後、ホリーは鳥もち (bird-lime) の原料になるので最近湖水地方の山から手当たり次第に伐採して持ち去る "barbarisers"（自然を破壊する人の意）がいるが、「この美しい潅木を根こそぎにするほど呪わしい人物は他にいない」と述べる。そして「ホリーと並んでぜひ植えたい木は、生育の遅いイチイ (yew) である」と、この木に対する賛美を忘れていない。最後に、これらの木と同様に植えたい植物として、「下生えの茂み、ハシバミ、野薔薇、スイカズラ、イバラ、様々なツル類」(thickets of underwood, hazels, wild roses, honeysuckle, thorns, trailing plants) を挙げている。[29]

ノイズの説明によると、この「冬の庭園」の土地は或る荘園領主から買いとった 250 ヤードほど離れたところにある 1 エイカー余りの、所々に小高い丘 (hillock) のある雑草の生い茂った石ころだらけの荒地であったらしい。[30] ボーモント卿はコルオートン・ホールを大改造する大分前に恐らくこの土地を買い取っていたのであろう。ワーズワスがこの一見荒れ果てた土地を「冬の庭園」に打ってつけの場所と決め込んだ背景には、湖水地方の荒々しい風景を連想させるものがあったのかも知れない。ダヴ・コテージの裏庭と「冬の庭園」とは土地の性質や広さに大きい違いがあっても、その土地「固有の」(indigenous) の植物を植えて育てる意欲をそそる点において共通していたのかも知れない。

ワーズワスは上記の手紙を書いてから凡そ 1 ヶ月間、彼の思考の大半はこの「冬の庭園」の設計に費やされた。彼にとって最も重要な大作『隠士』のことも脳裏から殆ど消え去るほどこれに熱中した。その間彼は風景画に関する著書を改めて読み直し、ボーモント卿の美学をより深く読み取ろうとした。とりわけ彼と親交のあったレノルズ (Sir Joshua Reynolds) やギルピン、さらにプライス (Uvedale Price) の著書を読み返してみた。そして『ティンタン僧院』の執筆以来脳裏から完全に消去してきた「絵画的」(picturesque) 風景に再度関心を寄せざるを得なくなった。こうしてようやく出来上がった「冬の庭園」計画は、設計図を含めて 10 頁に及ぶ長文の「ボーモント卿夫人宛書簡」(1806 年 12 月下旬) となって実を結んだ。

端的に言って、この庭園の地形を知らない読者にとってこの手紙ほど退屈で無意味なものはない。しかし手紙に書き添えた設計図を見ながら丹念

に読むと、[31] その設計の概要が大体理解できるだけでなく、ワーズワス固有の自然美に対する強い信念はもちろん、芸術として観た造園の知識、とりわけ植物に関する膨大な知識に驚嘆させられる。しかしこれらの全てを紹介することは退屈と冗長の誹りを招くだけであるので、特に興味深い重要な記述を 3 箇所選んで説明してみたい。先ず、「冬の庭園」の基本として「冷たい、枯れた、侘しい」(cold, decayed, and desolate) を全体の雰囲気から排除する必要がある。それは 1 ヶ月前ボーモント卿宛の手紙で指摘した『スペクテイター』の論文に倣ったものであることを強調する（240頁の引用文参照）。次に、この手紙の中で最も注目すべき記述は、この冬の庭園の中で唯一ピクチャレスクな眺めとして不可欠な古い小屋の存在価値について説明した一節である。この庭の周囲の長さは凡そ 500 メートル程度であるが、その西側の境界沿いに古い小屋が 2 軒南北に数十メートル離れて建っていた。ワーズワスが注目したのは北側の「2 軒目の小屋」即ち「外面は非常にむさくるしいが、非常にピクチャレスクな形」(a very picturesque form but very shabby surface) をした「高い煙突」のある小屋であった。彼はこれについて次のように述べている。

> This second Cottage is certainly not *necessary*, and if it were not here nobody would wish for it; but its irregular and picturesque form, its tall chimneys in particular, plead strongly with me for its being retained, and I scarcely ever saw a building of its size which would show off ivy to greater advantage. If retained, which with a view to what *it is to become* I should certainly advise, it ought to be repaired and made as little unsightly in its surface as possible, till the trailing plants shall have overspread it. At first I was for taking this Cottage away as it is in such ruinous plight, but now I cannot reconcile myself to the thought, I have such a beautiful image in my mind of what it would be as a supporter to a grove of ivy, anywhere beautiful, but particularly so in a winter garden.[32]

この 2 軒目の小屋は確かに必要なものではなく、ここに建っていなければ誰も欲しいとは思わないでしょう。しかしその不規則でピクチャレスクな形、とりわけその高い数本の煙突はそのままそこに是非とも残しておいてほしい。周囲の蔦をこれほど見事に引き立たせるこの程度の大きさの建物を私は殆ど見たことがないからです。これをそのまま残しおく場合（将来

どのようになるかを念頭においてお勧めしますが）、蔦が表面を覆い尽くすまで出来るだけ目立たないように手を施す必要があります。最初それを見たときこのように崩れ果てた状態のまま除去することに賛成でしたが、今は決してそうは思いません。それが周囲の蔦の森や他の美しい場所を一層引き立てる役目を果たす光景を心に想い描いているからです。とりわけ冬の庭園においてそうなるに違いありません。

　ここで特に注目すべきは、2軒目の小屋について「ピクチャレスク」という形容詞を2度続けて用いている点である。言うまでもなく、この用語は18世紀半ばを過ぎた頃から風景描写にしばしば用いられるようになり、トマス・グレイの旅行記（1769年）を初めとしてギルピンの著書のタイトルに用いられるほど風景画や自然描写に不可欠な用語となった。ワーズワスはその流行の絶頂期の中で少年時代を過ごし、その文学的影響をもろに受けて育った。彼が1790年の夏スイス旅行に出かけた動機はグレイの旅行記の影響が大きかったが、妹に宛てた手紙の中でその自然描写に "sublime and beautiful" を連発し、レマン湖の奥（東端）の景色を "infinitely more picturesque" と表現している。これは湖の出口（西端）の平坦な景色に比べて、東端の湖の方が幅が狭くて一層変化に富んでいるのでこのように表現したのである。[33] しかしその後ワーズワスはこの形容詞を、『叙景小品』の脚注の中で一度だけ用いた以外は筆者の知る限り一度もなかった（67頁参照）。ワーズワスの自然観は、クロード・グラスの小さな凸面鏡の枠の中に映った景色を「絵に最適の」風景と信じる当時流行の観光趣味に迎合することができなかったからである。だがそれから16年後長い沈黙を破って上記のようにこの用語を2度も口にした。その背景には特別深い意味があったに違いない。前述のようにワーズワスはボーモント卿と親交を深める中で彼の影響を受けて、絵画とりわけ自然美の凝縮とも言える庭園に対する関心と知識を一層深めていった。そして今回「冬の庭園」の設計を依頼されてから庭園 (landscape garden) に関する知識の新たな修得に情熱を傾けた。『スペクテイター』のアディソンの論文は言うに及ばず、ボーモント卿と親交のあるギルピンやプライスの著書を改めて読み直した。[34] しかし彼らのピクチャレスクの対象や概念に左右されることなく、自然と一つに溶け合ったワーズワス本来の美的世界を創り上げた。上記の「2軒目

の小屋」はその成果をまさしく反映したものであった。周囲の景色を引き立たせるピクチャレスクの対象になる建物は通常、ギルピンの著書に見られるように城または寺院の廃墟の一部であった。しかしワーズワスは古い煙突のある崩れかけた小屋をその対象に選んだ。しかもそれを「出来るだけ目立たないように」蔦で被い尽くすことを提案している。そしてこれが却って周囲の景色を一層引き立てる効果があることを強調している。この信念は単に「冬の庭園」だけでなく、『湖水地方案内』の第 2 章 (Second Section) の「小屋」の描写に反映していることは言うまでもない（詳しくは後述）。

　最後に注目すべき記述として、ワーズワスがグラスミアの我が家の裏庭に造った「苔の小屋」(235 頁参照) の延長とも言うべき東屋 (bower) の想像図を紹介しておこう。これは「冬の庭園」の中央を南北に真っ直ぐ伸びた道 (alley) の中ほどから「樹木に覆われた小路」(a small blind path) を西に向って歩いたところにある。「この小さな緑の居間」(this little Parlour of verdure) とも言うべき楽しい東屋の床には、白を中心にした様々な色の小石をモザイク模様に敷き詰め、壁と天井は刺を切り取ったヒイラギ (hollies) の緑の葉で覆う。そして「部屋の周りに苔の椅子、そして真ん中に小さな石のテーブルを置く」(All around should be a moss'd seat and a small stone table in the midst.) と、楽しい夢を膨らませてゆく。[35]

　そして手紙の最後に、自分の描いた設計図はボーモント卿夫人の目に、美しい夢物語のように見えるのではないかと不安に感じながら、「私はこの手紙の中で非常に綺麗なロマンスの世界を書いたような気がする。……そして貴女が私を熱狂的な空想家と呼ばれるかもしれません」(I am sensible that I have written a very pretty Romance in this letter, and . . . I am afraid you will call me an Enthusiast and a Visionary.) と述べる。しかし今はこのように殺風景な庭も 6 年経てば「多少は見て楽しい姿に変容しているだろう。」ましてや「50 年経てば正に楽園のような庭になるだろう。おお、私の可愛いドラを妖精に変えて、半時間でその庭全体を目の前に実現することができればよいのに」(Fifty years would make it a paradise. O! that I could convert my little Dora into a Fairy to realize the whole in half a day) と、単なる夢物語でない自信の程を示している。[36]

(7)

　上述のようにワーズワスはコルオートンに来てから「冬の庭園」の設計に熱中していたが、その間にも彼の詩人使命を賭けた大作『隠士』執筆の必要性をひと時も忘れることがなかった。そのためにはコールリッジの助けが不可欠であることをボーモント卿に事ある毎に話してきた。そのコールリッジがその年の8月ついに帰国した。それから1ヶ月半後の10月26日、ワーズワス一家はコルオートンへ向う途中ケンダルで実に2年10日ヶ月ぶりに彼と再会した。だが彼らの期待を完全に裏切るものだった。ドロシーの言葉を借りると、「私はかつてこれほど大きなショックを受けたことが一度もないほど昔の面影を完全に失い」別人のようになっていた。[37] つまり、彼は以前にまして阿片中毒の深みにはまっていたのである。事実を知らないワーズワス一家（セアラ・ハッチンソンを含む）は、彼をコルオートンに呼び寄せて一緒に住めば彼本来の生気を取り戻すであろうと期待して彼と別れた。それから凡そ2ヶ月後の12月21日にコールリッジは長男ハートリーを連れてコルオートンにやって来た。そして新しい年(1807)を迎えて暫くしてからワーズワスはコールリッジの不在中に書き上げた『序曲』全13巻を何度かに分けて毎晩朗読した。こうして彼の眠った創造力を呼び覚まし、『序曲』の最終節で述べているように「二人が力を合わせて」『隠士』の完成を誓い合った約束を想い起させようとした。しかし彼の創造力復活への期待はやがて間もなく空しい結果に終わった。彼に対する期待は大きかっただけにワーズワスの失望感は計り知れないものがあった。2月上旬に書いた『愚痴』(*A Complaint*) と題する18行の詩はそれを如実に物語っている。[38]

　こうして4月5日にワーズワス夫妻はドロシーと3人の子供をコルオートンに残してコールリッジとセアラ・ハッチンソンと一緒にロンドンへ向った。そしてロンドンで彼と別れた後ワーズワス夫妻はモンタギューや弟クリストファーの家で1ヶ月余り過ごした（一方、セアラ・ハッチンソンはベリー・セント・エドモンドのクラークソン夫妻の家に向った）。その間ワーズワスはクランプ氏から意外な手紙を受け取った。それはアラン・バンクの庭の植木に関する相談であった。ワーズワスは早速それに答えて、

「私は 7 月中旬か末頃グラスミアに帰る予定ですので、庭の植木やその他できることは何でも喜んでお手伝いさせていただきます」(I shall be at Grasmere in July towards the middle, or end, of it; and shall be most happy to give any assistance in my power in the planting or otherwise.) と返事を出した。[39] クランプは自分の新しい家がグラスミアの自然環境を破壊したという抗議を耳にして、その提唱者であるワーズワスに環境に相応しい庭造りを依頼してきたのである。ワーズワス一家が近い将来アラン・バンクに住む約束はこの時クランプとの間で交わされていたのかも知れない。[40]

ワーズワスのロンドン滞在の目的は『詩集』2 巻 (Poems in Two Volumes, 1807) 出版の準備のためであったが、それを見届けた後 5 月上旬に再びコルオートンに向った (この時スコットも同行した)。そこに着いてから凡そ 2 週間後にボーモント卿夫人から、『詩集』を読んだときの自らの感想とそれに対する世間の評価について述べた長い手紙を受け取った。ワーズワスはこれに答えて長い生真面目な返事を書いた (5 月 21 日)。それは結論から言って、世の批評家なるものは「本をじっくり読むのではなく、書評のためにチラッと眺めるだけ」のことだから、「私の耳はこのような蜂の羽音には石のように感じず、私の肉はちくちく刺されても鉄のように何も感じない」(my ears are stone-dead to this idle buzz, and my flesh as insensible as iron to these petty stings.) という言葉に集約されている。[41]

ワーズワスはこの手紙を書いてから凡そ 2 週間後 (6 月上旬) ボーモント卿夫妻がコルオートンにやってきたので、彼らと暫く一緒に過ごした後 6 月 10 日にそこを出て、ドロシーの伯母ローソン夫人の住むハリファックスへ向った。このときスコットも一緒だったが、途中でワーズワスと別れてそのままスコットランドへ帰った。こうしてワーズワスは妻や妹と一緒にハリファックスで 2 週間過ごした後、リーズ近郊 (New Grange, Kirkstall) に住むドロシーの旧友マーシャル夫人 (旧姓 Jane Pollard) の家で数日過ごした。そこでワーズワス夫人と 3 人の子供とセアラをケンダルへ一足先に向かわせ、ワーズワスと妹ドロシーは二人だけの旅を楽しみ、途中ボルトン・アビー (Bolton Abbey) に立ち寄った後ケンダルで妻子と落ち合い、7 月 10 日に凡そ 9 ヶ月ぶりにグラスミアへ戻った。以上はドロシーが 7 月 19 日にクラークソン夫人に宛てた手紙に基づくものであるが、その手

紙の最後に、「私たちはここに着くなり気が沈み、夕方初めて散歩に出かけてすっかり暗い気分になりました」(On our arrival here our spirits sank, and our first walk in the evening was very melancholy.) と切り出し、「気が沈んだ」理由として、彼らの留守中に多くの人たちが他界した事実を聞かされたことであった。中でも最も親しくしていた「シンプソン牧師」(old Mr. Simpson) と「(姪の) ドロシーと同じ歳の可愛い女の子は百日咳が治らず」(a little girl Dorothy's age who never got the better of the hooping-cough) に他界し、さらに「村で最も素敵な若者ジョージ・ドーソン」(young George Dawson, the finest young Man in the vale) が急死したことであった。ドロシーと常に心を一つにしている兄ウィリアムも同じ胸の痛みを『逍遥篇』(*The Excursion*) の第 7 巻でそれぞれの死を哀歌として詠んでいる (『逍遥篇』第 7 巻、31〜291、632〜94、695〜890 行参照)。そして最後に、「散歩に出かけてすっかり暗い気分になった」理由として、ドロシーは次のように述べている。[42]

> All the trees in Bainriggs are cut down, and even worse, the giant sycamore near the parsonage house, and all the finest fir trees that overtopped the steeple tower.
>
> ベインリッグズの森の木が全部切り倒され、さらに悪いことに、牧師館近くのシカモアの大木や、教会の尖塔に覆い被さっていた一番立派なモミの木も全て無くなっていました。

兄ウィリアムもドロシーと全く同じ「暗い気分」、否それよりもっと激しい怒りを感じていた。彼のこの感情を凡そ 8 ヶ月後 (1808 年春)『サクラソウの群』(*The Tuft of Primrose*) と題する詩に見事に結実させた。しかし残念ながら 590 行ほど書いたところで急に筆を折っている。とは言え、その前半の 263 行は、ワーズワスにとって理想郷とも言うべきグラスミアの自然が無残に破壊されてゆく姿を目の当たりした怒りと悲しみを、これほど率直に歌い上げた詩は他にないと言って決して過言ではあるまい。

さて本詩は、タイトルが示すように痩せた岩場に咲くサクラソウの小さな群に対する賛辞で始まる。それは山の羊やヤギに踏みつけられ、悪戯好きな子供たちにもぎ取られながらも、春が来れば必ず芽を出して明るい顔

を見せてくれる。急な坂道を行き交う旅人の弾んだ心に新たな喜びを与え、冬のように暗く沈んだ人の心を明るく照らして希望の約束をしてくれる（1～36行）。「我が友」（セアラ・ハッチンソン）は今病床に伏してこの花を見ることが出来ないが、やがて病気が治ってこの花を再び見れば「朝日を受けて夢が覚めるように」元気になるであろう（37～62行）。

　このようにあらゆる時代の波に耐えて春が来れば必ず咲くサクラソウとは対照的に、ワーズワスは長い旅からグラスミアに帰ってみると、これが夢かと思うほど村の中心が一変していた。この惨状について76行（78～153）に渡ってリアルに描写しながら激しく抗議している。次に、彼の怒りの声の一部を引用しよう。

> 　　Ah what a welcome! when from absence long
> 　Returning, on the centre of the Vale
> 　I look'd a first glad look, and saw them not!
> 　Was it a dream? th' aerial grove, no more
> 　Right in the centre of the lovely Vale
> 　Suspended like a stationary cloud,
> 　Had vanish'd like a cloud—...
> 　　　　　...—unfeeling Heart
> 　Had He who could endure that they should fall,
> 　Who spared not them, nor spar'd that Sycamore high,
> 　The universal glory of the Vale,
> 　And did not spare the little avenue
> 　Of lightly-stirring Ash-trees that sufficed
> 　To dim the glare of Summer, and to blunt
> 　The strong Wind turn'd into a gentle breeze
> 　Whose freshness cheared the paved walk beneath,
> 　That antient walk, which from the Vicar's door
> 　Led to the Church-yard gate. (*The Tuft of Primroses*, 95–115)

　　ああ何たる歓迎か。私は長い旅から帰り、
　　胸を弾ませて最初に谷の中心を見て、
　　そこにモミの木が無かったとき、
　　それは夢かと思った。美しい谷の中心に
　　動かぬ雲のように空高く

浮かぶモミの森は最早無く、
雲のように消えていた。……
これらモミの木を切り倒して
平気でいることができ、また谷全体の
栄光であったあの高いシカモアも
容赦せず、軽やかに揺れるトネリコの
並木さえ容赦なく切り倒す人は、
冷酷な心の持ち主だ。
その並木は、夏の陽射しを和らげ、
強い風を穏やかな微風に変え、
その新鮮な風が真下の石畳の散歩道を、
牧師館の玄関から教会墓地の門に通じる
あの古い散歩道を楽しくしてくれたのに。

ワーズワスはこのように述べた後、尖塔の下の墓地に目を移し、緑の芝生に覆われた墓が五つ並んでいるのに注目する。それは前述のドロシーの手紙でも述べたシンプソン牧師一家の墓であった。最長老の牧師はワーズワス一家が留守中の1807年6月27日に老衰で死亡したのを最後に、僅か3年の間に彼の妻を皮切りに、孫に続いて息子と娘が相次いで他界した。以下、その不幸な歴史と、その不幸を一人で耐えて逞しく生き抜いた牧師の生き様を79行 (140~218) に渡って愛情込めて切々と語っている。そしてこの一家の消滅を、「心の拠り所」と言うべき教会のモミやシカモアの大木の無残な伐採と重ね合わせて、グラスミアの「変化」(change) の姿を、即ち楽園喪失（自然破壊）の様をリアルに描いている。だが唯一つ変わらぬものがあった。それは詩の冒頭で述べた岩場に咲くサクラソウであった。

> Meanwhile the little Primrose of the rock
> Remains, in sacred beauty, without taint
> Of injury or decay, lives to proclaim
> Her charter in the blaze of noon, ... (219–22)

一方、岩場の小さなサクラソウは
清らかな美しい姿で、危害や衰えの
色さえ見せず、真昼の日差しを受けてもなお
自らの特権を宣言するべく生き残っている。

そして最後に、かつて貴族が自らの狩猟地を荒廃から守るために忠実な番人を雇っていたが、それと同じように湖水地方、とりわけグラスミアの美しい自然を破壊から守る監視官がいればどれ程有難いことか、と切なる願いを吐露して詩の前半が終わっている。

> O grant some wardenship of spirits pure
> As duteous in their office to maintain
> Inviolate for nobler purposes,
> These individual precincts, to protect
> Here, if here only, from despoil and wrong
> All growth of nature and all frame of Art
> By, and in which the blissful pleasures live.
> Have not th' incumbent Mountains looks of awe
> In which their mandate may be read, the streams
> A Voice that pleads, beseeches, and implores?
> In vain: the deafness of the world is here
> Even here, and all too many of the haunts
> Which Fancy most delights in, and the best
> And dearest resting-places of the heart
> Vanish beneath an unrelenting doom. (*The Tuft of Primroses*, 249–63)

> おお、このように自分の職務に忠実な
> 純な心を持った監視官を与え給え。
> より高貴な目的のためこれら個々の領域を
> 汚れ無き状態に保ってほしい。
> 我々の幸せな喜びの源である自然のあらゆる成長と
> 芸術のあらゆる枠組みを、せめてこの地だけでも
> 破壊と悪事から守ってほしい。
> そそり立つ山々は命令を聞けと言わんばかりの
> 威厳に満ちた顔をしているではないか、小川は
> 声を出して訴え、頼み、哀願しているではないか。
> だが空しい。ここでは、否、この地でさえ、
> この声が聞こえないからだ。楽しい空想を
> 産み出すひっそりとした全ての多くの場所、
> そして何よりも大切な心の憩いの場所は
> 仮借なき運命の下で消えてゆくからだ。

この強い願望こそ、これより1年後に書き始める『湖水地方案内』の基本精神であり、最大の執筆動機であった。そして自然を守る監視官の必要性を訴える強い思いは、その最終章の結論として、湖水地方を「国家財産」(national property) として保存する法律の制定を望む声に発展してゆくことを見落としてはなるまい。[43]

(8)

『サクラソウの群』の執筆時期は冒頭の2連（1〜48行）からも明らかなように、ワーズワスは1808年4月6日にロンドンからグラスミアに戻った直後の4月に書かれた。そのとき彼は最悪の精神的逆境に中にあった。その一つは詩の第2連（37〜48行）からも読み取れるように、ワーズワスは妻の妹で家族の一人であるセアラ・ハッチンソンが重病の報せを受け、心に大きな不安を抱いてロンドンから急遽帰宅した。[44] そしてこれとは性質の全く異なるさらに大きな鬱憤を胸に抱いて帰宅したからである。しかし後者についてその経緯を説明するとかなり長いものになるが、『湖水地方案内』の執筆に至る過程とその動機を知る上で避けて通れないので、以下これについて出来るだけ簡単に説明してみたい。

　前節で述べたように、1807年7月10日にコルオートンから約9ヶ月ぶりにグラスミアに戻ったが、その帰途ボルトン・アビーに立ち寄った（246頁参照）。それから凡そ3ヶ月後そのときの印象を基にして『リルストンの白鹿』(*The White Doe of Rylstone*) を書き始め、3ヶ月の日時を費やして翌年1月16日に「約1700行を書き終えた。」[45] それだけにこの作品に対する期待と自信はただならぬものがあった。彼が2月24日にロンドンへ出かけたその目的は「コールリッジの健康が危機的な状態という報せを受けた」ためであったが、その機会を利用して書き終えたばかりの新作をロングマンに100ギニーで売る計画を立てた。[46] 幸いコールリッジは王立協会 (Royal Society) で何とか講義できる程度に回復していたので一安心というところであったが、ロングマンとの商談は期待通りに運ばなかった。一応目を通してからと言って譲らなかったのである。前年に出版した『詩

集』全 2 巻の売れ行きがはかばかしくなかったからである。その上、予め目を通してもらっていたラムからも良い評価を得られなかった。自尊心を傷つけられたワーズワスはきっぱり出版を諦め、ボーモント卿の住むダンモウ (Dunmow, Dorcetshire) に向った。この報せを受けたドロシーは早速 (3 月 31 日) 次のような文面の兄宛の手紙をコールリッジの許に送った。

> We are exceedingly concerned, to hear that you, William! have given up all thoughts of publishing your Poem. As to the Outcry against you, I would defy it—what matter, if you get your 100 guineas into your pocket? . . . without money what *can* we do? New House! new furniture! such a large family! two servants and little Sally! we *cannot* go on so another half-year; . . . Do, dearest William! do pluck up your Courage—overcome your disgust to publishing—It is but a *little trouble*, and all will be over, and we shall be wealthy, and at our ease for one year, at least.[47]

> ウィリアム、貴方が詩を出版するのをやめた、と聞いて私たちは大変心配しているのです。貴方の詩に対する悪口なんか、私なら屁とも思わないでしょう。それで 100 ポンド手に入るのなら、どうだって良いでしょう。お金が無くて何が出来るのですか。新しい家、新しい家具、あのような大家族、二人の召使と小さなサリー。私たちは次の半年間とても生活できないでしょう。……さあ、勇気を出しなさい。貴方の出版嫌いを克服しなさい。それはほんの少し面倒なだけで、全てが終わってしまえば、私たちは裕福になり、少なくとも次の 1 年間を楽に暮らせるのです。

上記の「私たちの家」は 2 ヶ月後に入居する新築のアラン・バンクを指し、「小さなサリー」は 20 日前に猛吹雪の山中で遭難したグリーン夫妻の孤児の一人を指している。[48] さらに手紙では述べていないが、そのとき妻は 4 人目の子供を妊娠していた (1808 年 9 月 6 日に次女出産)。狭い家にこのような大所帯で、実質的に家計の責任者であるドロシーはこのように兄に急き立てるのもやむをえないことだった。彼女は兄の詩人としての才能を誰よりも高く評価し、最大の支援者であったが、兄の詩が大衆受けしないことを残念に思っていた。例えば、1807 年 7 月 19 日にクラークソン夫人に宛てた手紙の中で、彼女の夫 (Thomas Clarkson, 奴隷解放の著書で有名) の本は良く売れるのに対して、兄ウィリアムの詩は売れないことを

嘆いた次の一節に注目したい（原文割愛）。

> 我が家の文学的仕事からお宅のように富がどんどん流れ込んでくる話をお伝え出来れば嬉しいのですが、悲しいことに、詩は良い商売ではありません。兄の作品の売れ行きはのろいですが、今の詩集が1年以内に完売すると、さらに200ポンド入る予定ですので、それで新しい家の家財道具を買い、高い家賃を払うことが出来ると思います。[49]

上記の「今の詩集」(present Editions) は、ロングマン社から100ポンド受け取って出版したばかりの『詩集』全2巻 (1807) を指している。初版は1,000部印刷したのだが、1年以内に完売すれば、第2版は200ポンド支払うという約束であったのだろう。ドロシーはこれに大きい期待を寄せて近々入居する予定の「新しい家」（アラン・バンク）の高い家賃と、新しい家具の購入資金に当てようと考えているのである。ところがその『詩集』の売れ行きは期待通りにいかなかったので、ロングマンは『リルストンの白鹿』の出版を渋って当然であった。これがワーズワスの自尊心を傷つけたので、出版を引っ込めてしまった。これを知ったドロシーは前述のような手紙を書いて兄を叱咤激励したのである。

　以上のような精神状態の中でワーズワスは1808年4月にロンドンからグラスミアに戻ったとき、ダヴ・コテージは大家族に加えてセアラ・ハッチンソンの病気その他で大混乱を起こしている上に、家計もまさしく火の車であった。『サクラソウの群』はこのような逆境の中で書かれた。それから逃れるためか、或いはそれに打ち勝つために、『リルストンの白鹿』と全く性質の異なった彼本来の詩的世界に没頭したのだった。ところでこの作品は、スコットが1805年に出版して大好評を博した『最後の吟遊詩人の唄』(The Lay of the Last Minstrel) を念頭に置いて古い歴史から題材を得て書いた。しかしスコットの作品が莫大な富をもたらしたのに対して、ワーズワスの詩は出版の撤回という不本意な結果に終わった。ワーズワスはこれについて何も語っていないが、ドロシーが1808年3月28日にクラークソン夫人に送った手紙の中で兄の気持ちを代弁ないし弁護して次のように語っている（原文割愛）。

『リルストンの白鹿』や兄が書くいかなる詩も『最後の吟遊詩人の唄』のように直ぐ人気が出ることを私は期待しておりません。その物語は一般大衆の趣味や知識のレベルを超えた部分を補うに十分でないからです。でもその作品は以前のものより良く売れて、それを補ってくれると思います。[50]

しかし妹のこのような叱咤激励も兄の気持ちを変えることができず、金に余裕の出来た1815年まで持ち越されることになった。こうしてワーズワス一家は生活に余裕の無いままその年の5月末にアラン・バンクに住まいを移した。それから4ヶ月後スキップトンの牧師ペリング (Rev. J. Pering) から、湖水地方の魅力を紹介する文章を彼の旅行記に載せたいので是非協力を願いたいという手紙が届いた。ワーズワスは10月2日に次のような返事を送った。1810年に初めて発表した『湖水地方案内』の執筆に至る過程を知る上で不可欠な極めて貴重な手紙であるので、少々長くなるが全文を紹介する。

Alas! you have but a faint notion how disagreeable writing, of all Sorts, is to me, except from the impulse of the moment. I must be my own Task master or I can do nothing at all. Last autumn I made a little Tour, with my wife, and she was very anxious that I should preserve the memory of it by a written account. I tried to comply with her entreaty, but an insuperable dullness came over me, and I could make no progress.

　This simple and true statement I am sure you will deem a sufficient apology for not venturing upon a theme so boundless as this sublime and beautiful region.

　Besides, you can easily conceive that objects may be too familiar to a Man, to leave him the power of describing them. This is the case with me in regard to these Lakes and mountains, which are my native Country, and among which I have passed the greatest part of my life: and really I should be utterly at a loss were I about to set myself to a formal delineation of them, or of any part of them, where to begin, and where to end.[51]

その瞬間の衝動から湧き出るとき以外の執筆は全て私にとって如何に不愉快なものであるか、貴方は殆ど理解されていないようです。私は自ら進んで書くものでなければ、一切何も書きません。私は昨年の秋妻と一緒に小

旅行をしたとき、旅の想い出を記録に残しておくことを妻は強く望んでいた。私は妻の求めに応じようと努力したが、どうしようもないほど退屈な気分に襲われ、筆が全然進まなかった。
　　この単純な本当の話をしただけで、この崇高美に満ちた湖水地方のような無限の世界について執筆する勇気が出ないことの十分な言い訳になると思います。
　　その上、対象が余りにも慣れ親しんだものであると、それについて書く力を失わせる、という事実を貴方も容易に理解できると思います。私の生まれ故郷であり、人生の大部分を過ごしたこれらの湖や山々に関しても、同様のことが言えると思います。それ故、これらについてその外観の描写を引き受けたならば、たとえその一部分であっても、何処から始めて何処で終わるべきか、全く分からず途方にくれてしまうでしょう。

　ワーズワスはこれまでにも同様の依頼や誘いを何度か受けてきたに違いない。その度毎に恐らく同様の返事をしてきたのであろう。一方、年を追う毎に増大する趣味の悪い観光客とガイドブックを見るにつけて心中穏やかならぬものがあり、真に価値ある案内書を湖水地方の自然を守る意味からも執筆する必要性を心の底で痛感し始めていた。こうして数ヶ月が過ぎた 1809 年の夏、ノーフォークの牧師ジョゼフ・ウィルキンソン (Rev. Joseph Wilkinson) から、彼が近く出版を予定している自らの画集の「序文」(introduction) を是非書いてほしいという依頼の手紙が届いた。それは彼と以前から知り合いのコールリッジと予め相談した上でのことであった。もちろんこれには相当の原稿料も入ることからドロシーや妻メアリーの強力な後押しもあり、ワーズワスは遂にその執筆を引き受けることになった。こうして 10 月には湖水地方の「概要」(general introduction) を書き終え、版画の出来具合を見て各論に入る段階に入っていた。その原稿の清書を引き受けたのは主としてセアラ・ハッチンソンであった。11 月 18 日にドロシーはクラークソン夫人に送った手紙の冒頭でこの事実を伝えているが、中でも特にこの仕事のほうが詩よりも遥かに実入りが良いことを強調している点に注目したい。「兄がこの画集の序文に湖水地方案内を書くことになれば、それがさらに良く売れて、苦労して書くどの詩よりも多くの利益をもたらすでしょう」(I think, if he were to write a Guide to the Lakes and prefix his preface, it would sell better, and bring him more money than any of his higher labours.) と。[52]

　こうしてワーズワスの湖水地方案内の執筆は順調に進み、この年の暮には出来上がっていた。そして年が明けて 1810 年 4 月にウィルキンソンの画集『カンバランド、ウェストモァランド、ランカシャーの風景画選集』(*Select Views of Cumberland, Westmoreland and Lancashire*, by the Rev. Joseph Wilkinson) が出版されるに至った。ボーモント卿夫人はその「序文」を読んで、その感想を早速ワーズワスに書いて送った。5 月 10 日の彼女に宛てた手紙はその返事である。それは短い感謝の言葉で始まった後、次のように自分の作品に対する自己評価、つまり採点をしている。

> I thought the part about the Cottages well-done; and also liked a sentence where I transport the Reader to the top of one of the Mountains, or rather to the Cloud chosen for his station, and give a sketch of the impressions which the Country might be supposed to make on a feeling mind, contemplating its appearance before it was inhabited. But what I wished to accomplish was to give a model of the manner in which topographical descriptions ought to be executed, in order to their being either useful or intelligible, by evolving truly and distinctly one appearance from another. In this I think I have not wholly failed.[53]

> 私は小屋について述べた部分が良くできていると思います。また、読者を山の頂上（視点としては雲の上のほうが良いと思いますが）に移動させて、その地方に人が住む以前の姿を思い巡らせながら心象に映る光景を想像して述べた文章も、私は気に入っています。しかし私が是非成し遂げたいと思っていたことは、地誌的描写が実際に役立つと同時に理解し易くするために、それぞれの場所の違いを有りのまま明確に展開することによって、そのあるべき描写様式の見本を示すことであった。私はこの点において必ずしも失敗していないと思います。

　上記の前半は、『湖水地方案内』本論の第 2 節 "Aspect of the Country, as affected by its Inhabitants" について言及したものであり、後半（"But what I wished . . ." 以下）は本論の第 1 節 "View of the Country as formed by Nature" を特に念頭においた言葉である。これらの具体例を全てここに紹介することは多くの紙面を必要とする上に冗長の誹りを免れないので、ワ

ーズワス自身が「良くできた」と述べた「小屋」に関する部分だけを紹介するに留めたい。小屋に関する記述は 2 頁余りであるが、人間と自然とが一つに溶け合って存在するワーズワスの理想美がここに凝縮されている。中でも次の一節は建物が自然の生命と一つに溶け合った有機的存在として見た代表的記述である。

> . . . these humble dwellings remind the contemplative spectator of a production of Nature, and may (using a strong expression) rather be said to have grown than to have been erected;—to have risen, by an instinct of their own, out of the native rock—so little is there in them of formality, such is their wildness and beauty.[54]
>
> これらの住まいは物事を深く考える観察者に自然の産物を思い起こさせるであろう。強い表現をすると、建てられた家と言うよりもむしろ自然に成長した、つまり自らの本能によって天然の岩から立ち上がった、と言えるかもしれない。これらの住まいはそれほど建造物らしからぬ姿、つまりそれほど野生的で美しいのだ。

ドロシーはこれより 5 年早く（1804 年の秋）兄と一緒にダドン渓谷を旅したとき、そこで見た小屋について、「何処を見ても、緑の野辺と緑の田畑は住み心地の良い小屋と一緒に顔を覗かせている。だがそれらの小屋は、小屋か岩か識別できないほど良く似た色の岩に半ば隠れている」と描写している（229 頁参照）。この一見素朴な表現は、上記の兄の言葉をまさしく先取りして述べたものと評すべきであろう。そして最後に、ワーズワスは次のような言葉でこれらの「小屋」に関する記述を結んでいる。

> Hence buildings, which in their very form call to mind the processes of Nature . . . appear to be received into the bosom of the living principle of things, as it acts and exists among the woods and fields; and, by their colour and their shape, affectingly direct the thoughts to that tranquil course of Nature and simplicity, along which the humble-minded inhabitants have, through so many generations, been led.[55]
>
> 従って、外形そのものにおいて自然の成長過程を思い起こさせるこれらの

建物は……森や田畑の中で生きて存在しているので、生命の原理の奥深くに受け入れられているように見える。そして建物の色や形によって、観る人の思いをあの自然の静かな流れと素朴の世界へ優しく導くであろう。あの素朴な住民たちが幾世代にも渡って生きてきたあの素朴な世界へ。

第9章

『逍遥篇』と『ダドン川』ソネット・シリーズ

(1)

　ワーズワスは『湖水地方案内』をウィルキンソンの風景画集の序文に発表した後の3年間は、住まいの変化と生活苦に加えて予想もしない多難と悲劇の連続であった。それ故、その間詩作に没頭する機会に恵まれることが殆どなく、まさしく不毛の3年間と言えよう。それだけに伝記的観点から一層変化に富んだ実に興味深い一時期であった。しかし本書は彼の伝記を書くのが目的でないので、この期間について注目すべき項目だけに絞って手短に説明してみたい。

　1808年5月末にワーズワス一家はタウン・エンドの狭い家（ダヴ・コテージ）から広いアラン・バンクに移ったことは前章で説明したとおりであるが（245頁参照）、それから4ヶ月後の9月からコールリッジも一緒に住むようになった。そして1810年4月末まで滞在する間に、ワーズワスとセアラ・ハッチンソンの助けを借りて機関紙『朋友』(The Friend) を1810年3月に第27号をもって突然打ち切るまで、途中何度か足踏みしながら書き続けた。[1] それから凡そ半年後の10月半ばにワーズワスの旧友モンタギューは新妻と一緒にスコットランド旅行からの帰り道、馬車でケジックのコールリッジの家（グリータ・ホール）に立ち寄った。そのときコールリッジが阿片中毒になお依然として苦しんでいることを知り、ロンドンの専門医に診せるため彼を同じ馬車で連れて帰ることにした。そして途中ワーズワスの家に立ち寄り、その事実を伝えた。それを聞いたワーズワスは、長年コールリッジと同居して彼の阿片中毒の恐ろしい症状を知り尽くしていたので、彼と同居することの難しさを老婆心ながら忠告した。楽天的なモンタギューはこれを一笑に付してそのままロンドンへ向った。こうしてロンドンの自宅に戻り、コールリッジと暫く一緒に生活して忽ちワー

ズワスの忠告が本物であることを知った。口の軽い彼は思わずコールリッジにワーズワスの言葉「厄介な存在になる」(absolute nuisance) をそのまま伝えてしまった。これを聞いたコールリッジはワーズワスに裏切られたと勘違いして、とっさに彼の家を飛び出し、別の友人 (J. J. Morgan) の許に身を寄せた (10月29日)。[2] こうして15年続いた深い友情の絆を自らいとも簡単に断ち切ってしまった。しかしこの事実がグラスミアに知らされなかったので、ワーズワス一家はコールリッジから全く手紙が来ないのを不思議に思いつつも1年半が過ぎていった。

さて一方、この間ワーズワス一家も多難かつ多忙な生活が続いた。1810年5月9日に5番目の子供ウィリー (Willy, William の愛称) が生まれた上に、年上の子供たちの教育費も嵩み、以前にも増して家計が苦しくなった。そこでアラン・バンクの契約期間の3年が過ぎる1811年5月に家賃の安い牧師館 (教会の直ぐ前) に移ることになった。ところでその年の1月28日に妻メアリーの独身の叔父 (Henry Hutchinson) が死亡したので、その遺産の一部として毎年50ポンドが彼女とセアラ・ハッチソンの手元にそれぞれ入るようになり、苦しい家計を少なからず楽にした。[3] そして一家が牧師館に移った後、教会により近くなったこともあって以前に増して教会での教育活動に家族一同参加するようになった。本来教育に熱心なワーズワス自身もこれに情熱を燃やした。それを加速したのは、教育にマドラス・システム (Madras System) を唱導したことで有名なベル博士 (Dr. Bell) が10月半ばにグラスミアを訪れたことが大きなきっかけとなった。以後しばらく詩作のことをすっかり忘れてこの道の教育に骨身を惜しまなかった。

こうして1812年を迎えたワーズワスは大家族を抱えて相変わらず生活に余裕がなく、詩人としての使命を全うするためには詩作の邪魔をしない程度の閑職に就く必要を痛感し始めた。ちょうどその頃、ロンズデイル伯爵の代理人のリチャードソンが死去したことを知り、その仕事の一部を譲ってもらえないかと思い、熟慮のすえ勇気を奮って次のような手紙を書いた (2月6日)。当時の彼の心境を知る上で非常に興味深い手紙である。その注目すべき部分を紹介すると、先ず初めに「文学こそ私の一生の探求である」(literature has been the pursuit of my Life) ことを強調した後、文学の仕事で妻子をなんとか養っていけると期待して今日まで精一杯努力し

てきたが、「この期待は失望に終わりました」と述べる。その原因として、次の4点を挙げる。その第1は、現代社会は詩人のような定職を持たない自由人にとって非常に厳しい時代であること、第2は、私の作品は時代の好み (taste) に合わないこと、第3は、「私が努力した最も重要な部分はここ数年間、主題が広範なために大衆の目に適合しない」(much the most important part of my efforts cannot meet the public eye for many years through the comprehensiveness of the subject) こと、そして最後に最も大きい原因として、自分の信念や主義 (principles) に反する趣味・政治・倫理・宗教に対して賛成や支援を絶対にしない、つまり時代の流れに妥協しないことを強調している。言い換えると、自分は金儲けを目的とした大衆作家でないことを言葉を尽くして力説している。ここで特に原文を添えた部分について一言説明を付け加えると、『隠士』(*The Recluse*) の第1部である『序曲』と執筆中の『逍遥篇』を念頭においている。これらは何れも主題が広大であるために時代の好みに合わないという意味である。

　ワーズワスは以上のように述べた後、この手紙の本題に入って次のように述べる。[4]

> . . . if any Office should be at your Lordship's disposal (the duties of which would not call so largely upon my exertions as to prevent me from giving a considerable portion of time to study) it might be in your Lordship's power to place me in a situation where with better hope of success I might advance towards the main object of my life; I mean the completion of my literary undertakings; and thereby contribute to the innocent gratification, and perhaps (as the Subjects I am treating are important) to the solid benefit of many of my Countrymen.

> もし閣下が自由に譲渡できる職がございますならば（その職が文学の勉強に多くの時間を割り当てることを妨げない程度の仕事を義務づける物であれば）、閣下の力でその職を私にぜひ授けていただきたく存じます。その職に就くことによって私は人生の主要な目的、つまり私の文学的大事業の完成に向って、より一層成功の希望を持って前進することができるでしょう。その仕事によってわが国の多くの人々に罪のない喜びを与えることに貢献し、そして恐らく（私の扱っている詩の主題は重要ですので）彼らの堅実な利益に役立つことでしょう。

上記の「私の文学的大事業」は言うまでもなく、大作『隠士』の完成を意味している。そして最後の2行 ("thereby contribute ..." 以下) は、『隠士』計画当初 (1798年3月) の基本姿勢をそのまま貫いてきたことを裏付けている。ワーズワスのこの願いは直ぐには実現しなかったが、これより凡そ半年後 (9月14日) ロンズデイル伯から、適当な職業が見つかるまで100ポンドの年金 (pension) を給付したいという申し出を受けた。ワーズワスは最初この申し出を受けることに躊躇したが、熟慮の末12月27日に有難くお受けする旨の返事を出した。[5]

　このように人生で初めて詩作以外の仕事探しで始まった1812年は、彼にとってまさしく激動と悲劇の連続の1年となった。その最初の事件は上記のロンズデイル伯爵宛の手紙を書いてから2週間後の2月19日に始まった。コールリッジは1810年10月末のモンタギュー家でのあの事件以来 (259〜60頁参照) 1年半ぶりに湖水地方へ戻ってきた。彼はその日に馬車でアンブルサイドの学校に立ち寄って二人の息子をケジックへ連れて帰る途中、ワーズワス一家の住むグラスミアの牧師館の前に来たとき、普通なら必ず立ち寄るはずだが、そのまま何も言わずに通過してしまうのを見た子供たちは父の異変に驚いた。こうして彼がケジックに戻ったことを知らされたワーズワス兄妹は是非会いたいという手紙を何度出してもコールリッジは頑としてそれに応えず、それから5週間後の3月26日にケジックを去って行った。[6] こうして両詩人の間に新たな喧嘩の火種が付いてしまった。そして友人たちの間でこの噂が噂を呼び、問題が益々大きくなっていった。そして4月12日遂にワーズワスはこれを解決すべくロンドンへ旅立った。そのとき妻も一緒だったが、途中チェスターで妻と別れてそのままロンドンへ向った (妻はウェールズの従兄妹の家へ向った)。[7] 一方、ロンドンに着いたワーズワスはグロヴナー・スクウェアのボーモント卿宅に身を寄せて、この厄介な問題の解決に取り組んだ。しかしコールリッジの感情の縺れを容易に解くことは出来ず、最後に最も冷静かつ中立的なロビンソン (Henry Crabb Robinson) に仲介の労を取ってもらうことになった。こうして5月11日にようや両人の和解が成立した。しかしロビンソンが日記に記しているように、「コールリッジの傷は癒えたが、彼の胸の中に恐らく傷跡が残ったまま」(the Wound is healed, but ... probably the Scar remains in Coleridge's bosom) であったに違いない。[8]

　さて、ワーズワスはロンドンに1ヶ月余り滞在する間に全く予期せぬ出来事に遭遇した。それはアネット・ヴァロンの娘キャロラインの未来の夫ジャン・バプティスト・ボードゥアン (Jean-Baptiste Baudouin) の兄ユースタス (Eustace Baudouin) と出会ったことである。これについてはドロシーが5月17日に兄ウィリアムに送った手紙の冒頭でごく手短に述べているが、これは次章の題材と深く関わっているので、筆者の推理を含めてその概要を説明しよう。

　ワーズワスは1802年の夏フランスのカレーでヴァロン母娘と一緒に過ごして以来、彼女との繋がりが完全に途絶えていたが、それから10年近くが過ぎた1812年4月半ば彼女から手紙がグラスミアに届いた。その手紙は現存していないので内容については推測の域を出ないが、間もなく20歳になる娘のキャロラインに婚約者が出来たこと、そして母と娘は貧しいながらも真面目に誇りをもって生きていることなど、近況を告げたものであった。それと同時に娘の婚約者の兄ユースタスがスペインで英国軍の捕虜になって、現在シュロップシャー (Shropshire) のオズウェストリ (Oswestry) の捕虜収容所にいるので、ワーズワスの尽力で釈放してもらえないか、という懇願の手紙であったと想像される。ドロシーがこの手紙を受け取ったのはワーズワス夫妻がグラスミアを出発した直後であったので、早速この手紙の内容をウィリアムに知らせると同時にメアリーに宛てて、ウェールズへ向う途中オズウェストリを通るので、そのとき彼と会うことができれば是非とも会ってほしい、という主旨の手紙を書いた。その手紙を受け取ったメアリーは何とかしてユースタスに会ってみようと思って探してみたが、フランス語が出来ないのでどうしようもなかった、という主旨の手紙を4月23日にウェールズからロンドンにいるウィリアムに出している。[9] 一方、ドロシーがウィリアムに出した2度目の手紙の中でこの件について触れておいたが、それが彼の許に届いていないことが分かったので、5月17日の手紙の冒頭でユースタスの件について改めて次のように述べている。

　　. . . the second was written upon one from the French Prisoner at Oswestry, telling you that he has no present want of money having received a supply—that he wished much that by applying to the Transport office you could assist him in obtaining his release but seemed to have little hope; and requested to hear again, telling him your address—where he might *always* find you, and saying you might write in English. This to the best of my remembrance is the sum of what he said.[10]

私の2度目の手紙はオズウェストリのフランスの囚人から届いた手紙のことで、次のようなことを書いておきました。彼は金の支給を受けているので今のところ不足していないこと、彼が釈放されるように外務省に働きかけてほしいけれど望みは薄いように思うこと、そして彼が貴方と何時でも連絡が取れるように貴方の宛先を彼に知らせてほしい、その際英語で書いてくれて結構であること。以上は私の記憶している限りの彼が述べたことの概要です。

ワーズワスはユースタスを釈放するためのあらゆる手段を講じてそれに成功した。その上20ポンドを妻の従兄のモンクハウスから借りて彼に用立てた。ワーズワスはここに至る経緯を纏めてウェールズにいる妻に知らせた。それを受けて彼女は6月6日に次のような返事を書いた。妻メアリーの終始変わらぬ夫への愛情と類稀な寛容さを裏付ける手紙である。

But do make all the haste you can. I know you will I need not desire it—I do indeed think Annette's very dignified & most heartily wish we were rich enough for you to settle something handsome upon dear Caroline—perhaps if any thing good comes of your application—we may—I was much pleased indeed with your exertions in that affair & think what was said was sufficiently hopeful— . . .[11]

でもそれは大急ぎでやりなさい。私がそう言わなくても貴方はなさるでしょうけれど。アネットは本当に高貴な方だと思います。私たちはキャロラインのために十分なことをしてあげられるほどお金があればよいのに、と私は心からそう思っているのです。貴方の申請がうまく行けば、恐らくそうなると思いますけれど、貴方がその件に尽力したことを私は本当に大変嬉しく思っています。そして貴方の言ったことは十分希望が持てると思います。

一方、ワーズワスは6月4日に妻に宛てて、4日後ロンドンを出て弟クリストファーとボッキング (Bocking) で1週間ほど過ごした後、さらに3週間ほどあちこち旅して7月に2ヶ月半ぶりに妻とウェールズで嬉しい再会ができることを約束をしている。この手紙はかなり長いもので、その中身はまさしくラブレターと呼ぶに相応しい甘い言葉の連続であり、夫婦愛の深さを裏付けている。[12] メアリーがヴァロン母娘に対して一貫して寛容で優しく振舞えた最大の理由は、彼女本来の優しい性格にもよるが、それ以上に夫の愛情を信じていたからこそであった。

　このようにワーズワス夫婦が愛の手紙を交換し合っている間、グラスミアでは全く予期せぬ悲劇が起こっていた。ワーズワスは6月4日に妻宛の手紙を書いたその日に、3歳9ヶ月の可愛い盛りの次女キャサリンが急死したからである。その訃報がワーズワスの許に届いたのは1週間後の6月11日であった。手紙が遅れたのはロンドンのボーモント卿宅からボッキングへ転送されてきたためであった。訃報に接した彼は妻に会うためウェールズのヒンドウェル (Hindwell, Radnorshire) に向った。そして14日（日曜）に会った彼女の姿は言葉に尽くせぬほど憔悴していた。ワーズワスは18日にクリストファーに宛てた手紙で、「私は日曜日にここに着いたが、そのときに見た妻の哀れな失意の状態から彼女はまだ殆ど回復していない。思考も宗教も友達の努力も、極度の悲しみから受けた彼女の心を静めることは出来ない。私たちはじっと我慢して、出来る限りのことをしなければならない」と伝えている。[13] そのような次第で妻は長い旅には到底耐えられず、グラスミアに戻ったのはキャサリンが死んでから凡そ1ヶ月後の7月初めであった。

　8月に入ると毎年のように来客が後を絶たず、キャサリンの死を悲しむ暇もないほどであったが、娘の死がメアリーに与えた衝撃は余りにも大きく体力が回復しないままであった。そして秋の到来と共に来客も途絶え、一家に以前の平和がようやく戻ったように思えたが、11月に入って間もなく次男のトマスが百日咳にかかり、さらに麻疹を併発して26日に息を引き取った。キャサリンの死より僅か半年足らずの再度の悲劇であった。しかし今度は、妻メアリーは見事にそれに耐え抜いた。それはまさに神々しいまでの忍耐強さであった。ワーズワスは12月1日にモンタギューに

宛てて、「メアリーは諦めと忍耐を持ってこの２度目の衝撃に耐えている。私は精一杯それに耐えている。二人の叔母（ドロシーとセアラ）はメアリーを見習って冷静に振舞っている」(Mary supports this second stroke with resignation and fortitude—I bear it as well as I can. His aunts tranquilize themselves after the Mother's example, . . .) と手短に伝えている。[14] さらに翌日のサウジー宛の手紙では、自分も妻に倣って悲しみに耐えている姿を次のように表現している。

> My Wife bears the loss of her Child with striking fortitude. . . . I loved the Boy with the utmost love of which my soul is capable, and he is taken from me—yet in the agony of my spirit in surrendering such a treasure I feel a thousand times richer than if I had never possessed it.[15]
>
> 妻は驚くほどの忍耐心で子供の死別に耐えている。……私は息子を心の許す限りの最大の愛情をもって愛してきた。その子が私から奪われたのだ。しかしそのような宝を失った苦悩の最中にあってもその宝を持たなかった場合より千倍も豊かに感じている。

この文面（とりわけ "resignation and fortitude"）からも読み取れるように、僅か半年の間に二人の愛児を失った極度の悲しみに耐え抜く最良の道は信仰以外に無いことを改めて身をもって体験した。そしてこれが以前の汎神論から正統派信仰に移行する恐らく最大のきっかけになったに違いない。そしてこのような究極の愛と悲しみは詩人の心をさらに純化し、やがてそれが詩的創造の原動力となる。『序曲』に次ぐ大作『逍遥篇』(The Excursion) 完成への道はここから始まったと解釈して恐らく間違いではなかろう。

　こうして年の瀬も近づいたころ、それまで保留してきたロンズデイル伯の年金を家族や友人の勧めもあって遂に受け取る決意をして、12月27日にその旨を伝えた（262頁参照）。

(2)

　1813年5月1日ワーズワス一家は13年と4ヶ月住んできたグラスミアを離れ、ライダル湖東端の丘に建つ邸宅ライダル・マウント (Rydal Mount) に住まいを移した。その経緯を簡単に説明すると、先ずグラスミアを離れざるを得なくなった理由について、ドロシーは1812年の大晦日にクックソン夫人に宛てた手紙の中で次のように述べている（原文割愛）。

> 　私たちはグラスミアを出ることを決意しました。その理由について、私はくどくど説明しなくても貴方は直ぐに感じ取ってくれるでしょう。私たち家族は神のご意思にすべてを委ねていますので、子どもの死という大きな悲しみに耐えることができます。しかし母親（メアリー）と家族の一人（セアラ）は目の前の見慣れた景色を、悲しみと苦痛なしに眺めることが最早できないほど弱り果てているからです。本当に、ここに住んでいては何処を見ても、あの可愛い無邪気な二人の姿を思い出してしまいます。とりわけトマスが毎日墓地で学校の友達と一緒に遊んでいたときの姿や、毎日そこを通り抜けて学校に通っていたときの最近の姿を思い出してしまいます。……もし他に方法があるとするならば、私たちはもうここに住みたくありません。何故なら、メアリーは最大の忍耐をもって耐えていますけれど、体が弱っていますので精神的重圧に負けて根底から崩れてしまうでしょうから。[16]

この最後の2行は、『逍遥篇』第3巻に登場する「孤独の男」(Solitary) の妻が子供の死に「神々しいほどの忍耐」をもって耐えていたが、終に体力が尽きて死んでしまう場面を連想させる。言い換えると、前節の最後にも述べたように現実の悲劇がこの作品の完成に向う最大のきっかけ、または原動力となったのである。

　こうして新しい年を迎えた1月5日ドロシーはクラークソン夫人に宛てた長い手紙の中で、夢に見た理想の邸宅ライダル・マウントに近く住めそうな希望を率直に伝えている。それから3日後、ロンズデイル伯爵から年金100ポンドが届いたのでワーズワスは早速礼状を出した。それは非常に丁重な形式張った手紙であるが、彼の心境を誠実に伝えている。それは『逍遥篇』の執筆と直接結び付く言葉であるのでその興味深い部分を紹介

すると、先ずその前置きとして、現在住んでいる牧師館は教会墓地に余りにも近いために、死んだ二人の子供のことを絶えず想い出してしまう。それがためにワーズワスが詩作に打ち込む上で必要不可欠な「精神の安定」(tranquility of mind) を失ってしまう。それ故、近くこの家を出てライダル・マウントに移り住むことになった、と述べる。だがその新居の家賃はとても高いのが悩みの種だったが、この年金のお陰で気安く移り住むこと出来る、と次のように続ける。

> By your Lordship's goodness we shall be enabled to remove, without uneasiness from some additional Expense of Rent, to a most desirable Residence soon to be vacant at Rydale. I shall be further assisted in my present depression of mind . . . by feeling myself at liberty to recur to that species of intellectual exertion which only I find sufficiently powerful to rouze me, and which for some time I could not have yielded to, on account of a task undertaken for profit.[17]

> 閣下の善意によって私たちは家賃の増加に対する不安を感じることなく、間もなく空き家になるライダルの理想の邸宅に移ることができます。そして現在の落ち込んだ私の心にさらに大きな支えとなることでしょう。私はお金のために引き受けた仕事の所為で永らく没頭できなかったあの知的努力、私の沈んだ心を呼び覚ますに十分力強いあの知的努力を、再び自由に発揮できると思うからです。

ここで述べる「知的努力」とは大作『隠士』の完成を意味していることは言うまでもない。事実、彼はライダル・マウントに移ってから時を経ずしてその第２部に相当する『逍遥篇』の完成に向って邁進した。そして１年後にその出版を見事に果たした。

　それから２ヶ月後の３月６日にロンズデイル伯から更なる朗報が届いた。ワーズワスが１年前から期待していた湖水地方のほぼ半分の領域における「切手販売」(the Distributorship of Stamps for Westmorland and the Penrith district of Cumberland) の職が彼の手に届いたからである。当時その職に就いていたウィルキン氏が引退を申し出たので早速ワーズワスの手にそれを渡してくれたのである。しかしその収入が全部彼の手に入るわけではなく、その一部（100ポンド）は引退したウィルキンに支払い、さらに

ワーズワスの仕事を手伝う書記を一人雇う必要があった。[18] さらに諸経費を引くと残りは 100 ポンド程度になるはずであった。こうして 5 月 1 日に一家は待望のライダル・マウントへ住まいを移し、ワーズワスは忙しいながらも安定した毎日を過ごすことが出来た。そしてこれまで書き溜めてきた『逍遥篇』の膨大な原稿を整理し、修正と加筆をして 1814 年 7 月ついに全 9 巻を完成することができた。

(3)

　『逍遥篇』(*The Excursion*) 執筆の歴史は実に長い。それは 1797 年 6 月ワーズワスが書いたばかりの『廃屋』(*The Ruined Cottage*) をコールリッジに朗読したことから始まる。それから 9 ヶ月後の 1798 年 3 月の初め、両詩人はこの詩を基本にして「自然、人間、社会」を主題にした「真に人類社会の改善に役立つ」長篇叙事詩『隠士』を互いに力を合わせて完成しようと固く誓い合った。それ以来ワーズワスはこの詩を完成することこそ詩人として究極の使命と固く信じ、この信念を一瞬たりとも曲げることはなかった。しかし最初の 2 年間は気にかけながらもこの詩に全く手を付けることなく過ごしたが、1799 年末にグラスミアに移り住んでから真剣にこの詩について考えるようになった。その過程の中で生まれた代表作は第 5 章で論じた『グラスミアの我が家』と『マイケル』であった。しかし前者は未完成のまま放置され、後者は翌年 1 月に出版した『リリカル・バラッズ』第 2 版の中に収められた。そしてこの年 (1801) の秋ごろから『隠士』に直接繋がる詩として、『廃屋』を延長拡大した『行商人』の完成に取り掛かり、第 6 章で論じたように翌 1802 年の 3 月上旬に一先ず完了した。ところが 1804 年の春コールリッジが阿片中毒の治療のため英国を離れるに際して、互いに交わした『隠士』完成の約束を改めて想い起し、大いなる決意の下にその執筆に着手した。しかし如何に努力しても執筆の糸口さえ見つけることができず、大いに悩んだ末その執筆はコールリッジが帰国してから彼の協力の下に完成することを心に決めた。そしてこれに代わる作品として、5 年前に書き始めた自伝詩（後の『序曲』）の続きを書き始め、

凡そ1年をかけてコールリッジが帰国するまでに完成させた。そしてこれを『隠士』三部作構想の第1部とした（詳しくは第8章、219〜20頁参照）。

こうして『隠士』本体の執筆に着手するためコールリッジの帰国をひたすら待ったが2年が過ぎても帰らず、遂に痺れを切らして5年以上前に書いた『グラスミアの我が家』を『隠士』の第1巻にする計画を立てた。その後数ヶ月して（1806年の8月）帰国した彼と10月26日にケンダルで遂に再会できた。しかし前章の第7節で述べたように（245頁参照）阿片中毒が以前よりさらに悪化しており、『隠士』執筆の支援は最早絶望的であった。独自の道を選ばざるを得なくなったワーズワスは1807年7月にコルオートンから9ヶ月ぶりにグラスミアに戻って、教会の墓地周辺の大木が無残に切り倒されている姿を目の当たりにして、『サクラソウの群』の執筆に着手し（1808年）、これを『グラスミアの我が家』に続く『隠士』の第2巻にすることも一時考えた。しかし孤独を愛する「隠者」(hermit) が登場したところで筆を折ってしまった。だがこの人物は後に『逍遥篇』に登場する「孤独者」(Solitary) に受け継がれてゆく。こうして本体の『隠士』に代わって、『行商人』の延長としての『逍遥篇』執筆のきっかけを見出した。それから4年後わずか半年の間に愛児を二人亡くして失意のうちに1813年に入ったが、上述のようにロンズデイル伯爵から念願の切手販売の職を手にし、さらに理想の邸宅ライダル・マウントに住むことによって心の平穏 (tranquility) を回復した。かくして『逍遥篇』の完成を目指し、過去十数年間に積み重ねてきた膨大な原稿の整理に本腰を入れて取り組んだ。

以上、『逍遥篇』完成に至る17年間の歴史を要約したが、この長編詩を出版したときに付けたロンズデイル伯に贈る献詩と、その後に続く「序文」と、さらに "On Man, on Nature and on Human Life" で始まる『隠士』の「趣意書」(Prospectus to *The Recluse*) を付け加えた理由とその真意を的確に理解するために、この詩の完成に至る歴史を是非とも知っておく必要があると思ったからである。しかしこの長篇詩を詳しく解説するのが本書の目的ではないので、これらの序文を含めた詩全体の解説は割愛し、紀行文学としての観点に絞って論じることにする。

ワーズワスはこれまで詩の中で描いてきた湖水地方の「谷」("vale", ま

たは "dale") はグラスミアの谷を中心に、彼が少年時代を過ごしたホークスヘッドの学校のあるエスウェイトの谷 (Esthwaite Vale) とその周辺、『兄弟』の舞台となったエナーデイル (Ennerdale)、そして大きな谷を形成するアルズウォーター (Ullswater) とウィンダーミア湖周辺であった。しかし最も野生美に富んだグレイト・ラングデイル (Great Langdale) と、ダドン川の流れるダナーデイル (Dunnerdale) は殆ど手を付けていなかった。だが、最も美味しいものを最後に残しておくかのように、グレイト・ラングデイルを『逍遥篇』の主要舞台とし、さらにこれ以上に野性美と原始的魅力に富んだダナーデイルをソネット・シリーズ『ダドン川』全34篇の中で見事に語りつくした。

　ワーズワス兄妹はボーモント卿夫妻宛の手紙の中で (1804~5 年)、ラフリッグ・ターンから見たグレイト・ラングデイルの景色について繰り返し絶賛しているばかりか、5年後の『湖水地方案内』の中でもこの景色を「最も美しい模範」(the most beautiful example) と褒め上げている (226 頁参照)。『逍遥篇』の舞台はこのラフリッグ・ターン近くの村 (Elterwater) から始まり、湖水地方屈指の雄姿を誇るラングデイル・パイクス (Langdale Pikes) を右正面に見ながらこの谷の奥に向って移動してゆく。そして一番奥に着いたところで左側の急な坂道を登りきると、そこは山に囲まれた荒涼たる台地である。その台地を南に1キロ程進んでゆくと小さな丸い湖ブリー・ターン (Blea Tarn) に辿り着く。この小湖の近くに1軒の小屋がひっそりと建っている。ここがこの詩の中心人物である「孤独者」の住処である。

　『逍遥篇』は全部で9巻から構成されているが、その第1巻は10年以上前に書いた『行商人』を殆どそのまま採用したものであるので、その舞台はグレイト・ラングデイルとは全く無縁の世界である。従って第2巻以下に注目すると、夏の太陽がまだ山に隠れている早朝、この詩の主役の「放浪者」(Wandercrcr) が詩のナレイターである青年を連れて、孤独者を訪ねる逍遥の旅で始まる。出発地点はグレイト・ラングデイルの入り口に位置する村エルタウォーターである。従って、孤独者の家に着くまで数時間かかるので歩きながらこの興味深い人物について凡そ次のように語る。

　「孤独者」はスコットランド出の牧師（シンプソン牧師がモデル、247頁

参照）であったが、彼もまた旅が大好きで、「運命の導くままに放浪生活を楽しんでいた。だが運命の悪戯で、花のように美しい気立ての良い女性と巡り合って結婚した。彼女は美貌に加えて金持ちであったので、彼は牧師の職を捨てて静かな田舎に引きこもり、愛に満ちた毎日を過ごし、やがて二人の子供に恵まれた。しかしその後に悲劇が彼を襲った。二人の子供は相次いで死に、さらに妻もその後を追った。ただ一人生き残った彼は自らも死を求めて墓との対話の日々が続いた。そして遂に悲しみのあまり全ての事柄に無関心になってしまった。これは明らかにワーズワスが1812年に次女と次男を相次いで失った彼自身の心境を映したものと言えよう。折しも、フランス革命が起こった。彼はその刺激を受けて、長い無関心 (apathy) の状態から目を覚まし、ロンドンへ出て「新しい希望の国」のフランスから運ばれてくる自由の思想を迎え入れ、人間の自由について熱心に説いた。しかし「自由」には二つの力が内在しており、良い方はまさしく神の性質を持っているが、悪い方は「最も卑しむべき」性質である。後者は言うまでもなく、時代精神を象徴する冷たい理性主義であった。彼はこの力に屈して、やがて聖職をも捨ててしまった。しかしそれから数年してフランス革命の初期の輝き (glory) を失ったとき、自分が熱中してきた行動の間違いに気づいて狂気の放浪の末、このグレイト・ラングデイルの山奥に孤独の生活を求めるようになった。この後半の「孤独者」の歴史は、フランス革命当時のワーズワス自身の精神史を映したものであることは言うまでもない。

　さて、「放浪者」が語り終えたとき、谷の一番奥に聳えるラングデイル・パイクスの真下まで来ていた。そこで左（南）に折れて急な坂道を登っていった。現在この急な坂道は車が往復できる程度の舗装道路になっているが、ワーズワスのころはこのような道はもちろんなかった。険しい登山道を這うようにして登って行くと荒涼たる台地に出る。周囲が険しい山に囲まれた盆地のような台地が南北に延び、その一番奥（南端）に小さな丸いブリー・ターンが透明な光を放っている。その湖の近くに彼らが目指す「孤独者」の小屋がまるで自然の一部であるかのようにひっそり建っている。ワーズワスはこの光景を次のように描写している。

We scaled, without a track to ease our steps,
A steep ascent; and reached a dreary plain,
With a tumultuous waste of huge hill tops
Before us; savage region! which I paced
Dispirited: when, all at once, behold!
Beneath our feet, a little lowly vale,
A lowly vale, and yet uplifted high
Among the mountains; even as if the spot
Had been from eldest time by wish of theirs
So placed, to be shut out from all the world!
                . . .
A quiet treeless nook, with two green fields,
A liquid pool that glittered in the sun,
And one bare dwelling; one abode, no more! (*The Excursion* ii, 323-39)

歩きやすい踏み固めた所が一つもない
険しい坂道をよじ登っていった。そして眼前に
激しく波打つ巨大な山々の峰に囲まれた荒涼とした
平原に着いた。まさしく荒涼とした世界だ。
私は消沈して歩いてゆくと突然、
足下に小さなみすぼらしい谷が見えた。
みすぼらしい谷だが、山々に囲まれた
高く盛り上がった台地だった。まるで太古の
時代から、自らの願望によってそこに
置かれたかのように、全世界から隔離されていた。
                ……
木が一本もない静かな片隅に、緑の畑が二つ、
陽光を浴びて光る透明な池、そして
質素な家一軒、その一軒以外に何もなかった。

　さて、二人は「孤独者」の家に向う途中葬儀の列に出会ったので、多少の不安を覚えながら訪ねると、彼が元気であるのを見て安堵する。彼は早速客人を2階に案内し（実際は平屋）、いかにも満足げに「ここが私の領土、私の庵、私の隠居部屋、私のキャビンだ」(This is my domain, my cell, / My hermitage, my cabin) と切り出す。そしていそいそと食事の準備を始

め、間もなく彼らを食卓に招く。食卓に就くと、正面の窓に「二つの巨大な峰が顔を覗かせていた。」ラングデイル・パイクスの主峰ハリソン・スティクル (Harrison Stickle, 736m) と、一つの尾根で結ばれた岩山ペイヴィ・アーク (Pavey Ark) がまともに見えたのである（実際はブリー・ターンに近づかないと見えない）。湖水地方をまさしく代表する巨大な双子の岩山である。「孤独者」はこれを次のように説明する。

"These lusty twins," exclaimed our host, "if here
It were your lot to dwell, would soon become
Your prized companions.—Many are the notes
Which, in his tuneful course, the wind draws forth
From rocks, woods, caverns, heaths, and dashing shores;
And well those lofty brethren bear their part
In the wild concert—chiefly when the storm
Rides high; then all the upper air they fill
With roaring sound, that ceases not to flow,
Like smoke, along the level of the blast,
In mighty current; . . .
            . . . —between those heights
And on the top of either pinnacle,
More keenly than elsewhere in night's blue vault,
Sparkle the stars, as of their station proud.
Thoughts are not busier in the mind of man
Than the mute agents stirring there:—alone
Here do I sit and watch.—" (*The Excursion* ii, 694–725)

私たちの主人は声高らかに語った。「もし君が
この家に住めば、この逞しい双子の峰は
忽ち君の大切な友になるだろう。風は
岩、森、洞窟、ヒース、そして波打つ岸辺から
様々な音を集めて吹いてくる。それを受けると
この高く聳える兄弟は野性の合唱に加わる。
それは特に嵐が大空を駆け巡るときだ。
そのとき彼らは空全体を唸り声で満たす。
その声は煙のように、強風の流れに沿って

第 9 章　『逍遥篇』と『ダドン川』ソネット・シリーズ　275

強大な流れとなって流れることを止めない。
　　　　　……
これら二つの峰の間や
その尖った頂の上で光る星は、
恰も自分の場所を誇るかのごとく
夜の蒼穹のどの場所よりも鋭く光る。
人間の活発な思考も、静かに光るこれらの星に
比べれば見劣りするであろう。だから一人で
ここに座って、じっと眺めているのだ。」

　以上で『逍遥篇』の第 2 部が終わるが、同時に紀行文学としての地理的案内も終わる。第 3 部と第 4 部は「孤独者」のここに来るまでの過去の歴史とその経緯を長々と語る。その見所は前述のように（前節の後半参照）、二人の子供を相次いで亡くした悲劇と、その悲しみに宗教的諦観と忍耐をもって耐え抜いた妻の姿を、自らの体験を基に語る。ただ違うところは、妻が彼を残して死ぬ点である。妻の死後フランス革命という巨大な潮流の中で、希望と失望と挫折を経て、最後にこの人里離れた山中で隠者さながらの孤独の生活に慰めと希望を見出す。続く第 5 巻は場所をグレイト・ラングデイルから南のリトル・ラングデイルに舞台を移す。しかしそれは名ばかりで、実際はグラスミアそのものである。その手法は『兄弟』の舞台をエナデイルをグラスミアに「置き換えた」(replaced) のと同じである。従って第 5 巻以下は、舞台が実質的にはグラスミアの湖と教会であり、第 5・6 巻は宗教や神学論争が話題の中心となり、紀行文学とは全く無縁である。しかし第 7 巻は前節で論じた『サクラソウの群』の延長である。グラスミアで起きた実話に基づいたエピソードは非常に興味深い。そして第 8 巻は現代社会についての議論と批判に終始している。だが最後の第 9 巻は『グラスミアの我が家』と同じグラスミア湖とラフリッグ・フェルに舞台を移す。しかし前回は山頂から下りてきたのに対して、今回は先ず舟から見た岸辺の描写で始まり、次に湖の中の小島に上がって、そこで火を焚いて美味しい食事に舌鼓を打つ（526〜30 行）。そこから再び小舟に乗って湖を横切り、ラフリッグ・フェル真下の砂浜に上陸して急な斜面を登ってゆく。そして次第に広がるグラスミアの景色を楽しみながらさらに登って

ゆくと、やがて「柔らかいヒースで覆われた高台」に出る。そこからの眺めはまさに絶景である。次の一節は『グラスミアの我が家』の冒頭の43行を強く意識していることは、両詩を読み比べれば明白である（第5章、135～6頁参照）。

  We clomb a green hill's side; and, as we clomb,
  The Valley, opening out her bosom, gave
  Fair prospect, intercepted less and less,
  O'er the flat meadows and indented coast
  Of the smooth lake, in compass seen;—far off,
  And yet conspicuous, stood the old Church-tower,
  In majesty presiding over fields
  And habitations *seemingly preserved*
  From all intrusion of the restless world
  By rocks impassable and mountains huge.

   Soft heath this elevated spot supplied,
  And choice of moss-clad stones, whereon we couched
  Or sate reclined; admiring quietly
  The general aspect of the scene; . . . (*The Excursion* ix, 570–83)

  私たちは緑の丘の斜面を登った。登るにつれて、
  （グラスミアの）谷がその胸を開き、
  平らな牧場や、滑らかな湖のジグザグの岸を隠す
  障害物を徐々に取り除きつつ、美しい眺望を
  丸い円の中に見せ始めた。そして遠くに、
  しかし鮮明に、古い教会の塔が堂々と
  周囲を見渡しながら立っていた。そして
  これら周囲の田畑や住居は、頑丈な岩と
  巨大な山によって、騒がしい外界の
  すべての侵略から守られているように見えた。

   この一段高い場所は柔らかいヒースと
  選り抜きの苔を纏った石ころで覆われていた。
  そこに私たちは横たわり、或いは凭れ掛かって
  景色全体の姿を静かに観賞した。

第 9 章　『逍遥篇』と『ダドン川』ソネット・シリーズ　　277

　この最後の 4 行は『グラスミアの我が家』第 2 連冒頭の "The place from which I looked was soft and green, . . ." と同じ「場所」(spot) であることは言うまでもない。次に、上記のイタリックの 3 行は『グラスミアの我が家』の次の表現と全く同じ意味を含んでいる。下記の「風の強い力」や「嵐」は、「騒がしい外界の侵略」を意味しているからである。

> And as these lofty barriers break the force
> Of winds (this deep vale as it doth in part
> Conceal us from the storm) so here there is
> A power and a protection for the mind— (*Home at Grasmere*, 455–58)
>
> そして周囲の高い山々が風の強い力を
> 絶つのと同様に（事実この谷間は嵐から
> 我々を一部守ってくれている）、ここには
> 強い精神力と自衛心がある。

　さらに第 5 章でも引用した「汝ら丘よ、私を包み給え、……汝らは私の守護神であることを肌に感じ、それを心に受け止めている」(Embrace me then, ye hills, and close me in: . . . I feel / Your guardianship, I take it to my heart—)（139 頁参照）も上記と同じ心境から発した言葉である。

　以上のように、『逍遥篇』の最後の舞台は『グラスミアの我が家』と全く同じ場所で終わっている。言い換えると、それは様々な人生の体験を経た末の理想郷への回帰であった。ワーズワスが 1800 年の春に書いたこの作品を、後に『隠士』の第 1 巻に採り入れる計画を立てたことを想い起すならば、『逍遥篇』の最終巻こそまさしく『隠士』本体に直結する詩的世界であったに違いない。「孤独者」が別れ際に、「突然振り向いて、来年の夏もまた皆と同じ喜びと探求を分かち合い、そしてこの肥沃な谷や荒涼たる山を一緒に散策することを約束した」(turned . . . promise made / That he would share the pleasures and pursuits / Of yet another summer's day, not loth / To wander with us through the fertile vales, / And o'er the mountain-wastes.) (775–9)。この約束の言葉は、彼は『隠士』の主人公となって再び登場することを暗示したものと解釈したい。[19]

(4)

　1814年8月『逍遥篇』は遂に上梓された。しかしその評価は期待に反して残酷なものであった。ジェフリー (Francis Jeffery, 1773–1850) の「これは駄目だ」(This will never do) で始まる酷評 (*Edinburgh Review*) はそれを象徴する言葉であった。だがその一方で、この詩を転機に彼の信奉者の輪が徐々に広がっていたことも忘れてはならない。ただ一つ確かな事実は、この大作によってワーズワスの詩人として価値が上がったことである。それまでの彼は短い詩しか書かないと思われていたからだ。

　こうして秋が訪れたころフランスのアネットから、娘のキャロラインとジャン・バプティスト・ボードゥアン（263頁参照）との婚約が成立したので、父であるワーズワスの許可と娘に対する年金について依頼の手紙が届いた。そして結婚式にはワーズワス兄妹の少なくとも何れかが是非出席してほしいと述べてあった。ワーズワスは娘に年金を贈ることを快諾し、ドロシーは姪の結婚式に出席することに極めて乗り気であった。しかしその後間もなくナポレオンが皇帝に復帰したので、この望みが立ち消えとなり、キャロラインの結婚式も延期することになった。[20]

　1815年に入ると、これまで書いてきた未発表の詩の多くを出版することを決意し、『リルストンの白鹿』（251頁参照）をエジンバラの印刷業者バランタイン (Mr. Ballantyne) の手によって、そして詩集2巻『リリカル・バラッズを含む詩集』(*Poems including Lyrical Ballads*) をロングマンから出版を果たした。しかし相変わらず売れ行きは芳しくなかった。そして6月下旬にワーズワス夫妻がロンドンから帰る途中アンブルサイド行きの乗合馬車の中に、ナポレオンの追放を知らせる張り紙 "Great News. Abdication of Bonaparte" を見た。[21] 6月18日にウォータルーの戦いで大敗を喫して皇帝の座を失い、ヨーロッパに平和が23年ぶりに訪れたのである。これを知って誰よりも喜んだのはドロシーであった。キャロラインの結婚式に出席するためフランスへ、何の不安もなく自由に行けるようになったからである。それから間もなくヴァロン母娘から手紙が届き、ワーズワス一家が俄かに活気付いた様子を、ドロシーは8月15日にクラークソン夫人に宛てた手紙の中で伝えている。

今年中に私がパリへ行くことを考えないはずはないでしょう。フランス国王が復帰した直後に私たちの友人（ヴァロン母娘）が書いた手紙を私たちは受け取ったからです。彼女たちはあの事件を大変に喜んでおり、すべてが安全で平和になったので、私たち家族が是非パリへ来るように促しています。同時に、キャロラインはイギリスへ行ってもよいか、私たちの決断を待っているところです。[22]

しかし若い娘が一人でパリからロンドンへ旅することは到底不可能であったので、その付添い人について議論が集中した。そして彼女を迎えるためドロシーがロンドンへ行くことも決定した。だが結局、この楽しい計画は様々な難題が生じて持ち越しになってしまった。こうして翌 1816 年 2 月、キャロラインとバプティストの結婚式がワーズワス一家の出席なしに挙げられた。しかしワーズワスは娘のために年金 30 ポンドを贈ることを約束した（1 年後 35 ポンドに増額された）。[23]

　以上のようにワーズワス兄妹は様々な理由でキャロラインの結婚式に出席できなかったが、それから 1 年後の 1817 年 5 月に入ってサウジーはフランスへ旅行することになった。そして 5 月 11 日にカレーの港に上陸した彼は、15 日の午後 1 時頃パリに着いた。翌朝（16 日金曜）先ず銀行に寄った後、領事館へ行き、次にシャトーブリアンを訪ねたが留守だったので名刺だけ残してそこを出た。それから暫く街を見物した後、ボードゥアンの家 (47 Rue Charlot) を訪ねた。彼が英国を出る前にワーズワスは、「君にとって必要でもなく、楽しくもないだろうけれど、是非訪ねてくれ」と言って、ボードゥアンの住所を教えてくれたからである。こうしてサウジーはボードゥアンの家を訪ねた。キャロラインが出てきて、中に通してもらったが、母も夫も不在であった。以下、サウジーがその日妻に宛てた手紙をそのまま引用する（長くなるので下線部だけ原文を添えておく）。

　　彼女は私の名前を聞いたことがなく、その上英語を全然話せなかった。私は我流のフランス語で何とか分かってもらおうとした。<u>私はリーズリスと一緒にカンバランドで一度会ったことのあるユースタス・ボードゥアン氏を訪ねてきたと説明した。彼女がそれを聞くと即座にワーズワスは私の父だと言った</u> (I explained that I come to inquire to M. Eustace Baudouin whom I had seen in Cumberland with Mr. Wordsworth. She immediately said M.W.

was her Father.)。それから私たちは凡そ1時間、まるで感傷喜劇の一場面のように差し向かいで話をした。彼女は非常に興味深い若い女性で、一般のフランス人より遥かに自然な感情の持ち主であった。そして驚くほどジョン・ワーズワスと似ており、彼自身の妹（ドロシー）よりずっと良く似ていた。可愛い赤ん坊の小さいフランス生まれのドロシーは、彼女の母（キャサリン）と非常に良く似ており、すごく元気で上機嫌だった。私は暫く彼女の夫が帰るのを待ったが、それ以上長く待つ余裕がなかったので、明朝食事を一緒にしましょうと約束して帰った。私たちが話をしている間、彼女は感激のあまりひどく涙を流していた。[24]

　アネット・ヴァロンと直接関係のある記述はワーズワスの子孫によって悉く焼却されている現状の中で、下線部の記述は極めて貴重である。何故なら、ユースタス・ボードゥアンが釈放された後、ワーズワスに対する感謝の気持ちを直接伝えるために遥々ライダル・マウントを訪ね、さらにケジックまで足を延ばしてサウジーを訪ねたことを裏付けているからである。もしこの一文が無かったならばこの事実が知られなかっただけでなく、ボードゥアンの人物像、つまり彼が如何に義理堅い実直な人物であったが分からないままに終わっていたであろう。さらにこの事実のお陰で、キャロラインが結婚した弟のジャンもまた兄と同様に誠実な青年であったと想像できる。そしてさらにキャロラインは15年前（1802年）の夏フランスのカレーでワーズワスとほぼ1ヶ月間一緒に過ごしたときのことを鮮明に覚えており、その後彼を父として慕ってきたことを彼女の涙がそれを何よりも明確に裏付けている。
　一方、ワーズワス自身もヴァロン母子にたいして誠実な態度をとり続けた。1792年の春アネットが妊娠したことを知ったその瞬間から結婚を真剣に考え、その年の暮に彼女をフランスに残して帰国したときも、結婚に必要な資金とその準備が出来ると直ぐにフランスへ戻るか、彼女たちを英国へ迎えるか、の何れかを考えていた。だが帰国直後に英仏戦争が始まり国交が断絶し、手紙の交換さえ不自由になった。にも拘わらず、帰国直後に妹ドロシーにすべてを打ち明けてヴァロン母子と一緒に家庭生活を送る計画を真剣に練り、それをアネットに伝えていた。しかし戦争が深まるに連れて手紙の検閲が厳しくなり、その殆どすべてが彼の許へ届かなくなっ

た。だが時折その一部が届いたと見えて、1795年11月30日にドロシーはレースダウンの新しい住まいから親友のマーシャル夫人に送った手紙の中で、「私たちがここに来てから初めて、フランスから手紙を1通受け取りました。アネットはこれまで手紙を6通出したと述べていますが、私たちはその1通も受け取っておりません」と伝えている。[25] この手紙から読み取れることは、ワーズワスはその間に住所を何度も変えていたが、その都度アネットにそれを知らせていたことが分かる。しかしこの手紙を最後に完全に途絶えてしまった。フランス政府の検閲がそれほど厳しくなったのである。その後ワーズワス兄妹とハッチンソン姉妹との友好関係が益々深まる過程の中で、長女のメアリーとワーズワスは自ずとより一層親しくなっていった。そして1801年の秋ついに結婚の約束を交わすに至った。それとほぼ機を一にしてフランスと休戦状態になり、手紙の交換が自由になった。と同時に、ワーズワスもアネットに6年ぶりに手紙を送った。しかしその内容は、メアリー・ハッチンソンとの婚約の報せであった。9年間という長い別離は互いの感情を過去のものにしていたので、アネットもその知らせを極めて冷静に受け止めることができた。そこでワーズワスはメアリーとの結婚に先立って、アネットとの関係を綺麗に清算するためドロシーと二人でフランス行きを決意した。従って1802年の最初の数ヶ月間、アネットと会うための打ち合わせに手紙の交換が頻繁に行われた。こうして準備万端が整った7月上旬にグラスミアを出発し、途中メアリーの住むガロー・ヒルに立ち寄った後、8月初めにフランスのカレーで彼女と凡そ10年ぶりに再会した。そして1ヶ月近く彼女と娘のキャロラインと一緒に過ごし、互いに十分理解し合った末に美しい思い出を残して帰国した。そして途中再びガロー・ヒルに立ち寄り、早速近くの教会でメアリーと結婚式を挙げて3ヶ月ぶりにグラスミアに戻った（10月6日）。

　メアリーはドロシーと幼友達であり、ウィリアムと婚約する以前からアネットとの関係について十分理解していたので、結婚後もこの件を巡って感情の縺れを起こすことが一度もなかった。夫の誠実さと愛情を確信していたので、ヴァロン母子に対して嫉妬どころか暖かい同情さえ感じていた。彼女がユースタス・ボードゥアンが英国軍の捕虜になっていることを知ったとき、彼の釈放の手助けを惜しまなかったのを見ても分かるであろ

う（264頁参照）。兄と常に心を一つにしているドロシーのヴァロン母子に対する優しい感情については、改めて話すまでもあるまい。以上を念頭に置いて、英仏戦争終結後のヴァロン母子とワーズワス一家との親交復活の様を見るならば、その意味がなお一層よく理解できるであろう。そしてこれより3年後ワーズワスが妻と妹を伴って大陸旅行をした最後の目的地は、アネットとボードゥアン夫妻が住むパリであったことの理由とその目的がなお一層明確になるであろう。

(5)

　ワーズワスは1814年に『逍遥篇』を出版して以来、満足すべき詩を殆ど一篇も書いていない。1815年に『リルストンの白鹿』を出版したが、それは1808年に書いたものであり、1819年に『ピーター・ベル』と『荷馬車引き』(The Waggoner) を出版したが、1798年と1808年に書いたものであった。切手販売の仕事が忙しい上に、子供の教育その他に時間と関心の大部分を使ったからである。そしてライダル・マウントに住むようになってから夏には多くの来客があり、その接待に費やされた。そして中でも、1818年の7月に行われた総選挙 (general election) でロンズデイル伯爵が立候補したためワーズワスは前年の12月から約半年間、選挙運動に奔走したからである。キーツが1818年6月27日にワーズワスに会うためにライダル・マウントを訪ねたが、家族全員が選挙運動に出かけて留守であったので、仕方なくドロシーの肖像画の上に伝言の紙を貼ってその場を離れた、という弟ジョージ宛の手紙は余りにも有名である。[26]

　このように詩作と無縁の生活を数ヶ月続け、さらに来客の絶えない夏も過ぎ、秋風が吹き始めた頃、ようやく彼本来の静かな詩の世界に入っていった。そして最初に彼の脳裏に浮かび出た光景はダドン川とその周辺の風景だった。この川について彼はこれまで既に数篇のソネットを書いていた。そして何よりも彼の最初の叙景詩『夕べの散策』の中で「最もロマンチックな景色」と指摘したダドン川に関する自らのコメントを想い起した（第1章、29頁参照）。こうしてダドン川の湧き出る源泉に始まり、深い谷

を激しく流れ落ち、次第に川幅を広げながら渓谷を下り、最後に広い河口を形造って海に出る行程を想い描いた。そしてこの流れの中に人生の縮図を見た。

　前置きはこの程度にして作品に注目すると、『ダドン川――ソネット・シリーズ』(*The River Duddon: A Series of Sonnets*) 全34篇は、この川の源流を探る旅で始まる。即ち、世界のどの有名な泉よりも「祖国の川の源流を探し求める」(I seek the birthplace of a native Stream) と述べた後、次の2行でこの第1篇を結んでいる。

　　Pure flow the verse, pure, vigorous, free, and bright,
　　For Duddon, long-loved Duddon, is my theme! (I, 13–4)

　　流れよ、わが詩、清らかに、勢いよく、自由に、そして明るく。
　　何故なら、永らく愛してきたダドンこそ私の主題であるからだ。

　ダドン川の源流を詳しい地図で調べると、かつてのウェストモァランドとカンバーランドとランカシャーの三つの州境が接触する場所を示す石の標識（Three Shire Stone, 標高393m）に近い高原 (Duddon Grains) から発し、ライノゥズ峠 (Wryenose Pass) 沿いに西に向って3キロ半ほど流れ下り、コックリ・ベック (Cockley Beck) で他の谷川と合流して本流のダドン川となって南に流れてゆく。その間は湖水地方の中でも最も荒涼とした高地であるが、そこから西7キロ先にローマ軍の砦「ハードノット・カースル」(Hardknott Castle) がある。道幅が極端に狭く、急な坂道の連続であるので車の運転には余ほどの熟練と用心が必要である。昔ローマ軍が支配していたころ、この同じ道に沿ってローマ街道 (Roman Road) が通っていた。もちろんワーズワスの時代にはその跡形も無く、一般観光客と全く無縁の世界であった。自ら「冒険家」と呼ぶワーズワスは人を寄せ付けないこの原始の地で、ダドン川の源流を探し求めたのである。これを念頭において、第2〜5篇を読むと一層理解しやすい。第4篇は、泉の湧き出る源を幾ら探しても見つからないので諦めて山を下り始める。すると目の眩むような断崖を「白い泡を立てて流れ落ちる小川」に出くわす。ワーズワスはそれを見て、「このように高い所へ登ってきた冒険家はこの小川に負

けてなるものかと笑いながら下りてゆく」(laughing dares the Adventurer, who hath clomb / So high, a rival purpose to fulfill)。こうして彼は上述のコックリ・ベックに辿り着く。第5篇はそこからダドン渓谷を見下ろした光景を精密に描写している。

　さて、本流のダドン川に下りてくると、そこにはグラスミアの平地と変わらない植物や鳥の姿が見られるようになる（第6篇）。ワーズワスは幸せな瞑想に浸りながら、或いは古代の人がここを初めて通ったときどのように感じたのだろうか、と思いを馳せながらさらに下って行く（第7〜8篇）。次第に川幅が広くなってゆくが川底は浅いので橋がどこにもなく、その代わりに飛び石が置かれている。第9と10篇は特に「飛び石」(The Stepping Stones) というタイトルを付けている。ワーズワスはこれに特に興味を惹かれ、そこに人間の様々なドラマを想像してみた。先ず第9篇では、水嵩が増えたとき「子供たちは肝試しに」敢えて渡ろうとするが、老人は最早そのような勇気も出ず、「時の流れの速さと、人生の儚さを思う」(thinking how fast time runs, life's end how near!) と、結んでいる。そして第10篇は、老人とは正反対の青春の最中にある男女のいじらしい姿を想像してみる。詩の最初の8行を引用しよう。

> Not so that Pair whose youthful spirits dance
> With prompt emotion, urging them to pass;
> A sweet confusion checks the Shepherd-lass;
> Blushing she eyes the dizzy flood askance;
> To stop ashamed—too timid to advance;
> She ventures once again—another pause!
> His outstretched hand He tauntingly withdraws—
> She sues for help with piteous utterance! (X, 1–8)

> 青春の喜びに胸躍る男女はそのようではなく、
> 互いに石橋を渡れと押し合っている。
> 可愛い羊飼いの娘は決断できずに立ち止まり、
> 頬を真っ赤にして目の眩む洪水を横目に見ている。
> 止まるのは恥ずかしく、進むには臆病すぎるのだ。
> 彼女は再び試みたが、また止まってしまった。
> 青年は手を差し出したが、嘲るように引っ込めた。

彼女は哀れな悲鳴を上げて助けてを求めた。

　第11と12篇はダドン川の第1の名所「バークス・ブリッジ」(Birks Bridge) の下を流れる激流と、現実とは思えない深い裂け目について精細に描写している。そして第11篇に「妖精の裂け目」(The Faery Chasm)、第12篇に「空想のためのヒント」(Hints for the Fancy) というタイトルを付けている。続く第13篇「開けた眺め」(Open Prospect) は、両岸に迫る断崖の裂け目の急流を過ぎると、そこにシースウェイト (Seathwaite) の村が開ける。その道端に1軒のパブが建っている（このパブは今も健在である）。ワーズワスはその「避難所」に入り、暖炉の前でビールを飲みながらほろ酔い気分で突風や急流の音を悠然と聞いている。次にこの後半の6行を引用しておく。

　　　　　　　　　. . . then would I
　　Turn into port; and, reckless of the gale,
　　Reckless of angry Duddon sweeping by,
　　While the warm hearth exalts the mantling ale,
　　Laugh with the generous household heartily
　　At all the merry pranks of Donnerdale! (XIII, 9–14)

　　そこで私は避難所に入った。
　　そして暖かい暖炉の側で泡立つビールに
　　ほろ酔い気分なっている間、突風の音も、
　　流れるダドン川の怒れる音も気にすることなく、
　　ダドン渓谷の全ての陽気な戯れに対して
　　気前の良い家族と一緒に心から笑った。

　続く第14から18篇まで、舞台はシースウェイトに留まったままである。即ち、第14篇は1804年の後半に書いたと推定される詩を採り入れたものであり、ダドン川の孤独と静寂を強調した一篇である。そして第15篇は、ダドン川最大の名所である両岸に迫る断崖（通称 "chasm"）に見られる巨大な「壁龕」(niche) のような「窪み」(concave) がどうして出来たのかについて思いを馳せる。続く第16篇は「アメリカの伝統」(American Tradition) というタイトルからも読み取れるように、人の手の届かぬ高い岩壁

に刻まれた壁画がノアの洪水の頃に出来たという伝説と同様に、ダドン川の断崖の窪みもそのようにして出来たのかもしれないと言いたげである。第17篇は、「枯れたイチイ」の枝に留まって鳴く「黒いワタリガラス」の声がデーン人がここに住んでいたことを思い出させるだけでなく、彼らを征服したローマ人がこの地に住んでいた痕跡は近くのハードノット・カースルにそのまま残されている。さらに、ドゥルイド人が作った「あの神秘のラウンド・サークル」(that mystic Round) もそこにあると、ダドン渓谷の古い歴史に思いを馳せる。そして第18篇はシースウェイト教会とそこの牧師について語る。さらにこのロバート・ウォーカー牧師 (Rev. Robert Walker) の伝記を、詩集の巻末に十数頁に渡って詳しく説明している。[27] このソネット集以上に読むべき価値のある論文であることを申し添えておく。

さて、第19篇はシースウェイトでダドン川に合流する「支流」(Tributary Stream) について紹介している。この支流 (Tarn Beck) はワーズワスが最も尊敬する聖人とも称すべきウォーカー牧師が勤める教会のすぐ側を流れているので、この支流を神聖視している点に注目したい。

> That seemed from heaven descending, like the flood
> Of yon pure waters, from their airy height
> Hurrying, with lordly Duddon to unite; . . . (XIX, 3–5)

> それは天界の清らかな水のように
> 空の高みから急ぎ足で、堂々たるダドン川に
> 合流するため降りてくるように見える。

第20篇は、この支流と一つになった辺りからダドン川は流れを緩めるが、それも束の間で再び激流に変わる様を、「酒に酔ったバッカスのように岩から岩へと乱舞している」と表現している。

さて、次の第21篇はケンブリッジの学生のころ、今は亡き従姉のメアリー・スミス（1799年死亡）と一緒にこの同じダドン渓谷を訪れたときの懐かしい想い出に浸っている（第1章、24頁参照）。当ソネット・シリーズを代表する傑作の一つであるが、紀行文学の成否は一に回想の質にかかっていると言って過言ではなかろう。それは『ティンタン僧院』を想い起してみれば明らかである。従って、その全行を引用する。

Whence that low voice?—A whisper from the heart,
That told of days long past, when here I roved
With friends and kindred tenderly beloved;
Some who had early mandates to depart,
Yet are allowed to steal my path athwart
By Duddon's side; once more do we unite,
Once more beneath the kind Earth's tranquil light;
And smothered joys into new being start.
From her unworthy seat, the cloudy stall
Of Time, breaks forth triumphant Memory;
Her glistening tresses bound, yet light and free
As golden locks of birch, that rise and fall
On gales that breathe too gently to recall
Aught of the fading year's inclemency! (XXI, 1–14)

あの低い声は何処から来るのか。友達と、そして
皆から慕われる親族と一緒にここを歩いたときの
あの遠い過ぎし日について語るあの心から囁く声は。
早くこの世を去る宿命を背負ったけれど、
ダドンの岸辺を歩く私の側に忍び寄ることを
許された幾人かと、今ふたたび一緒に
この優しい大地の静かな光の下を歩く。
そして抑えていた喜びが突然新たに蘇る。
記憶は勝ち誇ったように、彼女の価値無き椅子、
時間の雲に隠れた仕切り席から、突然立ち上がり、
彼女の艶々した髪を、束ねてはいるものの
自由かつ軽やかに揺らす。それは、暮れ行く年の寒風を
思い出させないほど優しく吹く風を受けて、
上下に揺れるブナの黄金の房のようだ。

「記憶」を「彼女」と呼ぶのは英詩では常識だが、ここでは「今は亡きメアリー」を同時に想い起しているここは言うまでもあるまい。

続く第22と23篇は、シースウェイトから一気に数キロ下ってアルファ・ブリッジ (Ulpha Bridge) 手前の "Long Dub" と呼ばれる、透明のプールのように流れの淀んだ場所に舞台を移している。その第22篇は、この鏡のような透明の水底に映った美しい顔に見惚れ、それを捉えようとして

死んだ「失恋した乙女」(love-lorn Maid) の伝説を詠んでいる。続く第 23 篇は、この澄み切った綺麗な川で羊の毛を洗っている不届き者がおり、また子供たちが大声を上げてこの静かな環境を乱している。しかしこのダドン川はそれを決して咎めたりしない。何故なら、彼らの行動に罪がなく、水が汚れても直ぐ綺麗になるから、とワーズワス自身も川に倣ってそれを赦す。ところでコールリッジもこの同じ場所を舞台にして、1802 年の代表作『絵画』(*The Picture*) のクライマックスの一場面を創り上げている。「恋に病んだ青年」がこの川の対岸に座った彼女の姿を写した美しい映像に何時までも見蕩れており、実際の彼女に目を向けようとしない青年の行動に業を煮やしてその場を立ち去る、という場面である。[28]

　以上でダドン渓谷 (Dunnerdale) の旅は終わる。後は河口までの緩やかな流れに沿って十数キロの道をのんびり歩くしかない。言い換えると、これまでのような地誌的 (topographical) 関心を呼ぶ対象が希薄になったことを意味する。従って、ダドンの河口に辿り着くまでの第 24 から 31 までの 8 篇は地誌的描写は殆ど見られず、詩の主題は主として回想と思索で占められている。これらの全てを紹介すれば冗長と退屈の誹りを招くのみであるので、その中の最も味わい深い第 30 篇だけ紹介しておく。先ずその前半（オクティヴの部分）は、自分の無知や誤解のために真に愛する人と別れてしまい、後になって後悔しても取り返しがつかなかったことを、繰り返し強調する。これに反して後半の 6 行は、ダドン川は何度分かれてもまた必ず会える。それは互いに愛し合っているからこそである。

> Not so with such as loosely wear the chain
> That binds them, pleasant River! to thy side:—
> Through the rough copse wheel thou with hasty stride;
> I choose to saunter o'er the grassy plain,
> Sure, when the separation has been tried,
> That we, who part in love, shall meet again. (XXX, 9–14)

> 楽しい川よ、君の脇に自らを結び付けた鎖を
> 緩く身に付けている人にとってはそうではない。
> 君はイバラの低い林を大股で渦を巻いて通り抜けるが、
> 私は柔らかい草原を選んでのんびり歩く。

このように別々に離れて歩いても、私たちは
愛しながら別れたのだから、また必ず会えるのだ。

冒頭の "Not so"「そうではない」は前文に対する否定、即ち「たとえ別れてもまたいつでも会える」という意味である。この言葉の裏には、自分と妻メアリーとの揺ぎない深い愛が暗示されていることは言うまでもない。

　さて、最後の3篇の最初の第32篇に注目すると、遂に海に近づいたダドン川の広い河口の情景を次のように描いている。

　　　　　　　　　　—*now* expands
　　Majestic Duddon, over smooth flat sands
　　Gliding in silence with unfettered sweep!
　　Beneath an ampler sky a region wide
　　Is opened round him:—hamlets, towers, and towns,
　　And blue-topped hills, behold him from afar; (XXXII, 6–11)

　　今や堂々たるダドンは、
　　滑らかで平らな砂洲の上をゆったりと
　　自由に滑りながら広がっている。
　　広々とした空の下に広大な地面が
　　彼の周囲に広がっている。村、塔、町、
　　そして空色の頂の丘が遠くから彼を見ている。

ダドン川の河口は広大な三角州になっており、民家は遥か遠くにあり、さらに遠くの丘から眺めた河口の景色は山岳美とはまさしく対照的な絶景である。ワーズワスはこの絶景を僅か6行に実に見事に描写している。そしてこれに続く最後の3行は、同じ広大な三角州を持ったテムズ河には「貨物船や凱旋した軍艦」(commerce freighted, or triumphant war) がひしめいているのと大違いであることを強調して終わっている。

　続く第33篇は上詩の続篇であり、次の4行で始まる。

　　But here no cannon thunders to the gale;
　　Upon the wave no haughty pendants cast
　　A crimson plendour: lowly is the mast
　　That rises here, and humbly spread, the sail; (XXXIII, 1–4)

しかしここでは、大砲が風に向って打ち鳴らさず、
横柄な三角旗が真紅の輝きを波の上に
投げかけたりはしない。ここに立つ帆柱は
控えめで、そして帆は質素に広げている。

"lowly" と "humble" という言葉にワーズワスが求めて止まない詩の世界がある（146～8頁参照）。そして上記に続いてさらに、詩人としての理想の「放浪者」(Wanderer) の姿をダドン川に求めている。即ち「不思議な変化に満ちた谷を通り抜けて、最後に全てを受け入れるあの広大な海を求める」と述べた後、次のようにこの詩篇を結んでいる。

> And may thy Poet, cloud-born Stream! be free—
> The sweets of earth contentedly resighned,
> And each tumultuous working left behind
> At seemly distance—to advance like Thee;
> Prepared, in peace of heart, in calm of mind
> And soul, to mingle with Eternity! (XXXIII, 9–14)

> 雲の中で生まれた川よ、君の詩人は自由であることを祈る。
> 地上の美味しいものを甘んじて捨て、
> あらゆる騒がしい仕事を遠く背後に
> 置き去り、君と同じように進むことを祈る。
> 心平和に、精神と魂を静めて、
> 永遠と交わる準備をすることを祈る。

そして最終篇「追想」(After-Thought) は、このソネット・シリーズを書き終えた後の詩人の心境を静かに見つめている。

> I thought of Thee, my partner and my guide,
> As being past away.—Vain sympathies!
> For, backward, Duddon! as I cast my eyes,
> I see what was, and is, and will abide;
> Still glides the Stream, and shall for ever glide;
> The Form remains, the Function never dies;
> While we, the brave, the mighty, and the wise,
> We Men, who in our morn of youth defied

第 9 章　『逍遥篇』と『ダドン川』ソネット・シリーズ　291

　　The elements, must vanish;—be it so!
　　Enough, if something from our hands have power
　　To live, and act, and serve the future hour;
　　And if, as toward the silent tomb we go,
　　Through love, through hope, and faith's transcendent dower,
　　We feel that we are greater than we know. (XXXIV, 1–14)

　　我が仲間にして案内人である君が過ぎ去ったと思った。
　　だがそれは無意味な共感に過ぎなかった。
　　何故なら、ダドンよ、振り返って君を見ると、
　　そこに過去と現在と未来の姿が宿っているのを見た。
　　その川は今も流れ、そして永遠に流れている。
　　その姿は変わらず、その機能は絶対に死なない。
　　勇敢で力強く、そして賢明な我々人間は、
　　青春の絶頂期に自然の力に挑戦するも
　　いずれは消滅せねばならない。それで良いのだ。
　　我々の手から出た何かが生きて行動し、そして
　　未来に役立つならば、それで十分ではないか。
　　そして我々は静かな墓に向かうとき、愛と希望と
　　信仰の超絶的力によって、我々が認識している以上に
　　偉大であると感じたならば、それで十分だ。

　とりわけ最後の 5 行に、この詩を書き終えたときの心情が強く表れている。50 歳を目前にしたワーズワスは長い詩的人生を振り返ってみて、自分が理想とする詩的使命を貫徹するため力の限りを尽くしてきた。その使命とは『隠士』三部作の完成であったことは言うまでもない。その第 1 部である『序曲』は 15 年前に既に書き終え、第 2 部の『逍遥篇』は 5 年前に出版した。そのとき「序文」の中でこの三部作の完成を約束し、『隠士』本体の「趣意書」(270 頁参照) まで書き添えた。それから 5 年が過ぎた今なおその決意は変わらないとは言え、その大作に手さえ付けていない。その具体的構想がどうしても頭に浮かんでこないからであった。だが永年脳裏に描いてきた「ダドン川」のソネット・シリーズを彼自らの人生に喩えて見事に書き終えることができた。この作品に『隠士』の第 1 部と第 2 部を加えると、これで十分ではないか。これらの作品は必ずや「未来に生きて

行動し、役立つだろう」という自信を仄めかしている。

　ワーズワスはこのソネット・シリーズに非常に長い「追記」(Postscript) を書いている。その最初の部分で、コールリッジが 1797 年秋に計画を立てたが書かずに終わった「小川」(The Brook) と題する詩と、『ダドン川』との相関性について極めて意味深長な（皮肉を込めた）論述を行っている。コールリッジが 1817 年に出版した『文学自叙伝』(*Biographia Literaria*) 第 10 章の説明によると、「人間、自然、そして社会」を主題にした詩を書くための最適の題材を川の流れに求め、その源泉 (source) から河口に至るまで川に沿って詳細にメモをとりながら歩き、詩のタイトルを「小川」とする予定であった。しかし「諸般の事情で完成するに至らなかった」と述べている。[29] ワーズワスはこれを強く意識しながら、両詩は何れも川を題材にしてはいるが、詩形が全く違うのを見ても分かるように、コールリッジの構想や理念を利用したつもりは全くないことをはっきり断った上で、極めて婉曲的だが行間に皮肉を込めて次のように述べている。

　　May I not venture to hope, that, instead of being a hindrance, by anticipation of any part of the subject, these Sonnets may remind Mr. Coleridge of his own more comprehensive design, and induce him to fulfil it?—There is a sympathy in streams,—"one calleth to another;" and I would gladly believe, that "The Brook" will, ere long, murmur in concert with "The Duddon."[30]

　　コールリッジ氏はこれらソネットの題材のどれかを予想することによって、それが妨げになるよりかむしろ彼自身のより遠大な構想を新たに思い起こし、それを完成しようという気になることを、私があえて期待してはいけないだろうか。川には共感し合うところがある。（聖書の言葉を借りると）「互いに呼び合う」のである。それ故、「小川」は「ダドン川」と声を合わせて囁く日の近いことを、心から信じたい。

『「隠士」三部作執筆の歴史を良く知っている読者はこれを読むと、なお一層味わい深いものがある。何よりも先ず、コールリッジが『隠士』より数ヶ月早く計画した『小川』の主題を「人間、自然、そして社会」とした事実に注目したい。何故なら、この主題は『隠士』の主題そのものであったからだ。しかし彼自身はこの計画を実行せず、数ヶ月後（1798 年 3 月）そ

れに代わって『隠士』をワーズワスと共同で執筆することを提案し、互いにその完成を誓い合った。ワーズワスはその誓いを固く守って、1805年にその第1部である『序曲』を書き、1814年にその第2部に相当する『逍遥篇』を出版するに至った。一方、コールリッジは共同執筆 (joint labour) の約束を守らず、批評家の道を選んでしまった。そして1817年に出版した『文学自叙伝』の中でワーズワスの詩を一方で絶賛しながら同時に厳しく批判した。批判に対して殊の外敏感なワーズワスはこの「追記」を書いたときそれを忘れていなかった。従って、上記の引用文の奥には、「君は20年以上も先に同じ主題の『小川』の計画を立てておきながら、未だに何も書いていないではないか。私の『ダドン川』に刺激を受けて、一層 "comprehensive" な作品の完成を期待する」という皮肉が込められている。

第10章

スイス追憶の旅（1820年）
――ドロシーの『大陸旅行記』より

　前章で述たように、『ダドン川』の完成はワーズワス自身の為しうる限りの詩的使命をほぼ終えたことを自らに納得させるに足るものであった。それは同時に、『隠士』本体の完成はもはや夢の次元に過ぎないことを暗示していた。だが詩人として十分成し遂げたという満足感さえ感じていた。そこで彼はこのソネット・シリーズを16年前に書いた「ヴォードゥラクールとジュリア」(Vaudracour and Julia) と一緒に『詩集』(Miscellaneous Poems) 全4巻の最終巻に収め、さらに10年前に書いた『湖水地方案内』をその巻末に加える計画を立てた。『ダドン川』と『湖水地方案内』を同じ第4巻に載せた理由は、共に紀行文学を代表する作品であるので互いに補完しあう、と考えたからであろう。

　こうしてドロシーとメアリーの献身的な協力を得て1820年半ばに『詩集』4巻出版の準備が完了した。ワーズワスはこれを絶好の機会と捉え、同時に彼女たちの永年の希望を満たす意味も込めて、7月に入って間もなく4ヶ月近い大陸旅行に出かけた。この旅のフィナーレとして、ヴァロン親子と共に過ごす約4週間のパリ滞在の計画が含まれていたことは言うまでもない。ドロシーはこの大陸旅行の記録を330頁の『大陸旅行記』(Journal of a Tour on the Continent) として世に残した。これの紀行文学としての価値は今さら申すまでもないが、その中でも特に注目すべきは兄ウィリアムが30年前に歩いた同じ道を可能な限り歩いているだけでなく、『序曲』第6巻のスイス旅行の詩行を悉く記憶していて、それを追体験している点である。その意味において、ドロシーの『大陸旅行記』はワーズワスの紀行文学を代表する『序曲』第6巻の影響力が強く反映した作品と評して間違いではあるまい。筆者が本書の最終章に彼女の旅行記を採り入れた根拠はまさしくそこにある。従って本章において、ドロシーの『大陸

旅行記を』を論ずるに当たり、焦点を第2章で論じた作品の主要舞台に絞り、他は彼らが旅した道程の地誌的説明だけに留めたい。

　1820年7月10日、ワーズワスは妻メアリーと妹ドロシーと一緒にロンドンを出発した。そしてドーヴァで、2日前に結婚したばかりのモンクハウス夫妻(Thomas and Jane Monkhouse)と妻の妹と下女の4人と合流して、翌11日にフランスのカレーの港に着いた。モンクハウス夫妻は新婚旅行を兼ねていたのである。従って、一行はジュネーヴに着くまでは馬車によるグランドツアの形態を帯びていた。彼らはワーテルローを通り、ケルンで2泊（7月21と22日）した後、ライン河沿いに南下して、ハイデルベルクの城を訪ね（7月27日）、8月1日にシャフハウゼン(Schaffhausen)で待望のラインの滝を観た。彼らはその間、ケルン以外のどの場所もただ1泊しただけで通過した。ドロシーの言葉を借りると、「立派な街を見るのが私たちの目的であれば幾日もそこに滞在しただろうが、私たちの唯一最大の目的はスイスであった」からである。[1] ところで今回のワーズワス一行の旅のコースは30年前のそれと殆ど同じであったが、唯一の違いは全く逆方向に進んだことである。即ち、前回は往路がフランスを通ってスイスのシャモニーからシンプロン峠を越えてイタリアのコモ湖に着き、帰路にライン河を下ってケルンに着いたのに対して、今回はケルンからライン河沿いに南下してスイスに入り、帰路にシンプロン峠を越えてシャモニーを訪ねた後、ジュネーヴからフランスを北上してパリに着いた。ドロシーの『大陸旅行記』を読む場合、絶えずこれを念頭においておく必要がある。

　さて、ワーズワス一行は有名なライン河の滝を観た後いよいよスイスに入り、ボーデン湖と遥か彼方にスイスの山々を見た。30年間夢に見てきた世界を現実に目にしたドロシーは、そのときの心境を次のように述べている。

　　私はこのスイスの景色を初めて見たとき、それが特別雄大でもなかったけれど私の想像力にとても愛しく見えたので、様々な感情(emotions)が俄かに沸き起こってきた。青春時代の漠然とした願望、望みのない願望、兄が30年前（この地を）放浪したこと、その年のクリスマスに兄がフォーンセット(Forncett)へ来てその放浪の話をしてくれたこと、牧師館の庭の砂利道を月明かりの下二人一緒に歩きながら繰り返し話したことなど。[2]

8月2日にボーデン湖を観た後チューリッヒで1泊し、そこから進路を西にとってベルンで2泊した後、7日の昼過ぎにトゥーン (Thun) に着いた。そして翌日トゥーン湖を右に見ながらインターラーケンに着いた。スイス旅行最初のクライマックスを迎えたのである。ドロシーは「緑の山と岩山の間からユングフラウが突然その姿を見せた」ときの感動は「言葉に言い尽くせない」と述べている。[3] 彼らはインターラーケンで2泊し、その間に周辺の散策やブリエンツ湖の遊覧を心行くまで楽しみ、翌9日の朝そこを出てスイス最高の景勝地グリンデルワルトへ徒歩で向った。このときモンクハウス夫人と彼女の妹は、ワーズワス一行の健脚にはとても付いて行けないので馬車で低い川沿いのルートを通って行くことになった。[4]

　こうしてワーズワス一行はラウタブルーネンを通り、30年前にスイスから妹宛に最後の手紙を書いた「小さな村」ヴェンゲンを通り（第2章、57〜8頁参照）、ユングフラウを真横に仰ぎ見ながらクライネ・シャイデック (Kleine Scheidegg, 2061m) を越えてグリンデルワルトに着いた。ドロシーはこのルートを「ヴェンゲルン・アルプ」(Wengern Alp) と呼んでいるが、スイス徒歩旅行のまさしくハイライトである。彼女はその日（8月10日）の日記に、ユングフラウに続いてメンヒ、そしてアイガーの頂上を見たときの驚きを次のように記している。

> 　2〜3マイルの間1軒の小屋も見えなかったが、ヴェンゲルン・アルプの肘 (elbow) に来たとき、それまで頂上の一部しか見えなかったユングフラウが突然姿を現した。それは山の裾から頂上まで一面雪で覆われていた。さらに4時間近く登って行くと、突然真冬の山が眼前に現れた。それらは同じ土台から盛り上がった巨大な固まりのほんの先端に過ぎなかったけれど、堂々たる巨体であった。[5]

ワーズワス3人家族は温かい日差しの下、氷山から湧き出る泉の側に座って景色に見蕩れていると、「私たちの気分が高揚し、遥か上空を舞う雲雀のような陽気になった」と述べている。ドロシーはこのとき、兄が30年前に書いた手紙の「僕が景色に酔いしれているこの同じ場所に君も一緒にいれば、と何度心から願ったことか」（第2章58頁）という主旨の言葉をきっと想い起していたに違いない。

第 10 章　スイス追憶の旅（1820年）　297

　そしてヴェンゲルン・アルプの頂上、即ち現在のクライネ・シャイデッグに来たとき眼下に突然、「大きな深いお盆のような形をしたグリンデルワルトの谷」が見えた。その急坂を下りてゆくと、一人の少女が一方の手に一皿のサクランボウと一束の花を、そして他方に林檎の籠を持って近づいて来て、買ってほしいとねだった。今日と違って当時のスイスは非常に貧しく、このような光景をドロシーは至る所で見かけた。その日ワーズワス一家はグリンデルワルトに泊まった。教会の近くに「際立って大きな家が数軒あり」その一つが彼らの宿であった。宿に入るとモンクハウス夫人と妹が既に着いており、再会を大変喜んだ。しかし彼女たちは体力的に見てワーズワス一行に付いてゆくことが不可能と判断し、もっと平坦な道を馬車で旅することにした。しかし彼女の夫のトムはワーズワス一家と行動を共にする道を選択し、ジュネーヴで待ち合わせすることになった。そこでワーズワス一行は荷物の半分を彼女たちに預け、ジュネーヴまで運んでもらうことにした。こうして 8 月 11 日の朝ワーズワス一行は彼女たちと別れ、騾馬 2 頭とガイド一人を雇っていよいよ本格的なアルプス越えの旅に出発した。[6]

　グリンデルワルトを出るとすぐに最初の難関グローセ・シャイデッグ (Grosse Scheidegg, 1962m) の急な坂道を越えることになった。しかし途中に、シュレックホルン (Schreckhorn, 4078m) に続いてヴェッタホルン (Wetterhorn, 3701m) の巨峰が右手に聳えており、登山家にはこれ以上の魅力的なルートはない。ワーズワス自身は『叙景小品』の中で述べているように、30 年前に同じ道を反対方向から下ってきた（第 2 章 67～8 頁参照）。ワーズワス一行はグローセ・シャイデッグ（ドロシーはこれを"Greater Scheidegg" と書いている）に近づいたとき、4 歳ぐらいの女の子が「妖精」のように現れ、両手に花束 (nosegay) を持って差し出していた。そして彼女の母親が畑の小屋から「私たちに見えないように体を隠して」娘の行動を見守っていた。ドロシーもメアリーも小銭を持っていなかったので代わりに針入れ (needle-book) をあげた。幼女は「その宝物」を持って母の許へ戻ってそれを見せているのを見た。前日のグリンデルワルトに向う途中に出会った物売りの少女と同様、当時のスイス人の厳しい生活を改めて想い起させる一節である。こうして一行は険しい山を越えてメイリ

ンゲン (Meiringen) に着いた。インターラーケンを出てからここに着くまでの3日間（8月10～12日）の記述にドロシーは実に17頁を費やしている。[7] 旅のハイライトの一つであった何よりの証しと言えよう。

さて、ワーズワス一行は8月12日にメイリンゲンを出た後、ルンゲルン (Lungern)、サルネン (Sarnen)、スタンズ (Stans) を通り、8月14日に修道院とティトリス山 (Mount Titlis, 3238m) で有名なエンゲルベルク (Engelberg) に着いた。そして翌15日に同じ道を引き返して再びスタンズを通り、夕方ルツェルン (Luzern) に着いた（この間一部を除いてすべて馬車）。そこで彼らは『日記』で有名なロビンソン (Henry Crabb Robinson, 1775–1867) と会った。出発前にそこで会う約束をしていたからである（以後パリに着くまで一緒だった）。彼らはルツェルンに3泊した後、湖を渡ってリギ (Rigi, 1662m) を越え、20日にブルネン (Brunnen) に着いた。そこから再び船でウルナー湖 (Ulner See) を南下してフルエレン (Fluelen) に上陸した。港では「ポーターや乞食に付きまとわれて」大変迷惑し、そこからアルトドルフ (Altdorf) に向う僅か数キロの道でさらに多くの乞食に悩まされたと述べている。[8] アルトドルフはウィリアム・テルの生家で知られる町である。彼らはその近くの「心地よい宿」に1泊した (8月20日)。翌朝10時にそこを出発してウーリ川沿いに馬車で20キロほど遡り、アムステッド (Amsted) に着いた。その間にも「多くの乞食や貧しい身なりの人々」に出会ったと述べている。しかしこの「アルプスの村」(Alpine village) に着いたとき、いよいよアルプス越えを目前にして「私たちの胸が新たな希望と期待に躍った。」そして8月21日にイタリアとの国境に近い標高1447メートルのアンデルマット (Andermatt) に着いた。その翌日、「朝食前に3リーグ（約15キロ）歩かねばなかったので、パンと新鮮なミルクで十分腹ごしらえをして出発した。かくしてメアリーと私に生涯で最も楽しい一日が始まった。何故なら、私たちはアルプスを今まさに横切ろうとしていたのだから……」と、特に「アルプスを横切る」(*crossing* the Alps) を強調している。[9] こうして彼女たちは「アルプス横断の最も楽しい最初の一日を終えた」その夜、アンデルマットよりさらに高い標高1480メートルのホスペンタル (Hospental, ドロシーは "Hopital" と綴っている) に泊まった。兄ウィリアムが30年前コモ湖からルツェルンに向かう途中この同じ場所を

通り、谷底を流れる激流に目が眩んだときの心境を詠んだ『叙景小品』の一節（243〜50 行）を思い起こした。[10] こうして一行は翌 23 日に標高 2108 メートルのゴットハルド (Gotthard) を越えてアイローロ (Airolo) の宿に着いた。従って 24 日は下り坂の道をまっしぐらにイタリアの国境に近いベリンツォナ (Bellinzona) に向った。ドロシーの日記によると最初の十数キロを徒歩で、そしてファイド (Faido) で昼食を取ってから馬車で三十数キロの道を一気に駆け抜けて目的地に着いた。

　8 月 25 日、待望のイタリアとの国境の町ロカルノ (Locarno) に到着した。そして翌日船で湖を南下して正午にルイノ (Luino) に上陸したが、町の入り口でオーストリアの制服を着た男からパスポートの提示を求められ、手荷物の厳しい検査を受けた。[11] その日の夜 8 時にルガノ (Lugano) の大きい宿に着いた。その宿は英国の国王も泊まったことのある立派なもので、食事も素晴らしく、特にメアリーは国王が泊まった部屋で一夜を過ごした。翌 26 日の朝 4 時 15 分前に起きて、近くのセント・サルヴァドール山 (Mount St. Salvador) で日の出を見に出かけたが、登るのに 2 時間かかって日の出に間に合わなかった。しかし頂上からの眺めは素晴らしく、シンプロンの山々はもちろん、モンブランまで見通せた。兄ウィリアムは「僅か 2 時間の登頂でこれほど素晴らしい眺望はこれまで経験したことがない」と言った。[12] 山から下りた後コモ湖畔のメナギオ (Menaggio) に向って出発した。途中嵐に合ったが、周囲の景色は素晴らしく、遥か遠くにコモ湖を見たときの感動は特別なものがあった。ドロシーは次のように日記に記している。

> We had a prospect of the lake in a thunder storm—the lake of *Como*, whose very name since the days of my youth had conjured up more delightful visions than any spot on earth. How different the reality at that moment and in that place![13]
>
> 私たちは雷雨の中コモ湖を遠望した。その湖の名こそ私の青春の日々以来、地上の如何なる場所よりも楽しいヴィジョンを私の胸に想い描かせてきた。それを現実にあの瞬間、あの場所で見ると、何と大きな違いか。

「私の青春の日々以来」とは、30年前スイスから届いた兄の手紙を読んだその日以来（第2章参照）、そしてさらに「フォーンセットの牧師館の庭で兄から直接その話を聴いて以来」（295頁参照）を意味している。要するに、コモ湖こそ彼女が兄と一緒に眺めたいという生涯の最大の夢であったのだ。それを今現実に目の前にしていたのだから、彼女の感動は言葉に言いつくせぬものがあった。

　こうして8月27日の夕方夢に見たコモ湖に着いた。彼女たちはその日カデナビア (Cadenabbia) まで行く予定をしていたが、天候があまりにも悪いので数マイル手前のメナギオに泊まったのである。今回のスイス旅行最大のクライマックス、即ち『序曲』第6巻の最後に述べた夜中のコモ湖畔放浪の舞台（第2章、54〜6頁参照）を兄と一緒に歩く最高の追体験の瞬間を迎えようとしていたのである。翌朝起きて最初に耳にしたのは、昨夜の嵐で遭難した悲惨な話ばかりであった。しかし外に出ると昨夜と打って変わって快晴であった。早速、船頭を雇って対岸のベラジヨ (Bellagio) へ渡り、そこで一日を過ごした。その夜、当初から予定していたカデナビアで泊まり、翌29日の朝は何をさて置いても、『序曲』第6巻で述べたあの放浪の舞台となったグラヴェドーナ (Gravedona) からチアヴェナ (Chiavenna, 現代の地図では Mezzola) 湖へ行く計画を立てた。[14] 地図を見ても分かるように、グラヴェドーナまで舟で行ってもたっぷり15キロはある。朝6時に起きたとき「山に雲がかかっていたが所々に青空が見え、希望が達成できそうに思えた。」そこで同じ船頭に頼んで出発した。しかし北風が非常に強く、船頭が如何に頑張っても舟を進めることが出来なかったので、諦めざるを得なかった。仕方なく、前日と同じベラジヨに再び渡り、食べ物を買って舟の中で昼食を取った。そのうちに風も治まったので、「時間の許す限りグラヴェドーナに近づいてみる決断をして」西岸沿いに北に向かった。しかし結局途中で引き返すことになった。そして宿に戻ってから空を見ると、「グラヴェドーナの山には一点の雲もなく、夕陽が湖を照らしていた」と、悔しい胸を内を言葉に表している。[15] そして翌30日は、全員が船で湖を遊覧しながら南端のコモへ行き、そこからさらにミラノへ向うことになっていたので、悲願のグラヴェドーナへの旅は立ち消えてしまった。

　8月30日、一行はカデナビアを出発して船でコモへ向った。船は岸に

沿って進んだので、岸辺の情景が手に取るように見えた。兄ウィリアムが 30 年前この湖岸の散歩道を歩いたのであろうと想像しながら、『叙景小品』のコモ湖の情景を詠んだ冒頭の数行を想い起した。そして兄が歩いたに違いない小路を何時までもじっと追い続けた。ドロシーの記述と『叙景小品』の一部を参考までに引用しておく。

> The road, "To ringing team unknown and grating wain" is seen sometimes creeping over a little eminence —then buried among trees—taken up again at the entrance of a village—lost, and again discovered, yet hardly so, among branching vines, chestnut, or peach, or fig trees. Though often baffled it was a constant amusement to attempt to trace that path which my brother had formerly paced, perhaps with more delight than any other; . . . [16]

> 「鈴を付けた牛の群や軋む荷車の通らない」道が、小高い丘を這っているのが時々見える。だが次に木々に埋もれてしまう。そして再び村の入り口で顔を出し、また消えては姿を見せる。しかし枝を伸ばした葡萄や、栗、桃、イチジクの木々の中では殆ど見えない。このようにしばしば邪魔されるけれど、兄が 30 年前恐らく他のどの道よりも一層楽しく歩いたであろう小路の跡を辿る試みは変わりなく楽しかった。

> More pleas'd, my foot the hidden margin roves
> Of Como bosom'd deep in chestnut groves.
> No meadows thrown between, the giddy steeps
> Tower, bare or sylvan, from the narrow deeps.
> To towns, whose shades of no rude sound complain,
> To ringing team unknown and grating wain, . . . (*Descriptive Sketches*, 80–85)

> 私の足は栗林に深く抱かれた
> コモの隠れた岸辺の散策を一層楽しんだ。
> 狭い湖の底から緑と土の肌を見せ、その間に
> 牧場が一つもない目の眩む急斜面が聳え立つ。
> 緑と土の肌を見せているが、牧場は一つもない。
> 不快な雑音がまったく聞こえず、また牛の鈴音や
> 荷車の軋む音が何一つ聞こえない町に向って……

一行は全員その日コモに泊まり、翌 31 日にミラノに向った。そしてミラノで 3 泊する間にドロシーとメアリーは大聖堂やダ・ヴィンチの「最後の晩餐」を展示してある修道院など、有名な場所は一通り観て回った。そして 3 日目の朝、ミラノを発ってマジョレ湖のバヴェノ (Baveno) へ行く予定をしていたところへ、兄がミラノで会った友人二人を案内してコモ湖のカデナビアへ翌日戻ることになった。こうして一度は完全に諦めていた待望のグラヴェドーナへ、今度こそ間違いなく行ける希望が俄かに湧き上がってきた。そして翌朝（9 月 4 日）、ワーズワス一行はモンクハウスとロビンソンとは 9 月 7 日にバヴェノで再会する約束をして再びカデナビアに向った。[17] コモの港で 2 艘の船を雇って湖を北上して夕方カデナビアに着いて同じ宿に戻った。ところが宿が満室だったので彼女たちは仕方なく屋根裏部屋で寝ることになった。翌 5 日の朝 4 時半に起きて外を見ると雨が少し降っていた。しかし夢に見た念願のグラヴェドーナへ行く決意に変わりはなかった。湖に出るとグラヴェドーナの方向は深い霧に隠れていた。そして北風は前回ほど強くないにしても相変わらず吹いていた。彼らは対岸のベラギオで食料品を買い込み、逆風と戦いながら北に向った。そして昼過ぎに目標のグラヴェドーナの岸に着いた。古い家が 1 軒見つかったので、そこで濡れた服を乾かした後バルコニーで昼食を取った。それから対岸のコリコ (Colico) へ渡り、数キロ北のアダ (Adda) の河口に向って歩いた。そこはチアヴェナを経由してアルプスに向う入り口であり、民家がばらばらに見られる程度だが旅人で賑わっていた。近くの高台にフエンテス (Fuentes) 城砦の廃墟があった。彼らはその高台へ登ると、そこからコモ湖の北端が真下に見え、「兄が 30 年前の夜コリコ山の頂上に掛かった月を見ながら一人でさ迷い歩いた」メゾラ湖（ドロシーはこれを「チアヴェナ湖」と間違えて呼んでいる）に通ずる道がはっきり見えた。[18] そしてアダ渓谷の遥か彼方に 4,000 メートル近いアルプスの山々が望めた。こうして辺りがすっかり暗くなった時刻にカデナビアの宿に戻った。夜通しひどい雨が降っていたが、翌朝（9 月 6 日）目を覚ますとすっかり晴れていた。ワーズワス家族 3 人は 10 日前に泊まったメナギオの村に向って出発した。そしてメナギオで他の二人（ミラノで出会った友人）と落ち合い、馬車で「コモ湖との最後の別れを惜しみながら険しい坂道を登って行った。」[19]

9月7日の朝ルガノを出発して、マジョレ湖のルイノ (Luino) に着き、そこから船で湖を南下して対岸のバヴェノ (Baveno) に着いた。そこで再びロビンソンとモンクハウスと落ち合い、翌8日にいよいよ最後のアルプス越え、即ち『序曲』第6巻のクライマックスの舞台に向って出発した。午前中、湖の小さな島 (Isoka Bella) に渡り、正午にワーズワスとグレアム氏は徒歩で、ドロシーとメアリーと足の良くないスパーク氏 (Mr. Sparks, グレアムと共にミラノであった友人) は馬車でシンプロンに向って出発した。道路はナポレオンが造った素晴らしい道であった。ヴォゴーニヤ (Vogogna, バヴェノから約20キロ) で昼食を取った後はウィリアムとスパーク氏は馬車で、他の3人は徒歩で約15キロ先のドモドソーラ (Domodosola, ドロシーは "Domo d' Ossola" と綴っている) の宿に向った。宿に着くと、ロビンソンとモンクハウスは先に着いて彼らを待っていた。

　9月9日朝5時に起きると、「空は快晴だったが、とても冷たかった。」今回の大陸旅行の3番目のハイライトであるシンプロン峠を越える日が遂に訪れたのである。ロビンソンとモンクハウスと他の二人は馬車 (diligence) で出発したが、ワーズワス家族3人は8月23日に徒歩でセント・ゴットハルドのアルプス越えをしたときの快感を忘れていなかったので (299頁参照)、「今回も徒歩でシンプロンを越えることに決めた。」[20] 彼らはディヴェドロ (Divedro, ドロシーは "Vedro" と綴っている) 川に沿って15キロほど歩き、スイスとの国境手前の村イセラ (Isella) で朝食を取った。国境を越えると、ドロシーが何処よりも是非歩いてみたいと望んでいた『序曲』第6巻のアルプス越えの詩の舞台が間近である。常緑の林を過ぎると、「すべてが岩と断崖と森」に一変した。そこには幾つかの「避難所」(Refuge)、即ち、「ナポレオンが建てた小さな四角い、白い<u>不恰好な建物</u> (unpicturesque buildings)」が見えた。その中に祈祷所もあり、そしてさらに進むと8階建ての建物に匹敵する巨大な「古い昔の病院」(a Spittal of the old times) が目に入った。それを見た兄ウィリアムは後ろから近寄ってきて、「(30年前) あの恐ろしい夜、友人と一緒に過ごしたその同じ家」(the very same where he and his Companion had passed an awful night) と教えてくれた。ドロシーは『序曲』第6巻のアルプス越えの詩行を繰り返し読んで記憶していたので、問題の「病院」であることに直ぐ気づいた。

その問題の詩行は第2章の第3節で引用しているので、ここで改めて是非読んでいただきたい。その詩行の最後に「つんざく激流の音で何も聞こえない中、疲れた骨に痛みを感じつつ罪のない眠りに就いた」（原文は50頁参照）と述べているが、ドロシーは日記の中でさらに兄の言葉を代弁して次のように述べている。詩の原文と並べて読んでみるとその場の雰囲気が一層理解しやすいであろう。

> Unable to sleep from other causes, their ears were stunned by a tremendous torrent (then swoln by rainy weather) that came thundering down a chasm of the mountains on the opposite side of the glen.
>
> 他の様々な原因で眠れないまま、谷の反対側の山の裂け目を（雨のために一層水かさを増し）雷のような音を立てて流れ落ちる物凄い激流で彼ら（兄とジョーンズ）の耳がぼんやりしていた。

ドロシーはこの巨大な「病院」についてさらに次のように付け加えている。「私はその玄関を一人で覗くだけの勇気がなかったことを後悔している。過ぎし30年の物語りを知るためにも、ガラス扉の内側がどんな風であるのか本当に知りたかった。しかしウィリアムに一緒に付いてくるように説き伏せることができなかった」と。[21]

彼らは「病院」を後にしてから次に向った場所は、ワーズワスが30年前に最も感動したゴンドー峡谷 (Gondo Schlucht) であった。ここでもドロシーは『序曲』第6巻の描写（556〜72行、49〜50頁参照）を思い出しながらその光景の物凄さを兄の詩と競うようにリアルに描写している。折りしも観光客を乗せた馬車が側を通ったが、彼らは激流を横目で見るだけで止まることもなく過ぎ去っていった。ドロシーはそれを見て、「自分たちが徒歩で来たことを祝福せざるを得なかった」と述べた後、さらに「山国の旅はどの点から見ても徒歩が一番楽しい」と付け加えている（原文は65頁参照）。『叙景小品』冒頭のジョーンズに宛てた献辞の中で、「馬車の椅子にもたれて旅する二人の仲間と、必需品を詰めたナップサックを肩に担いでゆっくり歩く旅人との違いがどれ程大きいかを、貴方はよくご存知でしょう」と述べた言葉を、ここで改めて思い起こす必要があろう（64頁参照）。要するに、ドロシーは常に兄の考えを共有していたのである。

ゴンドー渓谷を過ぎてなお暫く行くと、ドロシーが今回の旅で最も楽しみにしていた『序曲』第 6 巻のアルプス越えの場面（48 頁参照）、即ち、30 年前兄とジョーンズが道を間違えて気づかぬうちに憧れのアルプス越えをしてしまったあの「失意」の場所にようやく差し掛かった。そしてドロシーとメアリーがトゥソー (Tuso) 川に掛かった橋と「急な坂道」を何気なしに見ていると、ウィリアムは「この道を案内するため」ここへ来たのだと言った。「兄がその道を見つけたときのあの感激した表情を私はとても言葉に表すことが出来ません」と日記に書き添えている。こうして夕暮れ近くにシンプロンの宿に着いた。宿には自分たちを含めて 11 人の客がおり、みんな陽気にテーブルを囲んで夕食をとった。食後ドロシーとメアリーは星空の下、半マイルほど散歩した。そして最後に、「私は全く疲れを感じなかった。寒くて直ぐには眠れなかった以外に何一つ不満がなかったが、結局ぐっすり眠った。今日ドモドソーラから歩いた距離は 6 リーグ（約 30 キロ）だった」と、この日の充実振りを裏書する言葉で結んでいる。[22]

　9 月 10 日の朝シンプロンの宿を出て、2 リーグ近く（約 10 キロ）歩くと峠に到着した。青空の下に「飾りの塔のある古い病院」(the antient Spittal with its ornamented Tower) が見えた（この建物は現存している）。ここからローヌ河沿いの町ブリグ (Brig) に向かってジグザグの急な坂道を一気に下りて行った。30 年前、兄とジョーンズは同じ道を反対方向から登ってきたのだ。昼過ぎにブリグに着き、そこで昼食を取った。店の人たちは、「我々、特に女性が、ただ国を見るという目的だけのために、このように遠くまで旅をして、多額の金を使う意味は全く理解できない」と言った表情をしていた。[23] 彼らは食事を済ますと、そこからは馬車でさらに 8 リーグ先のトゥルトマン (Turtmann) の宿に着いた。11 日は朝早く宿を出て、徒歩で 1 リーグ先のロイク (Leuk) という町へ向かった。そこで見かけた人々、特に女性と子供は「ひどい湿度と熱と腐った匂いの中で、非常に不衛生な生活をしているために、顔にひどい腫れ物が出来ており、見るのも恐ろしくて顔をそむけてしまう」と述べている。物乞いをする幼い子供たちの描写を含めて、当時のスイス人の生活の厳しさを物語る貴重な資料と言えよう。ワーズワス一行はその日、ロイク温泉に泊まった。そして翌 12 日にそこ

からさらに 15 キロほど北のゲミ峠 (Gemmi Pass, 2,322m) に向った。そこに着くと、直ぐ近くにユングフラウが見えたので驚いた。彼らはこの峠の周辺で丸一日観光を楽しんだ後、ロイク温泉の同じ宿に戻った。そして翌日、ワーズワス一行は馬車でローヌ河沿いに一路西に向い、フランスとの国境近くの深い谷間の町マルティニに着いた。そこからシャモニーへ行くためには 2,000 メートル前後の峠を三つ越えなければならない。30 年前ワーズワスもレマン湖東端の町ヴィルヌーヴからローヌ河沿いに南下してマルティニで 1 泊し、そこに荷物を預けてシャモニーへ 2 泊 3 日の旅に出た（第 2 章、46 頁参照）。今回もまったく同じ行程と日程でシャモニーに向った。従って、それはワーズワス自身にとって追憶の旅であることはもちろん、ドロシーとメアリーにとって『序曲』第 6 巻と 30 年前のスイスからの手紙の文字通り追体験の旅となった。ドロシーは 14 日の朝マルティニを出発して 16 日にトリエンツ (Trientz) に戻るまでの 3 日間の旅日記に 15 頁を費やしており、『大陸旅行記』全 330 頁の中のまさしくクライマックスと評して間違いではあるまい。

　さて 9 月 14 日の朝、2 頭の騾馬と一人のガイドを雇ってシャモニーに向って出発した。騾馬とガイドは何れもシャモニーへ帰る途中であったので、値段が半額で済んだ。ドロシーは険しい山道に差し掛かった辺りから自ら好んで歩いた。そして最も高い二つ目の峠（Col de Balme, ドロシーは "Baume" と綴っている）の頂上に着いたとき、眼下にトリエンツの村を見た。彼女は「この陰った深い奥地、牧歌的生活のイメージそのもの、静寂と孤独」(this shady deep recess, the very image of pastoral life, stillness and seclusion) の世界にただじっと見蕩れていた。するとそこへ兄が近寄ってきて、「これこそ私が何度も述べたあの『原始の谷』、あの『緑の奥地』だ」と教えてくれた。「原始の谷」「緑の奥地」という言葉は、ワーズワスが『序曲』第 6 巻でこのトリエンツの村を初めて見たときの感動を述べた一節、"My heart leaped up when first I did look down / On that which was first seen of those deep haunts,／ A *deep recess*, an *aboriginal vale*, . . ."（訳は 46 頁参照）のイタリックの語句を指したものである。このときドロシーはこの詩の一節を記憶していた何よりの証拠と言えよう。そしてさらに兄は上記に続いて、「私の 30 年間の記憶は今、目の前に見る現実と殆ど同じほ

ど鮮明だった」(my remembrance for thirty years has been scarcely less vivid than the reality now before my eyes.) と言った。トリエンツには、マルティニからシャモニーに向かう旅人のための唯一の「夏の休憩所」(summer harbour) があったので、彼女たちはそこで昼食を取った。「素晴らしい食事で、美味しいワイン、チーズ、パン、蜂蜜、全部合わせて一人当たり1フランだった。この宿で一晩是非泊まりたいと思った。」[24] こうしてトリエンツの村を出た後さらに数マイルの険しい道を歩いて最後の峠に差し掛かったとき、左前方に「モンブランの巨大な姿と針のように尖った山々」を見た。シャモニーの谷はもう直ぐ目の前であった。こうして彼らが予約していた宿 (the Union) に着いた。宿の食堂はイギリス人で一杯だった。彼らの多くは旅人ではなく、長期滞在者であった。その証拠に女性は皆旅人らしからぬ、まるで「海岸の避暑地」にでもいるような派手な服装をしていたからである。ワーズワス一行は同じ部屋の片隅で夕食を取った。「ウィリアムが30年前ここにきた時とは大変な違いであった。」[25]

9月15日、朝5時に起きると「モンブランの山頂に雲が掛かっていたが、雪渓に銀色の陽光が差していた。」ワーズワス家族3人は他の観光客と別れ、ガイドを一人雇って氷河を登ることにした。彼らが最初に向った氷河はグランド・ジョラス (Grandes Jourasses, 4208m) の北壁から延びた巨大氷河 (Montavert, 地図の名称は "le Montenvers") であった。これを間近に見たドロシーは次のように描写している。

> . . . the motionless stream to its sources, the snows of Montavert, overtopped by, and intermingled with pikes and needles, and bulky masses of crag that form the termination of this precipitous vale of everlasting winter. The scene is wonderfully grand, and harmoniously composed—yet fantastic and curious.[26]
>
> 底まで微動もしないモンタヴェルの雪の川。天辺から尖った針の岩と巨大な岩の塊が覆いかぶさり、混ざり合い、永遠の冬であるこの断崖の谷の終りを形成している。その光景は驚くほど壮大だが、見事に調和がとれている。だが不思議で奇妙なところがある。

このような氷河の描写をさらに1頁以上書き記した後、氷河の壁を下り

てきてアルヴ川が流れ出る巨大な氷の洞穴がまともに見えるところに来る。ここにおいてドロシーの筆は興奮の極に達する。それは十数行に及ぶので、その最後の4行だけ引用しておく。

> No spectacle that I ever beheld—not even the ocean itself—has had an equal power over my mind in bringing together thoughts connected with duration and decay—eternity, and perpetual wasting—the visible and invisible power of God and Nature.
>
> 私がこれまで見てきた如何なる景色も、大海でさえも、これに匹敵する力、存続と凋落、永遠と果てしない荒廃、神と自然の見える力そして見えざる力を同時に思い起こさせる力、を持っていなかった。

このときドロシーは『序曲』第6巻のあの一節、即ち兄が30年前この同じ氷河を見たときの感動の言葉──「その沈黙した滝、氷の河、微動もしない巨大な波の列……」(原文は47頁参照)──を思い起こしていたに違いない。そして夜6時に宿に戻って夕食の席に着いたとき食堂の窓から、「モンブランの雄大な姿、移動する雲、輝く雪」が見えた。それから宿のアルバムに目を通していると、「自分たちの友人や知人の多くの名前、さらに兄の詩『マイケル』や『ヤーロー川訪問』等からの引用を見つけた」と述べている。[27]

9月16日、朝5時に目を覚ますと、「空が綺麗で、楽しい一日を約束していた」ので5時15分に宿を出て、シャモニーで最も有名なボアソン氷河 (Glacier de Boisson) を見に出かけた。彼らはガイドを二人雇っていたのだが、前日登った氷河より遥かに長く、困難で、険しかったが、「さほど怖くはなかった」(not so *awful*)。一方、前日のモンタヴェル氷河は「私の想像を遥かに超えており、あれほど美しく魅惑的な光景を夢でも見たことはない」と述べている。そして彼らは宿に帰る途中、小さな女の子が家の玄関に立って飲み物を差し出しながら、「氷河はいかがでしたか、素晴らしかったですか、疲れなかったですか」と、金目当てで話しかけてきた。30年前はこのような光景が全く見られなかった。戦後多くの観光客がシャモニーを訪れたために、村全体がこのように俗化してしまったのだ。[28] 彼らは9時に宿に戻って朝食を済ませた後、一行は10時に揃って出発し

た。その日の目的の宿は2日前トリエンツで昼食を取ったあの宿であった。あの時ドロシーが「ここに一晩是非泊まってみたい」と思った念願を叶えたのである。

　9月17日トリエンツの朝、冷たい小川の水で顔を洗った後、暖炉の前で宿の女主人と談笑した。そして彼女が宿代を請求しなかったので、6フランだけ支払った。彼女はそれで十分満足しているようだった。シャモニーと僅か数時間の違いで人間がかくも素朴でいられるものだと思った。こうしてドロシーが最も楽しみにしていたスイス旅行最後の3日間は終わった。彼女は宿を出るとき、「人生における物事の不思議な繋がり」(the strange connections of events in human life) について思いを巡らせた。「30年前、兄が妻と私を連れてここへ戻ってくると思ったであろうか。そしてこの『原始の谷』の窪地で一夜を過ごすとは、夢でも想像できない最高にロマンティックな出来事ではないか」とつくづく思った。[29] ドロシーの『大陸旅行記』の結論としてこれ以上的確な言葉はなかろう。

　さて、ワーズワス一行はトリエンツの宿を出た後、彼が30年前に通ったロアル河沿いの道を北に向い、その日の夕方ヴィルヌーヴに着いた。そしてロザーヌに2泊した後、20日にモンクハウス夫人とその妹が待つジュネーヴに着いた。ジュネーヴで4泊して旅の疲れを取った後、9月24日朝9時にパリに向って出発した。途中、モレッツ (Morez)、モン・スー・ヴェドレー (Mont-sous-Vedray)、ディジョン (Dejon)、アンシ・ル・フラン (Ancy le Franc)、サンス (Sens)、フォンテンブロー (Fontainbleau) でそれぞれ1泊し、9月30日午後、降りしきる雨の中、パリの王宮 (Palais Royal) 近くの狭い通りにあるホテル (Hotel de Toulouse) に着いた。そして翌日（10月1日）彼らが1ヶ月住む予定の下宿 (lodgings) へ移った。そして10月2日以降のことは一切語らず、ただ次の一言で、パリにおける日記を閉じている。"Mr. Eustace Baudouin met us at the door of our lodgings; —and here ends my Journal."「ユースタス・ボードゥアン氏は私たちの下宿の玄関で私たちと会った。私の日記はここで終わる。」[30]

　18年前の夏、ワーズワス兄妹はカレーでアネットと娘のキャロラインと会ったときも、1ヶ月そこで暮らしたにも拘らず、彼女の日記は僅かに次の2行で終っている。"The weather was very hot. We walked by the seashore almost every evening with Annett and Caroline, or William and I alone."「大変暑かったので、私たちはほとんど毎晩アネットとキャラインと一緒に、或いはウィリアムと私と二人だけで海岸を散歩した。」[31] 要するに、ドロシーは他人に知られたくない兄の秘密を慮って言及を徹底的に避けたのである。ただ今回の大陸旅行にはロビンソンも同行していたので、パリでの彼らの行動について彼なりに記録している。他にもドロシーやメアリーが書いた覚え書きは少し残っている。これらを総合して知りうる事実は、ワーズワス家族3人が過ごした下宿はボードゥアン夫妻の住む「シャルロット道路47番地」(47 Rue Charlot) の近くであったこと、そして彼らが下宿に移ったその翌日、「ユースタス・ボードゥアンと玄関で会った」その足で、ボードゥアンの家を訪ねてアネットと娘のキャラインと18年ぶりに再会したことであった。そしてロビンソンの記述によると、キャラインはワーズワスを何時も「お父さん」(Father) と呼んでいたことである。もちろん彼の妻メアリーも側で聞いていたに違いない。これ以外の日々の行動やその過程における心情の機微等については、想像の域を超えないので論及を控えたい。[32]

とは言え、この4週間のパリ生活はワーズワス家族3人にとって、それぞれ性質が異なるにせよ極めて意味深いものがあった。先ず、妹ドロシーは兄とアネットとの関係を当初から知り尽くし、兄の唯一最大の理解者として擁護し続けてきた。と同時にアネットに対しても暖かい理解と同情を示し、彼女と手紙の交換を怠らなかった。そして娘のキャラインに対しても自分の姪として、優しい愛情を感じていた。彼女がボードゥアンと結婚する報せを受けたとき、万難を排してその式に参加しようとした（278～9頁参照）。1802年の夏カレーで初めて会ったとき9歳の少女であったが、18年ぶりに再会した彼女は幼児を抱いた立派な母に成長していた。念願を果たした喜びと感動は言葉に尽くせないものがあっただろう。次に、妻メアリーはアネットとの関係を十分理解した上で、ウィリアムの誠実さを確信して結婚した。彼が結婚に先立って態々フランスまで出かけて彼女と会い、10年前の関係を綺麗に清算したことを誰よりも良く知っていたからである。そして結婚後も年を重ねるごとに強い夫婦愛に結ばれていたことは、互いに交わした数多くの「愛の手紙」(Love Letters) によって証明

されている。さらに、キャロラインの婚約者の兄ユースタス・ボードゥアンを英軍の捕虜から解放するに当たって精一杯協力した行為そのものは（第9章、263〜5頁参照）、彼女本来の優しさと夫への愛情の何よりの証である。そのようなメアリーが夫の28年昔の愛人とその娘に初めて会ったときどのような反応を示したか、それは想像の域を出ないが、1ヶ月近いパリ滞在の間に彼女たちの行動を見て、心のわだかまりを完全に払拭してしまったに違いない。このような観点からドロシーとメアリーにとって、4週間のパリ生活は今回の大陸旅行のエピローグと呼ぶに相応しい貴重な体験であっただろう。最後に、ワーズワス本人にとって如何なる意味を持っていたかを考えてみたい。

　本章の冒頭でも述べたように、ワーズワスは大陸旅行に出かけたその年(1820)に新しい『詩集』(*Miscellaneous Poems*) 全4巻をロングマンから出版したが、その第4巻に「ダドン川」ソネット・シリーズと「ヴォードゥラクールとジュリア」を発表し、さらにその巻末に10年前に発表した「湖水地方案内」を加えた。中でも特に注目すべきは、「ヴォードゥラクールとジュリア」を16年前に書いた『序曲』の第9巻から切り離し、一篇の独立した詩として初めて発表した点にある。この詩はワーズワスがフランス留学中のアネットとの熱愛を題材にした悲恋の物語であることは今さら申すまでもないが、彼の青年期における詩人としての歴史、とりわけ『序曲』第9巻の「フランス在住」(Residence in France) の歴史から切り離すことのできない最も鮮烈に心に残る出来事であった。長い戦争が二人の仲を裂いたと言えば全てが解決することであるが、責任感の強いモラリストにとって彼女に対する強い自責の念がいつまでも心の片隅に残っていた。彼はメアリーと結婚する前にアネットと会って一応清算を済ませたと自らに納得させたが、結婚後もその影は消えることがなかった。従って、英仏戦争が終わった翌1816年2月にキャロラインの結婚式には出席できなかったが、年金35ポンドを彼女に贈り、父としての責任を十分に果たした。それから4年後、今回の大陸旅行最後の1ヶ月をパリで過ごす計画を立てた最大の動機は、ヴァロン一家と会って自分たちの有りのままの姿を見せることによって、互いの心のわだかまりを綺麗に洗い落としたいという強い思いがあったに違いない。もちろんこれ以外に、彼が30年前フランス

在住最後の1ヶ月をパリで過ごしたその舞台、とりわけ『序曲』の第10巻で述べた「9月の大虐殺」(the September Massacres) の舞台を自らの体験を語りながら妹と妻と一緒に歩いてみたいという願望が一層強かったかもしれない。ドロシーはもちろんメアリーも『序曲』第10巻のこの場面を丹念に読んで記憶していたので、スイス・アルプス越えのときに劣らぬ追体験の感激に浸ったであろう。そしてワーズワス自身は最愛の妹とメアリーと30年前の感動を共有できる喜びに胸が躍ったに違いない。

　こうして4週間の充実したパリ生活も終わり、10月27日の朝ブーローニュ (Boulogne) の港に向って大陸旅行最後の馬車に乗った。だがそこで悪天候のために10日間足止めされ、11月7日にようやくドーヴァの土を踏んだ。4ヶ月の長い旅であった。ワーズワスは30年間思い続けてきた宿題を遂に果たしたという一種の安堵の気分と同時に、『ダドン川』の最後のソネット（291〜2頁参照）の心境そのものであったに違いない。

後書き

　私は尊敬する友人の一人にこの新しい本について話したところ、「ワーズワスの続篇を期待している」という返事を頂いた。私は最初「続篇とはなんだ」と少し腹を立てた。だがよく考えてみると、これほど的確な評価は他に見つからないと思った。私は大学を定年退職してから4年後『ワーズワスと英国湖水地方』(北星堂、2003年) を出版し、それから5年後『ワーズワスと妹ドロシー』(音羽書房鶴見書店、2008年)、そしてさらに5年後『ワーズワスとコールリッジ』(同上、2013年) を出版したことを彼は誰よりもよく知っていたので、今度の本をそのタイトルから判断して「続篇」と受け止めて当然であった。そして今私がこの原稿を改めて読み返してみて、「続篇」がやはり最適であることに気づいた。しかしこれを書き始めた当初はそのような考えが微塵もなかった。私は18世紀イギリスの紀行文学 (travel literature) について広く書くつもりでいたからである。そしてワーズワスをその観点から改めて読んでみようと考えていた。私は若い頃からイギリスの文学史跡を訪ねて歩くのが大好きだったので、必然的に紀行文学を好んで読むようになった。その最大のきっかけはディケンズの小説に熱中したことに始まる。私はイギリスをあちこち歩いたのも彼の小説の舞台を体感するためだった。今から三十数年前ロンドンに数ヶ月滞在した頃、チェアリング・クロスの近くにオックスフォード出版部の支店があったので、そこへしばしば通った。そこで購入した本の中に、ジェイムズ・バザード (James Buzard) の *The Beaten Track* (Oxford, 1993) と、ジョン・ペンブル (John Pemble) の *The Mediterranean Passion* (Oxford, 1987) があった。私はこの2冊から最大の刺激を受けて紀行文学に対する興味がさらに一層高まった。とりわけ前者から受けた影響が大きかった。私は本書の第5章で 'traveller' と 'tourist' の違いを明確にし、その代表例として『兄弟』の冒頭の一節を引用したが、それはバザードの著書から影響を受けたものだった。またペンブルの著書からは、ナポレオン戦争後のイギリス人の大陸旅行熱の歴史を論じる過程で、ディケンズの小説を実例 (特に

Little Dorrit の第 2 部）に挙げて説明しているのを見て私のディケンズ熱が再燃した。そして大金を叩いて彼の書簡集（全 11 巻）を購入して日本に持ち帰った。その後も私の紀行文学熱は衰えず、ウォルター・スコットの小説へ関心が移っていった。彼のウェイヴァリー小説は紀行文学的要素が極めて濃厚であったからだ。このようにして実に幅広く小説を読みまくったが、結局何一つまともな成果を挙げることができなかった。そこで原点に帰って考え直した結果辿り着いた結論は、自分の性に一番合ったワーズワスの詩の世界を丹念に歩いてみることであった。こうして現役最後の夏休みから 4 年間続けて夏の数週間をグラスミア中心に湖水地方で過ごした。その結果出来上がった著書は前述の『ワーズワスと英国湖水地方』であった。要するに、この著書は私が永年真剣に追い求めた紀行文学の一種の落とし子であった。だがこれが私のより深いワーズワス研究の始まりとなった。詩の舞台や詩人の生きた世界をじかに知り、身をもって体験することは研究者の必須条件である。それによって我々は詩人に対してより深い親しみと共感を覚え、互いに心の通う仲間か友人のような気分になり、さらにそれまで気づかなかったことが突然見えたり、分からないことが急に理解できたりすることが少なくないからである。それから 5 年おきに出版した前述の 2 冊はその紛れもない成果であった。私はその最後の本を出版したとき齢が既に 81 歳に近づいていたので、この出版を機にワーズワスと決別することを心に決めた。そしてワーズワスはもちろんロマン主義に関する図書の多くを書斎以外の場所に移してしまった。そして別の部屋に締まっていた日本文学全集を持ち込んでそれを順次読み始めた。私はこれをほぼ 1 年近く続けたところで読み飽きたので、今度はイギリスの小説の中でまだ読まずに書棚に積んだままの本を取り出して読み始めた。そしてやがて間もなくディケンズに目が移り、30 年前の情熱が蘇り、既に読んだ小説を含めて全集を完全に読みつくした。その間彼の書簡集にもかなり目を通したので、私の研究熱が次第に湧き上がってきた。中でも私が学生時代に読んだ『デイヴィッド・コッパフィールド』を専門家の目で改めて読み返したとき、ディケンズ研究の手掛かりを再発見したような気がした。その最大のきっかけは、その第 4 章で彼が少年時代に愛読した小説を列記した一節に出会ったときであった。その中にはフィールディングの

『トム・ジョーンズ』やゴールドスミスの『ウェイクフィールドの牧師』そしてデフォーの『ロビンソン・クルーソー』もあったが、特筆すべきはスモレットの代表作3篇 (Roderick Random, Peregrine Pickle, Humphry Clinker) に続いて、『ドン・キホーテ』と『ジル・ブラース』(Gil Blas) が並んでいたことである。この最後の2作は、ピカレスク小説 (picaresque novel) の元祖とも言うべき名作であり、スモレットはこの2作を英訳している事実からも分かるようにイギリスのピカレスク小説の草分け的存在である。ディケンズはこれらピカレスク小説の影響を受けたことは明らかであり、中でも初期に書いた『ニコラス・ニックルビー』(Nicholas Nickleby) は、スモレットの処女作『ロデリック・ランダム』(Roderick Randam) からヒントを得た小説であることは、タイトルの類似性（同韻の頭文字）から判断しても明らかであろう。このような観点から私はディケンズが影響を受けたこれらの作品を数ヶ月かけて全て読み尽くした後、ピカレスク小説と彼との関係について論じた研究書や彼らの伝記にも目を通した。こうしてディケンズ小説の原点を心得たつもりで、いざ何かを書こうと真剣に思いを巡らせた結果、概説の域を出ないことを悟った。そこではたと思いついたことは、スモレットの最後の作品『ハンフリ・クリンカー』とディケンズの出世作『ピックウィック・ペイパーズ』(Pickwick Papers) との類縁性についてであった。スモレットのこの作品は、『ロデリック・ランダム』等のピカレスク小説を書いてから凡そ20年後の1771年に出版した社会風刺の色合いの濃い小説である。そのストーリを一言で説明すると主人公のブランブルが痛風を治すために、聡明な甥と美しい姪、そして結婚願望の妹を連れてバース (Bath) を初めとしてイングランドの各地の温泉を馬車で訪ねて回る話である。もちろん旅先で様々な出来事に出会い、ある意味でピカレスク的冒険をすることもあるが、彼らの訪ねて回る場所とそのコースは一般の観光客のそれとまったく同じである。だが彼の風刺は一般の観光客に向けられているだけでなく、当時流行のゴシック趣味やピクチャレスク趣味に対して時には笑いを含め、またある時は執拗かつ厳しい口調で語られている。結論から言って、これは紀行文学の傑作と評して間違いない。一方、『ピックウィック・ペイパーズ』は物語の構成の面から『ハンフリー・クリンカー』をモデルにしていることは間違いなく、登場人物もピックウィック

を頭に 3 人の部下を連れて各地を旅して回っている。中でも特筆すべきは、旅の途中でサム・ウェラー (Sam Weller) の登場である。彼はピックウィックと出会ってから最後まで忠実な下男として仕えるが、彼のモデルはブランブル一行と出会って最後まで忠実に働くハンフリーであることは明白である。そして両作品は何れも気分の転換と好奇心の満足を目的とした観光旅行である。要するに、両者は何れも紀行文学を代表する傑作と評して過言ではあるまい。

　こうして私は何時の間にかピカレスク小説から紀行文学へ関心が完全に移ってしまった。しかし良く考えてみると、これは極めて自然な移行であった。何故なら、ピカレスク小説はそのタイトルが "The Adventures of" で始まっいるのを見ても分かるように冒険物語であり、主人公が様々な冒険の旅をしながら多くの試練を経て成長を遂げてゆく。つまり、ピカレスク小説は「紀行文学」(travel literature) と「成長物語」(bildungs-roman) の両面を兼ね備えているからである。ディケンズの代表作『デイヴィッド・コッパフィールド』は典型的な成長物語（または「教養小説」）であると同時に、その元のタイトル *The Adventures of David Copperfield* が示すように冒険物語でもあった。スモレットの『ロデリック・ランダム』も全く同様である。ワーズワスの代表作『序曲』も「詩人の精神的成長」(The Growth of a Poet's Mind) という副題が示すように、詩人自身が様々な冒険の旅を経て成長してゆく過程を回顧した成長物語に他ならない。その主たる冒険はフランスにおけるアネット・ヴァロンとの愛とボーピュイとの出会い、そしてフランス革命をじかに体験したことである。「フランスでの生活」(Residence in France) に最大のスペース（第 9・10 巻、全 1973 行）を割いているのはそのためである。

　以上のように、私の紀行文学研究はディケンズに始まり、『ジル・ブラース』やスモレットの小説を中心としたピカレスク小説、と同時に「教養小説」(『ウェイクフィールドの牧師』も含まれる）を経てようやく辿り着いたものである。ワーズワスは湖水地方というツーリズムのメッカとなりつつある時期に幼少年時代を送った。そして彼自身は湖水地方を誰よりも愛し、誰よりも多く知り尽くしていた。元来、冒険心に富んだ放浪を好む彼であったので、一般の人が通らない「隠れた道」(the untrodden ways)

を歩き、人の目の届かない自然の真の美しさを知り尽くしていた。それだけに彼はなお一層、序論でも述べたように当時流行のレイカーズ (lakers) はもちろん、彼らが好んで読む旅行記や案内書に軽蔑的な目を注いでいた。しかし彼はプランプターの『ザ・レイカーズ』（序論参照）やオースティン (Jane Austen) の『ノーサンガー・アビー』(*Northanger Abbey*, 1798 年執筆開始）のように、ピクチャレスクの旅やゴシック趣味を露骨に風刺したり、パロディ化しなかった。彼は本質的にポープその他の風刺を好む 18 世紀の詩人とは異なり、大衆の目の届かない隠れた素朴な真実に目を向け、それを深い共感をもって誠実に描く点に詩人たる所以があった。本書の第 5 章で論じた『マイケル』や『エマの谷』はまさしくその典型例である。当時の旅行記や案内書の殆どすべてがケジックとその周辺の描写や記述に最大の力を注いでいるのに対して、ワーズワスはケジックには一切目を向けずにグラスミアの谷そのものに集中した。言い換えると、グラスミアの美しい自然だけに留まらずそこに住む村人の心と一つになった真の姿を表現することに専心した。これらの詩は全て彼がグラスミアに住んだ最初の一年間（1800 年）に書いたものであるが、当時流行のツーリズムと紀行文学の実情を目の当たりにしてきた直後であっただけに、これらを強く意識していたことは間違いない。中でも『グラスミアの我が家』はその代表作であった。このような観点から、1800 年に書いたこれらの詩の全ては、ケジックに対抗するグラスミア固有の美しさをそこに住むワーズワス自身の目で見た独自の紀行文学と解釈してよかろう。

だがこれに続く第 6 章は、グラスミアの美しい景色や自然の変化などには何の興味も示さず、旅そのものを生活の糧にしている家なき人々を主題にした詩を中心に論じた。具体的には、「蛭を集める老人」や「乞食」そして「鋳掛け屋」のような行商人であった。彼らこそまさしく「旅人」(traveller) の究極の姿であった。一方、当時のツーリストは裕福な紳士や貴族そして文人や芸術家であり、旅行の目的は趣味の幅を広げ、好奇心を満たすための観光に他ならない。そして序論でも述べたグレイを初めとした紀行文は全てかかる文化人や芸術家の記述であり、対象は同等の階級の人々に向けられている。またウェストを初めとする旅行案内書はかかるツーリストのために書かれたものである。我々はこれらの著作を総称して

「紀行文学」と呼ぶが、これらの著作はそこに住む人や旅をする人の様々な生きる姿や心情について一言も触れていない。詩の分野においても同様で、その大半は単なる叙景詩の域を脱しておらず、紀行文学の範疇には入れがたい。ワーズワスはグラスミアに住んでこの事実をそれまで以上に強く感じるようになった。第6章で論じたこれらの旅人こそ、詩人ワーズワスの目に最高の題材に写って当然であった。従って、これら1802年に書いた詩は、彼独自の紀行文学の短編集と位置づけることができよう。私は以上のような観点から第6章を書いた。従って、ここで本書を閉じてもよかったが、一般に広く知られるワーズワスの『湖水地方案内』に言及しないわけにはいかなかった。彼はかねてからガイドブックなどは文学の範疇に入らないと確信していたので、当初はこれを書くことをかたくなに拒んだのも当然と言えよう。それ故、私自身もこの案内書について詳しく論じることを控え、それよりもむしろ『逍遥篇』と『ダドン川』を紀行文学としての観点から第9章で詳しく論じた。最後に、第7章と最終章はドロシーのスコットランドとヨーロッパ大陸の旅行記を主題にしている。しかし前者は兄ウィリアムの詩が多く挿入されており、二人の合作と評しても過言ではあるまい。一方、『大陸旅行記』はすべてドロシーの筆によるものではあるが、その最も重要な部分はウィリアムが30年前に体験したことを自らも追体験する場面であるので、常に兄ウィリアムの言葉が彼女の記述に反映している。本書の副題を「妹ドロシーと共に」とした根拠の一つと言ってよい。

　以上、本書を書くに至った経緯とその趣旨について説明したが、これと「序論」を併せ読むことによって本書全体の構成とその意図を理解していただけたと思う。私はこれまで出版した単行本はすべて500頁前後の大部なものであるので、全体を理解していただくためには相当な我慢と忍耐を要求することになる。中でも書評を依頼された専門家は公正な評価をするためには貴重な時間を割いて全頁を丹念に読まなくてはならない。私はその苦労を知り尽くしているので、「序論」と「後書き」で余分と思われるかも知れない説明を書き加えた次第である。

　想えば私の人生は英文学一筋の誠に単調な生活の連続だった。だがその間にも好・不調の波は非常に大きかった。中でも30歳代半ばから始ま

た視力の急激な低下はまさに深刻であった。それまでの私は文学作品を幅広く自由に読むことを得意としてきたが、視力の低下のために強い光の下で僅かな頁を精神集中して読む習慣に自然と変っていった。コールリッジとワーズワスの研究に熱中し始めたのはちょうどその頃であった。それまでの私はエリザベス朝文学を専門にしていたが、詩を読んでいる方がはるかに目に負担がかからず精神を集中することができたからである。中でも両詩人を特に択んだきっかけは、その頃ハーバート・リードと I. A. リチャーズの批評に非常に興味を持っていたので、それをより深く理解するため必然的にコールリッジとワーズワスの代表作（『文学的自叙伝』と『序曲』）を真剣に読むことになった。その結果、幸運なことに両詩人のとりこになってしまった。そもそも私の文学研究は、その対象である人間の魅力に惹かれてその根源を探ることにあった。そのためにコールリッジの作品はもちろん、参考文献を手の及ぶ限り読みつくした。その間数十点に及ぶ小論文を書いてきた。だがこれらを総合してみると雑多な集合体に過ぎず、ただ空しさだけが残った。そこで私はこれら全てを一掃して原点に戻り、彼の最大の魅力である理想追求の一途な姿を私の心に照らしながら画くことにした。こうして完成した最初の作品は『詩人コールリッジ──「小屋のある谷間」を求めて』（1986年）であった。その後ほぼ5年置きに同程度の大きさの本を出版してきたが、私の基本姿勢は変らなかった。言い換えると、私は詩人と心を一つにして共に歩む基本姿勢を頑固に守り通した。

　私は間もなく86歳の誕生日を迎えるが、この30年間気晴らしに他の作家に熱中することもあったが、執筆に関してはコールリッジとワーズワス一筋に8冊の著書を上梓することができた。これは私自身の尽きぬ情熱と一徹な性格にも因るが、私の職場が寛容であったことも一因であった。そして定年退職後は何よりも私の書斎が最大の味方をしてくれた。正直に言って、私は書斎に入ると気分が落ち着き、すぐに机に向かって前の続きを書き始めたからである。だが最大の恩人は、55年間私の健康を絶えず気遣ってくれた我が妻を措いて他に居ないであろう。さらに私の友人や教え子の心温まる支援と、関西コールリッジ研究会の優秀な仲間の励ましが大きな心の支えとなったことは言うまでもない。そして最後に、私の拙い研

究成果の出版を 3 度も快く引き受けてくださった音羽書房鶴見書店の社長山口隆史氏に心から感謝を申し上げたい。

　2017 年秋　高槻にて

山田　豊

参考文献・略語表

Barker	Juliet Barker, *Wordsworth: A Life* (Penguin Books, 2001)
BL	Samuel Taylor Coleridge, *Biographia Literaria*, ed. James Engell and W. J. Bate (2 vols, Princeton University, 1983)
CL	*Collected Letters of Samuel Taylor Coleridge*, ed. E. L. Griggs (6 vols, Oxford, 1956–71)
CN	*The Notebooks of Samuel Taylor Coleridge*, ed. Kathleen Coburn (New York, 1957–2002)
De Quincey	Thomas De Quincey, *Recollections of the Lakes and the Lake Poets* (Penguin Classics, 1988)
DWJ	*Journals of Dorothy Wordsworth*, ed. Ernest de Selincourt (2 vols, London, 1959)
Gill	Stephen Gill, *William Wordsworth: A Life* (Oxford, 1989)
Gilpin I	William Gilpin, *Observations on the River Wye* (London, 1782)
Gipin II	William Gilpin, *Observations on Cumberland and Westmoreland* (2 vols, London, 1786)
Gittings	Robert Gittings and Jo Manton, *Dorothey Wordsworth* (Oxford, 1985)
Guide	*Wordsworth's Guide to the Lakes*, ed. Ernest de Selincout (Oxford, 1906)
KL	*The Letters of John Keats*, ed. Maurice Buxton Forman (Oxford, 1952)
Lakers	James Plumptre, *The Lakers: A Comic Opera* (London, 1798)
Legouis	Émile Legouis, *William Wordsworth and Annett Vallon* (Archon Books, 1967)
Love Letters	*The Love Letters of William and Mary Wordsworth*, ed. By Beth Darlington (Cornell University Press, 1981)
Moorman	Mary Moorman, *William Wordsworth: A Biography* (2 vols, Oxford, 1957–65)
Newlyn	Lucy Newlyn, *Coleridge, Wordsworth, and the Language of Allusion* (Oxford, 1986)
Noyes	Russell Noyes, *Wordsworth and the Art of Landscape* (Haskell House, 1973)
Ousby	Ian Ousby, *The Englishman's England* (Cambridge, 1990)
Roe	Nicholas Roe, *Wordsworth and Coleridge: The Radical Years* (Oxford, 1988)
SL	*New Letters of Robert Southey*, ed. Kenneth Curry (2 vols, Columbia University, 1965)

Warner	Richard Warner, *A Walk through Wales, in August 1797.*
WDL	*The Letters of William and Dorothy Wordsworth*, ed. Ernest de Selincourt, Mary Moorman and Alan G. Hill (8 vols, Oxford, 1967–93)
West	Thomas West, *A Guide to the Lakes in Cumberland, Westmorland and Lancashire 1784* (Woodstock Books, 1989)
Woof	*Dorothy Wordsworth: The Grasmere Journal*, ed. Pamela Woof (Oxford, 1991)
WPW	*The Poetical Works of William Wordsworth*, ed. Ernest de Selincourt and Helen Darbishire (5 vols, xford, 1940–9)

山田豊『詩人コールリッジ――「小屋のある谷間」を求めて』(山口書店、1986)

山田豊『失意の詩人コールリッジ――描地なき航海』(山口書店、1991)

山田豊『ワーズワスと英国湖水地方――『隠士』三部作の舞台を訪ねて』(北星堂、2003)

山田豊『ワーズワスと妹ドロシー――「グラスミアの我が家」への道』(音羽書房鶴見書店、2008)

山田豊『ワーズワスとコールリッジ――詩的対話十年の足跡』(音羽書房鶴見書店、2013)

なお、*Home at Grasmere* からの引用文はすべて、Jonathan Wordsworth, *The Borders of Vision* (Oxford, 1982) の巻末に付したテキストに基づいている。

注

(序論)
1. *WPW* v, p. 373.　　2. *WPW* ii, p. 517.
3. この第2版の付録に、トマス・グレイの旅行記 (Mr. Gray's *Journal of his Northern Tour*) とウィリアム・ブラウンの「ケジックの谷と湖」(Dr. Brown's *Description of the Vale and Lake of Keswick*)、その他数点が記載されている。
4. フランス滞在中とその後の放浪の歴史について詳しくは、『ワーズワスと妹ドロシー』の第3・4章を参照されたい。
5. West, pp. 192–3. なお、ワーズワスは『湖水地方案内』でジョン・ブラウンを、"one of the first who led the way to a worthy admiration of this country" (*Guide*, p. 49) と評している。
6. Ousby, p. 230.　　7. *Lakers*, pp. 37–8.

(第1章)
1. これについて詳しくは、拙著『ワーズワスと妹ドロシー』第1・2章を是非参照していただきたい。
2. Cf. "In summer among distant nooks I roved— / Dovedale, or Yorksire dales, or through bye-tracts / Of my own native region—" (*The Prelude* vi, 208–10)
3. 『序曲』からの引用はすべて1805年版を使用している。
4. 『夕べの散策』のテキストは原則として、1793年出版以前の原稿（Aテキスト）を使用している。
5. *WDL* i, p. 25.　　6. *WPW* i, p. 20.　　7. Gill, p. 467.
8. *WPW* i, p. 319.

(第2章)
1. *WDL* i, p. 37.　　2. *WDL* i, p. 37.
3. 1850年版の『序曲』では、グランド・シャルトルーズについて新たに69行を書き加えている。
4. *DWJ* ii, p. 280.　　5. *WDL* i, p. 33　　6. *DWJ* ii, pp. 260–1.
7. *WDL* i, p. 33.　　8. *WPW* i, p. 48.　　9. *WDL* i, p. 34.
10. *WDL* i, pp. 34–5.　　11. *WDL* i, p. 35.　　12. *WDL* i, p. 32.
13. *WDL* i, p. 36.
14. ギルもこの詩行を代表例に挙げている。Cf. Gill, pp. 48–9.
15. *WDL* i, p. 37.　　16. *WDL* i, p. 32.
17. フランス留学にいたる詳しい経緯について、拙著『ワーズワスと妹ドロシー』

第 3 章第 1〜3 節（50〜63 頁）を参照されたい。
18. *WDL* i, p. 36.
19. この間の詳しい説明は、『ワーズワスと妹ドロシー』第 3 章第 4 節の 63〜72 頁を参照されたい。
20. *WPW* i p. 42.　　　21　*DWJ* ii, p. 259.　　　22　*WPW* i, p. 62n.

（第 3 章）
1. これについて詳しくは、拙著『ワーズワスと妹ドロシー』の第 3, 4, 5 章を参照していただきたい。
2. *WDL* i, pp. 76–8.
3. ムアマンは "reluctantly" の意味を、パリに来て政治的関心が一層強くなったためと解釈している。Cf. Moorman i, p. 212.
4. Legouis, pp. 125–33.　　5. *WDL* i, p. 95.　　6. *WPW* i, p. 330.
7. *WPW* i, p. 360.　　8. Gill, p. 78.　　9. *WDL* i, p. 111.
10. *WPW* iii, p. 419.　　11. *West*, p. 104.　　12. *WDL* i, p. 115
13. *WDL* i, p. 119.　　14. *WDL* i, p. 140n.　　15. Roe, pp. 194–5.
16. *WDL* i, p. 153.　　17. *WDL* i, p. 161.　　18. *WDL* i, p. 177.
19. *CL* i, pp. 319–20.
20. レースダウンにおける 1 年 10 ヶ月の生活について詳しくは、拙著『ワーズワスと妹ドロシー』第 6 章を参照していただきたい。
21. *CL* i, p. 326.　　22. Newlyn, pp. 20–1.　　23. *WDL* i, p. 190.
24. 実際、ニコラス・ローもこのような解釈をしている。Cf. Roe, pp. 268–72.
25. Gilpin I, pp. 31–2.　　26. Gilpin I, pp. 35–6.　　27. Gilpin I, pp. 37–8.
28. Gilpin I, p. 29.　　29. Warner, pp. 227–8.　　30. Warner, pp. 223–4.
31. "I have two Gilpin's tours, *into Scotland* one, the *other among the Lakes*. They are expensive books, and I should like to dispose of them. Could you assist me in getting them off my hands?" (*WDL* i, p. 227)
32. *CL* i, p. 395 (10th March, 1798); 1 Kings xix, 11–13.
33. これについて詳しい説明は、拙著『ワーズワスとコールリッジ』第 5・6 章を是非読んでいただきたい。

（第 4 章）
1. *DWJ* i, p. 26.　　2. *DWJ* i, pp. 27–8.　　3. *DWJ* i, p. 34.
4. *WDL* i, p. 249.　　5. Gilpin II, ii, p. 52.　　6. Gilpin II, ii, p. 63.
7. Gilpin II, ii, p. 60.　　8. Gilpin II, ii, p. 62.　　9. West, p. 156.
10. Peter Bicknell (ed), *The Illustrated Wordsworth's Guide to the Lakes* (Webb & Bower, 1984); Gilpin II, i, pp. 138–9n.

11. West, pp. 59–60.　　12. *DWJ* i, p. 155.　　13. *CL* i, p. 527.
14. *CL* i, p. 538.　　　15. *CN* i, #540.

(第 5 章)
1. *WDL* i, pp. 277–80.　　2. *WDL* i, p. 277.
3. 『兄弟』および『グラスミアの我が家』について詳しい説明は、拙著『ワーズワスとコールリッジ――詩的対話十年の足跡』第 9 章、478 頁を参照されたい。
4. West, p. 209.　　　　5. West, pp. 79–81.
6. これについて詳しくは、『ワーズワスとコールリッジ』の第 9 章を参照されたい。
7. *DWJ* i, p. 65.

(第 6 章)
1. *DWJ* i, pp. 120–1.　　2. *DWJ* i, p. 37.　　3. *DWJ* i, p. 79.
4. *WDL* i, p. 161.　　　　5. *DWJ* i, p. 62.　　6. *DWJ* i, p. 101.
7. Cf. "Indeed they were designed to make one piece." (*WPW* ii, p. 521)
8. 1794 年 4 月に叔母 (Mrs. Christopher Crackanthorpe) から、ドロシーが「馬車に乗らずに地方をあちこち歩くこと」(rambling about the country on foot) を厳しく咎められた。これに対してドロシーは次のように答えた。"I rather thought it would have given my friends pleasure to hear that I had courage to make use of the strength with which nature has endowed me, when it not only procured me infinitely more pleasure than I should have received from sitting in a post-chaise —but was also the means of saving me at least thirty shillings." (*WDL* i, p. 117) なおこの訳文は『ワーズワスと妹ドロシー』の 121 頁に引用しているので、それを参照していただきたい。ワーズワスはこの事実をよく覚えていたので、妹を喜ばす意味も含めてこのような副題をあえて付けたのである。
9. Woof, p. 58.　　　　10. *DWJ* i, pp. 92–3.　　11. *DWJ* i, p. 107.
12. *DWJ* i, pp. 112–4.　　13. *DWJ* i, pp. 114–5.　　14. *DWJ* i, p. 116.
15. *DWJ* i, p. 119.　　　16. *DWJ* i, p. 120.
17. *DWJ* i, p. 121. なお、シルヴァー・ハウはグラスミア湖の西岸に横たわる岩山、一方ニューランド・フェルズはダーウェント湖の西岸の連山。
18. *DWJ* i, pp. 121–2.　　19. *WPW* ii, p. 477.　　20. *DWJ* i, pp. 122–3.
21. *DWJ* i, pp. 47–8.　　22. *WPW* i, p. 359.
23. Cf. "The principal objects which I proposed to myself in these poems was to choose incidents and situations from common life, and to relate or describe them, throughout, *as far as possible, in a selection of language really used by men*; . . ." (Preface to *Lyrical Ballads* 1800).
24. 1801 年 12 月 21 日にアネットから最初の手紙が届いた後、1802 に入って、2 月

15 日に 2 通目、2 月 22 日に 3 通目、そして 3 月 22 日に 4 通目の手紙が届いている。これらの手紙の多くはワーズワスが出した手紙の返事であった。Cf. *DWJ* i, pp. 92, 114, 116, 127.
25. "We resolved to see Annette." (*DWJ* i, p. 129)
26. *DWJ* i, p. 63.
27. Cf. "Poetry is the spontaneous overflow of powerful feelings: it takes its origin from emotion recollected in tranquillity: . . ."(Preface to *Lyrical Ballads* 1800)
28. *DWJ* i, p,123.　　　29. *DWJ* i, p. 128.　　　30. *DWJ* i, p. 131.
31. これら 2 作品に関する詳しい説明は、拙著『ワーズワスとコールリッジ』の第 14 章第 1 節（410〜417 頁）を参照されたい。
32. 『書簡体詩』の詳しい解説は、『ワーズワスとコールリッジ』の第 13 章第 3 節（379〜409 頁）を参照されたい。
33. *DWJ* i, p. 142.　　　34. *DWJ* i, p. 63.

（第 7 章）
1. *WDJ* i, p. 168.　　　2. *DWJ* I, pp,172–3.　　　3. *WDL* i, p. 398.
4. *CL* ii, p. 975.　　　5. *CL* i, p. 960.　　　6. *DWJ* i, p. 421.
7. ノイズ (Russell Noyes) は *Wordsworth and the Art of Landscape*（「参考文献」参照）の第 4 章（171 頁）で、「ドロシーはスコットランド旅行中に毎日付けた膨大なノートから『スコットランド回想記』を書いた」と述べている。彼は 11 月 13 日のクラークソン宛の手紙を恐らく読んでいなかったので、このような断定的な解釈をしたと思う。
8. *DWJ* i, pp. 439–440.　　　9. *DWJ* i, p. 248.　　　10. *CN* ii, #1463.
11. *DWJ* i, p. 268.　　　12. *DWJ* i, pp. 270–1.　　　13. *DWJ* i, pp. 271–3.
14. *DWJ* i, pp. 276–7.　　　15. *DWJ* i, p. 278.
16. *DWJ* i, pp. 279–80; *CL* ii, p. 978.
17. *DWJ* i, p. 286.
18. その後のコールリッジの旅について詳しくは、拙著『ワーズワスとコールリッジ』の 512〜520 頁を参照されたい。
19. *DWJ* i,p. 304; *WPW* iii, p. 78. ノイズはドロシーのこの記述とワーズワスの詩との繋がりについて、ピクチャレスクな風景描写の観点から特別強い関心を示している。Cf. Noyes, pp. 215–8.
20. *DWJ* i, pp. 325–35.
21. *DWJ* i, pp. 336–43. 第 2 部の執筆時期は最後の 9 月 4・5 日を除いて 1803 年 9〜12 月。なお、第 3 部は 1805 年 4〜5 月に執筆。
22. *DWJ* i, pp. 345–9.　　　23. *DWJ* i, pp. 349–50.　　　24. *DWJ* i, pp. 356–9.
25. *DWJ* i, pp. 359–65.　　　26. *DWJ* i, p. 367　　　27. *DWJ* i, p. 368.

28. *DWJ* i, p. 369.　　29. *DWJ* i, p. 373.　　30. *DWJ* i, p. 377.
31. *DWJ* i, pp. 377–8.　　32. *DWJ* i, p. 378.　　33. *DWJ* i, pp. 378–82.
34. *DWJ* i, pp. 394–401.
35. この事件について詳しくは、拙著『ワーズワスと英国湖水地方』第5章（112～7頁）を参照されたい。

（第8章）
1. コールリッジがアロハーでワーズワス兄妹と別れた後のハイランドの一人旅について詳しくは、『ワーズワスとコールリッジ』512～20頁を参照されたい。
2. この間の詳しい事情について『ワーズワスとコールリッジ』541～53頁を参照されたい。
3. *WDL* i, p. 539.　　4. *WDL* i, p. 594.　　5. *WDL* i, pp. 436 & 454.
6. *CL* ii, p. 957.　　7. *WDL* i, p. 406n.　　8. *WDL* i, p. 477.
9. *WDL* i, p. 492.
10. 拙著『ワーズワスと英国湖水地方』のカバーの写真は、ラフリッグ・ターンからラングデイル・パイクスを見た景色である。
11. *WDL* i, p. 631.　　12. *Guide*, p. 40.　　13. *Guide*, pp. 30–1.
14. *WDL* i, p. 507.　　15. *Guide*, p. 42.　　16. *WDL* i, pp. 507–8.
17. De Quincey, p. 374.　　18. *WDL* i, p. 534.　　19. *WDL* i, pp. 637–8.
20. 「小奇麗な家」(trim box) はダヴ・コテージから800メートルほど北の山麓に建てられたホリンズ (Hollins) を指す。ワーズワス兄妹はこの丘へ晴れた日にはしばしば出かけて行って楽しい時間を過ごした。
21. *Guide*, p. 82.　　22. *WDL* ii, p. 23.
23. ドロシーは1806年7月23日のクラークソン夫人宛の手紙で、"Mr. Crump's monster of a house is built up again,"と伝えている。
24. *WDL* i, p. 623.　　25. *WDL* i, p. 625.　　26. *WDL* i, p. 627.
27. *WDL* i, pp. 627–8.　　28. *WDL* ii, p. 104.　　29. *WDL* ii, pp. 93–4.
30. Noyes, pp. 113–4.
31. オックスフォード版の書簡集にはこの設計図が本文と一緒に印刷されていないのは誠に残念である。しかし幸いにして、ノイズとバーカーのそれぞれの著書の中に挿絵として紹介されているので、筆者はそれを参考にした。Cf. Noyes, p. 112; Barker, p. 175.
32. *WDL* ii, pp. 113–4.　　33. *WDL* i, pp. 32–5.
34. ドロシーは1806年1月19日のボーモント卿夫人宛書簡の最後に次のように述べている。"My Brother has read Mr Price's Book on the picturesque, but we have not had an opportunity of seeing his Essays on Decorations near the House. Coleridge has the former Book, and I shall desire Mrs Coleridge to send it to me.

My Brother thinks that Mr Price has been of great service in correcting the false taste of the Layers out of Parks and Pleasure-grounds."(*WDL* ii, p. 3)

35. *WDL* ii, pp. 117–8.　　36. *WDL* ii, p. 119.　　37. *WDL* ii, p. 86.
38. コルオートン滞在中のコールリッジとの関係について詳しくは、『失意の詩人コールリッジ』第6章第2節（404～20頁）を参照されたい。
39. *WDL* ii, p. 144.
40. ワーズワス一家がグラスミアへ帰った後の7月19日（1807年）に、ドロシーがクラークソン夫人に宛てた手紙の中で、近々「私たちの新しい家」(our new house) に移ることを伝えているからである。Cf. *WDL* ii, pp. 156–7.
41. *WDL* ii, p. 150.　　42. *WDL* ii, pp. 158–9.　　43. *Guide*, pp. 91–2.
44. *WDL* ii, pp. 207–8.　　45. *WDL* ii, pp. 167 & 191.　　46. *WDL* ii, pp. 198–9.
47. *WDL* ii, p. 207.
48. サリーの両親の不幸な事故については、拙著『ワーズワスと英国湖水地方』265～77頁を参照されたい。
49. *WDJ* ii, pp. 156–7.　　50. *WDL* ii, p. 203.　　51. *WDL* ii, pp. 271–2.
52. *WDL* ii, p. 372.　　53. *WDL* ii, p. 404.　　54. *Guide*, p. 62.
55. *Guide*, p. 63.

(第9章)

1. コールリッジのアラン・バンク滞在中の生活について詳しくは、拙著『失意の詩人コールリッジ』第6章第4節（455～83頁）を参照されたい。
2. この間の詳しい事情について、『失意の詩人コールリッジ』第6章第5節の前半を参照されたい。
3. *Barker*, p. 293.　　4. *WDL* iii, pp. 2–3.　　5. *WDL* iii, pp. 46 & 57.
6. この間の詳しい事情について、『失意の詩人コールリッジ』第6章第5節の後半を参照されたい。
7. *Love Letters*, pp. 101–2.
8. この事件について詳しい説明は、バーカーの著書（「参考文献」参照）の299～302頁を参照されたい。
9. *Love Letters*, p. 103.　　10. *WDL* iii, pp. 18–9.　　11. *Love Letters*, pp. 237–8.
12. *Love Letters*, pp. 226–33. 13. *WDL* iii, p. 26.　　14. *WDL* iii, p. 50.
15. *WDL* iii, p. 51.　　16. *WDL* iii, pp. 58–9.　　17. *WDL* iii, pp. 66–7.
18. *WDL* iii, p. 83.
19. この章における『逍遥篇』に関する記述は、『ワーズワスと英国湖水地方』の第3部第2章から一部採り入れている。
20. Barker, p. 336.　　21. *WDL* iii, p. 242.　　22. *WDL* iii, p. 245.
23. Barker, p. 344.　　24. *SL* ii, pp. 160–1.　　25. *WDL* i, p. 161.

26. *KL*, p. 157.　　27. Cf. *WPW* iii, pp. 508–22.
28. この詩について詳しくは、拙著『ワーズワスとコールリッジ』第 15 章第 3 節（466 ～80 頁）を参照されたい。
29. *BL* i, pp. 195–6.　　30. *WPW* iii, pp. 503–4.

（第 10 章）
1. *DWJ* ii, p. 23.　　2. *DWJ* ii, p. 86.　　3. *DWJ* ii, p. 110.
4. DWL ii, pp. 118–9.　　5. *DWJ* ii, p. 120.　　6. *DWJ* ii, pp. 122–4.
7. *DWJ* ii, pp. 116–32.　　8. *DWJ* ii, pp. 173–4.　　9. *DWJ* ii, pp. 180–1.
10. *DWJ* ii, pp. 188–9.　　11. *DWJ* ii, pp. 205–6.　　12. *DWJ* ii, p. 210.
13. *DWJ* ii, p. 215.　　14. *DWJ* ii, pp. 219–20.　　15. *DWJ* ii, pp. 222–3.
16. *DWJ* ii, p. 225.　　17. *DWJ* ii, pp. 239–41.　　18. *DWJ* ii, p. 244.
19. *DWJ* ii, p. 247.　　20. *DWJ* ii, p. 255.　　21. *DWJ* ii, p. 259.
22. *DWJ* ii, pp. 259–61.　　23. *DWJ* ii, p. 267.　　24. *DWJ* ii, pp. 280–1.
25. *DWJ* ii, p. 284.　　26. *DWJ* ii, p. 285.　　27. *DWJ* ii, pp. 286–7.
28. *DWJ* ii, p. 289.　　29. *DWJ* ii, pp. 294–5.　　30. *DWJ* ii, p. 330.
31. *DWJ* i, p. 174.
32. これについて詳しくは次の著書を参照していただきたい。Barker, p. 372; Gill, p. 340; Gittings, pp. 227–8; Legouis, pp. 106–8.

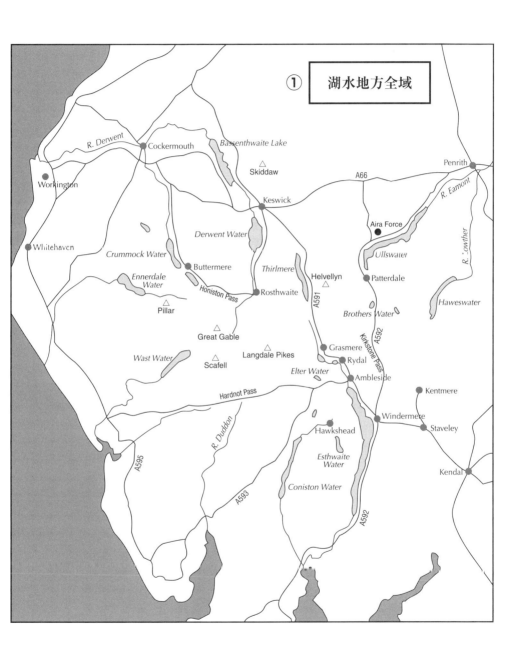

① 湖水地方全域

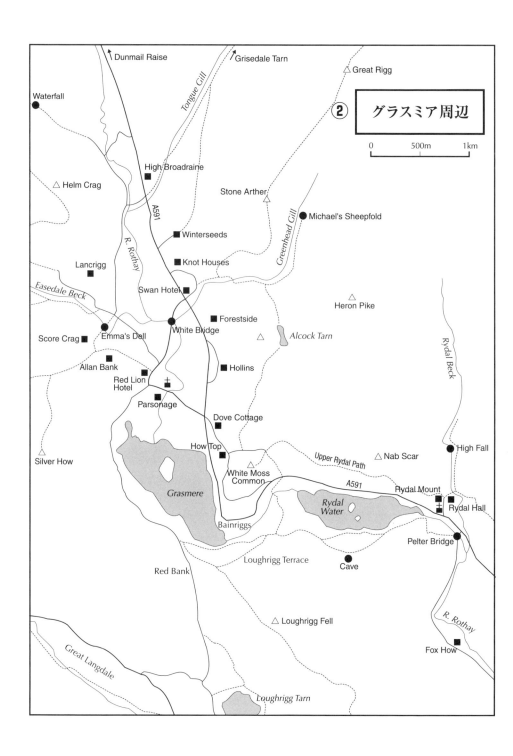

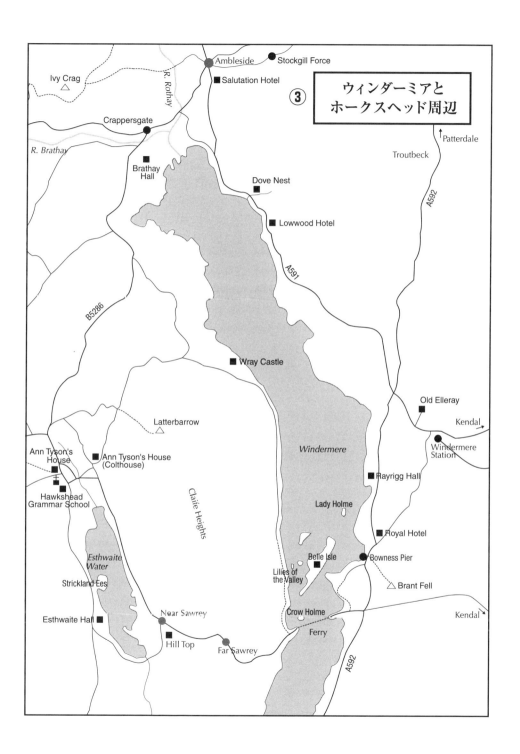

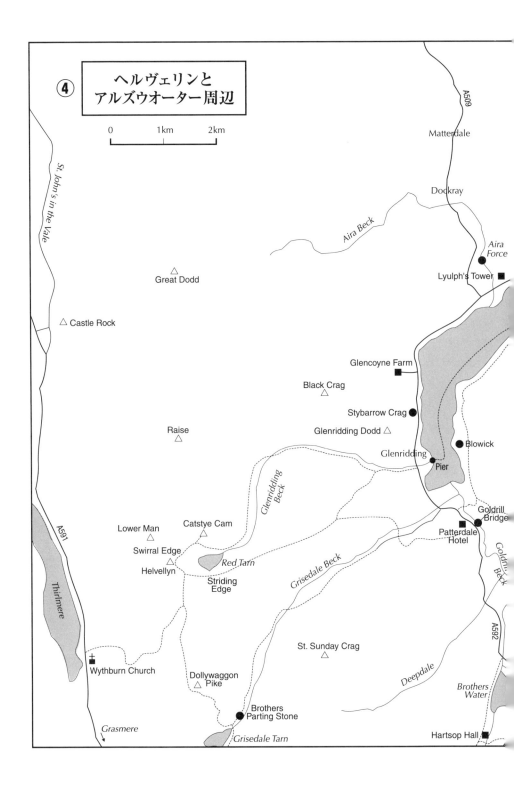

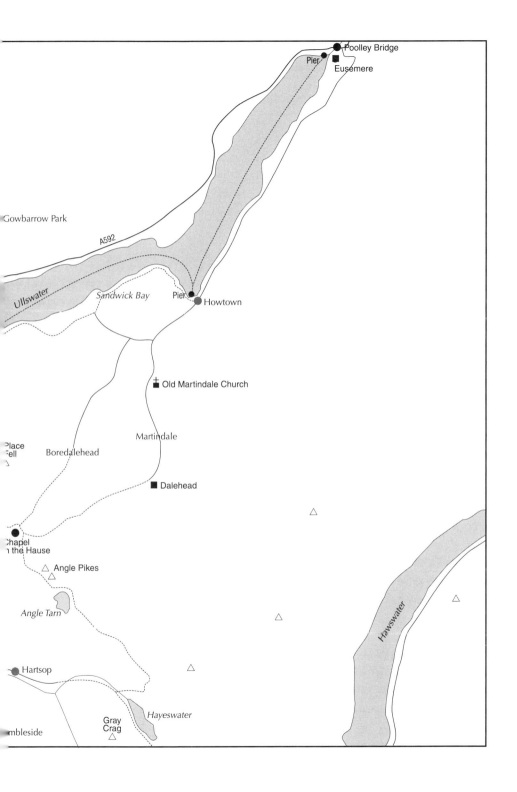

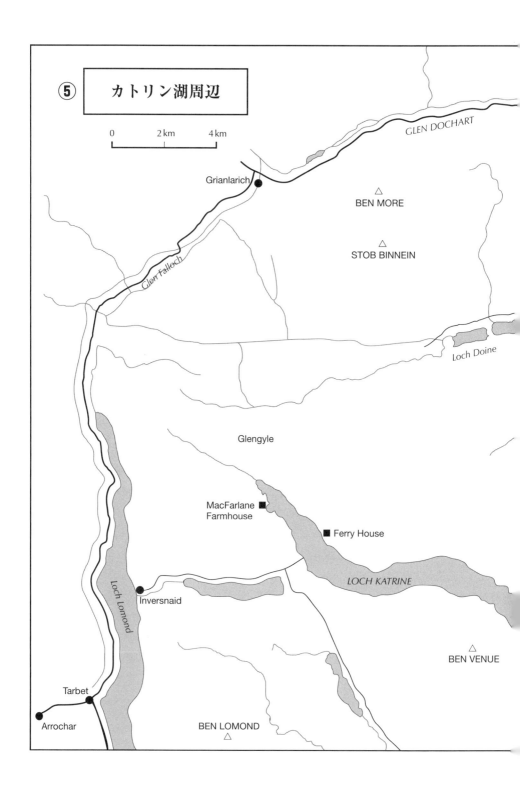

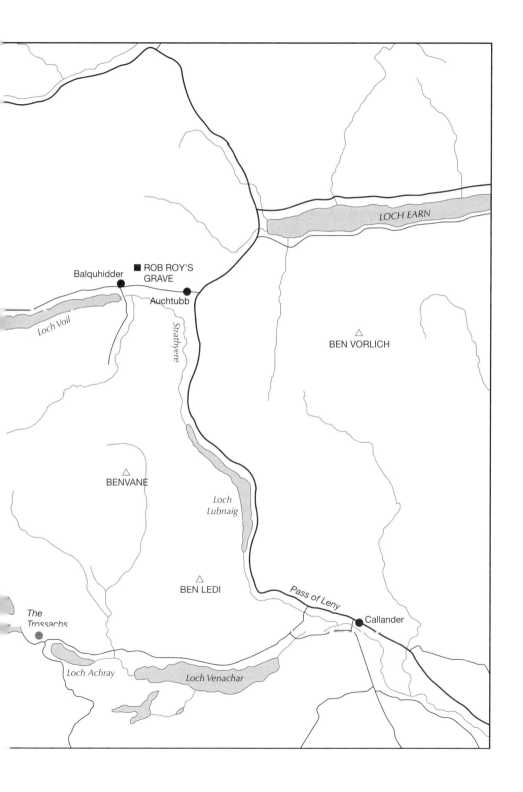

索　引
（参考文献の書名は除く）

ア
アディソン (Joseph Addison) 124.
　『スペクテイター』(*The Spectator*) 123, 242–3.
ヴァロン、アネット (Annette Vallon) 3, 14, 16, 63–4, 69–71, 82–3, 159–60, 163–5, 182, 184, 186, 190, 263–4, 278–82, 294, 309–11, 316, 326.
ヴァロン、キャロライン (Caroline) 14, 16, 182, 190, 263, 278–81, 309–11.
ウィルキンソン、ジョゼフ (Revd. Joseph Wilkinson) 255–6, 259.
ウィルキンソン、トマス (Thomas Wilkinson) 238.
ウェスト (Thomas West) 2, 12, 17, 30, 75, 109, 112–3, 119, 126, 137, 141–2, 197, 317.
ウオーカー (Revd. Robert Walker) 286.
ウオーナー (Revd. Richard Warner) 87, 93.
ウォルポール (Horace Walpole) 64, 124.
オースティン (Jane Austen) 317.
　『ノーサンガー・アビー』(*Northanger Abbey*) 317.
オシアン (Ossian) 204

カ
カルヴァート兄弟 (William and Raisley Calvert) 4, 72–3, 75–6. 78.
ギルピン (William Gilpin) 2, 9, 12, 15, 17, 30, 60, 72, 87–8, 91–4, 107–9, 112, 114–5, 121, 126, 142, 197, 241, 243–4.
クックソン (Revd. William Cookson) 8, 19–20, 23, 70, 267.
クラークソン夫妻 (Thomas and Mary Clarkson) 9, 121, 160, 163, 184, 192, 245–6, 252, 255, 267, 278, 327–8.
クランプ (John Gregory Crump) 232–6, 239, 245–6.
グレアム (Mr. Graham) 165, 303.
グレイ (Thomas Gray) 2, 47, 60, 64, 124, 137, 141–2, 243, 317, 323.
ゴールドスミス (Oliver Goldsmith) 314.
　『ウェイクフィールドの牧師』(*The Vicar of Wakefield*) 315–6.
コールリッジ (**Samuel Taylor Coleridge, 1772–1834**)
　『小川』(*The Brook*) 292–3.
　『オソリオ』(*Osorio*) 85.
　『絵画』(*The Picture*) 288.
　『クリスタベル』(*Christabel*) 149.
　『孤独の不安』(*Fears in Solitude*) 46, 80, 142.
　『書簡体詩』(*A Letter to* —) 185, 187, 326.
　『眠りの苦しみ』(*The Pains of Sleep*) 219.
　『文学的自叙伝』(*Biographia Literaria*) 319.
　『朋友』(*The Friend*) 259.
　『真夜中の霜』(*Frost at Midnight*) 87, 98, 100.
　『老水夫の唄』(*The Rime of the Ancient Mariner*) 86, 181.
ゴドウィン (William Godwin) 4, 9, 80, 84, 94.
　『政治的正義に関する考察』(*Inquiry concerning Political Justice*) 4, 78.
コトル (Joseph Cottle) 85, 87, 94, 117.
コンスタブル (John Constable) 15.

サ

サウジー (Robert Southey) 81. 85, 191, 226–7, 266, 279–80.
スコット (Sir Walter Scott) 194, 215–7, 253, 314.
　『最後の吟遊詩人の歌』(*The Lay of the Last Minstrel*) 216, 253–4.
スチュアート (Daniel Stuart) 121.
　『モーニング・ポスト』(*The Morning Post*) 121.
ストダート (John Stoddart) 192.
　『スコットランドの風景と風習』(*Remarks on the Local Scenery and Manners of Scotland*) 192.
スミス夫人 (Mrs. Mary Smith) 78.
スモレット (Tobias George Smollett) 315–6.
　『ハンフリー・クリンカー』(*Humphry Clinker*) 315.
　『ロデリック・ランダム』(*Roderick Random*) 315–6.
スレルケルド (Elizabeth Threlkeld,「ローソン夫人」参照)

タ

ダイアー (George Dyer) 80.
タイソン、アン (Ann Tyson) 19, 21, 23–4, 37–8, 118.
タイソン、トマス (Thomas Tyson) 228.
チェスター (John Chester) 101, 262.
チョーサー (Geoffrey Chaucer) 157.
ディケンズ (Charles Dickens) 313–6.
　『デイヴィッド・コッパフィールド』(*David Copperfield*) 314, 316.
　『リトゥル・ドリット』(*Little Dorrit*) 314.
　『ニコラス・ニックルビー』(*Nicholas Nicklebey*) 315.
ドゥ・クィンシー (Thomas De Quincey) 220, 231.

ハ

バーンズ (Robert Burns) 193, 203, 217.
ハッチンソン姉妹 (Sara and Meary Hutchinson)
　セアラ (Sara) 245–6, 248, 251, 253, 255, 259–60, 266.
　メアリー（Mary,「ワーズワス夫人」参照）
ハットフィールド (John Hatfield) 216.
バドワース (Joseph Budworth) 119.
ピニー兄弟 (John Frederick and Azariah Pinney) 4, 81, 84.
フェニック (Isabella Fenwick) 1, 26, 34–5, 39, 74, 88, 162, 168, 171, 181.
プライス (Sir Uvedale Price) 15, 241, 243.
ブラウン (John Brown) 12, 323.
プランプター (James Plumptre) 12–3, 117, 128–9, 317.
　『ザ・レイカーズ』(*The Lakers*) 12–3, 30, 117, 317.
フレンド (William Frend) 80.
ペナント (Thomas Pennant) 2, 113.
ベンスン (John Benson) 121.
ボウマン父子 (Jerome Bowman and his son) 120, 125–6, 128, 312.
ポープ (Alexander Pope) 317.
ボードゥアン兄弟 (Eustace and Jean-Baptiste Baudouin) 263, 278–82, 309–10.
ボーモント卿夫妻 (Sir George and Lady Beaumont) 15, 77, 220–5, 227, 231, 233, 236–7, 240–6, 252, 256, 262, 265, 271, 327.
ボピュイ (Michel Armond Beaupuy) 63–4, 70.
ポラッド (Jane Pollard,「マーシャル夫人」参照)
ホルクロフト (Thomas Holcroft) 80.

索　引　341

マ

マーシャル夫人（Mrs. John Marshall, 旧姓 Jane Pollard）72, 75, 82, 160, 246, 246, 281.
マクファーラン夫妻 (Mr. and Mrs. MacFarlane) 195, 200, 202, 208, 210.
マシューズ (William Mathews) 69, 73, 77, 79, 81.
モンクハウス夫妻 (Thomas and Jane Monkhouse) 264, 295–7, 302–3, 309.
モンタギュー（父）(Basil Montague, Senior) 4, 80–1, 84, 245, 259, 262, 265.
モンタギュー（息子）(Basil Montague, Junior) 81, 83.

ヤ

ヤング (Arthur Young) 2, 113.

ラ

ラウザー伯 (William Lonsdale, Earl of Lowther) 237, 239.
ラヴェル夫人 (Mrs. Robert Lovell) 226.
ラム (Charles Lamb) 85–6, 252.
ランガム (Francis Wrangham) 220.
レノルズ (Sir Joshua Reynolds) 241.
ローソン夫人（Mrs. William Rawson, 旧姓 Elizabeth Threlkeld）8, 73, 101, 246.
ロッシュ (George Losh) 84, 87.
ロビンソン (Henry C. Robinson) 262, 298, 303, 310.
ロビンソン、メアリー (Mary Robinson, or "Beauty of Buttermere") 120.
ロベスピエール (Maximilian Robespierre) 79.
ロブ・ロイ (Rob Roy) 190–218.
ロングマン (Thomas Norton Longman) 251, 253, 278, 311.

ワ

ワトソン (Richard Watson, Bishop of Llandaff) 71.
ワーズワス家 (Wordsworth Family)
　長男リチャード (Richard, 1768–1816) 24, 70, 72, 77, 181.
　次男ウィリアム（別項参照）
　長女ドロシー（別項参照）
　三男ジョン (John, 1772–1805) 21, 23, 117, 119, 125–6, 128, 130, 133, 158, 160, 174–5, 219, 280.
　四男クリストファー (Christopher, 1774–1846) 245, 265.
　ワーズワス夫人（Mrs. William Wordsworth, 旧姓 Mary Hutchinson）随所

ドロシー・ワーズワス (Dorothy Wordsworth, 1771–1855)
　『グラスミア日記』(The Grasmere Journal) 158–60, 163–7, 170–1, 174–9, 182–9, 192.
　『スコットランド旅行回想記』(Recollections of a Tour made in Scotland) 8, 15, 192–217, 226.
　『大陸旅行記』(Journal of a Tour on the Continent) 18, 57, 59, 294–312, 318.

ウィリアム・ワーズワス (William Wordsworth, 1770–1850)
　『アーメイン渓谷』(Glen Almain) 204.
　『アリス・フェル』(Alice Fell) 157, 165, 171–4.
　『鋳掛け屋』(The Tinker) 185–6.
　『イチイの木』(Yew-trees) 85–6, 227–31.
　『イバラ』(The Thorn) 97, 182.
　『隠士』(The Recluse) 15, 116–7, 139, 151, 219–20, 223–4, 245, 261–2, 268–70, 277, 291–4.

『ウェストミンスター橋にて』(*Upon Westminster Bridge*) 190.
『ヴォドラクールとジュリア』(*Vaudracour and Julia*) 71, 294, 311.
『エスウェイトの谷』(*The Vale of Esthwaite*) 2, 17.
『エマの谷』(*Emma's Dell*) 143–7.
『カッコウに寄せる』(*To the Cuckoo*) 183.
『カンバランドの乞食』(*The Old Cumberland Beggar*) 85.
『行商人』(*The Pedlar*) 1, 11, 86, 157, 163–8, 182, 185, 219, 269–71.
『兄弟』(*The Brothers*) 11, 125–33, 227, 313, 325.
『キリクランキー峠にて』(*In the Pass of Killicranky*) 204, 218.
『キルハーン城に贈る』(*Address to Kilchurn Castle*) 201.
『キンポウゲに寄せる』(*To the Small Celandine*) 186.
『愚痴』(*A Complaint*) 245.
『グディー・ブレイクとハリー・ギル』(*Goody Blake and Harry Gill*) 84.
『狂った母』(*The Mad Mother*) 182.
『グラスミアの我が家』(*Home at Grasmere*) 7, 10, 13, 39, 76, 122–7, 133–42, 181, 269–70, 275–7, 317, 325.
『決断と独立』(*Resolution and Independence, or The Leech-gatherer*) 8, 182, 187–8, 214, 317.
『乞食』(*The Beggars*) 8, 174–82, 192.
『サクラソウの群』(*The Tuft of Primrose*) 247–53, 270, 275.
『ジェドバラの女主人とその夫』(*The Matron of Jedburgh and Her Husband*) 216.
『序曲』第 1・2 部 (*The Two-Part Prelude*) 9, 72, 117.
『序曲』全 5 巻 (*The Five-Book Prelude*) 219, 223.
『序曲』全 13 巻 (*The Prelude of 1805*) 19–21, 41–57, 94, 102–5, 110–5, 219–20, 294, 300, 304–6, 311–2, 323.
『逍遥篇』(*The Excursion*) 1, 15, 220, 224, 247, 267–78, 318, 328.
『叙景小品』(*Descriptive Sketches*) 33, 52–3, 65–8. 301.
『水仙』(*The Daffodils*) 61, 77, 184.
『スーザンの儚い夢』(*The Reverie of Poor Susan*) 131–2.
『水夫の母』(*The Sailor's Mother*) 14, 161–71.
『雀の巣』(*The Sparrow's Nest*) 77.
『性急な判断の岬』(*Point Rash-Judgment*) 221.
『ダドン川』(*The River Duddon*) 15–6, 24, 282–93, 311–2, 318.
『父親のための逸話』(*Anecdote for Fathers*) 83.
『蝶に寄せる』(*To a Butterfly*) 182–3.
『ティンタン僧院』(*Tintern Abbey*) 1, 6, 69, 87–100, 125, 142.
『荷車引き』(*The Waggoner*) 282.
『西に向って歩く』(*Stepping Westward*) 205–8, 217.
『虹』(*The Rainbow*) 96.
『廃屋』(*The Ruined Cottage*) 85, 181–2, 269.
『ハイランド少女に贈る』(*To a Highland Girl*) 199–200.
『白痴の少年』(*The Idiot Boy*) 86, 181.
「場所の命名に関する詩」(Poems on the Naming of Places) 143–8, 221.
『ピーター・ベル』(*Peter Bell*) 167, 199, 282.
『独り麦刈る乙女』(*The Solitary Reaper*) 215, 217.
『蛭を集める老人』(『決断と独立』参照)

『不滅のオード』(*Ode: Intimation of Immortality*) 14, 183.
『別離』(*A Farewell*) 236.
『辺境の人々』(*The Borderers*) 84–5.
『マイケル』(*Michael*) 14, 149–56, 181, 269, 308, 317.
『メアリー・ハッチンソンに贈る』(*To M.H.*) 147–8.
『ヤーロー川訪問』(*Yarrow Visited*) 308.
『ヤーロー川未訪』(*Yarrow Unvisited*) 216.
『夕べの散策』(*An Evening Walk*) 2, 12, 21–41, 70–1, 76, 82, 100, 115, 119, 123, 129, 134, 228, 282, 323.
『ランダフ主教宛書簡』(*The Letter to the Bishop Llandaff*) 71.
『リリカル・バラッズ』(*Lyrical Ballads*) 11, 86–7, 149, 157, 166, 239, 269.
「序文」(*Preface to Lyrical Ballads*) 11, 181–2, 239, 255–6.
『リルストンの白鹿』(*The White Doe of Rylston*) 251, 253–4, 278, 282.
『ルイーザ』(*Louisa*) 161–2, 167.
『ルース』(*Luth*) 157, 166–8.
『ロブ・ロイの墓』(*Rob Roy's Grave*) 210–2.
『若い女性に贈る』(*To a Young Lady*) 161.
『私たちは七人』(*We are Seven*) 87.
"She dwelt among the untrodden Ways" 148.
"The Cock is crowing" 184.
"There is a little unpretending Rill" 74–5.

■ 著者略歴 ■

山　田　豊（やまだ　ゆたか）
　1931 年　和歌山県粉河町に生まれる
　1955 年　大阪大学文学部卒業
　1958 年　大阪大学文学研究科修士課程修了
　1960 年　立命館大学文学部専任講師
　1965 年　同大学助教授
　1970 年　龍谷大学文学部助教授
　1972 年　同大学教授
　1989 年　文学博士（龍谷大学）
　2000 年　龍谷大学名誉教授

専　　攻　英文学

主要著書
『詩人コールリッジ──「小屋のある谷間」を求めて』（山口書店、1986年）
『失意の詩人コールリッジ──錨地なき航海』（山口書店、1991 年）
『ワーズワスとコールリッジ──『隠士』と『序曲』の間』（龍谷叢書、1997年）
『コールリッジとワーズワス──対話と創造』（北星堂書店、1999 年）
『ワーズワスと英国湖水地方──『隠士』三部作の舞台を訪ねて』（北星堂書店、2003年）
『ワーズワスと妹ドロシー──「グラスミアの我が家」への道』（音羽書房鶴見書店、2008年）
『ワーズワスとコールリッジ──詩的対話十年の足跡』（音羽書房鶴見書店、2013年）

Wordsworth and Travel Literature:
Walking with Dorothy
by
Yutaka Yamada

© 2018 by Yutaka Yamada

ワーズワスと紀行文学

妹ドロシーと共に

2018年3月15日　初版発行

著　者　　山　田　　　豊

発行者　　山　口　隆　史

印　刷　　シナノ印刷株式会社

発行所　　株式会社 音羽書房鶴見書店

〒113-0033 東京都文京区本郷 4-1-14
TEL　03-3814-0491
FAX　03-3814-9250
URL: http://www.otowatsurumi.com

Printed in Japan
ISBN978-4-7553-0408-8 C3098
組版／ほんのしろ　装丁／吉成美佐（オセロ）
製本　シナノ印刷株式会社

好評既刊書

 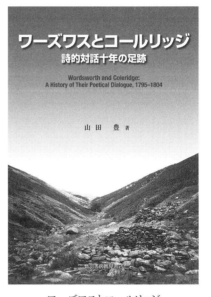

ワーズワスと妹ドロシー
「グラスミアの我が家」への道
A5 上製・512 頁／本体価格 5,200 円
ISBN978-4-7553-0240-4

ワーズワスとコールリッジ
詩的対話十年の足跡
A5 上製・608 頁／本体価格 5,200 円
ISBN978-4-7553-0272-5